잠자는 숲속의 아내

잠자는 숲속의 아내

초판 1쇄 찍은 날 § 2003년 11월 18일
초판 1쇄 펴낸 날 § 2003년 11월 28일

지은이 § 김준경
펴낸이 § 서경석

편집장 § 문혜영
편집책임 § 이종민
마케팅 § 정필 · 강양원 · 이선구 · 김규진 · 홍현경

펴낸곳 § 도서출판 청어람
등록번호 § 제1081-1-89호
등록일자 § 1999. 5. 31
어람번호 § 제5-0004호

주소 § 경기도 부천시 원미구 심곡1동 350-1 남성B/D 3F (우) 420-011
전화 § 032-656-4452 팩스 § 032-656-4453
http://www.chungeoram.com
E-mail § eoram99@chollian.net

ⓒ 김준경, 2003

값 9,000원

ISBN 89-5505-882-9 04810

※ 파본은 본사나 구입하신 서점에서 교환하여 드립니다.
※ 저자와 협의하여 인지를 붙이지 않습니다.

hungeoram romance novel

잠자는 숲 속의 아내

— 김준경 지음 —

도서출판 청어람

잠자는 숲 속의 아내

- 00...007
- 01...011
- 02...033
- 03...051
- 04...095
- 05...113
- 06...139
- 07...193
- 08...235
- 09...283
- 10...321
- 작가의 말...378

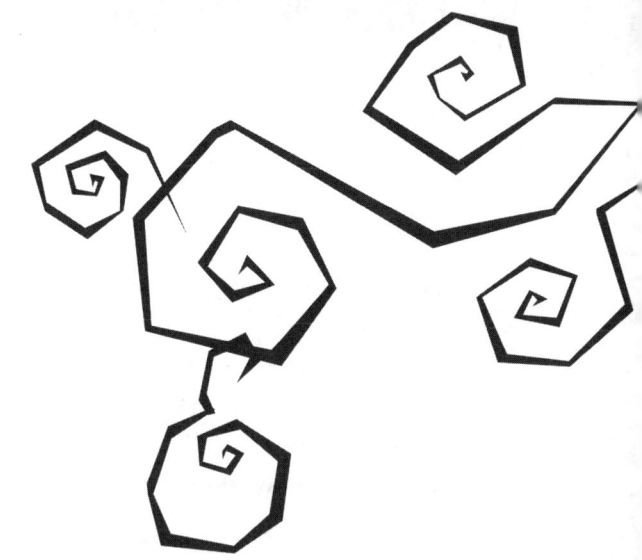

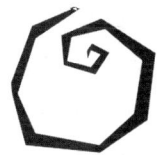

채플 안은 마음이 편해지는 나무빛이었다. 하지만 세나는 불안감을 억누를 수 없었다. 예식 시간이 가까워지고 있는데 아직 아무도 도착하지 않았다. 그녀 혼자 텅 빈 예식장 안에 멍하니 앉아 있을 뿐이었다. 주례가 제단 옆에서 서성거리며 자꾸 시계를 확인하고 있었다.

그래도 오긴 올 것이다. 그들이 원하는 것이니까. 세나는 길게 한숨을 내쉬며 문을 바라보았다.

예식 예약 시간 2분 전, 드디어 신랑이 도착했다. 세나는 새까만 모닝 수트를 입은 그를 흘낏 올려다보았다가 다시 시선을 떨구었다. 몸에 딱 맞으면서도 좀 더 엄격히 보이게 만드는 정장을 입은 남자는 압도될 정도로 당당했다. 그녀보다 머리 하나는 더 될 듯 커다란 키에 서양 사람처럼 보일 정도로 어깨가 넓고 체격이 좋았다. 하지만 그에 비해 외모는 서양인처럼 굴곡이 심하거나 음영이 진하지는 않았다. 품위가 있으면서도 엄격해 보이는 그는 태어나서 언제나 명령하기만 했던 사람 같았고 한 번도 지배력을 잃어본 적이 없을 것 같았다.

세나는 그녀의 아버지, 민학이 제단 앞에서 주례와 짧게 이야기를 나누고 그녀에게 손짓하는 것을 보고 자리에서 일어났다. 그리고 너무 빠르지도 않고, 너무 느리지도 않게 그에게로 걸어갔다. 민학 옆에 서 있던 사내는 그녀를 흘낏 내려다보다가 다시 시선을 돌렸다.

세나는 그 무관심하면서도 불쾌함이 묻어 있는 시선에 저도 모르게 어깨를 움츠렸다. 이미 너무나 익숙한 시선이었지만 웬일인지 가슴이 아팠다. 그녀는 멍해 보이는 무표정으로 주례사를 들었다. 간결하지만 감상적인 주례사를 통해서 그녀는 남자의 이름이 한제윤이라는 것을 알았다.

빠르게 진행된 예식의 마지막으로 제윤이 그녀에게 반지를 끼워주었다. 세나는 가느다란 손가락에 무겁게 끼워진 반지를 보다가 이제 남편이 된 낯선 남자를 올려다보았다. 조각상처럼 굳은 그의 얼굴에는 표정 하나 없었지만 이글거리는 눈빛에는 증오와 분노가 냉혹함과 뒤섞여 있었다.

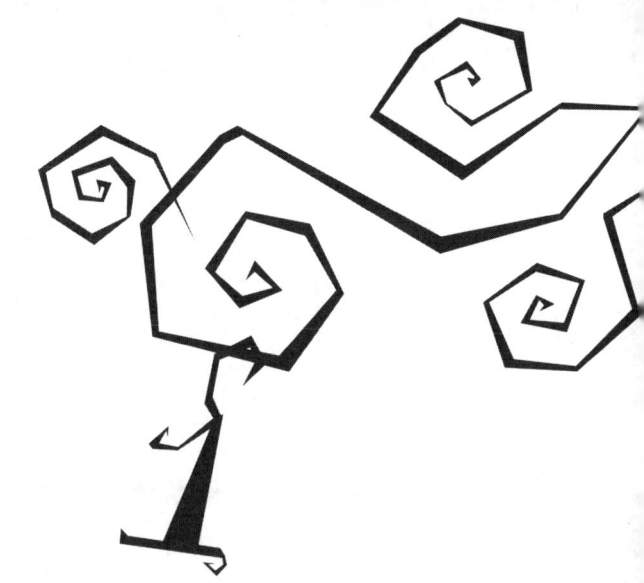

1

"저분은?"

"아, 사모님이세요."

"그럼 사모님 의견을 들어봐야 하지 않나요?"

서훈은 창 너머로 보이는 정원에 그림처럼 앉아 있는 여자를 바라보았다. 작은 정원용 테이블 앞에 앉아 있는 여자는 무슨 생각을 하는지, 햇볕이 뜨겁게 내리쬐는 것도 아랑곳하지 않고 가만히 앉아서 멀리를 바라보고 있었다.

"그럴 필요 없어요. 제가 모든 것을 결정할 거니까요."

민혜는 화재로 시커멓게 그을린 방을 둘러보면서 무심히 말했다. 그녀는 문득 서훈을 쳐다보면서 혹시 모르냐는 듯이 눈썹을 치켜들었다. 서훈은 그림같이 예쁜 눈썹이 움직이는 것을 보며 어깨를 으쓱였다. 민혜는 싱긋 웃더니 약간 소리 죽여 말했다.

"좀 모자라요. 요양원에 보낸 셈치고 여기 두는 거죠."

민혜의 목소리에 가볍게 조롱기가 섞였다. 그는 얼굴을 살짝 찌푸리고 민혜를 내려다보다가 다시 정원으로 시선을 돌렸다.

흰 원피스에 하얀 카디건 하나만 입고 있는 여자는 약간 창백했지만 시선이 두 번 갈 정도로 깨끗하게 생겼다. 하얀 얼굴에 동그랗고 커다란 검은 눈은 멀리서 보아도 부각될 정도였다. 약간 마르긴 했지만 긴 머리를 단정하게 묶어서 아무런 병도 없는 듯 단아해 보이기만 했다. 민혜가 태양 빛이 가득한 정원에서 피는 화려한 붉은 장미 같다면 저 여자는 그늘진 곳에서 간신히 움트고 있는 은방울꽃 같았다.

예쁘게 생긴 여자가 안됐어. 고개를 저으며 몸을 돌리려는 순간 그녀가 이쪽을 바라보았다. 순간 그는 저도 모르게 몸이 굳었다. 세상 모든 것을 빨아들일 듯 검은 눈이 흰 얼굴과 너무나 선명하게 대비가 되었다. 무표정한 얼굴로 그를 관찰이라도 하듯 똑바로 바라보고 있는 것은 전혀 모자란 사람 같지 않았다.

"뭐 하세요? 여기는 어쩔 수가 없겠죠?"

서훈은 여자에게서 간신히 시선을 떼어냈다. 그는 화재로 인해 골조만 간신히 남은 집에 대해 이야기를 하면서도 정원의 여자에 대한 생각을 떨쳐 버릴 수가 없었다. 표정이 없는 여자는 넓은 정원에서 너무나 외로워 보였다. 불편하게 느껴질 정도로 인위적으로 꾸며진 정원 한가운데에서 그녀는 정원을 장식하는 인형 같았다. 서훈은 자신의 상상에 피식 웃으며 민혜의 말로 주의를 돌렸다.

"전부 철거하고 새로 짓는 쪽으로 하죠. 별채는 어때요?
"건물의 통일성을 생각한다면 외장이라도 다시 하는 게 좋을 것 같은데. 지금 거기서 누가 사나요?"
"네, 화재가 난 뒤로 사모님이 그쪽으로 옮겼대요."

서훈은 고개를 갸웃거렸다. 어째서 친정이나 시댁, 혹은 시내 아파트로 옮기지 않았을까? 이 집처럼 엄청난 재벌이면 남아도는 집이 몇 채는 있을 것 같은데.

"공사를 동시에 진행하는 게, 적어도 이쪽이 외장할 때 저쪽도 같이 하는 것이 좋을 텐데 불편해하지 않으실까 모르겠네요."
"그런 것도 모를걸요."

민혜의 목소리가 약간 비웃는 것처럼 들렸다. 서훈은 저도 모르게 불쾌한 기분이 들었다. 저항하지도 못하는 어린아이를 괴롭히는 것을 지켜보고 있는 기분이었다. 서훈은 별채로 발길을 옮겼다. 알지도 못하는 여자에게 이런 느낌을 갖는다는 것이 좀 우스웠다. 게다가 금이야 옥이야 대우받는 대단한 집 사모님이 아닌가.

"정말 인테리어가 엉망이네. 이번 기회에 인테리어도 다시 해야겠네요. 구조 공사는 하지 말고 간단하게 바닥을 하고 도배랑 가구도 바꿔야겠어요."

민혜는 별채를 둘러보면서 중얼거렸다. 서훈은 조금 어지럽기는 하지만 여전히 근사한 집 안을 훑어보고는 어깨를 으쓱였다. 그런 것이야 인테리어 디자이너가 알아서 하는 일이다. 특히나 안주인이 정신 지체라면 바깥주인이 모든 것을 결정해야 한다는 것인데, 현성캐피탈의 차기 회장으로 주목받고 있는 한제윤 사장이 그런 사소한 일에까지 신경을 쓰지는 않을 것 같았다. 결국 모든 일이 전적으로 민혜에게 일임되었다는 이야기였다.

서훈은 크게 한숨을 내쉬며 바깥으로 나왔다. 어차피 내장은 그의 소관도 아닐 뿐만 아니라 민혜가 돌아다니면서 이것저것에 대해 핀잔 놓고 비웃는 것을 더 이상 듣고 싶지 않았다. 민혜에게는 집의 벽지에서부터 카펫까지 마음에 드는 것이 없는 듯했다. 혹시 본관에 불을 놓은 것도 민혜가 아닐까. 서훈은 자신의 과대망상에 쿡쿡거리며 담배를 꺼내 물었다. 정원 의자에는 여자가 여전히 가만히 앉아 있었다. 멀리를 바라보고 있는 시선이 정말 인형 같았다.

서훈은 잠시 망설이다가 담배를 집어넣고 여자에게로 가까이 다가갔다. 가까이 다가갈수록 그녀의 모습은 더욱더 선명해졌다. 예쁜 여배우들이 정신박약아를 연기할 때처럼 기묘한 위화감이 들었다. 그는 정신 지체자들을 어떻게 대해야 하는지 잘 알지 못했다. 보통 사람 대하듯 똑같이 해야 할까, 아니면 더 어린아이 대하듯이 쉽게 말하고 천천히 설명해야 하는 것일까.

그녀는 그를 의식조차 하지 못하는지 말없이 타버린 건물만 바라보고 있었다. 서훈은 불편한 기분을 애써 털어버리고 평이한 어조로 말을 꺼냈다.

"안녕하세요? 저는 김서훈입니다. 이번에 건물 수리를 맡은 건축사입니다."

가까이 오니까 여자의 창백한 피부와 새까만 눈이 훨씬 더 또렷하게 보였다. 그녀는 소리를 듣지 못하기라도 하듯 너무나 천천히 그를 돌아보았다. 눈 조각처럼 하얗고 섬세한 얼굴이었다. 서훈은 망설이는 기색을 보이지 않고 명함을 한 장 내밀었다. 그녀에게 정신 장애가 있든 없든 일단 집주인으로 존중해 주고 싶었다. 비록 그녀가 어떠한 판단도, 선택도 할 수 없다 하더라도 그녀를 짐짝처럼 취급하는 민혜와 같은 수준이 되고 싶지는 않았다.

그녀는 잠시 이상하다는 듯이 그를 바라보다가 조심스럽게 명함을 받아 들었다. 그녀는 명함을 열심히 들여다보면서 뒤로 돌려보기도 하고, 위아래를 뒤집어보기도 했다. 서훈은 짧게 한숨을 내쉬었다. 갑자기 안타깝다는 생각이 들었다. 선명한 눈매와 단정한 옷매무새 덕분에 그녀는 아무런 문제도 없어 보였다. 하지만 명함 위의 글자들은 아무런 의미가 없는 듯 그녀는 네모

난 종이 조각을 계속 빙빙 돌리고만 있었다. 그는 저도 모르게 입을 꾹 다물었다. 얼마나 심각한 장애일까. 이렇게 젊고 예쁜 여자가 아무것도 느끼지 못한 채 삶을 버리고 있다는 것이 가슴 아팠다. 그에게 어떤 힘이 있다면 그녀를 조금이라도 돕고 싶었다.

"뭐 특별히 원하는 것이 있으시면 제게 전화하시면 됩니다."

그는 명함에서 전화번호를 가리켰다. 그녀는 명함을 내려다보다가 그를 올려다보았다. 서훈은 가볍게 웃어 보였다. 그녀는 눈을 깜빡거리더니 다시 고개를 숙였다. 그는 가만히 한숨을 내쉬고는 아무렇지도 않게 말을 이었다.

"제가 곧 설계도를 보내 드리겠습니다. 한번 보시고 고치고 싶으신 게 있으면 연락하세요."

그녀는 다시 고개를 들어 그를 쳐다보았다. 아까까지의 멍한 표정은 사라지고 조금 혼란스러운 듯했다. 서훈은 잠시 멈칫거렸다. 어쩌면 단지 그가 알아들을 수 없는 말을 했기 때문일지도 모른다. 하지만 그렇게만 생각하기에는 표정이 조금 달랐다.

"전 이만 가보겠습니다."

서훈은 민혜가 별채에서 나오는 것을 보고 여주인에게 가볍게 인사를 했다. 그가 그녀 옆에 있는 것을 보기만 하고도 민혜는 벌써 인상을 찌푸리고 있었다. 그는 자리를 떠나면서도 뒤를 돌아보고 싶었다. 그녀의 시선이 꽤 오랫동안 그를 따라온다는 것을 느낄 수 있었다.

　불에 타서 흉물스럽게 남은 건물의 잔재를 치우고 지반을 다지느라 별채 옆은 시끄럽고 먼지도 많이 날렸다. 하지만 여주인은 그런 것도 못 느끼는지 언제나 같은 자리에 나와 앉아서 공사를 지켜보고 있었다.
　서훈은 아침 일찍 공사장에 도착해서 그녀부터 찾았다. 하지만 오늘은 웬일인지 그녀가 나와 있지 않았다.
　"언제쯤이면 땅 파는 게 끝날 거 같아요?"
　언제나 잡지 모델처럼 근사한 민혜가 그에게 다가왔다. 인테리어를 담당하는 그녀는 한동안 현장에 나오지 않아도 되는데, 역시나 사장을 대신해서 공사를 총감독하는 모양이었다.
　"원래부터 집터였기 때문에 금세 끝날 거예요."
　두 사람은 공사 일정에 대해 간단히 의논을 했다. 민혜는 벌써 내장에 들어갈 생각에 머리가 복잡한 모양이었다.
　"사모님한테는 말했어요?"
　"백치한테 무슨 얘기를 해요."
　민혜는 가볍게 핀잔을 주었다. 형식적으로라도 이야기해야 하지 않겠냐고 말하고 싶었다. 하지만 서훈은 입을 다물고 웃기만 했다. 그렇게 말했다가는 좋은 소리 듣지 못할 것이 뻔했다.
　"얼마나 일이 많은지 몰라요. 의사에다 약에다. 전에 한번은 자기 먹을 약을 정원에 뿌리고 있지 뭐예요. 무슨 짓을 저지를지 몰라서 옆을 떠날 수가 없다니까요."

그녀는 낮게 불평을 해댔다. 누가 들으면 그녀가 수발을 들고 있다고 생각할 듯했다. 서훈은 다분히 개인적인 감정이 섞인 그녀의 말에 가볍게 인상을 찌푸렸다. 민혜 주변에도 혹시 저런 환자가 있는 것일지도 모른다. 아니면 그녀가 그런 사람을 돌본 경험이 있다거나.

"지난번에는 막무가내로 개를 키우겠대요. 도대체 그 개는 누가 돌볼 건데. 자기 하나 돌보는 것도 힘들다는 걸 모르는지……."

하지만 동화그룹 가(家)에 정신 장애가 있는 사람이 있다는 얘기는 들은 적이 없었다. 민혜의 불만을 흘려들으며 서훈은 다른 생각에 빠졌다. 그가 현성캐피탈의 한제윤 사장 저택 일을 맡는다는 것이 알려지자마자, 여기저기에서 각종 루머가 흘러들어 왔다. 그중 제일은 역시 소호 디자인의 이민혜 실장과 한 사장에 관한 이야기였다. 그때는 별로 관심이 없었기 때문에 무시했었는데.

그는 민혜를 흘끗 쳐다보았다. 세련되고 자신감있을 뿐만 아니라 자신도 동화그룹의 고명딸인 민혜는 확실히 한제윤 사장의 안주인 노릇을 하기에 부족함이 없을 듯했다.

"그럼 전 가볼게요. 잘 부탁드려요."

완전히 자기 집 같은 말투였다. 서훈은 고개를 끄덕이면서도 속으로 중얼거렸다. 그는 흘낏 별채를 올려다보았다. 현장이 내려다보이는 이층 창문에서 커튼이 흔들리며 여주인이 뒤로 물러서는 것이 보였다. 그는 민혜를 배웅하면서 그 방이 어디쯤 되는지 재어보다가 인상을 찌푸렸다. 며칠 전 별채를 돌아봤을 때 봤던 방은 급히 치운 창고처럼 어수선하고 제대로 정리되지 않는 느낌이었다. 도대체 이 잘사는 집구석이 어째서 환자 하나 제대로 돌보지 못하는지 모르겠다. 그는 혀를 차면서 현장으로 돌아왔다. 그녀가 느끼든 느끼지 못하든 그가 조금이라도 신경 써줄 수 있었으면 좋겠다.

"시끄럽지 않으세요?"
다음날 어김없이 밖으로 나와 있는 여주인에게 서훈은 부드럽게 말을 걸었다. 그녀는 흠칫 놀라는 것 같았다.
"방 안에서도 시끄럽죠? 땅 파는 것만 끝나면 시끄러울 일이 많지 않으니 조금만 참으세요."
그녀는 움찔거리며 뭔가를 망설이는 것 같았다. 서훈은 가만히 미소 지으며 그녀가 말을 꺼내길 기다렸다. 조금이라도 시간이 있으면 이런 종류의 환자를 어떻게 대해야 하는지 알아봤을 것이다. 하지만 한 번에 일을 한 가지만 맡는 그였지만 수많은 사후 관리와 서류 작업에서 벗어날 수는 없었다.
"아, 이거 한번 드셔보시겠어요?"
서훈은 주머니를 뒤적여 초콜릿 몇 개를 건넸다. 전날 집에 들른 조카들이 놓고 간 벨기에산 초콜릿들이었다. 빨갛고 파란 봉지에 싸여 있는 큼직한 초콜릿을 본 순간 이 집 여주인이 생각났다. 정신 장애가 있다면 사고방식이 어린아이와 비슷할 거라는 생각을 하고 있었기 때문일 것이다.

그녀는 손을 내밀어 초콜릿을 받았다. 순간 서훈은 깜짝 놀랐다. 그녀의 눈동자가 봉지 위에 쓰여진 프랑스어를 따라 움직이는 것을 보았다. 너무 짧은 순간에 지나간 것이라 미처 다시 확인도 하지 못했다. 그녀는 쉽게 봉투를 열고 초콜릿을 꺼냈다. 그리고 진한 다크 초콜릿을 한 조각 입에 넣고는 가볍게 한숨을 내쉬었다. 무표정한 얼굴에 잠시 행복한 표정이 흘렀다가 사라졌다. 서훈은 여전히 놀란 채로 그녀를 쳐다보고만 있었다. 그녀는 절제된 손동작으로 초콜릿 껍질을 잘 펴더니 위의 글자들을 읽기라도 하듯 한동안 내려다보다가 작게 접었다. 설마 그럴 리는 없을 것이다. 민혜가 그렇게 자신만만하게 정신 지체자라고 말한 데다가 의사에게 약물까지 투여받는다고 했으니.

서훈은 그녀에게 짧게 인사를 하고 현장으로 서둘러 돌아갔다. 그리고 정신 지체가 아니라고 한들 무슨 상관있는 것도 아니었다. 서훈은 방금 그가 봤다고 착각한 일을 잊어버리려고 했다.

하지만 며칠이 지나도록 그는 그 일을 잊지 못했다. 여주인이 나와 있을 때마다 저도 모르게 흘낏흘낏 쳐다보게 되었다.

"사모님께서 정말 문제가 있으세요?"

"네?"

며칠 뒤 점심 식사 때 서훈은 마침내 희경에게 물었다. 저택이 생긴 뒤로 계속 집을 돌봤다는 희경은 무슨 소리냐는 듯이 그를 쳐다보았다. 지난 며칠 동안 현장 인부들의 점심 식사를 챙겨주면서 꽤 친해졌지만, 그래도 남의 사생활을 캐묻는 것이어서 머쓱하긴 했다.

"아니, 뭔가 문제가 있다는 말은 들었는데 그냥 보기에는 아무렇지 않은 것 같아서요."

"무슨 자폐증이래요, 저도 잘 몰라요. 매주 의사가 와서 보긴 하는데 딱히 뭔가 진척이 있는 것 같지는 않고."

희경은 고개를 흔들었다. 처음 현성캐피탈의 새 사모님 밑에 자리가 났다는 소리를 들었을 때는 정말 갈등이 생겼다. 까탈스럽고 버릇없는 어린애 시중을 드는 것이나 남 괴롭히기가 취미인 노마님을 모시는 것이나 어느 쪽도 피곤하기는 마찬가지였다. 하지만 새 직장에서 기다리고 있었던 것은 멍한 눈으로 그녀를 보는 둥 마는 둥 하는 소녀였다. 그녀를 고용한 제윤은 세나가 자폐증이 있다며 잘 보살필 것을 단단히 다짐해 두었다.

"뭐, 병이 있다고 해서 어려운 점은 없어요. 얌전하고 착하거든요."

그녀는 혀를 찼다. 겉으로 보기에는 멀쩡하고 똑똑해 보였다. 하지만 문제가 있다는 것을 의심한 적은 없었다. 자폐증이든 실어증이든, 아니면 대인 기피든 어떻든 간에 여주인은 병적으로 말도 없었고 집 밖으로 나가지도 않았고 감정 표현도 없었다. 하루에 열 시간은 잤고, 깨어 있을 때는 하염없이 TV를 보거나 고개도 들지 않고 수만 놓았다. 어떤 때는 방에서 혼자 드라마 대사를 중얼거리기도 했고, 그녀가 알아듣지 못하는 나라의 말을 한참 늘어놓기도 했다.

"그런데 수놓는 건 아주 잘해요. 여태까지 한 게 전부 불타버리긴 했지만, 정말 무슨 작품 같다니까요."

세나가 집에 들어올 때는 옷가지보다도 천이나 실 같은 것이 훨씬 많았다. 그녀는 하루 종일 수를 놓을 때도 있었다. 환자가 만들었다고는 생각할 수 없을 정도로 눈이 휘둥그레지게 근사한 자수였지만, 완성된 작품에는 그다지 관심이 없는 듯 여기저기 구석에 처박아두기 일쑤였다. 실이 떨어졌을 때도 사러 나가거나 사가지고 오라고 시키지도 않았다. 그냥 하염없이 자수틀만 바라보거나 그도 아니면 그저 멍하니 창밖을 내다보고만 있었다.

"자폐증있는 사람이요?"

"원래 자폐증 환자들이 어떤 거 한 가지를 엄청 잘한다면서요. 왜 더스틴 호프만처럼요."

서훈은 고개를 저었다. 레인맨에서 자폐증 환자가 꽤나 그럴 듯하게 나와서 사람들이 자폐증에 대해 많이들 착각하고 있는 것 같았다.

"그런 것이 흔한 건 아니죠."

"그런가."

희경은 잠시 생각에 잠겼다. 그녀도 딱히 자폐증에 대해서 아는 바가 없기 때문에 세나가 자폐증인지 아닌지에 대해서는 알 수 없었다. 하지만 고용주가 단정적으로 병이 있다고 하고 의사가 한 달에 한 번씩 왕진 오는 것만으로 충분했다. 자세한 병명이 뭔지는 그녀가 알 필요 없었다.

"뭐, 사장님이 그렇다고 하셨으니까 그런가 보다 하는 거죠."

서훈은 고개를 끄덕였다. 그녀는 아무런 경계심 없이 이야기를 하는데, 그녀를 이용한 듯해서 미안해졌다.

"전 그럼 또 둘러보고 갈게요. 내일 올 때는 마감재 샘플을 몇 개 가지고 올게요."

"안 그래도 되는데. 적당히 알아서 잘해줘요."

"그래도 한번 보기라도 하세요."

서훈은 웃으며 자리에서 일어났다. 그는 문득 생각난 듯이 물었다.

"그런데 사모님은 성함이 어떻게 되세요?"

"성은 류고 이름은 세 자 나 자예요. 미국에 스 어쩌고라는 회사 회장님 댁 자제 분이세요."

이건 그가 상관할 일이 아니었다. 차라리 모른 척하고 있는 것이 프라이버시 침해도 안 되고 나아가 현성캐피탈의 한제윤 사장과도 마찰없이 넘어갈 일이었다. 서훈은 자신을 달랬다. 그녀를 돌보는 것은 그녀의 남편이 할 일이었다. 하지만 며칠이 지나자 그는 세나에게 프랑스어로 된 책을 건네고 말았다.

"심심하실 것 같아서요."

그는 세나가 빠르게 제목을 읽는 것을 알아차렸다. 한글로 된 책 역시 몇 권 같이 건넸지만 그녀는 프랑스어로 된 책으로 손을 뻗었다.

"불어를 하시나 봐요?"

그녀가 흠칫거리더니 손을 거뒀다. 서훈은 아무렇지도 않게 책들을 테이블에 내려놓았다.

"천천히 보세요."

부인이 아무리 정신 질환이 있다지만 이렇게 내팽개쳐도 되는 것일까. 한두 번쯤 와서 필요한 것을 챙겨줬어야 하지 않을까. 생각이 거기까지 미치는 순간 서훈은 훅 숨을 들이켰다. 세나는 그녀의 남편에게서 유기당한 것이다. 한제윤 사장은 그의 부인을 전적으로 고용인들에게 맡긴 채로 전혀 개의치 않고 있는 것이었다.

어쩌면 그것이 더 정상적인 것일지도 모른다. 정신 질환이 있는 부인이라면 차라리 전문가의 손에 맡기는 것이 나을 수도 있다. 하지만 서훈은 그런 치료에 대해 조금 회의적인 생각이 들었다. 만약 그의 형제나 조카가 저렇게 아팠다면 모든 가족들이 헌신적으로 돌봤을 것이다.

서훈은 뒤를 흘깃 돌아보았다. 자폐증이 있다는 세나는 벌써 책을 집어 들고 빠른 속도로 읽고 있었다. 마치 책을 보게 된 것이 너무나 기쁘다는 듯이 가끔 가다 책장을 어루만지기도 했다. 자폐증이 있다면 일반적으로 지능이 떨어질 텐데, 외국어는 어떻게 잘하는 것인지 모르겠다. 그는 잠시 가만히 서서 그녀를 쳐다보았다.

문득 의구심이 들었다. 정말 세나는 자폐증일까, 정말 지능이 떨어지는 것일까? 그녀는 너무나 영민해 보였다. 발작적이거나 반복적인 행동도 없었다. 어쩌면 다른 병인데 사장이 쉽게 설명한 것뿐일지도 모른다. 서훈은 남의 집안일을 너무 깊이 파고들려는 자신을 만류했다. 그냥 이 정도만 하는 것이 좋겠다. 그녀가 자폐증인지 아닌지 굳이 알아낼 필요는 없었다.

그 뒤로는 그가 어떻게 신경을 쓰려고 해도 그럴 시간이 없었다. 공사가 순조롭게 진행될 뿐만 아니라 공사 감독을 따로 두었기 때문에 대부분의 일은 감독에게 맡기고 그는 사나흘에 한 번씩 일을 둘러보러 왔을 뿐이었다.

"Ezqusez moi, monsieur(실례합니다)."

일주일 뒤, 진행 상황을 둘러보던 서훈은 누가 조심스럽게 말을 걸자 깜짝 놀랐다. 책을 꼭 움켜쥔 세나가 그의 뒤에 서 있었다. 하얀색 원피스를 입고 카멜 색의 얇은 숄을 걸친 그녀는 시끌벅적한 공사장과 전혀 어울리지 않았다. 차라리 병상에 누워 있는 것이 나을 듯해 보였다. 그녀의 눈동자는 그를 똑바로 쳐다보고 있었지만 불안감이 잔뜩 배어 있었다.

"Voulez vous preter un antre(죄송하지만 혹시 다른 책을 더 빌려)……."

"저, 불어는……."

"아."

그녀는 실망한 것처럼 보였다. 서훈은 조금 미안하면서도 당황스러웠다. 정신 지체에 자폐증이라는 소리까지 들은 여자가 너무나도 멀쩡한 사람처럼 그에게 말을 걸었다. 그것도 외국어로.

"책이 불어길래 불어를 하시는 줄 알았어요."

조심스럽기는 하지만 너무나 명료한 목소리였다. 어눌하거나 질질 끄는 듯한 목소리가 아니었다. 지극히 정상적인 사람들이 지극히 평범한 이야기를 할 때 나오는 평이한 어조였다. 서훈은 뜻밖의 상황에 제대로 대답도 못하고 그녀를 쳐다보기만 했다.

"아니, 네, 그러니까, 불어 책이 있긴 한데……."

그가 허둥거리자 세나는 희미하게 미소를 지었다. 서훈은 고개를 흔들어 정신을 차리려고 했다. 이 여자가 자폐증? 자폐증

환자도 이렇게 정상적으로 말할 수 있는 것인지 모르겠다. 그것도 2개국어로.

"다른 책도 있으면 좀 빌려주실 수 있나 해서요. 집에 불이 나서 책이 다 타버렸어요."

"저도 압니다."

그녀는 새로운 소식을 전하듯 말했다. 서훈은 저도 모르게 피식 웃었다.

"찾아보면 집에 몇 권 더 있을 겁니다. 가져다 드릴게요."

"네, 감사드려요. 이건 돌려 드릴게요."

"아뇨, 괜찮습니다. 어차피 저는 읽을 줄도 모르는데요."

그녀가 책을 건네자 서훈은 손을 저었다. 그녀는 무표정하게 고개를 끄덕였지만, 책을 꼭 끌어안았다.

"영어도 괜찮으시다면 소설책 몇 권 가져다 드릴까요?"

"그래 주시겠어요? 정말 감사드려요."

순간 얼굴이 확 개었다. 서훈은 반짝 떠올랐던 표정이 다시 사라지는 것을 쳐다보면서 그녀가 그 자신만큼 정상인이라는 결론을 내렸다. 뭔가 문제가 있다 하더라도 그것은 지능이나 정신의 문제가 아니었다.

"그럼 내일 사람 편에 가져다 드릴게요."

"아, 저기……."

세나는 입술을 깨물며 조금 망설였다. 서훈은 그녀가 말을 잇기를 참을성있게 기다렸다. 그녀는 마침내 입을 열었다.

"저기, 그냥 직접 가져다 주시면 안 되나요? 저, 다른 사람이 알면 좀······."

서훈은 눈을 가늘게 떴다. 그의 표정 때문인지 그녀가 좀 더 위축된 것 같았다. 서훈은 얼른 표정을 바꾸며 고개를 끄덕였다.

"그럴게요. 내일 오는 김에 설계도에 대해서도 설명해 드릴까요?"

"네?"

세나가 고개를 반짝 들었다. 어리둥절한 빛이 가득했다. 서훈은 공사하고 있는 뒤쪽을 가리켰다.

"집 말입니다. 제가 보내 드린 것은 보셨죠?"

그녀는 고개를 끄덕이고 몸을 움츠렸다. 풍성한 숄 안에서 그녀의 어깨가 더 작아지는 것 같았다.

"제가 설계도를 본다고 뭐 아나요."

프랑스어로 중얼거리던 세나는 서훈이 뭐라고 했냐는 듯이 쳐다보자 다시 한국어로 말해 주었다. 서훈은 다시 한 번 웃었다.

"그렇기 때문에 제가 있는 거죠. 원하신다면 모형을 만들어 올 수도 있습니다."

세나는 잘 모르겠다는 듯이 어깨를 으쓱였다. 그녀는 공사 감독이 다가오자 그에게 가볍게 고개를 끄덕이고는 별채로 총총히 돌아갔다. 서훈은 저도 모르게 멈췄던 숨을 내뱉었다. 이떻게 해서 저 여자가 백치라느니 자폐증이라느니 하는 소리가 나오게 된 것인지 알 수가 없었다. 특히 그 남편이 그렇게 생각한다는 것은……. 공사 감독이 말을 건네오자 서훈은 그 생각을 한 켠으로 밀어두었다. 이 집에서 뭔가 비밀스러운 일이 벌어지고 있는 모양이었다.

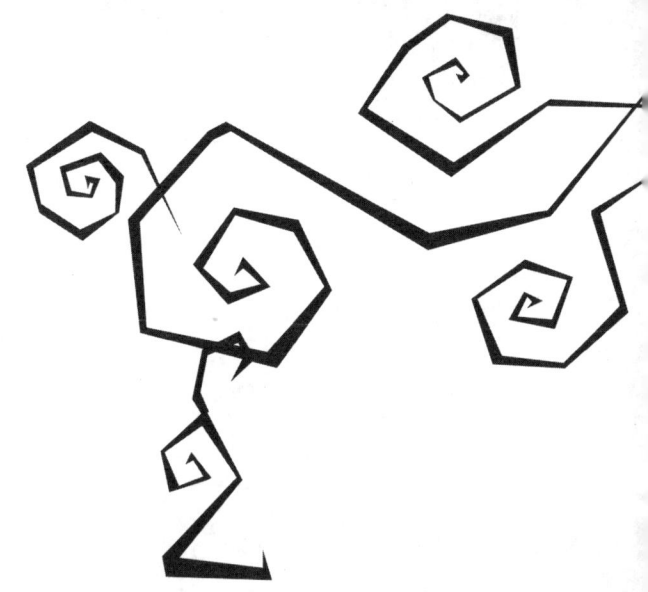

세나는 이층에서 아래를 내려다보며 가슴을 꼭 눌렀다. 간신히 사지에서 살아 나온 사람처럼 가슴이 두근거렸다. 아무 말도 해서는 안 된다는 것을 알고 있었지만 어쩔 수가 없었다. 책을 본 것이 얼마나 오랜만인지 알 수 없었다. 지금은 불타 없어져 버린 집에 그나마 한국어 책들이 있기는 했다. 누가 보던 건지 손에 먼지가 묻어날 정도로 오래된 문학 전집들이 가득 있었다. 하지만 아무리 많은 책들도 5년 정도면 충분히 읽고도 남았다. 최근에 나온 책들은 희경이 사다 둔, 우울한 결혼에서 괴로워하는 여자들이 잔뜩 나오는 책들뿐이었다. 아무도 그녀에게 책이 필요할 것이라고 생각하지 않는 것 같았다. 희경도 실은 모자라지 않게 꼬박꼬박 사다 주면서 책에는 관심이 없었다.

세나는 다시 창 아래를 내려다보았다. 그 친절한 남자는 언제나처럼 부드럽게 웃으며 공사 감독에서 손을 흔들고 돌아나갔다. 위를 흘깃 올려다보는 것 같아서 그녀는 얼른 뒤로 물러섰다. 그는 지난 십 수년 동안 그녀에게 가장 친절한 사람이었다. 언제나 따뜻하게 웃으면서 다정한 목소리로 말을 걸고 그녀를 위로해 주려고 했다. 세나는 그에게서 받은 책을 다시 끌어안았다.

만약 그가 제윤에게 이야기하면 어떻게 하지. 세나는 문득 떠오른 생각에 깜짝 놀라 책을 내던졌다. 만약 서훈이 그녀의 남편에게 그녀가 말을 걸었고 책을 가져다 달라고 했다고 말을 한다면…… 그녀는 저도 모르게 몸을 떨었다. 그랬다가는…… 그녀는 무너지듯이 그 자리에 주저앉았다. 어째서 이런 짓을 한 것일까. 그냥 가만히 있을 걸. 아무리 오랜만에 보는 책이었다고 한들 이 한 권만 있어도 전혀 상관없는데.

공포심이 숨을 쉴 수조차 없게 밀려왔다. 세나는 눈앞이 말 그대로 하얗게 변하고 귀가 먹먹해졌다. 만약 그가 알게 된다면 무슨 일이 벌어질지 모른다. 절대로 그냥 내버려 두지 않을 것이다. 절대로. 그녀는 연속적으로 떠오르는 아버지와 오빠에 대해서는 생각하지 않으려고 애썼다. 공포심 때문에 몸까지 아파왔다. 팔이 저리고 어깨가 욱신거렸다. 그들이 가만히 있지 않을 것이다. 틀림없이, 틀림없이…….
 세나는 숨을 쉬려고 애썼다. 가슴이 얼얼할 정도로 아프게 막히고 뒤틀렸지만 숨을 들이쉴 수가 없었다. 그녀는 거칠게 헐떡거리며 벽에 기대어 일어섰다. 그가 말하지는 않을 것이다. 아무 일도 없을 것이다. 그녀에게는 '아무 일'도 벌어지지 않는다. 세나는 자기최면처럼 중얼거리며 침대로 향했다. 머릿속이 텅 빈 것처럼 아무 생각도 떠오르지 않았다. 자신이 걷고 있다는 감각마저도 없어졌다. 세나는 침대에 누워 부들부들 떨리는 몸을 웅크렸다. 애써 잠을 청하려고 해도 쉽게 잠들 수 없었다. 커다란 덩어리 같은 불안감이 그녀를 짓눌렀다. 정말 정신 질환이 있었으면 좋았을 텐데. 차라리 아무것도 모르고, 아무것도 느끼지 않는다면, 정말로 자기 자신만의 세계에 빠져 있었다면. 세나는 몸을 더 웅크렸다. 그녀는 머리를 비우려고 애쓰면서 잠을 청했다.

 서훈은 민혜에게 이 사실을 말할지 말지에 대해서는 전혀 고민하지 않았다. 민혜에게 말한다는 것은 화를 자초하는 것이나 마찬가지였다. 그녀는 자신이 알고 있는 사실에 흔들림없는 확신이 있었다. 만약 자신이 틀렸다는 것을 알게 된다면 가만있지 않을 것이다. 말 그대로 민혜는 세나를 죽여 버릴지도 모른다.
 하지만 모든 공사를 총관리하는 민혜와 상의하지도 않고 설계를 바꿀 수는 없었다. 그렇다고 집주인의 의견을 들어보지도 않을 수 없고. 그냥 아무 일 없다는 듯이 넘어가는 것이 차라리 편할지도 모른다. 그렇다면 아무런 트러블 없이 조용히 끝날 것이다.

서훈은 들고 있는 주택 모형을 내려다보았다. 하지만 그럴 수는 없다. 그는 별채의 문을 두드렸다. 의자에 앉아서 멍하니 공사장을 쳐다보던 그녀가 떠올랐다. 광채처럼 순간적으로 지나가던 기쁨의 빛이나 의식적으로 그것을 지워 버리려는 듯한 무표정도 생각났다. 서훈은 크게 숨을 들이마셨다. 해야만 하는 일이라고 생각을 한다면 최선을 다해서 기쁜 마음으로 하면 되는 것이다.

"모형이기 때문에 좀 미화된 점이 없잖아 있습니다만 대강 이렇게 될 겁니다."

세나는 일층 거실에 앉아 그를 멍하니 쳐다보았다. 이 사람이 정말로 건물 모형과 각 층의 모델을 가지고 왔다. 고맙다는 느낌보다 먼저 무서워졌다. 누군가 그녀에게 이토록 신경이 쓴다는 것이 이상했다. 여태까지 아무도 그녀에게 무엇인가를 설명해 준다던가 이해시키려고 노력한 적은 한 번도 없었다. 그녀는 언제나 주어진 것에 의문을 품지 말고 받아들여야만 했다.

"뭐, 더 궁금하신 거나 마음에 안 드시는 거 있으면 말씀하세요."

세나는 기계적으로 고개를 저었다. 서훈은 살짝 인상을 찌푸렸다. 그녀는 흠칫 놀라 어깨를 움츠렸다. 그는 무슨 말이든지 듣기를 원했다. 뭐라고 해줘야 했다.

"희, 흰, 흰집이네요."

서훈은 무슨 소리냐는 듯이 그녀를 쳐다봤다가 모형으로 시선을 돌렸다. 모형 주택에는 색지를 입히지 않아서 흰 압축 스티로폼이 그대로 드러난 상태였다. 서훈은 쿡 웃으면서 고개를 저었다.

"아니에요. 아직 색조를 정하지 않아서 색지를 붙이지 않았습니다. 민혜 씨가 벽돌을 쓰지 않고 외장에 색을 칠하자고 했거든요. 색조는 시간을 두고 정하고 싶다던데 사모님께서 원하는 색이 있으면 말씀하세요. 아, 샘플을 가져다 드릴게요."

세나는 겁이 더럭 났다. 이 사람이라면 정말로 가져올지도 모른다. 그녀에게 뭔가를 하라고 시키고 다른 사람에게 그 이야기를 할지도 모른다. 그녀는 다급하게 고개를 저었다.

"아뇨, 괜찮아요. 이, 이 실장이 다, 잘해요. 다 잘할 거예요."

세나는 서훈이 또 얼굴을 찌푸리는 것을 느꼈다. 도망가고 싶었다. 어째서 이런 일을 자초했는지 알 수가 없었다. 언제나 그랬듯이 아무 생각도 하지 말고 그냥 있었으면 서훈이 이렇게 하지는 않았을 것이다. 그저 가끔 건네주는 친절만을 감사히 받아들인 채 그에게 이렇게 말했다면, 저렇게 했다면 어땠을까 상상하면서 안전하게 혼자 즐거워할 수 있었을 것이다. 그런데 왜 그에게 말을 건네는 짓을 했을까. 도대체 왜…….

"사모님?"

세나가 그를 쳐다보자 서훈은 깜짝 놀랐다. 금세라도 눈물이 떨어질 듯 커다란 눈에서 애원의 빛이 엿보였다. 세나는 고개를 돌리고 바닥을 쳐다보았다. 그리고 뭐라고 잘 안 들리는 말을 웅얼거리더니 창밖을 멍하니 바라보았다. 한동안 침묵이 흘렀다. 서훈은 그녀의 변화에 조금 놀랐다. 세나가 말이 많은 편은 전혀 아니었지만 저렇게 정말 정신 질환자처럼 보이도록 말을 못하는 것도 아니었다. 그는 다시 인상을 쓰려다가 애써 표정을 관리했다. 그녀가 찌푸린 얼굴을 무서워한다는 것은 너무 쉽게 알 수 있었다.

"사모님?"

서훈은 다시 한 번 조심스럽게 그녀를 불렀다. 그녀는 천천히 그를 돌아보았다. 그녀의 얼굴에 잠시 절박함이 비춰졌다가 사라졌다. 무슨 문제가 있었다, 너무나도 큰 문제가. 서훈은 마음을 가라앉히려고 숨을 내뱉었다.

"여긴 사모님께서 사실 곳이니 사모님 마음에 들어야 하는 겁니다. 다른 사람 의견은 사실 그렇게 중요하지 않아요."

세나는 무표정하게 그를 쳐다보았다. 서훈도 진지하게 그녀를 쳐다보았다. 세나는 말을 할지 말지 망설이는 듯하더니 조심스럽게 입을 열었다.

"난 괜찮아요. 괜찮아요."

그가 여전히 쳐다보고 있자 세나는 한마디 덧붙였다. 서훈은 그녀의 마음속까지 읽기라도 하듯 가만히 쳐다보고만 있었다. 세나는 몸을 움츠렸다. 그 누구도 이렇게까지 그녀의 마음을 알아내려고 한 적이 없었다. 어느 누가 그녀에게 신경이라도 쓴 적이 없었다. 세나는 고개를 돌렸다. 그의 말에 대답하는 것이 두려웠다. 자신이 대답하고 싶은 것인지도 알 수가 없었다. 또 침묵이 흘렀다. 세나는 서훈이 짜증을 낼 거라고 생각했지만, 그는 가볍게 한숨만 내뱉었다.

"어려워하실 필요 없어요. 고용주시잖아요. 마음에 안 들면 잘라요. '넌 해고야'는 불어로 뭐라고 해요?"

"Tu es renvoyee."

세나는 작게 중얼거렸다. 서훈은 씩 웃으면서 자리에서 일어났다. 그녀는 그를 물끄러미 쳐다보기만 했다.

"보시고 궁금하신 거 있으면 다음에 말씀해 주세요. 아무래도 골조는 이런 식으로 올라가야만 하겠지만 내부는 얼마든지 바꿀 수 있습니다."

그가 나가는 것도 배웅하지 않고 그녀는 멀거니 앉아 있기만 했다. 마침내 현관문이 닫히는 소리가 나자 세나는 주위를 둘러보았다. 희경은 공사장 인부들이 점심 식사한 뒤처리를 하고 있는 듯했다. 그녀는 모형 주택을 들고 얼른 이층으로 향했다. 침대 위에 놓고 보는 모형은 상당히 귀여웠다. 지붕을 들어내고 내려다보듯이 만들어진 모형에는 소파와 테이블, TV까지 있었다.

릴리푸트인들이 살면 되겠네. 세나는 속으로 중얼거렸다. 모형의 이층은 방이 네 개쯤 있었고 널찍한 거실이 있었다. 방 중 하나는 거실만큼 넓어서 안쪽으로 몇 개로 나뉘어져 있었다. 이층을 살짝 들어내니 일층도 내려다볼 수 있었다. 일층은 현관 근처에 응접실 같은 방이 있고 거실과 넓은 식당, 부엌, 그리고 몇 개의 방이 더 있었다.

세나는 이층을 다시 올려놓고 모형을 바닥에 내려놓았다. 이런 집에서 사는 것도 괜찮을 듯했다. 물론 그녀는 어디 살아도 아쉬울 것이 없었다. 그녀에게는 혼자 있을 수 있는 작은 방 하나면 충분했다. 아무도 그녀에게 관심을 가질 필요 없었다. 그리고 관심 따위를 가지지 않았으면 좋겠다. 세나는 문득 떠오른 생각에 몸을 떨었다. 이제는 완전히 묻어버린 줄 알았던 고통과 공포가 다시 살아나는 것 같았다.

그녀는 몸이 부들부들 떨리는 것 같아서 얼른 따뜻한 햇볕으로 나갔다. 창틀에 기대어 공사장을 내려다보던 세나는 문득 주위를 둘러보았다. 이 방은 그녀가 오기 전에는 창고로 쓰였는지 벽지 색도 아무 무늬 없는 어둠침침한 회색이었다. 깨끗하기는 하지만 급하게 물건을 치우고 가구들로 몇 개 들여놓았기 때문에 어수선한 느낌이 들었다.

지난번 방이 꽤 넓었고 근사하게 도배가 되어 있기는 했다.

그것이 특별한 의미가 있었던 것은 아니지만. 세나는 창가의 의자에 앉아 멍하니 천장을 올려다보았다. 절대로 그럴 일은 없겠지만 그녀에게 그녀가 원하는 집을 고르라고 한다면 어떤 집을 고를까. 정원이 내다보이는 거실에 페치카가 있었으면 좋겠다. 벽돌이나 통나무로 장식하는 것도 좋을 것 같았다. 폭신한 카펫을 깔고 짙은 색 안락의자를 놓으면 수를 놓을 때도 좋을 것이다. 세나는 자신이 어머니와 프랑스에서 살았던 때를 떠올리고 있다는 사실을 깨달았다. 어렴풋이밖에 기억나지 않는 그때가 가장 행복했던 시절인 듯했다. 그때가 더 자세히 기억나지 않는 것이 안타까웠다. 만약 좀 더 자세히 기억난다면, 그랬다면 되새기며 추억할 만한 일들이 훨씬 더 많았을 텐데. 세나는 어머니가 안아주던 느낌을 되살리려고 애써보았다. 하지만 생각하려고 하면 할수록 그 느낌은 점점 멀어져 가고 아버지의 냉담함만이 떠올랐다. 세나는 파르르 떨면서 의자 위에서 몸을 웅크렸다.

"구조는 마음에 드세요?"

서훈은 끈기있게 물었다. 세나는 그의 눈치를 보는 듯이 고개를 끄덕였다. 그는 한숨도 나왔지만 걱정스럽기도 했다. 혹시 남의 눈치를 너무 보는 것이 세나의 병이 아닐까 하는 생각까지 들었다.

"그거라도 마음에 드신다니 다행이네요. 얼마나 조마조마했는지."

그가 씩 웃자 세나는 깜짝 놀란 것 같았다. 그녀는 화급히 고개를 저었다.

"그런 게 아니에요. 그냥…… 전……."

그녀가 뭐라고 변명을 하려는 듯 더듬거렸다. 서훈은 가만히 웃고는 어깨를 으쓱였다.

"고용주 눈치 보는 게 당연하죠. 내장에 대해서는 많이 생각해 보셨어요?"

세나는 입술을 깨물었다. 그가 그렇게 모형 주택을 떠안기고 간 뒤로 생각을 안 할래야 안 할 수가 없었다. 한 번 생각이 떠오르자 그것을 멈출 수가 없었다. 오래전에 사라진 줄 알았던 희망이라든지 소망 같은 것이 다시 생겨났다. 세나는 뭐라고 말을 꺼내기 전에 서훈을 쳐다보았다. 그가 어째서 그녀에게 이렇게 잘해주는 것인지 알 수가 없었다. 지금이야 그는 설계사이고 그녀가 그를 고용한 셈이어서 그렇다고 하더라도, 그전부터 그는 신기할 정도로 친절했다. 그녀가 정신 질환자라고 생각한 순간에도 그는 그녀를 정상인처럼 대했다. 어느 누구도 그녀가 존재하는지조차 모르고, 안다 하더라도 무시하려고 애썼는데 그는 똑바로 그녀에게 다가와서 말을 걸었다.

"왜 나한테 그러시죠?"

세나는 저도 모르게 물었다. 그리고는 깜짝 놀라 입을 막았다. 숨이 막히는 것 같았다. 서훈이 버럭 소리를 지르지나 않을

지 걱정스러웠다. 그녀에게 잘해준 유일한 사람에게 불평을 한 것이다. 이유나 대가가 있어서가 아니라 그냥 순수하게 친절히 대해준 그에게 무슨 불만이 있다고 그런 것을 물었을까. 세나는 그 말을 주워담고 싶었다.

"뭐가요?"

그녀가 숨죽이고 있다는 것을 아는지 모르는지 서훈은 아무렇지도 않게 물었다. 세나는 그를 조심스럽게 쳐다보았다.

"왜 저한테 이것저것 묻고 그러세요? 이 실장은 그냥 자기가 다 알아서 하던데."

세나는 자신의 말이 민혜를 욕하는 것인지 다시 한 번 되새겨 보았다. 민혜가 전해 듣는다고 해도 화낼 정도는 아니어야 했다.

"이 실장은 사모님이 아프신 줄 아니까요."

서훈은 짧게 끊어 말했다. 하지만 세나가 그것을 느낀 듯 몸을 움츠리자 따뜻한 미소를 지었다.

"사모님 댁인데 당연히 사모님이 결정하시는 거죠. 안 그래요?"

서훈은 질문의 의도를 알고 있었다. 하지만 딱히 뭐라고 답할 문제는 아니었다. 그는 그저 그러고 싶었을 뿐이다. 세나는 천천히 고개를 끄덕였다.

"생각하신 게 있다면 말씀해 주세요. 가능하다면 전부 고쳐 보겠습니다."

그녀는 또 물끄러미 바라보기만 했다. 서훈은 다시 한 번 부드럽게 웃어 보였다. 분명히 세나에게는 어떤 일이 있었고 무슨 사정이 있었다. 하지만 그것을 굳이 캐낼 필요는 없었다. 다만 그녀를 다른 사람 대하듯 똑같이 대하기만 하면 되는 것이었다. 물론 그도 세나가 마음에 드니까 보통 다른 사람들에게보다는 더 친절하겠지만.

"혹시……."

그녀가 조심스럽게 입을 열었다. 서훈은 뭐든지 말하라는 듯 그녀를 쳐다보았다. 세나는 가볍게 한숨을 내쉬었다.

"혹시 사장님께 말씀드렸나요?"

"뭐를요?"

"저, 저……."

서훈은 그녀가 말하려는 것을 알아차리고 고개를 저었다.

"말씀드리고 싶으셨다면 직접 말씀하셨을 거라고 생각했습니다."

세나는 뭐라고 말하려는 듯 입을 벙긋거리다가 다물었다. 그의 말은 너무나 뜻밖이었다. 그가 그렇게 생각했다는 것도 너무나 놀라웠다. 그러면서 그녀에게 캐묻지도 않았다. 세나는 머리 속이 뒤섞여 버리는 것 같았다. 이런 사람이 자신 앞에 나타난 것이 혼란스러웠다. 그를 어떻게 대해야 할지 알 수가 없었다.

"자, 그럼 고치고 싶은 게 있으시면 말씀해 주세요."

서훈이 먼저 말을 꺼냈다. 세나는 그를 물끄러미 올려다보았다. 그는 대답없는 그녀가 짜증나지도 않는지 즐거운 표정으로 설계도를 꺼내서 적을 준비를 하고 있었다. 그녀는 그 즐거움이 그녀에게까지 번져 오는 것 같았다. 다정한 그에게는 뭐든지 이야기할 수 있을 것 같았다.

"전 류세나라고 해요."

서훈은 갑작스러운 말에 조금 놀란 듯했지만 쿡 웃었다. 그는 고개를 끄덕였다.

"전 김서훈입니다. 다시 만나뵈니 반갑네요."

세나는 자신이 불쑥 꺼낸 말이 얼마나 어색했는지를 깨닫고는 얼굴을 붉혔다. 그저 그에게 자신의 이름을 말해 준 적 없다는 생각이 불현듯 들었을 뿐이다. 세나가 난처해하자 서훈은 손을 내저었다.

"성함은 아주머니께 들었습니다."

서훈은 더 이상 말하지 않았지만 세나는 자신의 병에 대해 그가 들었다는 것까지 알아차렸다. 이름을 이야기해 주면서 그 이야기를 하지 않았을 리 없었다. 그녀의 얼굴이 다시 어두워졌다. 하지만 서훈은 아무렇지 않다는 듯이 어깨를 으쓱였다.

"이제 일하죠?"

세나는 또 잠시 그를 쳐다보았다. 서훈은 여전히 기분 좋은 표정으로 그녀의 말을 기다리고 있었다. 그녀는 조용히 한숨을 내쉬고 조심스럽게 이야기를 꺼냈다.

"이 실장은 이층을 어떤 식으로 꾸미겠대요?"

"이 실장은 별로 중요하지 않아요. 사모님께서 어떻게 하고 싶으시냐는 것이 중요하죠."

"그, 그래요?"

그녀의 의견이 중요하다는 말은 그녀에게 너무 어색했다. 아무도 그녀의 생각을 중요시하지 않을뿐더러 그녀에게 생각이 있다는 것조차 모르고 있었다. 세나는 입술을 깨물고 모형 주택을 빤히 바라보았다.

"난 프랑스에서 살았던 집 같은 게 좋아요."

잠시 생각에 잠겨 있던 그녀는 불쑥 말했다. 그리고는 서훈이 전혀 못 알아들었을 거라는 생각에 다시 얼굴을 붉혔다. 하지만 서훈은 괜찮다는 듯이 어깨를 으쓱였다.

"제가 프랑스 잡지나 책을 몇 권 가져다 드리겠습니다. 한번 보시고 찬찬히 생각해 보세요. 그리고 가구점에 한번 나가셔서 둘러보세요. 물건들을 보면 좋은 생각이 떠오르실 겁니다."

세나는 열의없이 고개를 끄덕였다. 서훈은 설계도를 접으면서 미소 지었다.

"예전에 프랑스에 사셨었나 봐요?"

"어렸을 때요, 아주 어렸을 때."

"그래도 불어를 잘하시는 모양이에요? 책도 읽으시고."

프랑스어를 잘하게 된 것은 오직 민학과 세준이 프랑스어를 못 알아듣기 때문이었다. 하지만 그래서 더 더욱 화를 내기도 했다. 세준은 그녀가 프랑스어를 할 때마다 화를 내며 창고에 가두곤 했었다. 영어로 잘못했다고 빌 때까지.

"그냥 그렇죠."

세나는 손끝으로 하얀 모형 주택을 만지작거렸다.

"집이 다 타서 아무것도 안 남았어요. 여러 가지 만들었었는데……."

5년 전 공항에 내리자마자 제윤은 그녀를 이곳으로 보냈다. 그 뒤로 그녀는 이 집에서 나가본 적이 없었다. 그런데 이렇게 아무것도 남지 않고 전부 타버린 것을 보니 가슴이 아팠다. 그녀가 살아온 5년의 시간이 전부 사라져 버린 것 같았다.

"그래도 무사하시니 다행이죠."

그녀를 위로해 주고 싶었다. 사실 집이 타버렸다고 해도 세나는 한국에 있는 대부분의 사람보다 부유했다. 하지만 지금 손만 내려다보고 있는 여자는 짐 하나 챙기지 못하고 집에서 쫓겨난 사람처럼 낙심하고 있었다. 단순히 가지고 있던 물건이 없어졌다는 것 때문만은 아닌 듯했다.

"그렇긴 해요."

세나는 낮게 중얼거렸다. 그녀가 알아왔던 모든 것은 사라져 버렸다. 정성을 다해 만들었던 여러 가지 물건들이 전부 없어졌다. 언제나처럼 대화할 사람도, 함께 어울릴 사람도 없이 그것들에만 정성을 쏟았었는데 이제 모두 사라졌다. 그녀가 살아온 자취가 전부 사라져 버렸다. 그녀에게는 아무것도 남지 않은 것이다. 원래부터 아무것도 없기는 했지만. 세나는 길게 한숨을 내쉬었다. 그녀는 그 속에 눈물이 묻어 있다는 것을 깨닫고 깜짝 놀랐다. 눈물 같은 것은 오래전에 얼어버린 줄 알았는데.

"괜찮으세요?"

서훈은 그녀에게 손수건을 건넸다. 세나는 잠시 그것을 바라보기만 하다가 조심스럽게 받아 들었다. 서훈이 그녀를 걱정스럽게 쳐다보고 있었다. 누군가가 적의를 가지지 않고 그녀를 쳐다보는 것이 얼마 만의 일인지 모르겠다. 아니, 어쩌면 생전 처음일지도 모른다.

문득 불이 난 것이 잘된 일일지도 모른다는 생각이 들었다. 아니면 그녀가 어떻게 서훈 같은 사람을 만날 수 있었을까. 세나는 염려스러운 그의 표정에 떨리는 미소를 지었다.

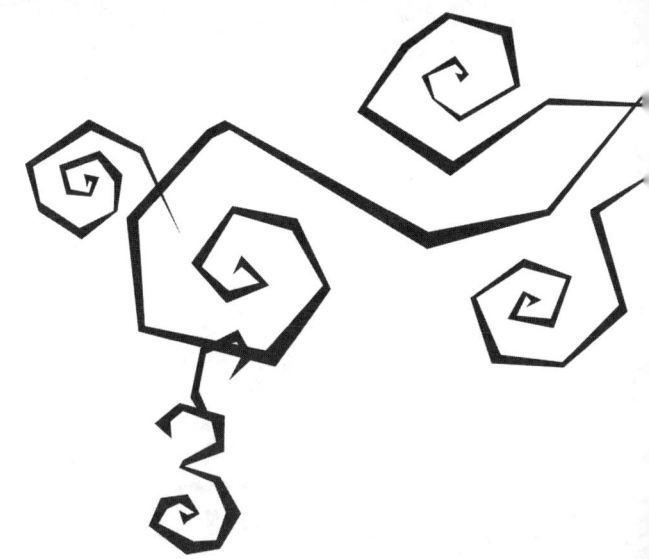

그는 정말 책과 잡지를 한 아름 가져다 줬다. 희경은 그가 세나에게 책을 한 아름씩 가져다 주는 것이 의아한 모양이었지만, 세나는 아름다운 집이 가득한 책들에 푹 빠져 버렸다. 모든 것이 너무 멋있어 보여서 어느 것 하나를 선택할 수가 없었다.

"다 좋아서 잘 모르겠어요."

세나가 한숨을 폭 내쉬자 서훈은 낮게 웃었다.

"그래서 인테리어 디자이너가 있는 겁니다."

세나는 입술을 깨물었다. 민혜에게는 별로 부탁하고 싶지 않았다. 민혜는 그녀와 비슷한 취향이 아닐뿐더러 비슷하다고 해도 그녀가 부탁한다면 반대 방향으로 갈 것만 같았다.

"이 실장 디자인은 이런 것에 비해 좀 도시적이죠?"

서훈이 그녀의 마음을 읽은 듯 먼저 말했다. 세나는 그를 흘 끗 보고는 조심스럽게 고개를 끄덕인 후 다시 한 번 그를 쳐다 보았다.

"마음에 드신 것을 대충 고르셨다면 저한테 말씀해 주세요. 그럼 가져가서 저희 디자이너하고 대략적으로 이야기해 보고 수정안을 가지고 올게요."

세나는 소리없이 한숨을 내뱉었다. 서훈은 너무나 친절했다. 그에게는 일상적이고 평범한 것일지도 모르겠지만 그녀에게는 너무 소중했다. 그녀가 더듬거리며 말하는 것도 차분하게 들어 주었고 싫다고 하는 것도 아무렇지 않게 동의해 주었다. 처음 에는 의견을 내놓는 게 너무나 어렵고 불편했다. 한마디 할 때 마다 그의 눈치를 봐야 했고 화를 낼까 봐 긴장했다. 하지만 서 훈은 자기의 의견을 말할 때는 있어도 화를 내거나 그녀의 말을 무시하지 않았다. 어떤 때는 자신의 말에 따라 자꾸 말을 바꾸 는 그녀가 재밌는지 계속해서 이랬다 저랬다 한 적도 있었다.

"지금 인테리어에 대해 대략적으로 결정하면 편하긴 하겠지 만, 제일 중요한 건 그보다 배선 문제입니다."

세나는 서훈이 차분하게 설명해 주는 것에 귀를 기울였다. 그의 목소리가 좋았다. 언제나 따뜻하게 말해 주었고 그녀에 대한 배려가 배어 있었다. 그가 짜증 내려고 벼르는 것이 아니라 정말로 그녀의 의견을 기다리고 있다는 것을 알 수 있었다. 나중에는 그가 그녀의 의견에 반박해도 토를 달 정도가 되었다.

세나는 처음으로 그의 말에 반박했을 때가 떠올랐다. 그때는 혀가 목구멍으로 말려들어 갈 듯 숨이 막혔었다.

"외풍이 심할 텐데요."
"그래도 시원해 보이잖아요."

한 면을 전부 통유리로 하는 것에 대해 서훈이 한마디 하자 세나는 저도 모르게 그렇게 대꾸했다. 순간 큰일 났다는 생각이 들었다. 네 까짓게 뭘 아느냐는 말에서부터 차가운 눈길까지 수많은 반응이 휙 떠올랐다 사라졌다. 만약 서훈이 그렇게 한다면, 서훈까지 그렇게 한다면……

"그렇겠지만…… 그럼 이중 유리로 해야겠네요. 그리고 커튼도 두 겹으로 할 수 있게 해야겠어요."

서훈은 아무렇지도 않게 말을 이었다. 세나는 여전히 부들부들 떨리는 가슴을 억누르고 있을 수밖에 없었다. 그는 왜 그러냐는 듯 한 번 쳐다보더니 미소 짓기만 했다. 그때부터 세나는 그에 대해서 긴장감을 버릴 수 있었다. 서훈 옆에서는 언제 터질지 모르는 분노와 적의, 냉소에서 자유로울 수 있었다.

"저기, 이렇게 제가 막 바꾸고 그래도 이 실장이 뭐라고 안 그러나요?"

세나는 문득 떠오른 질문을 했다. 서훈은 어깨를 으쓱였다. 그녀는 더 이상 묻지 않았다. 서훈이 알아서 처리해 줄 것이다. 그녀를 곤란하게 만들지 않고도.

서훈이 가고 나서도 며칠 동안 세나는 그의 온기를 느낄 수 있었다. 누가 볼까 봐 두려워 아무도 없는 자신의 방에서도 크게 웃지는 못했지만 그래도 입가에 희미한 미소가 떠나지를 않았다. 그녀는 잡지를 보며 마음에 드는 인테리어나 방 구조를 체크하면서 그가 다음에 올 때를 손꼽아 기다렸다.

누군가를 기다린다는 것은 그녀에게 드문 일이었다. 특히 최근 5년간은 더 했다. 그녀의 남편인 제윤은 한 달에 두 번 오면 자주 오는 것이었다. 왔다고 해도 3시간 이상 있지 않았다. 말없이 저녁만 먹고 잠시 서류를 보다가 돌아가 버렸다. 하지만 그것이 불만스러운 것은 절대로 아니었다. 제윤이 오는 날이면 그녀는 아침부터 공포심에 가슴이 오그라드는 것 같았다. 그와 식사할 때는 그가 혹시 화를 내지는 않을지 잔뜩 긴장한 상태로 그의 속도에 맞춰 말없이 밥을 먹기만 했다.

민혜는 그것보다 훨씬 더 자주 왔다. 그녀는 제윤에게 집안 관리를 책임져 달라고 부탁받았다고 했다. 그녀는 일, 이 주마다 한 번씩 와서 집에 문제는 없는지 살피곤 했다. 희경이 다룰 수 없을 만큼 큰 문제가 생기면 그때그때 민혜가 처리했다. 민혜는 집에서 일어나는 대부분의 일들이 그녀 때문이라고 생각하는 것 같았다. 하다 못해 폭우로 정원의 일부가 허물어졌을 때조차 그녀를 노려보았다. 하지만 그녀의 기분을 거슬리는 것은 불가능이었다. 민혜는 제윤에게서 절대 권력을 위임받았다. 그녀의 기분이 나빠지면 덩달아 제윤까지 화를 냈다. 그가 화를 낼 때면……

세나는 눈을 감았다. 그 기분을 되살리고 싶지 않았다. 숨이 막히고 속이 뒤집히는 느낌이었다. 그의 분노는 민학보다 더 생생했고 세준보다 더 치밀했다. 그녀는 스스로를 달랬다. 한 달에 몇 번 오지 않기 때문에 화를 내는 일도 많지 않았다. 거의 없다고 하는 편이 좋을 것이다. 지난번 제윤이 그녀에게 화를 냈을 때가 떠올랐다. 민학이나 할 수 있을 법한 살기 어린 독설을 제윤에게서 들으니 더 무서웠다. 더 생생하고 더 실재적으로 들렸다. 그녀를 어디론가 내몰려는 것 같았다. 마치, 마치… 몸이 저절로 떨렸다. 세나는 생각을 다른 곳으로 돌리려고 애썼다.

가정부로 일하는 희경은 제윤과 민혜에 비하면 훨씬 친절했다. 자수실이나 천이 떨어질 때쯤이면 슬쩍 사다 놓기도 했고 그녀가 만든 작품을 보면서 큰 소리로 감탄해 주기도 했으며 음식도 그녀가 뭘 좋아하는지 알아내려고 애쓰곤 했다. 가끔씩

직업적이고 무성의하게 느껴질 때도 있었지만 그 정도면 충분했다.

제윤이 그녀에게 정신과 의사로 붙여준 최명준 박사도 좋은 사람이었다. 심리학까지 배웠다는 그는 이미 그녀가 자폐증이 아니라는 것을 알고 있는 듯했다. 비록 그녀에게 말하지는 않았지만 느낌이 왔다. 제일 처음 그녀를 만났을 때와는 말투나 내용이 많이 달라졌다. 그래도 그녀에게 문제가 있다는 것은 알고 있는지 꾸준히 와서 그녀와 이야기를 하고 가끔은 약도 처방해 주고 갔다. 가끔은 그에게 미안하다는 생각이 들었다. 그녀는 아무 말도 안 하는 것으로서 그에게 완전히 거짓말을 하는 셈이었다. 하지만 제윤에게 고용된 그에게 쉽게 마음을 놓을 수는 없었다.

세나는 길게 한숨을 내쉬었다. 그 사람들 외에는 서훈이 가장 최근에 알게 된 사람이었다. 그들 중에 가장 친절하고 대화라는 것을 하는 사이였다. 서훈도 처음에는 그녀가 자폐증이라든지 정신 장애가 있다고 알고 있었을 것이다. 그런데 마치 정상인을 대하듯 대했다. 왜 그랬는지 궁금해졌다. 명준은 의사여서 그렇다 쳐도 서훈은 어떻게 알게 된 것인지도 궁금해졌다.

그녀는 서훈을 기다리며 창가를 서성거렸다. 처음 그녀에게 말을 걸었던 순간부터 서훈은 언제나 친절했다. 요즘은 공사장에 매일 오지는 않았지만, 현장에 들릴 때면 언제나 그녀에게 지금 무슨 일을 하고 있는지 상세하게 설명해 주었다. 그녀를 위해서, 그녀가 잘 알아들을 수 있게. 세나는 서훈의 말뜻을 알아듣지 못할 때조차도 행복했다. 누군가가 그녀에게 따뜻하게 대해주고 있다는 사실만으로도 다른 것이 필요없을 정도였다. 지금 같은 기분이라면 제윤이 온다고 해도 아무렇지 않을 것 같았다. 전보다 훨씬 느긋하고 덜 무서워할 수 있을 것이다.

그의 차가 공사장 앞에 서자 세나는 자리에서 벌떡 일어났다. 하지만 차마 즉시 뛰어나가지는 못하고 잠시 방 안에서 왔다 갔다 거리며 몇 분을 보냈다. 서훈과 함께 있는 것은 그녀가 알고 있는 다른 어떤 일보다 즐거웠다. 그녀가 정말로 살아 있다는 생각이 들었다.

하지만 그런 것을 그냥 드러내서는 안 된다. 그랬다가는 누가 무슨 일을 저지를지 알 수 없었다. 그녀가 좋아한다는 것이 알려지면 그것이 무엇이 되었든 파괴되기 십상이었다. 세준은 그녀가 좋아하는 모든 것을 없애 버리려고 했다. 그것이 장난감이든 먹을 것이든 유모든 상관없었다. 그녀가 정을 붙이려는 모든 것들이 그녀의 눈앞에서 사라져 버렸다. 세나는 천천히 방 안을 돌면서 숫자를 세기 시작했다. 최대한 관심없는 것처럼, 최대한 아무렇지도 않은 것처럼 보여야지 오랫동안 누릴 수 있다는 것을 아주 오래전에 깨달았다.

10분쯤 지난 뒤 세나는 아래층으로 내려갔다. 아무리 참으려고 해도 발걸음이 점점 빨라졌다. 서훈이 그녀에게 다정하게 웃으면서 여러 가지 이야기를 해줄 것이라는 기대감에 저절로 미소가 떠올랐다. 그와 특별히 무슨 이야기를 하지 않더라도 그저 그녀에게 친절한 서훈 옆에 있다는 것만으로도 기분이 좋아졌다.

하지만 공사장 쪽으로 난 문을 여는 순간 세나의 얼굴에서 미소가 사라졌다. 서훈과 나란히 서서 공사장을 바라보고 있는 커다란 사내의 뒷모습이 보였다. 서훈보다 조금 더 키가 크고 어깨도 넓은 강인한 윤곽이 누군가를 연상시켰다.

짧은 순간 세나는 그 자리에 굳어버렸다. 손끝까지 얼어붙어서 꼼짝도 할 수가 없었다. 속이 뒤틀려서 입으로 올라오는 것 같았다. 아닐 것이다. 그녀의 남편이 이 시간에 여기에 있을 리가 없다. 세나는 간신히 경직 상태를 풀고 집 안으로 황급히 들어가려고 했다. 그때 인부 중 한 사람이 그녀를 알아보고는 가볍게 인사를 했다. 서훈이 뒤를 돌아보았고, 그를 따라 사내도 천천히 고개를 돌렸다.

세나는 저도 모르게 눈을 감았다. 보지 않아도 그의 비난하는 듯한 시선이 머리에서부터 발끝까지 흘러내려 가는 것이 느껴졌다. 문을 꼭 붙잡지 않으면 쓰러질 것만 같았다. 가슴이 미친 듯이 뛰느라 숨을 쉴 수가 없었다. 등골이 오싹해지고 손발이 마비되었다. 그녀는 어떻게든 숨을 쉬어보려고 애쓰면서 문을 닫았다. 아무 일 없었다. 그는 그냥 공사장을 보고 돌아갈 것이다. 그는 아무것도 모른다. 아무 일도 없을 것이다. 세나는 간신히 이층으로 올라갔다.

"아, 사모님께서 궁금하셨던 모양이네요."

"집사람이 자주 나옵니까?"

말투가 상당히 냉담했다. 서훈은 잠시 대답을 망설였다. 제윤을 본 순간 세나는 쓰러질 것처럼 보였다. 그렇지 않아도 조심스러운 무표정이 더욱더 굳어져 버렸다. 잘못하다가는 하얀 얼음 조각처럼 산산이 조각나서 바닥에 흩뿌려질 것 같다는 생각조차 들었다.

"아뇨. 그냥 가끔 나와보시더군요."

제윤은 말없이 고개를 끄덕이고는 별채로 향했다. 서훈은 그의 뒷모습을 보며 안도와 불안이 뒤섞인 한숨을 내뱉었다. 현성 캐피탈의 사장이며 자타가 공인하는 현성캐피탈의 차기 회장인 제윤은 확실히 가까이하기 쉬운 사람은 아니었다. 단지 현성캐피탈이라는 어마어마한 배경 때문만은 아니었다. 냉정하게 거리를 유지하는 말투며 저도 모르게 뿜어져 나오는 위압감 같은 것 때문에 친근감을 갖기가 어려웠다. 저런 쪽보다는 차라리 상스럽게 말하고 큰 소리로 떠들어대는 쪽이 마음이 놓일 것 같았다.

서훈은 걱정스럽게 별채를 바라보았다. 제윤이 세나를 때릴 거라고는 생각하지 않았다. 비록 제윤이 지난 후계자 다툼에서 자신의 이복형제들과 사촌, 숙부들을 무시무시하게 몰아냈다고는 하지만, 개인적인 폭력성에 대한 소문은 없었다. 서훈은 불안한 마음을 달래며 공사 감독과 몇 가지 문제점을 의논하고 추후 일정을 점검했다.

세나는 창문 커튼을 내리고 침대에 누웠다. 오랜만에 제윤을 본 충격이 가시지 않았다. 여전히 손이 파르르 떨리고 피부가 민감해졌다. 자신이 내뱉는 숨결마저도 피부를 날카롭게 긁는 것 같다는 생각이 들 정도였다. 이제는 괜찮을 거라고 생각했다는 사실이 너무나 우스웠다. 그를 보는 순간 느낀 공포심은 어떻게 가라앉힐 수가 없었다. 특히 오늘처럼 전혀 마음의 준비가 되어 있지 않을 때는 거의 패닉에 가까웠다. 세나는 손을 주무르며 스스로를 달랬다. 아무 일도 일어나지 않았다. 제윤은 그냥 그녀를 한 번 쳐다봤을 뿐이다. 너무 과민하게 생각할 필요는 없다.

그 순간 그녀의 이름을 부르는 목소리가 들렸다. 세나는 가슴이 덜컥 내려앉았다. 묵직한 발소리가 이층으로 올라왔다. 세나는 창문 밖으로 뛰어내리고 싶은 충동이 들었다. 그러면 아래에서 서훈이 받아줄 것이다. 그녀는 너무나도 유혹적인 생각에 저도 모르게 침대에서 내려가려고 몸을 일으켰다. 하지만 그전에 이미 침실 문이 열리고 제윤이 안으로 들어왔다. 침대에서 본 제윤은 머리가 천장까지 닿을 듯 커다랗게 보였다. 그렇지 않아도 좁은 방이 제윤이 들어오니 더 더욱 작아 보였다. 세나는 숨도 쉬지 못하고 그를 올려다보았다.

"공사장에 왜 나오는 거야?"

세나는 대답할 수가 없었다. 의식적으로 노력한 것이 아니었다. 제윤의 싸늘한 시선과 냉정한 말투에 혀가 완전히 굳어버렸다. 지금 숨이 막혀 캑캑거리지 않는 것만도 놀라울 정도였다. 제윤도 특별히 대답을 바라지는 않았는지 불쾌하다는 듯이 훑어보기만 했다.

"나가지 마. 알겠지?"

그녀는 아무 말도 없이 그의 넥타이를 멍하니 바라볼 수밖에 없었다. 희끄무레한 회색 천장을 배경으로 그는 그녀의 생살여탈을 쥐고 있는 신처럼 보였다. 굳게 다문 입술과 강인한 얼굴선이 그를 더 무섭게 보이게 했다. 그는 그녀가 아무런 반응을 보이지 않는 것에 화가 난 것 같았다. 그는 침대에 한쪽 무릎을 대고는 그녀의 턱을 들어 올렸다. 세나의 입에서 소리없는 신음 소리가 터졌다. 하지만 제윤은 못 들은 듯 그녀가 시선을 맞출 때까지 아프게 턱을 움켜쥐고 있었다.

"내 말 알아들어? 나가지 말라고."

세나는 간신히 고개를 끄덕였다. 제윤은 더러운 것을 만졌다는 듯이 손을 떼고는 탁탁 털었다. 그가 뭐라고 중얼거리며 방에서 나갈 때까지 그녀는 꼼짝도 못하고 그 자세 그대로 앉아 있었다. 마침내 문이 조용히 닫히자 세나는 거칠게 숨을 내뱉었다. 지금까지 숨을 참고 있었다. 그의 손 힘이 지금도 턱에서 느껴졌다. 간신히 조절되고 있는 그 힘에서 분노가 느껴졌다. 증오와 혐오도. 세나는 부들부들 떨면서 침대 안으로 들어갔다. 아까 전까지만 해도 따뜻하던 방이 갑자기 춥게 느껴졌다. 세나는 폭신한 베개를 끌어안고 헉헉거리는 소리를 내뱉으며 잠을 청했다.

하루 일이 마무리되고, 인부들을 모두 돌려보낸 뒤에 서훈은 별채로 향했다. 몇 시간 전 집에서 나가던 제윤은 여전히 무표정한 얼굴이었다. 그 표정만으로는 안에서 무슨 일이 벌어졌는지 짐작할 수가 없었다.

서훈은 길게 한숨을 내쉬었다. 이토록 남의 집안일에 신경을 써도 되는 건지 알 수 없지만 세나를 그냥 내버려 둘 수는 없었다. 어려서 버려진 채 한 번도 다정한 손길을 받아보지 못한 고양이처럼 그녀는 그의 친절을 빨아들이고 있었다. 사소한 친절에도 너무 감사해하고 기뻐하는 것을 보면 오히려 그가 미안해질 정도였다. 그래서 조금이라도 더 잘해주고 싶었다. 세나가 조금 더 기뻐하고 즐거워할 수 있도록 돌봐주고 싶었다. 아직 조심스럽기는 했지만 그를 볼 때마다 세나는 조금씩 밝아졌다. 그것을 지켜보고 있으면 그 자신도 기분이 좋아졌다.

그가 별채의 문을 두드리자 희경이 문을 열어주었다.

"사모님 계세요?"

"주무시는 것 같은데요."

"벌써요?"

희경은 그를 안으로 초대했다. 그녀는 커피를 타서 서훈에게 건넸다.

"그런데 공사장이 위험한가요?"

"네? 공사장이야 어디나 다 위험하죠."

희경은 한숨을 폭 내쉬었다. 언제 보아도 위압적인 사장이 몇 시간 전에 그녀에게 날카롭게 한마디를 하고 갔다. 제정신도 아닌 사람을 위험하게 공사장 근처에서 맴돌게 내버려 두면 어떻게 하느냐는 것이었다. 험한 말을 하거나 불쾌한 말을 한 것도 아니었지만, 냉정하고 엄격한 얼굴로 한 마디 한 마디 하는 것이 가슴을 쿡쿡 찔렀다. 다 듣고 보니 그녀가 너무 큰 실수를 했다는 생각도 들었다.

"몸도 안 좋으신데 위험한 곳 돌아다니게 한 거 같아서요. 내가 요즘 너무 신경을 안 썼나."

서훈과 함께 있으면 괜찮을 것이라고 생각했다. 제윤에게 건축사 겸 건설자로 고용된 서훈은 척 보기에도 부드럽고 친절해 보였다. 우아한 얼굴에는 항상 즐거운 미소를 띠고 있었고 차분하고 따뜻한 목소리를 가지고 있었다. 그러면서도 실없는 사람으로 보이지는 않았다. 그에게라면 딸을 맡길 수도 있을 것 같았다.

"바쁘셨잖아요. 그리고 사모님도 그 정도는 알아서 하실 수 있으세요."

"하지만 환자잖아요."

서훈은 뭐라고 말을 할 수가 없었다. 세나가 그렇게 주저하는데, 그가 나서서 멀쩡하다고 말할 수는 없었다.

"자폐라고 해서 지능이 많이 떨어지는 건 아니지 않을까요? 위험한 거 정도는 아시겠죠."

"그랬으면 좋겠지만."

희경은 혼잣말을 중얼거렸다. 그러다가 문득 떠오른 생각에 그를 쳐다보았다.

"그런데 무슨 일 때문에?"

"항상 이거죠 뭐. 새로 바꾼 디자인을 가져다 드리기로 했거든요."

"세상에, 사모님께요?"

서훈의 의도까지 모르는 것은 아니었다. 하지만 굳이 그럴 필요가 있는지는 알 수 없었다. 어차피 세나는 알지도 못할 텐데.

"기호나 가부 정도는 말씀하세요."

서훈은 그 정도까지만 말했다. 희경을 속이는 것 같아서 미안했다. 하지만 이 문제에 있어서는 세나의 의견이 절대적이었다.

"어머, 그 정도까지 말하는 것도 처음이에요. 의사 선생님한테도 그렇게 얘기 안 하는 것 같던데."

희경은 기분이 좋아졌다. 서훈에 대해 높게 평가한 것이 틀리지 않았다. 그는 의사보다도 세나를 더 잘 돌볼 수 있었던 것이다.

"말을 너무 안 하는 게 문제라고 의사 선생님이 애완 동물이라도 키워보라고 하셨어요. 그런데 이 실장님이 너무 반대를 하셔서……."

민혜라면 개털 날리고 가구에 흠집 낸다고 절대 반대하겠지. 서훈은 한숨을 내쉬었다. 정원이 넓어서 도사견을 길러도 될 정도였다. 하지만 민혜가 추구하는 스타일에 애완 동물은 별로 어울리지 않을 것이다.

"차분하게 이야기하면 꽤 말씀 많이 하세요."

서훈은 다시 조용히 한숨을 내쉬었다. 차라리 희경에게 솔직히 말하고 도움을 구하는 편이 나을 것 같았다. 그래야 앞으로 두루두루 편할 것이다. 서훈은 세나를 데리고 나가야겠다는 생각을 하면서 씩 웃었다. 집주인이 자재를 직접 보는 것도 꼭 필요한 일 중 하나였다.

제윤은 개포동의 아파트로 돌아와 침대에 털썩 누웠다. 분당에만 갔다 오면 속이 뒤집힐 정도로 짜증이 났다. 그곳과 관련된 일을 어떻게든 피해보려고 민혜에게 일을 맡겼다. 때때로 불평하기는 했어도 그동안 꽤 잘해왔는데 요즘 들어 민혜가 불만이 많아졌다. 건축사이자 공사 총감독을 맡은 김서훈이 자기 말을 전혀 안 듣고 제멋대로 함부로 설계를 고치고 있다며 며칠째 징징거리고 있었다. 그가 아는 김서훈은 일에 있어서 함부로 굴 인물이 아니었다. 서울에서 이름만 대면 알 만한 집안의 개인 소유 건물을 몇 채나 설계한 서훈은 세련된 디자인에서부터 인부들 부리는 일과 깔끔한 공사 마무리까지, 한 번도 험담을 들은 적이 없었다. 그가 설계를 고쳤다면 무엇인가 이유가 있었을 것이다. 그런 것에 일일이 신경 쓰지 않으려고 김서훈을 고용한 것이다.

그는 이마를 문질렀다. 민혜에게 집을 맡긴 것이 실수였는지도 모른다. 그녀를 고용한 것은 일이라도 하면 그를 덜 귀찮게 굴지 않을까 하는 마음이 절반 정도였다. 집안끼리 알고 지내던 그녀가 애인으로 가까워진 것은 2년 정도 전이었다. 처음에는 그 상황을 변화시키고 싶어하는 것 같지 않았다. 자기 입으로도 아내보다 정부가 훨씬 멋있게 들린다고 했다. 하지만 요즘은 점점 요구가 많아지고 있었다. 자기가 말 한마디만 하면 그가 모든 것을 다 들어주리라고 착각하는 모양이었다.

사실 그동안 분당 집과 관련해서는 민혜가 뭐라고 해도 안 들어준 것이 거의 없었다. 이해할 수 없을 정도로 자주 인테리어를 바꾼다거나 끊임없이 그의 아내에 대해 불평을 해도 그냥 내버려 뒀다. 그렇다고 민혜의 불평에 항상 찬성하는 것은 아니었다. 그것에 진력이 나서 세나에게 화풀이를 한 적도 있었다. 하지만 민혜를 나무랄 수도 없었다. 그렇게 하도록 부추킨 것은 바로 그 자신이었다.

제윤은 어둠 속에서 자신의 손을 쳐다보았다. 세나를 생각한 순간, 아까 움켜쥐었던 연약하고 부드러운 얼굴의 느낌이 손바닥에서 되살아났다. 조금이라도 힘을 주면 으스러질 것만 같이 연약했다. 새끼 고양이의 목덜미를 쥐고 들어 올렸을 때처럼 뻣뻣하게 굳으면서도 바들바들 떨고 있었다. 제윤은 그 느낌을 다시 음미하려는 듯이 손을 움찔거렸다. 그러다가 자신이 무슨 생각을 하는지 깨닫고는 흠칫 놀라 손을 문질렀다. 손만이 아니라 팔까지도 움찔거리며 긴장되어 있었다. 아마 제 성질을 다 부리지 못했기 때문일 것이다. 그는 스스로를 납득시켰다.

그녀는 산제물이라도 되는 듯 공포에 질린 얼굴로 그를 쳐다보았다. 언제나 그를 보는 첫 표정은 그랬다. 자신이 무슨 괴물이라도 되는 기분이었다. 말도 못하는 장애자에게 못할 짓을 한다는 생각이 들었다.

제윤은 죄책감과 함께 다시 한 번 분노가 떠올랐다. 결혼식이 끝날 때까지 민학은 세나의 병에 대해서 아무런 언급도 하지 않았다. 겉으로 보기에는 전혀 문제가 없는, 오히려 근사해 보이는 여자가 속은 텅 비었다. 라스베가스에서 며칠 머무는 동안 그녀는 말 한마디 하지 않았고 그와는 시선도 마주치지 않았다. 제윤은 저도 모르게 이를 악물었다.

세나와 결혼한 것은 오직 사업적인 목적 때문이었다. 민학이 후계자 다툼에 힘을 실어주겠다고 말하며 몇 가지를 요구해 왔다. 그중 하나가 세나와의 결혼이었다. 현성캐피탈의 전 회장 한홍국이 타계하자마자 벌어진 후계자 다툼에서, 국내외로 엄청난 정치적 인맥이 있는 처가를 둔 제윤은 압도적인 우위에 설 수 있었다. 민학 역시 그의 사돈이며 일등공신이라는 점을 내세워 현성캐피탈 내에 막강한 영향력을 행사할 수 있게 되었다.

제윤은 각 계열사들을 정비하고 그룹 내에서 민학의 영향력을 제거하기 위해 얼마나 악전고투 중인지 떠올리며 이를 악물었다. 세나가 알아들을 수만 있었다면 그녀를 앉혀놓고 그가 얼마나 민학과 그의 집안을 저주하는지 낱낱이 이야기해 주고 싶었다. 그녀가 그 말에 공포에 질리고 두려움에 떨면서 용서를 빌 때까지.

제윤은 손으로 얼굴을 꾹 누르며 길게 한숨을 내쉬었다. 하지만 그것도 할 수가 없었다. 차라리 세나가 민혜처럼 앙칼졌으면 좋겠다. 아득바득 대들거나 사치스럽게 돈이라도 펑펑 써 댔다면 속 시원하게 미워할 수나 있을 것이다. 하지만 텅 빈 인형처럼 멍하니 벽만 보고 있는 여자에게 그럴 수도 없었다.

제윤은 일어나 앉아 답답한 가슴을 문질렀다. 처가에 대한 스트레스가 잔뜩 쌓여 있었다. 사업 문제 때문에 어디에서 쉽게 뱉어내지도 못하고, 그렇다고 폭발시키지도 못해서 가슴속에서 그대로 썩어 불쾌한 냄새라도 날 것만 같았다. 이런 것 때문에 세나를 볼 때마다 밉살스럽게 구는 것일지도 몰랐다. 정신 질환자에게 조금이라도 잘해줘야 한다는 생각과 민학이 저지른 짓거리에 대한 감정이 상충되어 저도 모르게 거친 말투가 튀어나왔다.

차라리 안 보는 것이 서로에게 속 편한 일이었다. 그녀와 관계된 일은 전부 희경이나 민혜에게 맡겨 버리면 된다. 물론 그렇게 세나를 위하는 마음만 있는 것은 아니었다. 정부로 하여금 그의 아내가 살 집을 돌보게 해서 아내를 모욕하고 싶었기 때문이다. 그리고 이 사실을 민학이 알았으면 좋겠다는 생각도 있었다. 그가 얼마나 류씨 집안을 싫어하고 경멸하는지, 지금이라도 파멸시키고 싶어한다는 것을 알기를 바랬다.

제윤은 자신의 지저분한 생각에 인상을 찌푸렸다. 하지만 그것이 솔직한 심정이었다. 가끔씩 세나가 안됐다는 생각도 들었지만, 어쩔 수 없었다. 그녀를 동정하기에는 민학에 대한 증오가 너무나 컸다.

세나는 모형 주택을 이리저리 돌려보며 감탄을 그치지 못했다. 색지만 붙인 것으로도 외관이 너무나 예뻐졌다. 그녀는 일층의 절반 정도 높이까지 올라오는 벽돌 모양의 색지를 만지작거렸다. 오톨도톨한 느낌까지 들었다.

"그렇게 괜찮으세요?"

"네, 예뻐요."

"안쪽은 어떻게 할 수가 없었어요."

"괜찮아요. 이 정도만 해도 대충 알겠는데요."

그녀는 지붕을 들어내고 이층을 내려다보았다. 그녀가 부탁한 대로 실내 정원도 있었고 창이 넓은 거실도 있었다. 페치카 모형은 스티로폼으로 만들지 못했는지 어디서 장난감을 가져다 두었다.

"예뻐요, 예뻐."

서훈은 싱긋 웃었다. 그녀는 처음으로 장난감을 받은 어린아이처럼 기뻐하고 있었다. 단순한 스티로폼 모형만 가지고도 하루 종일 즐거워할 수 있을 것 같았다.

"실제로 만들면 느낌이 좀 달라질 거예요."

"네?"

세나는 무슨 소리냐는 듯이 그를 쳐다보았다. 서훈도 고개를 갸웃거렸다. 실제로 만든다는 것이 무슨 소리인지 모르겠다는 투였다. 그는 밖의 공사장을 가리켰다.

"집 말이에요. 커지면 느낌이 달라져요."

"이렇게 만들 거예요?"

세나의 눈이 휘둥그레졌다. 서훈은 그녀의 반응에 놀랐다. 생각을 집중하려고 저도 모르게 인상을 찌푸리자 세나도 따라서 인상을 찌푸렸다. 서훈은 쿡쿡 웃으며 찌푸린 얼굴을 폈다.

"당연하죠. 그러려고 만든 거잖아요."

집을 모형대로 만들 거라고 생각하지 않은 모양이었다. 그동안 의논하고 토론했던 것이 실제로 이루어질 거라고 믿지 못한 것이다. 서훈은 입을 굳게 다물었다. 도대체 세나에게는 무슨 일이 있었던 것인지 궁금했다. 어떻게 5년이란 세월 동안 말조차 하지 않고 살 수가 있었을까. 어째서 저렇게 똑똑하고 착한 여자가 다른 사람이 무슨 말만 해도 흠칫흠칫 놀랄 수밖에 없는 것일까.

서훈은 불현듯 떠오른 생각에 다시 한 번 놀랐다. 이것은 5년의 문제가 아니었다. 제윤이 희경에게 말한 것으로 보아 제윤 역시 세나가 환자라고 굳게 믿는 듯했다. 그렇다면 세나는 그전부터 환자 시늉을 한 것이었다. 그녀의 부모형제들도 그렇게 믿도록. 입에서 저도 모르게 가느다란 신음 소리가 흘러나왔다.

도대체 왜 그랬을까. 세나에게는 무슨 일이 있었길래. 서훈은 귀찮을 정도로 가까운 가족들을 떠올렸다. 어떻게 가족에게도 자신이 정신 질환자라고 생각하게 만들었는지 이해할 수가 없었다. 서훈은 침을 꿀꺽 삼켰다. 다른 생각들이 연속적으로 떠올랐다. 바로 그녀가 그러고 싶었던 것이다. 가족들에게서 도망치기 위해서. 서훈은 눈을 감았다. 모든 상황이 아귀가 맞아 들어갔다. 세나가 어째서 자폐증 환자를 자처하는지, 어째서 항상 그렇게 흠칫흠칫 놀라는지, 어떻게 그렇게 남의 표정과 기분을 잘 알아차리는지…….

서훈은 이를 악물었다. 그녀가 어떻게 살아남을 수 있었는지 믿을 수가 없었다. 만약 그가 저렇게 했어야만 했다면 그는 해낼 수 없었을 것이다. 세나가 단 한 번이라도 누군가에게 기댄 적이 있을지 의심스러웠다. 마음을 털어놓을 사람도, 의지할 사람도 없었을 것이다.

서훈은 저도 모르게 그녀 옆에 앉았다. 세나가 조금 놀라는 것 같았다. 그는 애써 목소리를 가다듬었다.

"괜찮으시면 이번 주말에 저하고 외장재 보러 가실래요? 실제로 보면 어떤 느낌인지 좀 감이 오실 거예요. 다른 건물들 보는 것도 도움이 될 거고요."

"네?"

세나의 눈이 동그래졌다. 서훈은 너무 놀란 표정에 쿡쿡거릴 수밖에 없었다. 마치 집 밖으로 나가면 벼락이라도 떨어질 것이라고 생각하는 듯했다.

"아뇨. 그게, 저……."

"집 구조는 모형대로 갈 거예요. 하지만 외장에 대해서는 미리 확인하신 뒤에 확실히 정하셔도 돼요."

"아니, 그런 게 아니라, 저, 이 실장이…… 내가 마음대로, 그러니까, 그렇게 하면……."

세나는 횡설수설했다. 제일 처음에 봤던 설계는 민혜가 결정한 것이었다. 그것을 거슬렀다가는 민혜가 가만있지 않을 것이다. 민혜가 화를 낸다면 제윤 역시 아무 말 없을 리가 없다. 세나는 바르르 떨었다. 지난번처럼 그가 가까이 다가와 버럭 화를 낸다면 이번에는 견딜 수 있을지 모르겠다.

일이 이렇게 될 줄 몰랐다. 예쁜 집들을 보고 정원을 보는 것이 즐거웠다. 그녀가 살 집이 이랬으면 좋겠다고 상상하는 것도 재미있었고, 종이 위의 설계를 보면서 실제로는 어떤 모습일지 상상하는 것도 재미있었다. 서훈이 옆에서 계속 있어준다는 것이 가장 좋았다. 하지만 그것이 이렇게까지 되리라고는 상상도 못했다. 그녀의 즐거움은 그저 이 작은 모형만으로도 충분하다고 생각했다.

"전 디자이너나 설계사나 제안만 하는 거예요. 결정하는 것은 세나 씨예요."

"저, 전, 나, 그러니까……."

서훈은 공포에 사로잡힌 그녀를 안타깝게 쳐다보았다. 그녀가 두려워하는 것이 민혜인지 제윤인지 알 수 없었다. 어쩌면 그저 다른 사람과 대치해야 하는 상황이 무서운 것일 수도 있었다.

"다른 사람들은 제가 고쳤을 거라고 생각할 거예요."

세나는 그가 무엇인가를 알아차렸다는 것을 깨달았다. 서훈은 안쓰러움이 담긴 다정한 얼굴로 진지하게 그녀를 쳐다보고 있었다. 그녀는 갑자기 마음이 풀어지는 기분이었다. 가슴속으로 따뜻한 물줄기가 흘러 들어오는 것만 같았다. 어느 누구도 그녀의 기분을 알아차리지 못했다. 그녀의 상황을 살펴주지도 않았다. 막강한 권력과 재력이 있었던 그녀의 아버지는 그녀에 대한 관심을 모두 차단해 버렸다. 화려한 외모와 세련된 매너를 가진 그녀의 오빠는 자신의 말을 모두 믿게 만들어 버렸다. 그 장벽을 넘어 아무도 무슨 일이 벌어졌는지 알아차리지 못했다. 알려고 노력하지도 않았다. 다른 사람이 그녀를 유심히 보지 않는다는 것이 그녀에게는 다행이기도 했다. 하지만 누군가 정말로 그녀의 상황을 알아차리고 애써준다는 것은 또 다른 일이었다.

세나는 저도 모르게 괸 눈물을 억눌렀다. 지금 눈물을 흘렸다가는 그동안 얼어붙어 있던 모든 것들이 전부 녹아 흘러내릴 것 같았다.

"가, 갈게요. 저도 보고 싶어요."

서훈은 조용히 한숨을 내쉬었다. 너무 강요한 것 같다는 생각도 들었다. 남의 일에 너무 나선다는 기분도 있었다. 하지만 모른 척하는 것은 더욱더 할 수 없는 일이었다. 그랬다가는 평생 스스로를 저주하면서 살아갈 것이다. 서훈은 큰일 아니라는 듯이 씩 웃어 보였다.

"제가 모시러 올게요."

그는 한 가지 더 남은 이야기를 어떻게 꺼내야 하나 망설였다. 앞으로도 세나가 편하게 외출하거나 책을 읽거나 공사를 감독하려면, 그녀가 지극히 정상이라는 사실을 알아줄 사람이 더 필요했다.

"아주머니에게 말씀해 두세요."

세나의 얼굴빛이 확 달라졌다. 놀람에서부터 공포, 절망, 반대까지 여러 가지 감정이 한꺼번에 몰려온 것 같았다. 하지만 큰 소리는 지를 수 없는지 입만 벙긋거렸다.

"하지만 그러면, 그게……."

"아니면 아주머니는 제가 세나 씨를 납치하려는 줄 알 거예요."

한동안 그를 쳐다보기만 하던 세나의 얼굴에 떨리는 미소가 떠올랐다. 그의 농담을 알아들은 모양이었다.

"그러면 사장님께서도 알게 되실 거예요."

"말하지 말아달라고 하죠."

세나는 말없이 그를 올려다보았다. 그는 어깨를 으쓱였다.

"부탁을 하려면 확실히 해야죠."

세나는 고개를 끄덕였다. 하지만 벌써부터 손이 떨리고 숨이 막혀왔다. 만약 희경이 부탁을 들어주지 않는다면 어떻게 될지 상상도 하고 싶지 않았다. 제윤이 알게 될 것이다. 그러면 민학이나 세준 역시 알게 될 것이다. 만약 자기들이 속았다는 것을 알면 가만히 있을 리가 없다. 세준이 무슨 짓을 할지는 아무도 알 수 없었다.

그녀는 몸이 차가워지는 것 같아서 몸을 웅크렸다. 서훈은 힘을 내라는 듯이 웃어 보였다. 세나는 그의 자신감에 조금 기운이 나는 듯했다.

어쩌면 잘될지도 몰랐다. 어쩌면 그녀도 한 번쯤은 원하는 것을 갖게 될지도 몰랐다. 세나는 원하는 것이라는 단어를 음미했다. 그녀의 생각이 최우선시되고, 그녀가 하고 싶은 대로 되는 것이 있을 수도 있다는 사실 자체가 너무나 놀라웠다. 그 행복한 느낌이 가슴에서 부풀어올라 터져 버릴 것만 같았다. 그녀는 다시 한 번 고개를 끄덕였다. 이번에는 좀 더 열심히. 서훈 역시 다시 한 번 웃어 보였다.

역시 서훈 덕분인지, 희경은 너무나 놀라면서도 기뻐했다. 그녀에게 모든 것을 말하지는 않았다. 그저 서훈과 외장재를 보러 나갈 텐데, 그가 말을 하라고 했다는 얘기만 했다. 그것만으로도 희경은 너무 기뻐했다. 그녀는 세나의 손을 잡고 잘됐다는 말만 계속 했다. 하지만 그녀가 제윤에게는 말하지 말라고 하자 약간 주춤거렸다. 그 순간 세나는 긴장하지 않을 수 없었다. 최악의 시나리오가 머리 속에서 그려지고 있었다. 하지만 곧 희경은 고개를 끄덕였다. 무슨 생각을 하는지는 알 수 없었지만 동의하는 것 같았다. 아마 버림받은 아내에 대해 생각하고 있었을 것이다.

"최 선생님도 좋아하시겠어요."

세나는 흠칫 놀랐다. 의사에 대해서는 생각하지 못하고 있었다. 분명히 의사는 희경처럼 쉽게 넘어가 주지 않을 것이다. 제윤에게 말하지 않을 리도 없었다. 식은땀이 흐르면서 머리가 어지러웠다. 세나는 긴장감에 짜릿해지는 목덜미를 주무르며 고개를 끄덕였다. 서훈하고 의논해 봐야 할 것 같았다.

"유치원생 데리고 나가는 기분이군요."

서훈은 차 문을 닫으며 중얼거렸다. 세나도 조용히 쿡쿡거렸다. 아닌 게 아니라 희경은 유치원생을 소풍 보내는 엄마처럼 수없이 많은 것을 챙겨주며, 전화번호며 집 주소 등을 제대로 기억하는지 묻고 또 물었다.

"처음 나가는 거라서 그럴 거예요."

"서울 처음 가세요?"

"네. 어디 가본 적 없어요."

서훈은 뭔가 반박하려다가 말았다. 5년 전에 한국에 왔다면서 그동안 저 집에서 떠난 적이 없다는 말이었다. 어떻게 그럴 수가 있는 것일까. 서훈은 답답한 마음에 길게 한숨을 내뱉고 차를 출발시켰다.

"어려서 프랑스 사셨다면서요. 파리는 가보셨어요?"

"아마도. 어릴 때 살아서 잘 기억 안 나요."

"그 뒤에는 어디 계셨어요?"

"영국에 있었어요. 중등교육을 영국에서 받았어요."

민학은 그녀가 자폐증이라고 생각하고 있었다. 하지만 의사를 불러 그 사실을 확인한다거나 학교 교사들과 상담하는 일은 하지 않았다. 그녀를 학교에 안 보낸다는 것도 모양새가 안 좋다고 생각하는 듯했다. 그렇다고 특수학교에 보낼 수도 없었을 것이다. 집안에 정신 질환자가 있다는 것을 다른 사람이 알게 되어 집안의 명예가 훼손당하는 것을 싫어했다. 어쩌면 그녀에게 전혀 관심이 없고 그녀에 대해서는 이야기도 하고 싶지 않아서였을 수도 있다.

어쨌든 간에 그녀는 수녀원에 달린 부속 사립고등학교를 다닐 수 있었다. 교사들에게는 어떻게 손을 썼는지는 지금도 알 수 없었다. 학교에서 눈에 띄게 비정상적으로 보이지 않는다는 것에 안심했던 것일 수도 있었다. 하지만 결국 일반교육 졸업 증명 고급 레벨(General Certificate of Education Advanced level) 시험은 볼 수 없었다. 그러다가 정상이 아니라는 것이 알려질 수도 있다고 했다. 하지만 체면상 대학 졸업장은 필요하다고 생각했는지, 돈만 주면 입학에 졸업까지 시켜주는 미국의 사립 여자대학을 보내려고 했다. 하지만 그런 것들보다는 제윤과의 결혼이 더 중요했다. 그녀가 LA의 집에서 민학의 명령을 기다리고 있을 때, 그는 라스베가스로 그녀를 불러들였고 순식간에 결혼식이 치러지고 한국으로 밀려오게 되었다.

"그럼 영어도 잘하시겠네요. 영국에서는 외국어를 뭘 가르쳐요? 우리 나라는 죽자 사자 영어인데."

"불어나 독어 많이 가르쳐요. 라틴어도 좀 하고."

"그러면 세나 씨는 한국에서 학교 다니지 않으셨어요?"

"네, 한국에서는 얼마 살지 않았어요."

세나는 지난 5년 동안 한국에서 살았다라고 말할 수 있는지 곰곰이 생각해 보았다. 그녀가 고개를 갸웃거리는데 서훈이 다시 물었다.

"그럼 태어나기만 한국에서 태어나신 거예요?"

"아니요. 전 미국 시민권이 있어요."

서훈은 가볍게 휘파람을 불었다. 정말 세계적이었다. 세나가 어느 집안 사람인지 알고 싶다는 생각이 가끔 치솟았다. 도대체 어떤 집구석이길래 딸이 이렇게 되도록 내버려 두었는지,

이렇게 되도록 만들었는지 알고 싶었다. 그리고 그 대가를 톡톡히 치르게 하고 싶었다. 하지만 뒷조사 따위를 하는 것은 관두기로 했다. 그가 원하기만 하면 쉽게 알 수는 있었다. 그렇지만 그런 것에 사로잡히기보다는 지금의 세나에게 집중하는 것이 나았다. 원한다면 세나가 자기 이야기를 더 해줄 것이다.

"전쟁나도 걱정없겠네요."

서훈이 부럽다는 듯이 말하자 세나가 쿡 웃었다. 서훈도 씩 웃더니 논현동 건축 자재 백화점의 주차장에 차를 세웠다.

"그럼 천천히 돌아보죠."

세나는 조심스럽게 건물 안으로 들어갔다. 건물 밖에는 사람들이 꽤 많이 지나다녔지만 건물 안에는 사람이 별로 많지 않았다. 그래도 세나는 두려운 생각에 서훈의 옷자락을 움켜잡았다.

"천천히 가요?"

부탁하려는 듯하던 말투가 금세 의문형으로 바뀌었다. 서훈은 그저 고개를 끄덕이기만 했다. 세나는 가슴을 쓸어 내렸다. 다시 한 번 미소가 떠올랐다. 서훈에게 긴장할 필요 없었다. 그는 제윤이나 민학, 세준이 그랬듯 그녀에게 화내지 않을 것이다.

두 사람은 천천히 넓은 매장을 둘러보았다. 세나는 수많은 건축 자재들을 보며 감탄을 금치 못했다. 대리석에서부터 인조 타일, 각종 나무 바닥과 장판. 그녀는 예스러운 벽돌로 근사하게 꾸며놓은 자재 코너에서 떠나지 못하고 탄성을 내질렀다.
"저런 벽돌이군요!"
세나는 벽을 만져 보며 연신 감탄했다. 서훈은 저도 모르게 미소를 지었다. 무엇인가를 사러 왔다던가 시장 조사를 하러 왔다기보다는 박물관에라도 구경 나온 것 같았다. 그는 세나를 간신히 벽에서 떼어내어 페치카 코너로 데리고 갔다.
"이건 더 좋을걸요."
탄성이 또 흘러나왔다. 그녀는 유럽형 페치카를 어루만지면서 미소를 지었다.
"이게 있네! 이 페치카, 좋아해요."
"저도 페치카를 놓고 싶긴 한데 지금 아파트에 살아서 불가능하죠. 벽에 구멍이라도 뚫을까 했지만 그랬다가는 난리가 날 것 같고."
"그럼 이거 우리 집에 놓아요. 서훈 씨도 놀러오세요."
세나는 명랑하게 말하다가 금세 말꼬리를 내렸다. 그녀는 흘낏 서훈을 쳐다보았다. 그는 그러자는 듯 싱긋 웃어 보였다. 이런 것을 사가면 민혜가 뭐라고 할지 궁금했다. 민혜가 과연 그녀가 원하는 대로 무엇인가를 해줄 것인지도 의문스러웠다. 세나는 그녀가 시키는 대로 민혜가 움직인다는 생각에 몸이 짜릿해졌다. 누군가에게 무엇을 하라고 시키는 것은 처음이었다.
하지만 가볍게 들뜬 마음도 제윤을 생각하면 차갑게 식어버렸다. 제윤이 화낼 것을 생각하면 벌써부터 손이 차가워졌다.

세나는 가슴이 오그라들어 숨을 들이마실 수가 없었다. 그녀는 가볍게 헐떡이며 그 자리에 멈춰 섰다.

"조금만 쉬었다가 가도 될까요?"

"물론이죠. 죄송합니다."

서훈은 세나가 얼굴빛이 파래지고 숨을 헐떡이자 그녀를 얼른 차로 데리고 갔다.

"마실 것 가져다 드릴까요?"

서훈은 자책감이 들었다. 세나가 지난 5년 동안 집에만 있었다는 것을 뻔히 알면서도 무리해서 끌고 다녔다. 이렇게 돌아다니는 것이 처음이라 그만큼 힘들 것이다.

"괜찮아요. 조금 피곤해서요."

"어디 쉴 만한 데로 가죠."

서훈은 운전석에 앉아 싱긋 웃었다. 세나는 눈을 크게 뜨고 그를 쳐다보기만 했다.

차는 그녀가 모르는 길을 지나 한적한 골목길로 들어섰다. 서훈은 개인 집처럼 벽돌 담장에 작은 정원까지 있는 주택 안에 차를 세웠다.

"김 사장, 오랜만이네."

집 안에서 검은 원피스를 입은 여자가 나왔다. 젊지는 않았지만 세련된 옷차림과 우아한 머리 스타일 덕분에 근사하게 보였다. 세나는 푸른 치마를 만지작거렸다. 화재 이후 희경이 급하게 사다 준 것이었다. 흰 블라우스에 하얀 숄을 하고 아무런 액세서리도 하지 않은 그녀는 검은 옷을 입은 여자에 비해 후줄근해 보일 것이다.

여태까지 한 번도 옷차림을 의식한 적이 없었다. 민혜가 아무리 근사한 옷을 입고 와도 아무 생각이 없었다. 그런데 오늘은 서훈 때문인지, 아니면 외출을 했기 때문인지 신경이 쓰였다.

"네, 정말 오랜만에 뵙네요."

"그냥 놀러라도 오지."

"좀 바빠서요."

세나는 말없이 그를 따라 안으로 들어갔다. 일층이 완전히 트인 넓은 집은 바닥이 나무라서 걸을 때마다 소리가 났다. 세나는 벽돌과 통나무 등을 이용해서 산장처럼 꾸민 집을 휘둘러보았다. 집의 안쪽 절반 정도에는 좀 더 밝고 기능적으로 넓은 책상과 책장들이 배치되어 있었다.

"제 새 고객이에요. 외장재 좀 보러 나왔다가 들렀어요."

두 사람이 테이블에 앉자 우경이 커피를 마시겠냐고 물었다. 세나는 사양했다. 커피를 마시면 빈맥(頻脈)이 심하게 생기기 때문에 마실 수가 없었다. 그녀는 책상 위에 쌓인 두툼한 앨범들을 쳐다보았다. 책장에는 빼곡하게 서류들과 책들로 가득 차 있었다.

서훈이 쉴 만한 곳으로 가자고 했기 때문에 음식점이나 커피숍에 갈 줄 알고 약간 기대했다. 하지만 커피숍이라기에는 메뉴판도 없고 커피도 바로 옆에 있는 작은 커피 메이커에서 만들었다.

"어때요, 김 사장이 일 잘하나요? 원, 뺀질거릴 줄이나 알고."

"무슨 말씀을 그렇게 하세요?"

서훈은 낮게 투덜거렸다. 세나는 쿡쿡거렸다. 상당히 친한 사이인 모양이었다. 저렇게 놀리는 말을 하고 기분 나쁜 척해도 말에 가시는 없었다. 그녀는 두 사람의 대화에 끼어들어도 될지 잠시 망설였다. 한 번도 다른 사람들의 대화에 참여해 본 적이 없었다. 민학과 세준의 대화에 낀다는 것은 말도 안 됐다. 특히 민학은 다른 사람들이 있을 때 그녀가 옆에 있는 것조차 싫어했다. 그녀가 자폐증이라는 것을 사람들이 알아차릴까 봐 걱정스러웠던 모양이었다.

"잘해주세요. 신경 많이 써주세요."

세나는 작게 말하고 서훈을 쳐다보았다. 서훈은 씩 웃으며 그것 보란 듯이 우경을 쳐다보았다.

"이번에 건물을 새로 짓는데 집을 좀 고전적으로 하고 싶다 하셨거든요. 괜찮은 거 있으면 한번 보여주세요."

"그래? 몇 평이나 되는데?"

세나는 그제야 이곳이 인테리어 사무소라는 것을 깨닫고는 깜짝 놀랐다. 그녀는 서훈을 올려다보았다.

"한번 구경도 할 겸 왔어요. 이층 가서 한번 둘러보세요. 유럽에 온 것 같아요."

"하지만 이 실장이……."

"그냥 구경만 하셔도 돼요."

세나는 여전히 불안하게 그를 쳐다보았다. 처음에 새로운 인테리어를 구상할 때만 해도 그것이 실제로 이루어질 거라고 생각하지 못했다. 그리고 서훈이 그것을 실행할 것이라고 말할 때만 해도 그 사실이 피부에 느껴지지 않았다. 하지만 이제 인테리어 디자이너를 바꾸고 구체적으로 물건들을 본다고 생각하니까 갑자기 그 사실이 절감되었다. 겁이 더럭 났다. 민혜가 버럭버럭 성질 내는 것은 충분히 상상이 갔다. 거기에 제윤까지 화를 낸다면. 잘못했다가는 제윤의 분노가 서훈에게까지 될 것이다. 세나는 예전에 세준이 그녀에게 했던 일들을 떠올렸다. 제윤도 서훈을 망쳐 버릴지도 모른다.

"지금은 어디 다른 곳에서 하고 있는 거예요?"

"네, 소호의 이 실장이 맡고 있었어요."

"소호에서도 이 실장은 특히나 현대적인 스타일을 추구하는 편일 텐데."

"그래서요. 다른 분 도움 좀 받을까 해서요."

세나는 그가 집에 대해 간단히 설명하는 동안 불안하게 그의 옷자락을 잡아당겼다. 그녀의 생각대로 집을 짓는 정도가 아니라 아예 담당자를 바꿔 버릴 생각까지 하고 있었다. 서훈이 그녀를 돌아보자 세나는 입술을 자근거렸다. 그녀를 위해 열심히 노력하는 서훈을 기분 나쁘게 하고 싶지 않았다. 하지만 민혜를 건드렸다가는 무슨 일이 벌어질지 몰랐다. 서훈까지 큰일을 당할 수도 있었다.

"일단 위에 가서 보세요. 손님들이 좀 더 쉽게 볼 수 있게 책에 나온 것들을 조금씩 해놨거든요."

서훈은 괜찮다는 듯이 부드럽게 말했다. 그녀는 망설이면서도 우경을 따라 이층으로 올라갔다. 책에서 보았던 실내 장식이 실제로는 어떨지 궁금하긴 했다. 그녀가 원하는 대로 꾸며진 집을 가로지르는 것은 어떤 느낌인지도 알고 싶었다.

"하지만 이 실장을 바꿀 수는 없어요."
우경의 사무소를 이쉬운 듯 떠나며 세나가 작게 중얼거렸다.
"이 실장은 세나 씨가 원하는 대로 못해줄 거예요. 박 사장님 말씀대로 이 실장은 최첨단을 달리는 걸 좋아해요."
"사장님께서 이민혜 씨에게 시켰어요. 그걸 바꾸면 안 돼요."

서훈은 세나의 말투에 흠칫 놀랐다. 제윤의 말이 절대적이라는 듯했다. 물론 현성캐피탈의 한제윤 사장 정도면 어떤 사람은 신처럼 여길 만도 했다. 하지만 어째든 제윤은 설계건축에 대한 모든 것을 그에게 완전히 맡겼다. 그의 결정을 전적으로 지지한다는 뜻이었다. 그런 점에 있어서 서훈은 그 집을 민혜의 스타일로 지을 수 없다고 판단했다.

"사장님이 저한테 맡기시기도 했어요."

"하지만……."

"거기는 이 실장이 살 데가 아니라 세나 씨가 살 거예요. 세나 씨는 정말 배관이 다 드러난 집에서 살고 싶으세요?"

서훈의 목소리가 조금 높아졌다. 민혜가 자랑스럽게 내놓았던 디자인이 떠올랐다. 클럽이나 퓨전 레스토랑처럼 밝게 색칠한 커다란 배관들이 천장 위에 드러난 것이었다. 아무리 첨단 유행이라고 해도 매일같이 배관을 보며 살고 싶은 생각은 없었다.

세나는 그의 목소리가 커지자 찔끔했다. 서훈이 화난 것일지도 모르겠다. 그녀는 너무 우물쭈물거리며 그가 시키는 대로 하지 않고 있었다. 하지만 서훈의 말을 따르는 것은 제윤의 명령을 어기는 것이었다. 어떻게 해야 하는지 알 수가 없었다. 서훈이 기분 나쁘거나 화가 나지 않았으면 좋겠다. 그렇지만 민혜를 다른 사람으로 바꾸는 것은 정면으로 제윤을 거스르는 짓이었다.

"그럼 일단 이 실장한테 말씀하세요, 이런 식으로 해달라고."

서훈이 포기한다는 듯이 말했다. 세나는 멍하니 손만 내려다보았다. 민혜가 해줄 리 없다. 그녀가 해달라고 한다면 더욱 안 해줄 것이다. 그리고 그녀에게 말을 하라니! 그랬다가는 제윤이 알게 된다. 제윤이 그녀를 알아차리게 된다.

"제가 옆에 있어드릴게요."

서훈은 기운 내라고 그녀의 어깨에 손을 얹으려 했다. 하지만 손이 들리자마자 세나는 움찔거렸다. 마치 때릴지도 모른다는 듯이. 서훈은 그녀보다 더 놀랐다. 세나의 어깨는 잔뜩 긴장되어 있었지만 얼굴 표정은 그다지 바뀌지 않았다. 그는 조심스럽게 그녀의 어깨에 손을 얹었다. 어깨가 뻣뻣하게 굳었다가 조금씩 풀렸다. 세나는 그를 살며시 올려다보았다.
"사장님께서 이 실장에게 모든 것을 하라고 하셨어요. 원래부터 그랬거든요."
"이 실장은 고용인이에요. 고객을 만족시켜야 하죠."
"이 실장 고객은 사장님이세요."
세나가 진지하게 말했다. 서훈은 조심스러우면서도 심각한 그녀의 얼굴을 쳐다보았다.
"사장님이 살 집도 아니잖아요."
좁은 차 안에 침묵이 흘렀다. 세나는 입술을 깨물고 시선을 돌렸다. 제윤은 집에 몇 번 오지 않는다. 집에 관심도 없다. 민혜가 어떻게 디자인했는지도 모를 것이다. 만약 민혜만 아무 말도 안 한다면 제윤은 영영 모르고 지나갈 것이다. 그녀는 공사가 덜 끝난 집처럼 파이프가 다 드러난 곳에서 평생을 살고 싶지 않았다.
"제가 말할 때 같이 있어주셨으면 좋겠어요."
"물론이죠. 제가 부추긴 건데 뒷수습도 같이 해드려야죠."
서훈은 기분 좋게 웃었다. 세나도 한숨과 함께 미소를 지었다.

"저, 기분 나쁘셨어요?"

"네?"

"제가 너무 우물쭈물했죠? 화, 화나셨어요?"

서훈은 놀란 눈으로 그녀를 쳐다보았다. 그제야 세나가 그의 눈치까지 보고 있다는 사실을 깨달았다. 서훈은 저도 모르게 고개를 저었다.

"괜찮아요. 제가 밀어붙인 건데요."

"그래도…… 기분 나쁘셨다면 사과할게요."

"전혀요. 기분 나쁠 일도 없었어요."

세나는 안심이 안 되는지 그를 다시 한 번 바라보았다. 서훈이 씩 웃어 보이자 그녀는 조금 마음이 놓였는지 똑바로 앉아서 앞을 바라보았다.

서훈은 은연중에 절박한 느낌이 배어 나오던 목소리를 되새겼다. 그에게는 그럴 필요가 없다는 것을 알았으면 좋겠다. 그는 친구이지 주인이 아니라는 것을 알고 즐길 수 있기를 바랐다. 자재 백화점에서 물건들을 돌아볼 때나, 우경의 사무실에서 인테리어들을 볼 때에는 그녀의 깨끗한 얼굴에 걸맞은 밝은 미소가 피어났다. 무표정한 얼굴 사이로 가끔씩 보이는 희미하고 조심스러운 미소가 아니었다. 세나가 다른 사람들처럼 자신이 좋아하는 것을 하면서 기쁘게 지냈으면 좋겠다. 무엇보다도 세나 역시 자신이 원하는 것을 해도 된다는 사실을 알게 되었으면 좋겠다.

"이제 집에 가나요?"

세나는 약간 아쉬운 목소리로 물었다. 다리도 아프고 온몸이 축 늘어질 듯 기운이 없었다. 하지만 이 즐거운 하루가 아직 끝나지 않았으면 좋겠다는 생각이 들었다.

"아뇨, 아직. 아주머니가 뭘 좀 부탁했어요."

서훈은 운전을 하면서 주머니를 뒤적였다. 세나는 종이 쪽지를 받아 들고 눈을 동그랗게 떴다. 옷과 화장품 등 그녀가 사용할 물건들이 하나하나 자세히 적혀 있었다. 그녀는 속옷까지 적혀 있는 종이 쪽지를 반으로 접으며 얼굴을 붉혔다.

"아줌마가 쓸데없는 일을 부탁했네요."

"괜찮아요. 세나 씨가 나온 김에 한번 입어보고 사면 좋겠다고 하셨어요."

"하지만 서훈 씨 일도 아니잖아요."

서훈은 세나가 처음으로 자신의 이름을 불렀다는 것을 깨닫고 기분 좋게 웃었다.

"그래서 마음의 준비를 단단히 했죠."

"쇼핑하는 거 싫으세요?"

"쇼핑 좋아하는 남자 몇 없을걸요."

"그러면 안 가도 돼요."

세나는 또 인상을 찌푸렸다. 하지만 서훈은 장난스럽게 웃으며 어깨를 으쓱였다.

"안 돼요. 아주머니가 꼭 부탁했어요. 옷도 몇 벌 없어서 곤란하다면서요."

"어차피 나가는 데도 없는데요."

"이제 일이 많아질 거예요. 본격적으로 인테리어 들어가면 가서 사야 하는 게 많아요. 엄청 돌아다녀야 할걸요?"

서훈은 겁주듯이 말했다. 세나는 눈을 동그랗게 뜨고 그를 쳐다보다가 작게 웃었다. 서훈도 같이 웃었다. 여자와 쇼핑하는 것을 별로 좋아하지 않았다. 하지만 세나를 위해서라면 하루 정도는 희생할 수 있을 듯했다.

백화점이 끝날 때까지 매장들을 돌아본 세나는 너무 피곤해서 차에 주저앉았다. 서훈은 수십 개는 될 것 같은 봉투들을 트렁크에 쑤셔 넣고 있었다. 쇼핑이라는 것이 언제나 이렇다면 서훈이 싫어할 만도 했다. 이것저것 고르고 입어보기도 하고 비교하는 것은 너무 힘든 일이었다. 직원은 계속해서 여러 가지를 보여줬고 뭐든지 다 괜찮다고만 했다. 서훈도 결정해 줄 생각이 없는지 그녀가 선택하도록 내버려 뒀다.

"쇼핑하는 거 싫다면서요?"

"그래도 할 거 확실히 해야죠."

서훈은 메모를 보면서 안 산 것이 없는지 확인해 보았다. 놀랄 정도로 비싼 원피스와 밍크 재킷은 목록에 없었지만 세나에게 너무 잘 어울렸기 때문에 안 살 수가 없었다.

"오늘 너무 감사드려요. 폐가 많았죠?"

"저도 재미있었어요. 이렇게 여자 물건에 오래 휩싸여 있었던 건 초등학교 때 이후로 처음인 거 같아요."

"초등학교 때 이전에는요?"

"그때는 사촌누나들이 근처에 살아서 매일같이 쇼핑하는데 따라다닐 수밖에 없었죠."

이야기가 가족에 대한 이야기로 넘어갔다. 서훈의 식구들은 부모님과 형으로 단출한 듯했지만, 사촌들로 북적거리는 모양이었다. 세나는 간섭 많은 부모님과 말 많은 사촌들에 대해 투덜거리는 서훈의 말을 들으며 희미한 미소를 지었다. 투덜거리면서도 그의 목소리에는 애정이 듬뿍 묻어 있었다. 가족에 대한 애정 따위는 어머니가 돌아가신 뒤 느껴본 적이 없었다. 그것이 어떤 느낌인지도 몰랐다. 하지만 그것이 만약 어머니에 대한 느낌이 비슷하다면… 세나는 길게 한숨을 내쉬었다. 서훈의 가족들 사이에서 그것을 다시 한 번 느껴보고 싶었다.

4

제윤은 민혜가 불평을 늘어놓는 것을 못 들은 척하고 전화를 끊어버렸다. 그녀가 분당 집에 대해 전권을 휘두르도록 내버려 두었다. 하지만 그렇다고 그에게까지 그래도 된다는 것은 아니었다. 자기가 한마디만 하면 그까지도 마음대로 할 수 있다고 착각하게 내버려 둘 수는 없었다.

김서훈이 인테리어 디자이너를 바꾸려는 것은 이미 알고 있었다. 며칠 전 그가 집의 용도를 생각하면 민혜의 디자인은 이해할 수 없다면서 새로운 디자이너를 추천했다. 그 역시 민혜가 더 이상 제멋대로 굴지 못하게 하고 싶었기 때문에 찬성했다. 하지만 서훈에게도 역시 경고하는 의미에서 민혜를 계속 관리자로 생각하라고 했다.

설계사가 제재를 가할 정도로 민혜의 디자인이 문제가 있었던 것일까. 민혜가 구상이라며 사진을 몇 장 보여주기는 했지만 별로 관심이 없었다. 어쩌면 정신 질환자를 배려하지 않은 디자인이었을지도 모른다. 제윤은 집의 용도라는 서훈의 말을 되새겼다. 그 집에 수용소 이외의 의미가 있는지 의심스러웠다. 그의 아내가 집이 어떻게 생겼는지 알 수나 있을지 모르겠다.

[사장님, 류민학 회장님께서 오셨습니다.]

인터폰에서 기계적인 여자 목소리가 흘러나왔다. 제윤은 소리없이 욕설을 내뱉었다.

"지금 계신가?"

[잠시 대기실로 모셨습니다.]

"잘했네. 회의 들어갔다고 하고 10분쯤 후에 모시고 들어오게."

제윤은 현명한 비서를 조용히 칭찬했다. 그와 사돈이라는 이유만으로도 민학은 정재계에서 상당한 수익을 챙길 수 있었다. 그룹 내의 영향력도 현재 명목상 회장으로 있는 그의 숙부 한지국보다 훨씬 컸다. 이제 간신히 그의 영향력을 조금씩 물리치고는 있었지만, 그를 도왔던 몇몇 숙부들은 그보다 민학의 편에 설 정도였다. 제윤은 당장이라도 소리를 버럭 지르고 싶은 마음을 간신히 억눌렀다. 그는 천천히 방 안을 왔다 갔다 하면서 마음을 진정시켰다. 젊어서부터 세계 무대를 누비며 정치가들을 주물러 온 민학은 말 그대로 늙은 구렁이였다. 조금이라도 허점을 보였다가는 걷잡을 수 없게 될 것이다. 제윤은 민학의 회사를 압박하는 계획을 떠올렸다. 혹시 민학이 눈치 챌 만한 허점이 있는지도 체크했다. 아직까지는 스벤슨에 대한 그의 작업은 남들이 눈치 챌 만큼 표면으로 떠오르지 않았다. 하지만 민학을 과소평가해서는 안 된다.

[사장님, 류 회장님을 모실까요?]

정확히 10분 뒤 비서가 다시 인터폰을 해왔다. 그는 그러라고 말하고는 크게 숨을 들이마셨다. 언제 봐도 교활해 보이는 민학이 방 안으로 성큼성큼 들어왔다.

"자네 비서는 일 처리가 허술하군. 새 비서를 추천해 줄까?"

"감사합니다만 그런 폐까지 끼칠 수는 없지요."

민학은 거침없이 소파에 앉아서 그에게 자리를 권했다. 제윤은 이를 악물고 말없이 자리에 앉았다.

"잘 지내고 계십니까? 나갔다가 오셨나요?"

"잠깐 일본 좀 갔다 왔지. 잘 지내나? 세나는?"

"네, 잘 지냅니다."

민학이 세나에 대해 묻는 말투가 싫었다. 그 묘한 어조 속에는 자신이 그를 완벽하게 조종하고 있다는 자부심이 묻어 있었다. 그가 얼마나 이 상황을 증오하고 있는지도 잘 알고 있다는 투였다.

"그런데 어쩐 일이십니까?"

"그냥 지나가다 들렀네. 우리 사이에 꼭 무슨 일이 있어야만 하겠나."

제윤은 그저 웃는 낯을 유지했다. 비서가 차와 다과를 들고 들어왔다. 민학은 잠시 딴청을 부리며 정재계에 걸친 여러 가지 이야기를 꺼냈다. 제윤은 그의 이야기들 속에서 진정한 목적을 살피며 조용히 응대했다.

"그건 그렇고, 자네, 이번에 베트남으로 화학 공장을 옮긴다지?"

"네, 그러려고 하고 있습니다."

"공장 건설은 현지에서 맡기로 했나?"

제윤은 속으로 인상을 찌푸렸다. 공장 건설을 스벤슨 쪽으로 돌리라는 이야기를 하고 싶은 것이었다. 스벤슨은 표면적으로는 다국적 투자그룹이었지만 내부적으로 수없이 많은 회사들을 조종하고 있었다. 건설 쪽에도 회사가 한두 개쯤은 있을 것이다.

예상대로 민학은 그 비슷한 이야기를 꺼냈다. 자기에게 맡기라는 명령은 하지 않았지만, 은근한 요구가 명령이나 다름없었다. 지금으로서는 그가 무엇을 요구해도 들어주지 않을 수가 없었다. 제윤은 참을 수 없는 무력감을 느꼈다.

"아직 아무것도 확정된 것이 없어서 뭐라고 말씀드리기가 어렵습니다."

제윤은 그렇게만 말했다. 민학도 그의 의도를 안다는 듯이 씩 웃었다. 그 미소 속에는 그를 충분히 조종할 수 있다는 자신감마저 묻어 있었다. 제윤은 속으로 욕설을 내뱉으며 그를 배웅했다. 민학은 나가기 전에 그를 돌아보았다.

"세나에게 안부 좀 전해주게."

그는 낮게 웃으면서 밖으로 나갔다. 제윤은 닫힌 문을 보며 이를 악물었다. 당장 세나를 찾아가고 싶었다. 그녀의 아버지를 얼마나 증오하는지 그녀가 기절할 때까지 저주를 퍼붓고 싶었다. 그리고 만약 그녀가 그것을 알아들을 수 있다면 이미 그렇게 했을 것이다. 세나가 아무것도 모르는 정신 질환자인 것이 어떤 때는 다행스럽게 여겨지고, 어떤 때는 증오스럽게 여겨졌다. 오늘처럼 민학에 대한 증오심이 들끓고 있을 때는 그녀가 갇혀 살고 있다는 것에 절망감을 느끼고 괴로워했으면 좋겠다는 생각이 들었다. 그녀가 힘들어하고 짜증 내다가 그것을 어떻게 할 수 없는 자신의 무력감을 뼛속까지 처절히 느끼고 미쳐 버렸으면 좋겠다. 제윤은 이를 악물었다. 민학이, 세준이, 세나까지 모두 다 지옥에 떨어져 버렸으면 좋겠다.

드디어 집의 외관이 완성되고 내부 구조도 틀이 잡혔다. 세나는 우경이 보내준 벽지 샘플과 각종 가구 사진에 파묻히게 되었다. 그녀는 벽지 두세 개를 비교해 보다가 서훈이 들어오자 벌떡 일어났다. 언제나 그를 보면 떠오르던 미소가 또 피어났다. 서훈은 들고 있던 상자를 테이블에 내려놓고는 그녀가 고른 벽지들을 들여다보았다.

"침실이에요?"

"네. 이게 마음에 드는데 너무 어둡나요? 지난번엔 좀 어두웠던 거 같아서 이번엔 밝았으면 하거든요."

"괜찮은 거 같은데요. 벽에 바르면 좀 더 밝아질 거예요."

"그래요?"

세나는 서훈이 벽지 샘플을 열심히 넘겨보자 저도 모르게 미소를 지었다. 서훈과 있으면 너무 편안했다. 그녀에게 명령하거나 화를 내지도 않고, 진심으로 이야기를 하면서 즐겁게 의견을 주고받았다.

세나는 너무나 오랜만에 느껴보는 기분에 한숨을 폭 내쉬었다. 달아오른 가슴의 온기가 한숨 속에 묻어난 것 같았다. 그녀는 저도 모르게 서훈을 끌어안을 것만 같아서 손을 꼭 움켜쥐었다. 그의 품에 안겨 있으면 그 따뜻함이 그녀를 녹여줄 것이다. 너무나 오랫동안 그곳에 있어서 있는지조차 의식하지 못하는 냉기를 완전히 날려 버릴 것이다.

순간 무의식 중에 어루만지던 상자가 갑자기 옆으로 움직였다. 세나는 저도 모르게 비명을 지르며 서훈 쪽으로 한 걸음 도망쳤다.

"아, 놀라셨어요? 한번 풀어보세요."

"뭐예요, 이게?"

세나는 경계심을 풀지 않고 상자를 들었다. 그녀가 상자를 뒤집으려고 하자 서훈은 얼른 그녀를 말렸다.

"풀어보세요."

그녀는 의심스럽게 서훈을 쳐다보았다. 그는 빙글빙글 웃고만 있었다. 서훈이 그녀에게 못된 장난을 칠 리가 없다. 세나는 단단히 각오를 하고는 조심스럽게 상자를 풀었다.

"어머나! 너무 예뻐요!"

다행히도 안에서 튀어나온 것은 털이 복슬거리는 강아지였다. 작은 상자 안이 갑갑했는지 뚜껑이 열리자마자 폴짝 튀어나와 작게 짖어댔다.

"이거 저 주시는 거예요?"

"네. 갖고 싶다고 하셨잖아요."

세나는 깜짝 놀라 서훈을 쳐다보았다. 며칠 전에 스쳐 지나가는 이야기로 강아지 이야기를 한 적이 있었다. 의사가 권하길래 기대를 했었는데 민혜가 강력하게 반대해서 무산되었다는 이야기였다. 그가 기억하리라고는 기대하지도 않았다. 그런데 이렇게 직접 사 오기까지 하다니. 세나는 눈물이 글썽거렸다. 아무도 그녀의 이야기를 이렇게 열심히 들어준 적이 없었다. 그녀가 한 말을 기억하려고 애써준 적도 없었다. 그것은 아주 오래전에 깨달았다. 어머니가 돌아가신 뒤 그녀를 영국으로 불러들인 아버지나 짓궂은 장난만 치던 오빠, 성의없이 돌봐주던 유모들까지 아무도 그녀 말에 귀를 기울지 않았다. 그때 이후로 그녀는 다른 사람에게 말을 건네지도 않았고, 특별히 의견을 세우지도 않았다.

"작은집에서 슈나우저를 기르는데 어느 날 덜컥 새끼를 가져버렸대요. 세 마리 났는데 어느 잡종인지 모르지만 그래도 원한다면 주겠다며 한 마리 줬어요. 잡종이라 싫으세요?"

"그럴 리가요. 너무 예쁜데 순종이든 잡종이든 뭐가 어때요."

세나는 강하게 고개를 저었다. 그녀는 품 안에서 반쯤 잠든 듯한 강아지의 귀를 어루만졌다. 강아지가 귀엽게 몸을 떨더니 그녀에게로 좀 더 파고들었다. 민혜는 강아지 키우는 것을 절대로 용납하지 않았다. 특히 실내견은 집 안을 더럽히기만 하고 일만 만들 뿐이라고 했다. 만약 이 강아지를 키우겠다고 한다면 민혜는 어떻게 할까. 사실 그녀는 민혜가 시키는 대로 해야만 했다. 그것이 제윤의 뜻이었다. 벌써 민혜를 우경으로 바꾸는 것만으로도 과할 정도로 그들의 뜻을 거스른 것이었다.

"집도 넓고, 정원도 있고, 집에 항상 사람도 있는데 강아지를 못 키울 이유가 없죠. 집주인이 원하면 키우는 것 아니겠어요?"

서훈은 싱긋 미소를 지었다. 세나는 그를 가만히 쳐다보았다. 당장 강아지를 내려놓고 안 된다고 말해야만 했다. 하지만 품 안에 있는 강아지의 따뜻함에서 손을 뗄 수가 없었다. 서훈은 그녀의 망설임을 깨달았는지 다시 부드럽게 말했다.

"만약에 정말 힘들 것 같으면 물려도 돼요."

"아뇨. 키울래요. 제가 키울 거예요."

잠시 망설이던 세나는 마침내 결심한 듯이 강한 어조로 말했다. 그녀는 강조하듯 고개까지 끄덕였다. 서훈 말대로 하려면 확실히 해야 하는 것이다. 이미 기분이 나빠질 대로 나빠진 민혜에게 잘 보이려고 해봤자 소용없었다.

"고마워요. 정말로 고마워요."

세나는 저도 모르게 그의 팔을 붙잡고 말했다. 서훈은 언제나처럼 다정하게 웃기만 했다. 그녀는 서훈에게 키스라도 해주고 싶었다. 그에게 느끼는 고마움은 말로 표현이 불가능했다. 그가 해주는 모든 일은 여기 작은 강아지처럼 따뜻하게 그녀의 마음을 데웠다.

"이름은 뭐예요?"

세나는 가라앉은 목소리로 물었다. 가슴이 너무나 두근거렸다. 서훈이 옆에 있다는 것만으로도 몸에서 따뜻한 열기가 피어올랐다.

"이름은 아직 없어요. 세나 씨가 지어주세요."

"음, 뭐라고 할까."

세나는 울렁거리는 마음을 가라앉히고 강아지를 내려다보았다. 슈나우저답게 진한 회색 빛 털이 곱실거리고 은빛 수염이 점잖게 자라 있었다. 그녀는 은빛 턱수염을 쓰다듬었다.

"아르장(argent), 아르장이라고 할래요."

"아르장?"

"은색이라는 뜻이에요."

이 작은 강아지를 그녀가 키울 것이다. 씻기고, 먹이고, 입히는 것에서부터 화장실 가리고, 여러 가지 명령을 듣는 것까지 그녀가 전부 할 것이다. 세나의 입가에 저도 모르게 자부심 찬 미소가 떠올랐다. 그녀는 한 번도 다른 누군가를 보살펴 본 적이 없었다. 무엇인가를 책임진다거나 주인이 되어본 적도 없었다. 하지만 이제는 달랐다. 세나는 가슴이 부풀어오르면서도 묵직한 책임감 같은 것을 느꼈다. 머리 속에서는 벌써 큼직하게 자란 슈나우저가 뛰어다녔다.

그 뒤로 세나 스스로도 자신이 조금 더 적극적이 되었다고 느꼈다. 잘 때를 제외하고는 쉴 새 없이 돌아다니는 강아지를 따라다니다 보니 그녀도 활동량이 늘었다. 강아지와 놀아주는 것도 상당히 많이 움직여야만 하는 일이었다. 강아지가 해도 되는 일과 안 되는 일을 가르치느라고 야단을 치기도 하고, 명령을 내리기도 했다. 그리고 거리낌없이 큰 소리로 칭찬하고 예뻐해 주기도 했다. 강아지 먹이며 훈련 때문에 희경과도 이야기를 자주 하게 되었다. 그래서인지 요즘은 희경이 집안일에 대해 그녀에게 이야기하고 의견을 묻는 일도 생기곤 했다.

세나는 몇 주 사이에 벌써 묵직해진 아르장을 거실에 내려놓았다. 강아지는 꼬리를 흔들며 방구석으로 뛰어갔다. 그녀는 뜨개질감을 들고 앉아 아르장을 쳐다보았다. 강아지의 귀여운

모습을 보고 있으면 서훈이 생각났다. 단지 그가 강아지를 데리고 왔다는 것 때문이 아니었다. 그렇게 해준 이유, 그녀를 도와주고 친절하게 대해주려고 한 것이 고마웠다. 그녀에게 얼마나 신경을 써줬는지, 얼마나 다정한지 새록새록 생각이 났다.

"어떻게든 보답을 하고 싶은데."

그녀는 폭신한 털실 뭉치를 만지작거렸다. 아르장에게 입힐 만한 옷들을 만들어보고 있었다. 세나는 서훈의 체격을 어림해 보았다. 그리고는 생긋 웃었다. 그에게는 뭔가 특별한 것을 주고 싶었다. 그녀가 여태까지 아무에게도 해주지 않았던 것을 해주고 싶다.

서훈에게 선물을 줄 생각을 할 정도로 들떠 있는 세나였지만, 역시 문제는 피하고 싶었다. 아르장이 민혜의 눈에 안 띄게 최대한 조심을 했다. 잘못해서 민혜의 눈에 띄었다가는 빼앗길 것이 틀림없기 때문이다. 하지만 쫓아다니기 힘들 정도로 열심히 돌아다니는 강아지를 완벽하게 막을 수는 없었다.

"이게 뭐야? 강아지?"

민혜가 아르장을 보자마자 한 소리였다. 세나는 얼른 강아지를 안아 들었다. 민혜와 함께 부엌으로 들어온 서훈이 민혜를 말렸다.

"뭐 어때요. 집도 넓은데."

"그 문제가 아니잖아요. 도대체 이걸 누구보고 돌보라는 거예요? 똥오줌 싸고 개털 날리는 건 누가 치울 건데요? 자기가 한대요?"

민혜는 경멸스럽게 세나를 훑어보았다. 세나는 그 눈길에 위축되어 아르장을 꼭 끌어안았다. 아르장은 민혜가 못마땅한 듯 낮게 으르렁거렸다.

"사모님께서 하신다잖아요. 내버려 두세요."

"하긴 뭘 해요. 자기 앞가림도 못하는데."

"이 실장님."

서훈이 낮게 경고를 했다. 하지만 세나에 대한 미움이 들끓어오르고 있는 민혜에게는 들리지도 않았다. 저 백치가 집주인이라고 떡하니 자리를 차지하고 있었다. 저 여자만 없었다면 바로 그녀의 차지가 되었을 텐데! 처음에는 결혼에 대해 생각이 없었다. 하지만 집안으로 들어온 선자리를 볼 때마다 아쉬운 생각이 들었다. 어느 누구도 제윤만큼 쓸 만한 인물이 없었다. 집안도 제윤보다 못했다.

"사모님이 돌보겠다고 하고 키운 거예요. 의사도 그러라고 했다면서요."

"김 사장님은 왜 사사건건 저 사람 편만 들죠? 저 여자가 뭔가를 돌볼 만큼 제정신이라고 생각해요?"

민혜는 서훈을 휙 돌아보았다. 서훈도 밉살스럽기는 마찬가지였다. 사모님이 원한다는 둥, 사모님께 불편하다는 둥 말도 안 되는 핑계를 대며 제윤에게 새 인테리어 디자이너를 추천했다. 그녀가 아무리 안주인인 척 명령을 해대도 결국은 아무것도 아니라는 것을 강조하는 것이나 마찬가지였다.

"백치가 무슨 생각이 있다고, 저 여자 핑계 대면서 경 아트에 일이나 주고. 도대체 박 사장한테 얼마나 받은 거죠?"

서훈을 제윤에게 추천한 것은 그녀였다. 하지만 그녀의 말에 절대적으로 따라야 하는 서훈이 오히려 그녀를 밀어내려고 했다. 이 집의 진짜 주인인 그녀를!

"시끄러워요!"

그녀가 뭐라고 더 쏘아붙이려는 순간 처음 듣는 목소리가 날카롭게 들렸다. 민혜는 화들짝 놀라 옆을 돌아보았다. 세나가 입술을 깨물며 그녀를 노려보고 있었다.

"내 집에서 떠들지 말아요. 내가 원하는 사람에게 인테리어를 맡긴 거예요."

민혜는 입을 딱 벌렸다. 저 여자가 저렇게 말할 수 있으리라고는 상상도 못했다. 어떻게 백치가, 자폐증인 그녀가 어떻게 저렇게 명료하게 말을 할 수 있을까. 놀라서 잠시 말을 잇지 못하던 민혜는 얼른 정신을 차렸다. 순간적이나마 백치에게 밀렸다는 것이 불쾌했다. 그녀는 팔짱을 끼고 세나를 쳐다보았다.

"솔직히 사모님 댁도 아니잖아요. 제윤 씨한테 얹혀사는 주제에."

"이 실장님."

서훈이 민혜의 말을 단호하게 끊어버렸다. 민혜는 화가 나서 서훈을 노려보았다. 서훈은 놀란 기색 하나 없었다. 단지 화가 난 듯 굳은 표정으로 그녀를 쳐다보고 있을 뿐이었다. 서훈은 이 여자가 말을 할 수 있다는 걸 알고 있었던 모양이다. 민혜는 머리를 스치고 지나가는 여러 생각에 입을 다물었다. 서훈은 이미 알고 있었다. 서훈이 냈던 의견들은 저 여자와 상의해서 생각해 낸 것들이 틀림없었다. 그녀도 어떤 때는 그것에 찬성하기도 했고, 감탄하기까지 했다. 저 여자가, 저 백치 여자가 내놓은 의견에!

"꼴에 여자라고 김 사장한테 관심이 있는 모양이네."

"그만 하시죠."

그는 더 이상 말하는 것을 용서하지 않겠다는 듯이 한 걸음 내디뎠다. 아무 생각 없이 빈정거리던 민혜는 그제야 서훈의 체격을 의식했다. 제윤만큼 위압적이지는 않았지만, 서훈 역시 키가 크고 무시할 수 없이 체격이 좋았다. 그녀는 서훈을 흘겨보며 몸을 휙 돌렸다.

"관두죠. 제윤 씨하고 직접 이야기해야겠어요."

민혜는 문이 부서져라 닫고 나갔다. 세나는 소리나게 한숨을 내쉬며 의자에 무너지듯 앉았다. 아르장이 걱정스럽다는 듯이 그녀의 품에서 낑낑거렸다.

자신이 무슨 짓을 저지른 것인지 알 수가 없었다. 하지만 서훈에게 그렇게 함부로 말하는 것을 가만히 보고 있을 수만은 없었다. 민혜 따위가 감히 서훈에게 그렇게 말할 수는 없었다. 세나는 강아지를 내려놓고는 손등으로 이마를 문질렀다. 갑자기 온몸이 떨려왔다. 귓가에서 북 치는 소리가 들리고 금방이라도 쓰러질 것만 같았다. 태어나서 처음으로 다른 사람에게 소리를 질러봤다. 그녀가 하고 싶은 것을 하기 위해, 말하고 싶은 것을 말하기 위해 다른 사람에게 큰 소리를 지른 것이었다.

"괜찮으세요?"

서훈이 어깨에 손을 얹었다. 세나는 간신히 고개를 끄덕이며 그를 올려다보았다.

"어떻게 하죠?"

"원래 병은 낫기 마련이에요. 다들 그렇게 생각할 거예요."

세나는 서훈을 꼭 끌어안고 싶었다. 그의 품 안에 안기면 마음이 훨씬 편해질 것 같았다. 그녀는 처음으로 느끼는 감정에 얼굴을 붉혔다. 서훈이 남편이었다면 좋았을 텐데. 그녀는 서훈을 가만히 쳐다보았다. 서훈이라면 그녀를 이렇게 내버려 두지 않았을 것이다. 서훈이라면 그녀가 행복해지도록 애써주었을 것이다.

"그럼 선생님과 이야기를 좀 해야겠네요."

"의사 선생님하고요?"

"네. 아르장도 보여 드리고."

세나는 어느새 발치에서 사라진 아르장을 찾아 두리번거렸다. 그녀는 강아지가 매트를 씹어대고 있는 것을 보고는 얼른 뛰어갔다.

"이 녀석, 안 돼!"

강아지는 풀이 죽어서 꼬리를 말고 세나를 올려다보았다. 서훈은 세나가 매트를 치면서 강아지를 야단치는 걸 지켜보았다. 강아지 덕분에 세나는 훨씬 자신감이 붙었다. 큰 목소리도 자연스럽게 내고 있었다. 희경과도 대화를 많이 하는 것 같았다. 서훈은 아르장에게 고마웠다. 강아지를 기르라고 한 의사에게도 찬사를 보내지 않을 수 없었다.

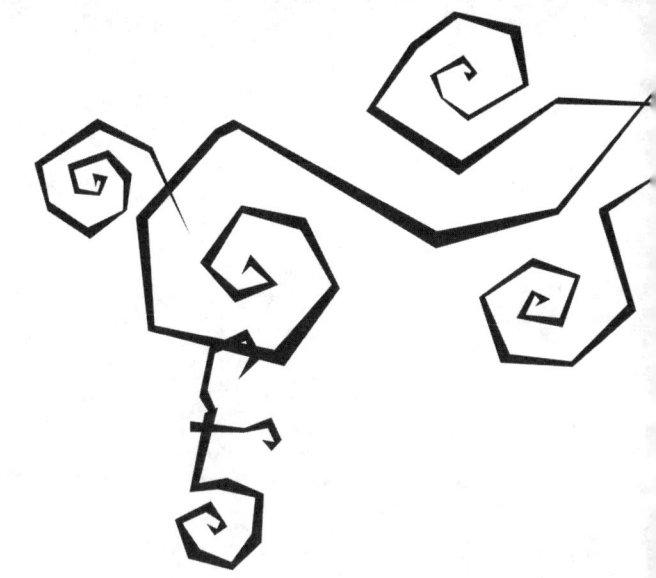

[그 여자가 나한테 소리를 버럭버럭 질렀다니까요. 완전히 미쳤어요. 병원으로 보내야 해요!]

"무슨 소리를 지른다고 그래. 그 여자는 실어증이야."

제윤은 피곤하게 말했다. 민혜는 피곤하기 짝이 없는 하루에 결정타를 날리고 있었다. 마음 같아서는 핸드폰을 창밖으로 던져 버리고 싶었다.

[실어증은 무슨 실어증이요! 자기 집이라고 얼마나 큰 소리로 떠들었는지 알아요?]

제윤은 눈을 가늘게 떴다. 세나가 말을 하다니 그동안 병세에 차도가 있는 것인가. 그는 명준이 세나에 대해 진단했던 것을 떠올렸다. 어려운 정신 심리학 용어가 잔뜩 나온 뒤에 결론적으로 한 말은, 약간의 자폐 성향에 대인 기피 증세와 일종의 실어증 증세가 있다는 것이었다. 자폐증이라고까지 보기는 어렵고 정신과적 치료보다는 심리학적으로 지속적인 관심을 가질 필요가 있다고 했다.

"알았어. 내가 최 박사하고 이야기해 볼게."

민혜는 그 뒤로도 5분은 세나에 대한 불평을 늘어놓았다. 제윤은 한 귀로 듣고 한 귀로 흘려버렸다. 마침내 그녀가 전화를 끊자 제윤은 한숨을 내뱉었다. 귀가 멍멍할 정도였다. 민혜가 내뱉은 독설들이 귓가에 맴돌았다. 대부분이 그가 민혜에게 했던 말들이었다. 자신이 그런 말을 했다는 사실이 조금 창피했다. 제윤은 의자에 기대어 고개를 뒤로 젖혔다. 이 상황을 어떻게든 빨리 끝내 버렸으면 좋겠다. 빨리 민학을 밀어내고 빨리 계열사를 정비하고 빨리 세나를 치워 버리고, 정상적인 삶을 살았으면 좋겠다.

그가 다시 일을 시작하려고 할 때 핸드폰이 다시 한 번 울렸다. 만약 민혜라면 전화를 받지 않으려고 했던 제윤은 명준이라는 것을 확인하고 전화를 받았다.

[한 사장님, 최명준입니다.]

"안녕하십니까. 그렇지 않아도 전화하려고 했습니다."

명준은 세나가 놀랄 만한 차도를 보였다고 했다. 특히 최근에 강아지를 들여놓았는데 그 효과가 상당하다고 했다. 동물

치료 요법에 대해서는 제윤도 들은 적이 있었다. 애완 동물을 키우면서 마음의 안정감도 얻고 화제를 제공해서 다른 사람과 대화를 유발할 수도 있다고 했다.

[한번 들러주시지요. 사모님 병은 심리적인 요인이 원인인 듯하니 관심과 애정을 가진다면 금방 차도를 보일 것입니다.]

제윤은 그 말이 질책인지 단순한 사실의 진술인지 확신할 수가 없었다. 명준은 인사만 하고 전화를 끊었다. 어머니가 소개해 주신, 나이가 지긋한 의사는 다른 사람들만큼 그를 두려워하거나 겁먹지 않았다. 제윤은 자신이 언제부터 이렇게 다른 사람에게 위협적인 존재가 되었는지 실소가 새어 나왔다. 그의 아내도 그만 보면 기절이라도 할 듯 얼굴이 새하얗게 질렸다. 어떤 때는 차라리 쓰러져 버리라는 생각을 하기도 했다.

문득 세나가 자기 집이라고 말했다는 민혜의 말이 떠올랐다. 세나는 그곳이 자신의 영역이고 자신이 절대 권력을 잡고 있다고 생각한다는 뜻일까. 그는 자신의 무기력함에 치를 떨고 있을 때 그의 깜찍한 아내는 작은 세계의 주인이라도 된 양 환상 속에서 만족스럽게 지냈다는 것인가.

제윤은 이를 악물었다. 기분이 더 나빠졌다. 그녀가 편하게 지내기를 바란 만큼 괴로워하기를 바라기도 했다. 제윤은 크게 숨을 들이마셨다. 세나는 그 말의 의미도 제대로 모르고 한 것일 수도 있다. 환자가 한 말을 액면 그대로 받아들이며 과민 반응할 필요는 없었다. 하여간 한번 분당 집에 찾아가 보기는 해야 할 것 같다.

 하지만 그 뒤로 일주일 정도 분당으로 가지 않았다. 빽빽한 약속들 때문에 시간을 낼 수 없기도 했다. 하지만 민혜에게 자신의 말 한마디면 그를 움직일 수 있다는 생각을 심어주고 싶지 않았다. 그리고 스스로가 아내에게 관심을 가지고 있는 듯이 행동하는 것도 마음에 들지 않았다.

 하루하루를 미루고 있던 그는 2주 정도 후 개포동으로 향하다 말고 차를 돌리게 했다. 며칠 뒤 해외 출장이 잡혀 있었기 때문에 더 이상 미루다가는 두 달이나 지나야 가볼 수 있을 듯했다. 그는 분당 집을 떠올리며 한숨을 내쉬었다. 류씨 집안에 대한 예의 차원에서 한 달에 한두 번 분당 집에 들러 저녁을 먹었다. 그럴 때면 그의 백치 아내는 그의 앞자리에 멍하니 앉아 있었다. 차라리 이혼을 해버리고도 싶지만 그랬다가는 류씨 집안과의 관계가 돌이킬 수 없을 정도로 악화될 것이었다. 후계자 싸움이 진정된 지 얼마 되지도 않은 그룹 내에서 다시 한 번 파벌 싸움을 일으킬 수는 없었다.

 공사가 진행될 때 한 번 와보고 나서 처음 온 분당 집은 외관이 완성되어 있었다. 영국 시골풍으로 지은 집이 고전적이면서도 정감이 가도록 따뜻해 보였다. 별채도 같은 식으로 리모델링해서 아기자기한 느낌이 훨씬 더 강해졌다.

 제윤은 황 차장에게 기다리라고 하고는 별채의 부엌문으로 향했다. 얼마나 차도가 있는지 궁금하기도 했다. 제대로 말을 할 수 있게 된 것인지, 남의 말은 제대로 알아듣는지 궁금했다. 무엇보다 그가 할 독설들을 제대로 이해할 수 있을지 알고 싶었다. 제윤은 희경에게 물어볼 말과 시킬 일들을 정리했다. 오늘은 세나에게도 조금은 점잖게 말해야겠다는 생각을 했다.

부엌문은 약간 열려 있었다. 안쪽에서 따뜻한 불빛과 웃음소리, 그리고 달짝지근한 과자 냄새가 새어 나왔다.

"너무해요. 애써서 구운 건데."

"하지만… 무리라고요. 세나 씨도 인정했잖아요."

"하긴 그래요. 그래도 아르장은 잘 먹으니 애한테나 줘야겠어요."

제윤은 서훈이 누군가와 대화 나누는 것을 들으며 인상을 찌푸렸다. 희경의 목소리라고 하기에는 너무 젊고 맑았다. 서훈이 일하는 곳에서 여자를 데리고 올 사람이라고는 생각하지 않았는데. 게다가 남의 집에서 노닥거리고 있다니. 희경은 도대체 무엇을 하고 있는 것일까. 제윤은 낮게 헛기침을 하고 문을 조금 더 열었다. 순간 서훈과 나란히 앉아 있는 사람이 세나라는 것을 깨닫고는 깜짝 놀랐다.

부엌에 달린 자그마한 식탁에서 세나는 찌그러진 케이크를 아래로 내려놓으며 쿡쿡거렸다. 서훈도 고개를 숙이고 바닥을 내려다보고 있었다. 제윤은 눈을 휘둥그렇게 뜨고 두 사람을 바라보았다. 약간 비스듬히 앉은 두 사람은 그를 알아차리지 못하고 있었다.

"아, 이제 보니까 옷도 입고 있네요. 월동 준비예요?"

"네. 몇 벌 더 만들었어요. 크리스마스에는 산타복도 만들 거예요."

"이야, 강아지 주제에 호강하네."

제윤은 저도 모르게 입을 벌렸다. 세나의 목소리가 지극히 명료하게 들렸다. 웅얼거리거나 질질 끄는 기색도 없었다. 아무리 치료에 진전이 있다고는 하지만 저 정도까지 갑자기 나을 수도 있는 걸까. 그는 눈을 가늘게 뜨고 두 사람을 계속 지켜보았다.

"사실 이게 진짜 선물이에요."

"네?"

"그냥…… 아르장 거 만들다가 남은 걸로 만든 거예요. 맘에 안 드시면…… 안 가지셔도 돼요."

서훈은 기름종이에 싸인 선물을 받아 들었다. 바스락거리는 것이 옷 같았다. 서훈은 선물을 펼치며 싱긋 웃었다. 무엇인가를 하려는 마음도 없고 그저 시간을 보내려고 바느질을 하던 세나가 무엇인가 할 의지를 가졌다는 것이 자랑스러웠다. 그가 그다지 도움을 준 것은 없다고 해도 그 변화 과정을 지켜봤다는 것만으로도 만족스러웠다.

"우와, 직접 만드신 거예요?"

"괜찮아요? 한번 입어보세요. 사이즈가 맞을까 모르겠네요."

고급스러운 아이보리 빛 스웨터에 진한 파란색과 밤색 눈꽃 모양이 군데군데 들어가 있었다. 어느 비싼 브랜드에서 거금을 주고 산 것이라고 해도 의심하지 않을 정도로 완벽했다.

"맞을 것 같은데요. 입어보죠."

스웨터를 들고 일어선 순간 서훈은 문이 조금 열려 있고 그 뒤에 누군가 서 있다는 것을 발견했다. 그는 흠칫 놀라 순식간에 경계 태세를 취하며 세나를 보호할 생각에 그녀의 어깨에 손을 얹었다. 하지만 금세 제윤이라는 것을 깨닫고는 안도의 한숨을 내쉬었다.

"사장님, 놀랐습니다. 오셨으면 들어오시죠."

갑작스러운 서훈의 말에 세나는 문 쪽을 휙 돌아보았다. 어두운 그늘 속에서 제윤은 마왕처럼 보였다. 그의 얼굴에는 그림자가 져서 표정을 알아볼 수 없었다. 하지만 딱딱하게 굳은 그의 몸에서 풍기는 분위기는 너무나 잘 알고 있는 것이었다. 그녀는 자리에서 벌떡 일어났다. 반쯤은 도망치듯 뒤로 허우적거리는 그녀에게 밀려 의자가 넘어질 뻔했다. 서훈은 쓰러지려는 세나를 붙잡아주고는 가볍게 달래주었다.

"괜찮아요. 사장님이에요."

차라리 도둑이나 강도가 나을 것이다. 세나는 공포에 질려서 입술을 깨물었다. 따뜻한 부엌 안이 갑자기 차갑게 식어버린 것 같았다. 등허리가 오싹해지면서 다리가 부들부들 떨렸다. 그를 똑바로 쳐다볼 수가 없었다. 가슴이 미친 듯이 두근거리는 게 느껴졌다. 쿵쿵거리는 소리가 그녀의 귀에까지 들렸다. 세나는 저도 모르게 서훈의 소매를 꼭 움켜잡았다.

"늦게까지 퇴근하지 않았군요."

"네, 일이 조금 늦어져서 사모님께서 간식을 주셨습니다."

"차는 가지고 오셨습니까? 안 보이던데."

"네, 본채 뒤쪽에 주차장을 만들었는데 거기에 두었습니다. 앞으로 오셔서 아마 못 보셨을 겁니다."

세나가 떨고 있는 것이 느껴졌다. 서훈은 방패라도 되듯 그의 옷자락을 꼭 붙잡고 있는 그녀가 걱정스러웠다. 조금 전까지만 해도 명랑하게 웃고 떠들었는데 지금은 경기라도 일으키듯이 발작적으로 떨고만 있었다. 혹시 제윤 때문일까. 혹시 제윤이 세나를 때리거나 학대하는 것은 아닌가 모르겠다. 그는 제윤을 흘깃 올려다보았다. 제윤은 여전히 속을 알 수 없는 표정으로 두 사람을 쳐다보고 있었다.

"공사는 잘 진행되고 있는 겁니까?"

"네, 계획대로 되고 있습니다. 이제 내장 공사가 들어가고 나면 금세 끝날 겁니다."

세나의 상태는 점점 더 걱정스러워졌다. 그의 팔까지 떨릴 정도로 세나는 떨고 있었다. 서훈은 제윤이 세나를 훑어보는 것을 보고는 저도 모르게 그녀를 가렸다. 정말로 제윤이 세나에게 손찌검이라도 하는 것이 아닌가 하는 의심이 들었다.

"너무 늦게까지 계시게 한 것 같군요. 이제 퇴근하시죠."

서훈은 잠시 망설였다. 이 상황에서 그가 안 가겠다고 버틸 수도 없는 노릇이었다. 하지만 세나를 놓고 가기가 불안했다. 세나는 제윤의 말에 깜짝 놀란 듯 서훈의 소매를 힘껏 움켜쥐었다. 하지만 그 손에서 점점 힘이 풀리더니 마침내는 포기한 듯 소매를 놓았다.

"그럼 전 이만 가볼까요?"

그가 물었다. 세나는 잠시 망설이다가 작게 고개를 끄덕였다. 만약 지금 그녀가 붙잡는다면 서훈은 가지 않을 것이다. 하지만 그랬다가는 서훈까지도 제윤에게 무슨 일을 당할지 몰랐다. 그에게 무슨 일이 생기느니 차라리 그녀가 제윤에게 당하는 편이 나았다. 세나는 입술을 꼭 깨물며 손을 꼭 움켜쥐었다.

"그럼 가보겠습니다. 모레 박 사장님과 같이 오겠습니다. 선물 감사드려요."

서훈이 싱긋 웃고 가방을 챙겨 들었다. 세나는 집에서 나가는 서훈의 뒷모습을 물끄러미 지켜보았다. 제윤은 서훈을 따라 나가며 뒤를 흘낏 돌아보았다.

"여기 있어."

제윤이 나가고 나서도 세나는 그 자리에서 움직일 수 없었다. 그렇지 않아도 제윤이 화가 나 있는 것처럼 보였는데, 그의 명령을 따르지 않는다면 화를 더 부채질하게 될 것이다.

그녀는 멍하니 의자 등받이를 만지작거렸다. 그냥 이 자리에서 완전히 사라져 버렸으면 좋겠다. 투명 인간이 되거나, 아니면 죽어버리는 것도 좋을 듯했다.

만약 그녀가 여기서 죽어버린다면 제윤은 어떻게 반응할지 궁금했다. 놀라거나 귀찮아할지는 모르지만 슬퍼하지는 않을 것이다. 하지만 서훈은 분명히 슬퍼할 것이다. 서훈이 남편이었다면 좋았을 텐데. 세나는 목이 막히는 것 같았다. 가슴이 아프게 푹 꺼지고 눈물이 날 것만 같았다. 한없이 다정하고 부드러운 그가 남편이라면······.

"그래, 멀쩡해 보이는군."

갑작스러운 목소리에 세나는 화들짝 놀라 고개를 들었다. 제윤이 문가 그늘에 서서 그녀를 바라보고 있었다. 그림자 때문에 그의 모습은 제대로 보이지 않았다. 단지 문을 가득 채운 듯 커다란 몸의 윤곽만 보였다. 세나는 숨을 멈추고 그를 올려다보기만 했다. 눈앞이 핑 돌고 귓가에서 미친 듯이 빨리 뛰는 맥박 소리가 들렸다.

"최 박사가 차도가 있다고 하던데 아까 하는 걸 보니 아예 진찰을 받을 필요도 없겠더군."

제윤은 테이블에 앉으며 그녀를 훑어보았다. 세나는 여전히 대꾸도 하지 않고 시선을 돌렸다. 이 여자가 아까 명랑하게 떠들고 핀잔까지 주던 그 여자가 맞을까. 혹시 그때는 다른 사람과 영혼이라도 바뀐 것인가.

그는 눈을 가늘게 떴다. 하얀 얼굴에 새까만 눈동자가 선명하게 대조를 이루어 약간 치기가 있었다. 하지만 생각하기에 따라서는 상당히 명민해 보인다고도 할 수 있었다.

그는 세나가 정신 질환이 있다는 것을 알게 되었던 때를 떠올렸다. 그것은 어처구니없게도 결혼식 한가운데였다. 주례가 묻는 질문에 세나는 대답하지 못했다. 옆에 서 있던 민학이 얼른 그녀가 실어증이 있다는 말을 했다. 그때의 황당함을 생각하면 세나의 목을 쥔 채 흔들고 싶을 정도였다. 어떻게 그 말을 그 순간이 되어서야 해줄 수 있었을까.

사실 그 결혼은 권력게임이나 마찬가지였다. 민학의 도움이 절대적으로 필요했던 그는 고개를 숙이고 미국까지 민학을 찾아갈 수밖에 없었다. 민학은 자신의 영향력을 과시라도 하듯 그날 중으로 결혼식을 올리자고 했다. 그래서 그는 신부에 대해 이야기를 들을 틈도 없었다. 결혼은 각종 계약과 계획 속에서 한 시간도 안 걸려 끝나 버렸다.

"거기 앉아."

그의 말이 떨어지기 무섭게 세나는 의자에 털썩 앉았다. 제윤은 그녀를 가만히 노려보았다. 결혼식이 끝나고 나서야 민학은 그에게 통고해 주었다. 세나에게 자폐증 비슷한 것이 있다고. 자폐증 비슷한 것이라니. 말 한마디 못하고 멍청한 눈으로 멍하니 앉아 있기만 한 여자가 자폐증 비슷한 것 정도로 끝날 일인가. 그가 의료 기록을 요구했지만 민학은 고개를 흔들었다. 특별히 정신과 치료를 받은 적은 없다고 했다. 그래도 몸은 튼튼하니 애는 낳을 수 있을 것이라고 말했다. 그녀에게서 애

따위는 낳고 싶지 않았다. 민학의 외손자라는 건 생각만 해도 끔찍했다. 민학의 핏줄이 대대손손 현성캐피탈을 이끌어갈 거라는 생각만으로도 피가 끓었다.

그녀는 말없이 앉아서 테이블만 내려다보았다. 언제나처럼 뻣뻣하게 굳어 있었다. 얼굴빛은 창백하고 눈빛은 멍했다. 제윤은 그녀의 얼굴을 들어 올릴까 하는 생각도 했다. 하지만 그랬다가는 정말 손찌검이라도 할 것 같다는 생각이 들었다.

"네 아버지가 나한테 네가 병이 있다고 말했는데?"

세나는 대꾸가 없었다. 제윤은 이번엔 세나가 대답할 때까지 기다리기로 마음먹었다. 아까 서훈에게 했던 것을 보면 이 여자에게 정신 질환, 적어도 자폐증이 있는 것은 분명히 아니었다. 그가 들은 것이 분명히 그녀의 목소리라면, 지금 말을 하지 않는 것은 정신 질환이 있기 때문이 아니었다. 자기 의지로 그러는 것이었다. 그 정도는 얼마든지 해결할 수 있었다.

여태까지 한 번도 세나에게 참을성을 발휘해 준 적은 없었다. 그녀에게 인내심을 보여야 한다는 사실 자체가 불쾌했다. 하지만 참을성이나 인내심이라면 그도 어느 누구 못지않았다. 세나가 원한다면 내일 아침까지 이러고 있어도 상관없었다.

세나는 아무 생각 없이 테이블만 내려다보았다. LA에서 라스베가스까지 가는 동안 그녀는 무슨 일이 벌어지는지도 몰랐다. 라스베가스 공항에 내리자마자 리무진이 그녀를 채플에 데리고 갔다. 기다리고 있던 여자가 깔끔한 옷을 건네주고 식장까지 안내했을 때야 그녀는 결혼하게 된다는 사실을 깨달았다. 결혼식장에서 제윤을 처음 봤을 때 조금 놀라면서도 가슴이 두근거렸었다. 그는 민학마저도 압도하는 듯했다. 그라면 민학에게 위협당하거나 짓눌리지 않을 것만 같았다.

세나는 스스로가 한심스러웠다. 제윤이 백마 탄 왕자가 될지도 모른다고 한순간이나마 생각했다는 것이 우스웠다. 반지를 끼워주던 제윤에게서 나타난 표정은 그녀의 아버지나 오빠와 마찬가지였다. 증오감, 불쾌함, 그리고 귀찮아하는 것이 역력한 표정이 비수처럼 가슴을 찔렀다.

그래도 처음에는 기대를 했었다. 뭔가 다를지도 모른다고 막연히 그에게 호감을 가졌다. 단순히 민학에게서 그녀를 떨어뜨려 줬기 때문이었을 수도 있었다. 하지만 어쨌거나 생전 처음 생긴 남편이라는 것은 아버지나 오빠와는 뭔가 다르지 않을까 생각했었다. 저녁때는 창가에서 기웃거리기도 했고, 그를 생각해서 옷을 만들기도 했다.

하지만 그런 기대감도 잠시였다. 제윤은 민학처럼 그녀를 한쪽 구석에 처박아두고 완전히 잊어버렸다. 가끔 가다 찾아와 식사를 하고 가는 것이 전부였다. 그때에도 애정 어린 말은커녕 고개도 들지 않고, 시선도 마주치지 않았다. 그래도 제윤은 세준처럼 그녀를 괴롭히지는 않았다. 그것만으로도 충분히 만족할 수 있었다. 어차피 그녀는 평생 동안 잊혀진 존재였다. 아무도 그녀에게 신경 써주지 않았다. 그런 것이 당연했다. 별로 마음 아프거나 상처받지도 않았다.

세나는 소리없이 한숨을 내쉬고 제윤을 훔쳐보았다. 제윤은 여전히 그녀를 똑바로 쳐다보고 있었다. 세나는 깜짝 놀라 다시 시선을 내리깔았다. 지금쯤 다른 일을 하고 있을 거라고 생각했는데. 이렇게 오랫동안 그녀에게 관심을 집중할 거라고 생각하지 못했다.

제윤의 위압감은 민학보다 더 했다. 그가 어떻게 할지 모르기 때문에 더욱 두려웠다. 그가 가만히 쳐다보고 있는 것만으로도 등골이 오싹해지는 공포감이 들었다. 세나는 눈을 감았다. 차라리 맞는 것이 나을 것 같았다. 무엇인가 일이 터져 버리면 무슨 일인지 알기라도 하니 이토록 두렵지는 않을 것이다.

그녀는 테이블 밑의 손을 꼭 움켜잡았다. 조금 진정되었던 공포심이 다시 미친 듯이 날뛰기 시작했다. 익숙한 무응답이 점점 불편해졌다. 그녀의 아버지에게도, 오빠에게도 이것이 가장 좋은 방법이었다. 그녀가 대답하면 그들은 더욱더 화를 냈고, 야단맞는 시간은 점점 길어졌다. 그래서 그녀는 점점 더 말을 하지 않게 되었다. 반응도 보이지 않았다. 마침내는 자폐증 소리까지 들을 수 있었다. 아무런 대답도 하지 않고 아무런 반응도 보이지 않으면 괴롭히는 쪽에서도 재미를 못 느끼는 것 같았다.

"무슨 소리지?"

제윤은 어디선가 낑낑거리는 소리가 나자 자리에서 반쯤 일어섰다. 세나도 소리가 나는 쪽을 돌아보았다. 아르장이 자기 몸의 세 배는 될 것 같은 커다란 쿠션을 끌고 부엌으로 들어오려고 했다. 강아지는 자기가 한 일이 자랑스러웠는지 세나에게 뛰어오더니 큰 소리로 짖으면서 빙글빙글 돌았다.

"이게 그 개인가?"

제윤이 아르장에게 손을 뻗었다. 세나는 갑자기 번개를 맞은 것 같은 느낌이 들었다. 그가 아르장을 만지게 내버려 둘 수 없었다. 아르장이 오염될 것이다. 더 이상 그녀가 사랑하는 것을 빼앗길 수 없었다. 세나는 저도 모르게 아르장을 휙 끌어당겼다.

"안 돼요!"

그녀가 내지른 비명 때문인지 부엌 안은 더 조용해졌다. 세나는 자신이 한 짓에 너무나 놀랐다. 눈앞이 핑 돌았다. 몸속에서 피어오르는 공포심과 불안감이 온몸을 갈기갈기 찢어버릴 것만 같았다. 세나는 몸을 움츠렸다. 제윤을 쳐다보고 싶지 않았다. 제윤과 한공간에 있고 싶지도 않았다. 그가 뿜어내는 적의나 분노를 느끼고 싶지 않았다. 세나는 아르장을 꼭 끌어안고 한 걸음 뒤로 물러났다. 주인의 불안감을 깨달았는지 용감한 강아지는 적을 향해 이빨을 드러내며 으르렁거렸다.

"이런, 내 아내한테 이런 면이 있는지 몰랐는데."

그의 눈이 위험스럽게 가늘어졌다. 세나는 도망가고 싶었다. 어떻게든 여기서 벗어나서 제윤이 노려보지 못하는 곳으로 가고 싶었다. 사라져 버렸으면 좋겠다. 제윤이든 그녀 자신이든 없어져 버렸으면 좋겠다. 아무것도 느끼지 않도록. 다리가 후들거렸다. 머리가 띵해질 정도로 심장이 빨리 뛰었다.

"역시 말을 할 줄 아는군. 게다가 큰 소리도 낼 줄 알고."

제윤은 비웃듯이 말하며 세나를 훑어보았다. 민학은 그에게 거짓말을 한 것이었다. 더불어 이 여자도 이 황당한 연극에 참여했다. 제윤은 세나가 자폐증이라는 것을 알았을 때 느꼈던 감정을 떠올렸다. 교활한 작자들의 농간에 넘어가 황당함과 불쾌함을 느꼈던 것이다. 어떠한 기분을 느꼈다는 자체가 기분이 나빴다. 미치도록 짜증이 났다. 그들이 그를 교묘하게 조종한 것이었다.

하지만 어째서 그런 것인지는 알 수가 없었다. 그가 여자를 백치라고 생각하면 좀 더 감시하기 쉽다고 생각했던 것일까? 아니면 정신 질환인 아내가 있다는 약점을 만들고 싶었던 것일까? 제윤은 눈을 가늘게 뜨고 그녀를 노려보았다. 세나는 공포에 질려 꼼짝도 못하고 있었다. 제윤은 잔인한 쾌감을 느꼈다. 세나가 더욱더 무서워했으면 좋겠다. 자신의 무기력함에 벌벌 떨면서 그의 자비만을 구걸하기를 바랐다.

"그럼 우리 이제 얘기 좀 해볼까."

그가 세나 쪽으로 한 걸음 옮기는 순간 공포심이 완전히 세나를 잠식했다. 그녀는 짧게 숨을 들이마시는 듯하더니 그대로 쓰러졌다.

세나는 얼굴을 간지럽히는 한기에 잠에서 깨어났다. 창문을 열어놓고 잠이 들었는지 어두운 방에서 커튼이 살짝 펄럭이는 것이 보였다. 그녀는 침대에서 일어나 창문으로 다가가는데 순간 매캐한 담배 냄새가 창가에서부터 났다. 세나는 빨간 불똥이 어둠 속에서 움직이는 것을 보고는 그 자리에서 굳었다.

"깨어났군. 담배를 피워서 문 좀 열었다."

제윤은 담배를 끄고 자리에서 일어났다. 세나는 제윤이 스탠드 켜는 것을 멍하니 지켜보았다. 그제야 아까의 일이 떠올랐다. 그녀는 제윤에게 대들었고 그가 가까이 다가오는 순간 기절했다. 세나는 대여섯 시간이나 흐른 것을 깨닫고는 입술을 깨물었다. 제윤이 그동안 계속 그녀 옆에서 있었다는 사실에 등골이 서늘했다. 그녀는 완전히 어두워진 창밖을 보고는 주춤거리며 뒤로 물러났다. 제윤이 이 늦은 시간까지 집에 있다는 것이 불안해졌다.

"좀 정신이 들어?"

은은한 불빛이 제윤의 얼굴 음영을 더 진하게 만들었다. 세나는 숨을 쉴 수가 없었다. 가슴이 턱 막히고 심장이 미친 듯이 뛰었다. 그녀는 공포에 질린 얼굴로 그를 올려다보았다. 그가 한 발자국 다가오는 순간 세나는 급하게 숨을 들이마셨다.

"또 기절하지 마."

제윤이 엄격하게 경고했다. 세나는 심호흡을 하며 간신히 숨을 골랐다. 벌컥거리는 가슴이 조금 진정되는 듯하면서도 쿵쾅거리기를 멈추지 않았다. 머리가 어지러웠다. 자리에 앉고 싶었지만 제윤 가까이 가고 싶지는 않았다. 그녀는 제윤이 테이블에 앉는 것을 지켜보기만 했다.

"거기 좀 앉아. 이야기나 들어야겠다."

세나는 그가 가리키는 자리에 앉았다. 제윤이 가만히 쳐다보고 있는 것을 알았지만, 그를 올려다볼 엄두도 나지 않았다. 세나는 부들거리는 손을 꼭 눌렀다. 제윤이 때릴지 궁금했다. 세나는 그의 손을 훔쳐보고 싶었다. 세준만큼이나 큰지, 그만큼 아플 것인지 재어보고 싶었다. 제윤은 세준보다 체격이 더 컸다. 그에게 맞는다면 정말 죽을지도 몰랐다.

세나는 저도 모르게 떨리는 입술을 깨물었다. 설마 죽이지는 않을 것이다. 죽이는 것은 괴롭히는 것보다 재미가 덜 하다고 했다. 그러니까 그냥 잠시만 참고 있으면 됐다. 그러면 제윤도 흥미를 잃고 떠날 것이다. 내일 아침이 되면 아무 일 없었다는 듯이 다시 서훈을 만날 수 있을 것이다.

"너네 아버지가 나한테 네가 자폐증이라고 한 건 알고 있겠지?"

그녀는 대답하지 않았다. 그들이 하는 질문은 사실 질문이 아니었다. 그저 자신이 알고 있는 것을 재확인하거나, 또는 알고 있다는 사실을 강조하기 위한 것에 지나지 않았다. 그녀가 굳이 반박을 하거나 수긍해서 화를 북돋을 필요는 없었다.

하지만 제윤은 달랐다. 그는 그녀에게로 몸을 기울였다.

"대답을 기다리고 있다."

세나는 제윤이 가까이 얼굴을 가져다 대자 훅 숨을 들이켰다. 그녀는 저도 모르게 무언가 중얼거리는 소리를 내고 옆으로 피했다. 제윤은 피식 웃었다. 그 소리가 어쩐지 위험하게 들렸다. 그 순간 제윤은 그녀의 손목을 끌어당겼다. 세나는 억눌린 비명 소리를 냈다. 하지만 반항할 틈도 없이 어느새 그의 무릎까지 끌려 올라갔다.

"잘 안 들려서."

몸이 완전히 굳어버렸다. 그에게서 벗어나기 위해 버둥거리지도 못했다. 세나는 고양이의 앞발에 꽉 눌린 쥐처럼 숨소리도 내지 못했다.

"자, 이젠 아무리 작게 말해도 들릴 거야. 말해 봐. 네가 자폐증이 있다고 한 건 네 아버지가 꾸민 거야, 아니면 네가 꾸민 거야?"

세나는 강인한 팔이 배를 짓누르는 걸 느꼈다. 딱딱한 매트리스처럼 단단하면서도 탄력있는 그의 몸이 온몸을 통해 느껴졌다. 그녀는 그 낯선 느낌에 숨이 막혔다. 누군가를 이렇게 가까이에서 느껴본 적이 없었다. 누군가 그녀를 끌어안은 것은 아주 오래전의 일이었다.

"네가 얼마나 또랑또랑하게 말할 줄 아는지 나도 이제 알아. 그러니까 대답해 봐. 응?"

제윤이 턱을 움켜쥐고 고개를 돌렸다. 아프지는 않았지만 뿌리칠 수도 없었다. 강한 손 힘이 느껴졌다. 그에게 살짝 밴 담배 냄새도 느낄 수 있었다. 세나는 더듬더듬 뭔가를 말하려고 했다. 제윤은 그녀의 말을 들으려는 듯 턱을 놓았다.

"그래, 말해 봐."

"Pa, Patre a parle que j'ai ete……."

"뭐?"

질책하는 듯한 그의 말에 가슴이 덜컥 내려앉는 것 같았다. 그녀는 머리가 어지러워서 다시 기절할 것만 같았다. 그녀가 고개를 돌리려고 하자 제윤은 다시 한 번 턱을 잡아 자신을 똑바로 바라보게 했다. 세나는 심호흡을 하고 적당한 한국어를 찾았다.

"아버지께서 제가 자폐증이라고 하셨어요."

제윤은 짧게 한숨을 내쉬더니 그녀를 다른 의자에 앉혔다. 그녀는 갑자기 사라진 온기에 가볍게 몸을 떨었다.

"정말이군. 제대로 말을 하는군."

세나는 초조하게 그를 쳐다보았다. 뭔가를 할 거라면 빨리 했으면 좋겠다. 빨리 그녀에게 화를 냈으면 좋겠다. 그녀는 두근거리는 가슴을 애써 가라앉혔다. 그런 기색을 보여서는 안 된다. 그랬다가는 절대로 빨리 끝내주지 않았다. 그들은 언제나 그녀가 원하는 것을 절대로 가질 수 없게 했다.

"네 아버지는 의사의 진단을 받지는 않았다고 했지. 처음부터 끝까지 네가 연극을 한 거냐?"

세나는 대답할 수가 없었다. 그녀가 숨도 못 쉬게 압박하는 민학과 차라리 죽었으면 좋겠다는 생각이 들 정도로 그녀를 괴롭히는 세준 사이에서 그녀는 살아날 방법을 발견했다. 그녀는 모든 것에 대한 관심을 죽이려고 처절하게 노력했다. 나중에는 세준이 발로 차도 비명 하나 지르지 않을 수 있었다. 그녀가 말도 하지 않고 머리가 빈 인형처럼 굴어도 민학이 의사를 부르지 않을 것이라는 사실은 알고 있었다. 민학은 자신의 딸이 정신 질환이 있다는 것을 다른 사람에게 알릴 수는 없었다. 의사는 커녕 민학은 그녀를 학교에까지 보냈다.

"네 아버지에게 연락을 해봐야……."

"안 돼요!"

제윤이 안 되겠다는 듯이 고개를 저으며 일어났다. 그의 말이 끝나기도 전에 세나도 벌떡 일어났다. 그녀의 눈동자가 공포심으로 벌어졌다. 눈앞에 아무것도 보이지 않았다. 민학이 알게 되면 그녀는 끝장이다. 세나는 숨이 막히도록 조여오는 공포심 속에서 허우적거리며 그의 팔을 붙잡았다.

"그러지 마세요. 그러지……."

세나는 제윤이 눈살을 찌푸리며 팔을 내려다보자 얼른 손을 떼었다. 제윤은 그녀를 한동안 쳐다보더니 다시 자리에 앉았다.

"류 회장을 계속 속이고 싶다 그거로군."

세나는 고개를 숙이고 자리에 앉았다. 제윤은 손을 모으더니 그녀를 날카로운 눈으로 바라보았다.

"그리고 지난 5년간 나도 속였지."

위험스럽게 부드러워진 목소리였다. 세나는 조심스럽게 고개를 들었다. 희미한 불빛 때문에 그의 시선은 파악할 수가 없었다. 단지 얼굴과 어깨 선은 목소리만큼 부드럽게 풀리지 않았다. 세나는 입술을 축이고는 다시 고개를 숙였다.

"그런, 그런 게 아니라……"

그저 말하지 않은 것뿐이었다. 어차피 민학이나 세준과 같은 부류인 제윤에게 굳이 사실을 밝힐 필요가 없었다. 그리고 제윤에게는 진실을 알아볼 생각조차 없었다. 세나는 서훈을 떠올렸다. 그는 세나가 자폐증이라는 것을 아는지 모르는지 언제나 다정하고 친절하게 말을 걸었다. 만약 제윤이 그랬었다면, 아주 조금만이라도 그녀에게 부드러웠다면 그에게 이야기했을지도 모른다.

"어쨌든 결과적으로 그렇게 되었잖아."

제윤은 의자에 깊숙이 기대더니 테이블 위로 다리를 올렸다. 그의 얼굴은 어둡게 그늘져 있었다. 목소리도 한없이 부드럽고 가벼워서 감정을 파악할 수 없었다.

"내가 그렇게 만만하게 보였어? 언제쯤 말할 생각이었어? 너 혹시 정말 백치 아니야? 날 평생 속일 수 있으리라 생각했니?"

"지난 5년 동안은 몰랐잖아요."

세나는 혀를 깨물었다. 방금 그 말을 주워담고 싶었다. 어째서, 어떻게 그 말을 했는지 알 수가 없었다. 제윤의 분노 때문에 미친 것이 틀림없다. 세나는 화급히 자리에서 일어나 도망가려고 했지만, 제윤은 쉽사리 그녀를 붙잡았다.

"그래, 그랬지."

어둠 속에서도 그의 눈빛이 번쩍이는 것이 보였다. 세나는 침착한 목소리 아래에 깔려 있는 분노를 느끼고 침을 꿀꺽 삼켰다.

"하지만 이제 알아."

세나는 그를 불안하게 올려다보았다. 어둡게 가라앉은 눈동자가 무서울 정도로 그녀를 쏘아보고 있었다. 그가 어떻게 할지 두려움에 사로잡힌 심장이 미친 듯이 뛰고 있었다. 머리가 어지러워 곧이라도 쓰러질 것 같았다.

그 순간 제윤이 고개를 숙였다. 저도 모르게 비명을 지르려고 했지만 그의 입술에 막히고 어느새 물컹한 것이 입 안으로 파고들었다. 그녀는 제윤을 밀어내려고 했지만 머리를 붙잡고 있는 힘을 이길 수가 없었다. 다른 쪽 손은 버둥거리지조차 못하게 그녀의 손목을 움켜쥐고 등 뒤를 꽉 눌렀다. 세나는 숨도 못 쉬게 입 안을 휘젓고 다니는 침입자 때문에 소리없이 비명을 질렀다. 하지만 그는 아랑곳하지 않고 입속의 부드러운 부분을 하나하나 유린하고 나갔다.

"네 말대로 날 5년이나 속인 것에 대한 대가를 치러야 할 거야."

제윤은 세나를 내던지듯이 밀어내고는 방에서 나갔다. 세나는 그의 뒷모습을 멍하니 바라보다가 갑자기 화장실로 뛰어갔다. 빈속이 울렁거리면서 뭔가를 토해내고 싶어했다. 그녀는 아무것도 없는 위에서 노란 위액까지 게워냈다. 멈춘 듯했던 경련이, 물컹거리는 혀의 느낌이 되살아나면서 다시 일어났다. 목이 아플 때까지 콜록거리며 토하던 세나는 무너지듯 주저앉았다.

무슨 일이 벌어진 것인지 알 수가 없었다. 제윤이 모든 것을 알았다. 그가 화낼 만했다. 만약 그가 때리거나 소리를 질렀다면 훨씬 더 이해할 수 있었을 것이다. 그런데 갑자기 그녀에게 키스를 했다. 이것이 그가 화를 내는 방법일까. 이것이 그가 그녀에게 벌을 주는 방법일까. 대가를 치러야 할 거라고 말했다. 이제 어떻게 되는 것일까. 제윤이 혹시 민학이나 세준에게 이야기하지 않을까. 만약 그랬다가는 그녀는 정말로 살아남지 못할 것이다. 두 사람이 그녀를 가만 내버려 둘 리가 없었다. 세나는 화장실 구석에 쪼그리고 앉아서 눈을 감았다. 어디론가 도망가고 싶었다. 저 사람들이 절대로 쫓아올 수 없는 어느 먼 곳으로.

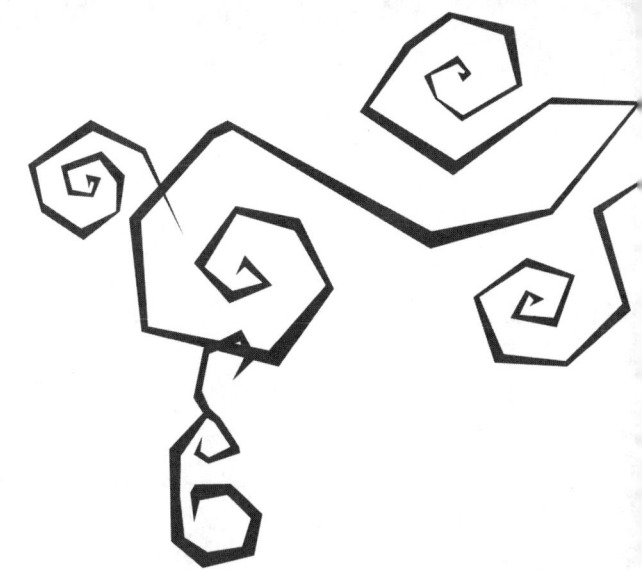

다음날 오전 세나는 침대에 엎드려 누워 아르장의 코를 어루만졌다. 강아지가 손가락 끝을 날름 핥았다. 기분이 조금 나아졌다. 날이 밝으니 어젯밤 일은 악몽처럼 느껴질 뿐이었다. 그녀는 또 한 번 살아남았다.

세나는 떨리는 한숨을 내뱉었다. 영원히 이렇게 누워 있었으면 좋겠다. 아무도 없는 이 방에서 그녀만의 세계를 만들고 묻혀 있고 싶었다. 정말 백치이거나 자폐증이었다면 좋았을 텐데. 만약 그랬다면 아무것도 느끼지 않을 수 있었을 것이다. 이불을 꽁꽁 둘러쓰고 있던 세나는 밖에서 들리는 작은 소리에 고개를 들었다. 아르장이 이불을 젖히려고 애쓰고 있었다. 그녀는 떨리는 웃음을 지으며 강아지를 끌어안았다.

"그래, 알았어. 일어날까?"

시간은 벌써 11시였다. 제윤도 어제 한 번 화를 냈으니 한동안 그녀를 잊어버릴 것이다. 그에게는 그녀보다 중요한 일이 천 가지 정도는 있을 테니까. 두 달쯤 뒤에 다시 왔을 때는 그녀가 자폐증이 아니라는 사실도 잊어버렸을 것이다.

세나는 부엌으로 내려갔다. 세탁실에서는 세탁기가 작동되고 있었고 빨래하는 물소리도 들렸다. 그녀가 차를 끓이고 토스트기를 내려놓는데 희경이 부엌으로 들어왔다.

"사장님께서 일어나시거든 전화해 달라고 하셨어요."

세나는 들고 있던 기계를 떨어뜨릴 뻔했다. 희경은 시선을 피하듯 고개를 돌렸다. 세나는 말없이 그녀가 건넨 전화번호를 받아 들었다. 전화기가 있는 거실까지 가는 동안 사형장으로 끌려가는 죄수가 된 기분이었다. 그는 아직 잊어버리지 않았다. 그녀에게 뭔가를 하려 하고 있었다.

세나는 거실 소파에 앉아서 전화기를 빤히 바라보았다. 전화를 걸면 그 속에서 제윤이 튀어나올 것만 같았다. 세나는 저절로 떨리는 몸을 감싸 안았다. 전화를 걸지 말아볼까 하는 유혹이 너무 강했다. 그냥 시간이 흐르면 잊어버릴지도 모른다. 하지만 모험을 할 수는 없었다. 더 이상 제윤을 화나게 할 수 없었다. 그는 민학보다도, 세준보다도 더 위험했다. 그냥 손찌검을 하거나 폭언을 하는 것보다 더 심각하게 그녀를 상처 입힐 수 있었다.

[한제윤입니다.]

통화음이 떨어지자 차분한 목소리가 듣기 좋게 흘러나왔다. 세나는 수화기를 꽉 움켜쥐었다. 그의 목소리가 귓가를 울리면서 가슴이 쿵쾅거렸다. 피가 얼굴에 확 몰리면서 머리가 터질 것 같았다. 세나는 애써 숨을 고르며 그의 말에 대답을 하려고 애썼다. 하지만 목이 졸리는 것처럼 말이 나오지 않았다.

[세나로군 그래?]

"네."

그녀는 기어들어 가는 소리로 대답했다. 그가 뭐라고 말할지 두려웠다. 듣고 싶지 않았다. 전화기를 던져 버리고 이층으로 숨고만 싶었다.

[어젯밤에 이야기를 끝내지 못한 것 같아서. 내가 갔으면 좋겠지만…….]

가슴이 철렁했다. 하지만 제윤은 곧 이어 출장이라서 올 수 없다는 말을 했다. 세나는 안도감 때문에 온몸에서 기운이 빠졌다.

[네가 정상이라는 것을 알았으니, 분당 집에 관련된 건 일단 네가 알아서 해. 뭐 필요한 거 있거나 하면 이 실장에게 말하고.]

세나는 입을 벌렸다 다물었다. 그건 전혀 알아서 하라는 것이 아니었다. 민혜라면 절대로 그녀 말에 따를 리가 없었다.

[집 짓는 일도 제대로 잘하고. 이 실장에게서 큰 소리 나오지 않게 잘해라.]

세나는 아무런 말도 대꾸할 수 없었다. 그는 불가능한 일을 시키고 있었다. 민혜가 그녀에 대해 불평불만을 늘어놓지 않게 할 수는 없었다. 그녀가 어떻게 해도 민혜는 분명히 제윤에게 가서 항의를 할 것이다. 세나는 숨을 멈췄다. 독기 서린 민혜와 어떤 일이든 정면으로 대립할 거란 생각에 머리가 어지러웠다. 빨리 서훈에게 연락을 해봐야겠다. 그와 의논을 해서······.

[그리고 쓸데없이 김 사장 귀찮게 굴지 마.]

그 말은 더 이상 서훈을 만나지 말라는 말의 다른 표현이었다. 그녀는 뭐라고 항의하고 싶었다. 하지만 혀가 굳어버렸다. 지금 그의 평이한 어조가 다르게 바뀌는 것을 듣고 싶지 않았다.

[알겠지?]

세나는 대답할 수 없었다. 싫다고 말할 수 없었다. 그랬다가는 제윤이 화를 낼 것이다. 그녀는 애매모호하게 중얼거렸다. 제윤은 못마땅한지 한 번 더 채근했다.

"네······."

제윤은 마지못한 대답만 한마디 끌어내고 전화를 끊었다. 민혜처럼 끊임없이 말을 쏟아내는 통화도 피곤했지만, 아무 말도 안 하는 사람과 통화하는 것도 만만치 않게 피곤했다. 그는 당장이라도 달려가 세나를 다그치고 싶었다. 그는 길게 한숨을 내쉬었다.

처음 그녀가 정상이라는 것을 알았을 때의 감정은 되살리고 싶지도 않았다. 온몸이 불길에 휩싸이는 기분이었다. 눈앞이 붉게 변하고 분노로 가슴이 들썩거렸다. 자신이 감쪽같이 속았다는 것에 화가 났다. 스스로가 저주스러울 정도였다. 세나가 멍청한 척하면서 자신을 속여 넘기고 뒤에서 좋아했을 거라고 생각하면 분노가 치밀어 올랐다. 그때 기분만으로라면 세나가 살아 있는 것이 신기할 정도였다. 살의를 억누른 것은 오직 민학이 이 일에 어떤 연관이 있는지 알아내기 위해서였다. 그녀가 비명을 지를 때까지 닦달을 해서 무슨 일인지 알아내고 싶었다. 하지만 그가 생각을 실행에 옮기기도 전에 그녀가 쓰러져 버렸다.

제윤은 자신이 그렇게 무서운 사람이었는지 되새겨 보았다. 그동안 세나가 그를 겁내는 것은 그녀가 정신 질환이 있기 때문이라고 생각했다. 자신보다 덩치가 큰 사람이니까 무서워하는 것이라고 단순하게 생각했다. 사실 세나가 그를 겁내는 것을 즐기기는 했다. 하지만 그녀가 지극히 정상적이라면 다른 문제였다. 물론 세나가 그를 쉽게 여기기를 원하지 않았다. 그렇다고 해서 경기 일으킬 정도로 두려워하는 것도 마음이 편하지는 않았다.

제윤은 인상을 찌푸렸다. 세나가 정상이라는 것을 민학은 모른다. 민학뿐만 아니라 그녀 주변에 있는 모든 사람이 몰랐다.

그나마 명준만이 세나가 자폐증이 아니라는 사실을 알아냈을 뿐이다. 민학은 어째서 의사를 붙여주지 않았던 것일까. 왜 세나는 자신의 아버지를 속이고 있던 것일까. 그는 책상을 톡톡 두드리며 생각에 잠겼다. 이 정도는 단순한 대화 단절이나 세대 차이가 아니었다. 분명히 민학이 이끄는 류씨 집안에 문제가 있는 것이 틀림없었다. 이번 일을 빌미로 민학에게 어떤 타격을 줄 수 있을지 기대가 됐다. 되도록이면 커다란 타격이.

그 뒤로 며칠 동안 세나는 서훈을 만나지 않았다. 공사장에는 몇 번 오는 것 같았지만 제윤의 말 때문에 선뜻 연락할 수가 없었다. 하지만 서훈은 제윤의 위협에 대해서는 아무것도 모르는 모양이었다. 며칠 뒤 불쑥 나타나서는 외출하자고 졸라댔다.

"사장님이 서훈 씨 만나지 말라고 하셨는데."

세나는 그가 건네는 아이스크림을 받아 들고는 할짝거렸다. 하지만 그녀는 지금이라도 제윤이 어디서 나타나지나 않을지 걱정스러운 얼굴로 주변을 둘러보는 건 잊지 않았다.

"세나 씨는 어때요? 나랑 만나기 싫어요?"

"아뇨, 전혀 아니죠."

그녀가 세차게 고개를 저었다. 서훈은 싱긋 웃어 보였다.

"그러면 된 거죠 뭐."

한참을 망설이던 세나를 간신히 설득해서 코엑스로 데리고 나왔다. 처음에는 너무 강요했나 싶은 생각이 들었다. 세나는 제윤의 말을 신의 계시쯤으로 생각하고 있었다. 남편이 아니라 절대군주를 모시는 노예 같았다. 제윤을 보는 그녀의 얼굴에는 공포감만이 있었다. 밝은 미소는커녕 무표정을 유지하지도 못했다. 그래서 그런 죄책감 따위는 금세 사라져 버렸다. 그를 보자마자 세나의 얼굴이 확 밝아졌기 때문이다.

"사장님이 무섭지 않나요?"

서훈은 너무 아무렇지도 않게 제윤의 위험을 넘겨 버렸다. 세나는 그를 따라가면서도 걱정스러워졌다. 제윤이 이 일을 안다면 가만있지 않을 것이다. 그녀에게 화를 내는 것은 물론이고, 서훈까지도 무사하지 못할 것이다. 그녀는 서훈의 옷자락을 붙잡았다. 서훈이 아무리 구세주처럼 느껴졌어도 나와서는 안 됐다. 제윤이 그를 파괴해 버릴 것이다.

"물론 무섭죠. 현성캐피탈의 한제윤 사장하고 싸우고 싶은 사람이 어디 있겠어요."

"그런데요?"

"여기는 젊음의 천국이라고요. 그런 아저씨들은 여기 오지 않으니까 걱정하지 말고 구경하며 놀아요."

서훈은 소리없이 한숨을 내쉬었다. 어느 정도 미안하기 때문이기도 했다. 세나를 제윤의 손아귀에 그냥 내버려 뒀다는 사실이 마음에 걸렸다. 그것은 그가 어떻게 할 수 없는 일이었다. 세나는 제윤의 아내였다. 그가 너무 간섭하는 것은 오히려 세나에게 나쁘게 작용할 수도 있었다. 제윤에게 세나를 괴롭힐 빌미를 하나라도 더 주고 싶지 않았다.

하지만 세나를 그냥 내버려 둘 수도 없었다. 계속 침울하고 기운없는 그녀를 보고 있는 것이 마음 아팠다. 그녀가 얼마나 밝게 웃을 수 있고 명랑한지 알고 있기 때문에 더욱 그랬다. 그녀가 행복하기를 진심으로 바랐다. 자기가 원하고 싶은 것을 하면서, 다른 사람과 다투기도 하고 화해하기도 하면서 살아가기를 정말 바랬다.

서훈은 세나를 아쿠아리움으로 안내했다. 세나는 수족관 입구에서부터 신기하다는 듯이 주변을 열심히 둘러보았다. 그는 벽에 붙어서 안쪽을 들여다보는 세나를 쳐다보았다. 그녀는 연신 감탄하면서 물고기들을 가리켰다. 세나가 조금이라도 기분이 좋아졌으면 좋겠다. 그녀가 잘되도록 진심으로 도와주고 싶었다. 하지만 그가 해줄 수 있는 것은 고작 이런 것뿐이었다. 어떤 근본적인 해결책도 내놓지 못했다. 서훈은 무력감을 느꼈다.

"저거 봐요, 저건 뭐죠?"

세나는 그의 무력감을 날려 버릴 정도로 재미있게 물고기들을 구경했다. 한 수족관을 10분 이상 들여다보면서 설명되어 있는 물고기를 전부 찾으려고 했다. 그녀는 머리 위로 지나가는 커다란 상어를 보면서 입을 다물지 못했다.

"꼭 사장님 같아요."

세나는 넓은 수족관을 위협적으로 돌아다니는 상어를 가리키며 말했다. 서훈도 제윤과 비슷한 이미지에 고개를 끄덕였다.

세나가 아쿠아리움을 즐겁게 구경한 덕분에 밖으로 나오는 데 몇 시간이나 걸렸다. 세나는 피곤하다면서도 신나게 이곳저곳을 구경했다. 서훈은 그녀를 데리고 코엑스몰을 전부 돌아다녔다. 일요일이라 걷기 힘들 정도로 사람이 많았지만 세나에게는 그것도 재미있는지 연신 웃음을 터뜨렸다.

"이거 전부 다 만 원이에요?"

"이쪽 건 만 원이고 이쪽 건 만오천 원이에요."

세나는 귀고리들을 늘어놓은 가판대에서 꼼짝도 하지 않았다. 밝은 불빛에 귀고리들이 눈부시게 반짝거렸다. 그녀는 이것저것 골라 들고 서훈에게 어떤지 물어보았다. 하지만 그는 난감하게 웃으며 예쁘다는 말만 했다. 세나는 간신히 두 개를 사고는 행복하게 미소 지었다.

"너무 많이 샀어요? 하나만 살까요?"

"괜찮아요. 둘 다 좋아요."

세나는 조금 불안한 것 같았다. 그녀는 귀고리 두 개를 손에 쥐고 계속 가판대를 흘끔거렸다. 서훈은 쿡쿡 웃었다. 세나라면 저 가판대를 통째로 다 살 수도 있을 것이다. 하지만 세나는 직접 돈을 내고 물건을 사본 적이 거의 없을 테니 불안할 만도 했다. 세나에게 돈에 대한 개념이나 있는지 궁금했다.

"자, 나가서 아웃백 가서 식사해요. 예약을 해뒀어요."

"아웃백?"

"스테이크요. 혹시 채식주의자는 아니죠?"

세나는 고개를 저었다. 서훈은 안심한 듯이 그녀를 데리고 호텔 오크우드 쪽을 통해서 밖으로 나갔다. 봉은사 앞의 음식점에 도착해 자리에 앉자 서훈은 메뉴를 건네며 으스대듯 말했다.

"자, 아무거나 드세요."

세나는 명랑하게 웃었다. 사람들이 가득 들어차 있는 음식점은 활기 찬 음악이 흐르고 종업원들도 씩씩하게 돌아다녔다. 그녀는 직경이 1m는 될 것 같은 쟁반을 들고 지나가는 자그마한 여종업원을 보고 눈을 휘둥그렇게 떴다.

"별채도 이제 인테리어 공사 들어갔죠?"

"네. 저야 괜찮은데 아줌마 방에는 짐도 많고 그래서 불편한 거 같아요. 차라리 한 일주일 휴가를 줄까 봐요. 그사이에 일 끝내고 아줌마가 돌아와서 치우면 되니까요."

"그것도 괜찮겠네요. 별채 공사는 도배만 다시 하면 되니까. 세나 씨는 그동안 불편하지 않겠어요?"

세나는 웃으면서 고개를 끄덕였다. 한 번도 남의 시중을 받지 않고 살아본 적이 없었다. 다들 그녀가 정상이 아니라고 생각했기 때문에 더욱 그랬다. 하지만 그녀도 어른이었고 못할 게 없는 정상인이었다. 어떻게든 일주일 정도는 그럭저럭 지낼 수 있을 것이다.

"제가 종종 들릴게요. 음, 끼니가 될 만한 것도 사 가고요."

서훈은 전에 봤던 케이크 비슷한 산업 폐기물을 떠올리면서 말했다. 세나도 같은 것을 떠올렸는지 쿡쿡거렸다.

"부탁드릴게요."

두 사람은 집에 대한 이야기를 계속했다. 집에서 세나가 가장 마음에 드는 곳은 이층 거실이었다. 페치카도 있고 작은 실내 정원도 있고 안락의자도 있었다. 넓은 창으로 내다보면 정원이 한눈에 보였다.

"정원 공사도 다시 하자고 하던데요? 박 사장님이 조경사를 알아봐 달랬어요."

"네. 처음에는 그냥 조금만 손보려고 했는데 이것저것 하다 보니까 다 고치는 편이 나을 거 같아서."

서훈은 민혜가 뭐라고 할지 신경 쓰이지 않냐고 묻고 싶었다. 하지만 어쩐지 그녀의 얼굴에는 자신감이 엿보였다. 서훈은 덩달아 기분이 좋아졌다. 혹시 그날 제윤이 세나가 정상이라는 것을 알고 전권을 위임한 것이 아닐까 궁금했다. 드디어 외부인은 나가고 제대로 된 주인이 들어서게 된 것일지도 모른다. 서훈은 그녀에게 묻고 싶은 것을 참았다. 세나의 기분을 망치고 싶지 않았다. 세나가 원한다면 이야기해 줄 것이다.

"저, 사장님께서 저한테 알아서 하라고 하셨어요."

"공사요?"

"네, 공사나 집에 대한 거 전부요."

"잘됐네요. 당연하죠, 거기 사는 건 세나 씨인데."

세나는 한숨을 폭 내쉬었다. 사실 그녀는 아는 것이 아무것도 없었다. 그녀가 지난 5년 동안 혼자서 사본 물건이라고는 몇 시간 전 귀고리 두 개뿐이었다. 지난 5년뿐만 아니라 20여 년 동안 그녀가 쓰는 물건들은 모두 주변 사람들이 사다 준 것이었다. 요리도 마찬가지였고, 청소나 빨래도 그랬다. 그녀가 한 일이라고는 사람들이 가져다 주는 대로 입고, 먹고, 사용한 것뿐이었다.

"전 아무것도 몰라요."

"처음부터 다 아는 사람은 없어요."

"그래도 저처럼 아무것도 모르는 사람은 없을 거예요. 경제 개념도 없고, 대인 관계도 없고 뭣 하나 제대로 하는 것 아무것도 없는데."

세나는 혼자 중얼거리다가 서훈이 빙글거리고 있다는 것을 깨달았다. 세나는 왜 그러냐는 듯 그를 쳐다보았다.

"아니, 아무것도 모르는 사람치고는 일상 대화에 어려운 말을 많이 쓴다는 생각이 들어서요. 경제 개념이니 대인 관계니. 세나 씨는 계속 외국에서 살았다면서 한국어는 어디서 배우셨어요?"

"어려서 엄마가 한국어를 가르치셨나 봐요. 유모들도 한국인들이 많았고, 오빠 때문에 한국어 교사랑 테이프 같은 것도 있었어요."

세준에게만 한국어를 가르치는 것이 다른 사람에게 이상하게 보일까 신경이 쓰였는지 민학은 그 자리에 그녀도 동석시켰다. 자폐증이라는 것이 들킬까 봐 전전긍긍했지만, 그녀가 공부하는 시늉쯤은 낸다는 것을 알고 내버려 뒀다. 한국어를 배우면서 가장 어려웠던 것은 역시 발음 문제였다. 말을 제대로 하는 것인지 알 수 없었다. 하지만 교사에게 물어볼 수도 없었다. 세나는 끊임없이 테이프를 듣고, 또 들으며 벽을 보고 중얼거리기도 했던 기억을 떠올렸다. 그 덕분에 그녀가 제정신이 아니라는 확신을 그들에게 더 확고히 심어줄 수도 있었다.
　"며칠 동안 아줌마랑 얘기하다 보니까 해야 할 일이 생각보다 많더라고요. 별로 할 일이 없을 것 같았는데."
　뭘 해야 하는지도 몰랐다. 어차피 식사를 준비하거나 청소하거나 빨래하는 것은 전부 희경이 알아서 하고 있었다. 하지만 희경에게 이야기를 듣다 보니 신경 써야 하는 일들이 꽤 많았다. 민혜가 괜히 일주일에 한 번씩 집에 들른 것이 아니었다.
　"자신없어요. 특히 이 실장을 화나게 하지 말라는 거요, 그게 제일 자신없어요."
　서훈은 인상을 찌푸렸다.
　"맡겼으면 완전히 맡길 거지 이 실장은 또 왜 끼는데요?"
　"필요한 거 있으면 이 실장한테 말하래요. 하지만 뭐가 필요하다고 해도 이 실장이 잘 들어줄는지는……."
　민혜가 왜 그렇게 그녀를 싫어하는지 궁금했다. 그녀 주변에 있던 사람들은 그녀를 귀찮아할지언정 미워하지는 않았다. 민혜가 그녀를 싫어하는 것은 세준과 비슷한 수준이었다.

"가능하다면 때렸을지도 몰라요."

세나는 혼잣말처럼 중얼거렸다. 서훈은 그 소리를 들었는지 고개를 번쩍 들었다.

"누가요?"

"아, 아무것도 아니에요."

서훈은 인상을 또다시 찌푸렸다. 하지만 세나는 애써 웃어 보였다. 문득 세준이 떠올랐다. 그가 했던 여러 가지 일들도 함께 떠올랐다. 갑자기 한기가 들었다. 그녀는 포크를 들고 있던 손이 떨리는 것을 보고 얼른 포크를 내려놓았다.

"괜찮으세요? 추워요?"

서훈은 그것을 알아차렸다. 그녀는 고마움 반 미안함 반으로 희미하게 웃어 보였다. 그에게 즐거운 파트너가 되어주지 못해서 미안했다. 항상 폐만 끼치고 염려만 하게 하는 것 같았다. 무엇 하나라도 그에게 해줄 수 있는 것이 있었다면 좋겠다.

"괜찮아요. 그냥 좀……."

세나는 잠시 말을 멈췄다. 입술을 깨물고 잠시 생각하던 그녀는 다시 입을 열었다.

"어렸을 때 오빠가 절 많이 괴롭혔어요. 이 실장을 보면 그 생각이 나요."

민혜처럼 괴롭혔다면 상당히 악질적이었다는 뜻이다. 서훈은 냉소적으로 생각했다. 세나의 상태를 봐서는 분명히 악질적이었을 것이라고.

"사장님은…… 아버지를 생각나게 해요."

목소리가 파르르 떨렸다. 서훈은 그녀를 가만히 쳐다보았다. 이쪽이 더 심각했던 모양이다. 그녀의 눈동자가 벌어지는 것이 보였다. 옛날 일을 생각하듯 눈이 불안하게 움직였다. 서훈은 한숨을 내쉬고 부드럽게 말했다.

"사장님께서 잡아먹지는 않으실 거예요."

"잡아먹는 건 오빠 스타일이죠. 아버지는 먹잇감을 쫓는 쪽……."

세나가 떨리는 미소를 지었다. 서훈과 함께 있으니까 불안감이 조금 덜했다. 지금이라면 세준이 굶주린 늑대처럼 나타나도 덜 무서울 것 같았다. 그러면서도 세나는 정말로 세준이 나타나지나 않을지 몸을 떨었다.

"다른 얘기 해요. 몸이 오싹해지네요."

세나는 미소로 불안감을 털어냈다. 서훈이 걱정스럽다는 듯이 쳐다보았다. 하지만 세나는 민학이나 세준, 제윤에 대한 생각은 저 구석으로 밀어버렸다. 서훈과 있으면 즐거운 이야기를 하고 싶었다. 외로움을 외로움이라고 느끼지 못할 정도로 오랫동안 혼자 지내다가 마침내 발견한 그의 따뜻함을 옛 기억으로 퇴색시키고 싶지 않았다.

그녀는 다시 집에 대한 이야기를 꺼냈다. 서훈은 염려스러운 얼굴로 쳐다보다가 미소와 함께 그 표정을 지웠다. 그리고 그녀와 정원에 대해서 자세히 이야기를 나누었다.

희경을 휴가 보내고 혼자 집에 있으니 기분이 묘했다. 모두들 그녀를 못 본 척하며 신경 써주지는 않았지만, 그래도 그녀는 언제나 수많은 사람들 사이에서 살았다. 그런데 아무도 없는 집에서 혼자 청소도 하고, 밥도 지어 먹으니 놀러온 기분마저 들었다.

세나는 이층 창문 너머로 보이는 본채를 내다보았다. 본채가 완성되고 나면 희경에게 본채로 들어오라고 할까 하는 생각이 들었다. 여태까지 한 번도 외로움이나 쓸쓸함을 의식하지 못했다. 하지만 서훈과 함께 지내다 보니 이야기할 사람 하나 없다는 것이 조금은 적적할 듯했다.

그녀는 부지런히 뜨개질을 했다. 아르장과 그녀가 입을 크리스마스 스웨터였다. 서훈에게도 지난번보다 더 좋은 것을 만들어줄 생각이었다. 그리고 가능하면 희경에게도 줄 것이다. 세나는 폭신한 스웨터를 어루만졌다. 그녀가 기억하는 한 누군가에게 선물을 줘본 적이 없었다. 그녀가 만들었던 여러 자수 작품들을 일하는 사람들이 가져가기는 했다. 하지만 한 번도 그녀에게 물어본 적은 없었다. 어차피 있는지 없는지도 모를 거라고 생각한 듯했다. 어떤 때는 그것이 너무 짜증스러웠다. 하지만 지적할 수는 없었다. 그래서 마음에 드는 것은 잘 접어서 매트리스 밑이나 베개 사이에 숨겨놓곤 했다.

세나는 자그마한 스웨터를 완성하고 들어보았다. 아르장에게 입혀보고 너무 짧으면 아래를 좀 더 떠야겠다는 생각에 발치에 있는 아르장을 내려다보았다. 하지만 강아지는 어디로 사라졌는지 보이지 않았다. 강아지가 또 어디서 뭘 물어뜯고 있을지 걱정스러웠다. 다른 것은 상관없는데 제발 희경이 걸어놓은 빨래만은 씹어대지 말았으면 좋겠다. 세나는 아르장을 찾아올 셈으로 자리에서 일어났다. 순간 문간에서 그녀를 노려보고 있는 사내를 보고 기절할 듯 놀랐다.

"이제야 알아주는군."

제윤이 들어오는 소리를 듣지 못했다. 그녀는 침을 꿀꺽 삼켰다. 큰 덩어리가 걸린 듯 목이 아팠다. 놀람과 두려움 때문에 가슴이 쿵쿵거렸다. 세나는 제윤을 올려다보았다. 양복 윗도리 때문인지 넓은 어깨가 더 넓어 보였다. 어두운 양복을 입은 커다랗고 강인한 몸이 위협적이었다.

세나는 무표정한 그의 얼굴을 쳐다보았다. 그도 감정을 알 수 없는 눈으로 그녀를 내려다보았다. 하지만 그에게서 분노만은 느낄 수 있었다. 세준처럼 언제나 급하게 폭발하는 분노와는 달랐다. 민학이 차갑게 가라앉히고 계획적으로 괴롭히는 것과도 달랐다. 세준이 폭죽이라면 제윤은 활화산이었다. 그것을 간신히 억누르고 있었다. 그녀가 조금이라도 실수를 하면 무시무시하게 폭발할 것이다.

세나는 정신을 잃지 않기 위해 혀를 깨물었다. 숨이 막히고 심장이 미친 듯이 뛰어서 정신을 차리기가 어려웠다. 머리가 핑 돌면서 눈앞이 뿌옇게 변했다. 세나는 숨을 들이마시려고 애썼다. 지금 기절하는 것도 제윤을 자극하는 짓이었다.

"아줌마까지 휴가 보내고, 혹시 오늘 김서훈이 올 예정이었나?"

목소리는 지극히 평이했다. 그래서 더 불안했다. 세나는 눈을 크게 뜨고 그의 움직임을 하나하나 좇았다. 키가 크고 어깨가 넓은 제윤이 들어오자 방이 갑자기 좁게 느껴졌다. 그를 한참 올려다봐야 하는 그녀는 벌레라도 된 기분이었다. 제윤이 마음만 먹으면 쉽게 밟아 죽일 수 있는 벌레.

"내가 김서훈을 다시 만나지 말랬지? 그런데 오늘 둘이서 뭘 한 거지?"

세나는 헉 소리 나게 숨을 들이마시다가 그 소리에 놀라 입을 가렸다. 제윤의 눈이 가늘어졌다.

"부정하지는 않는군. 내 말을 안 들은 이유가 뭐지? 그놈이랑…… 바람이라도 난 건가?"

제윤은 이를 악물었다. 지금 느끼고 있는 이 감정을 이해할 수 없었다. 아니, 싫었다. 오크우드에서 나와 봉은사 쪽으로 걸어가는 두 사람을 발견한 순간 피가 거꾸로 도는 기분이었다. 세나가 서훈과 즐겁게 웃고 있는 것이 싫었다. 그와 밖을 돌아다닌다는 것도 싫었다. 왜 그런지 알 수 없었고, 분석하고 싶지도 않았다. 황 차장만 아니었으면 그 자리에서 당장 뛰쳐나가 두 사람을 붙잡았을 것이다. 두 남녀는 뭐가 좋은지 끊임없이 깔깔거리고 있었다. 마치 자신들을 쳐다보고 있는 그를 비웃듯이!

그는 세나를 잡아챘다. 작고 가벼운 몸이 휙 하고 끌려왔다. 제윤은 그의 몸을 살짝 누르던 가벼운 무게감과 도톰한 부피감이 떠올랐다. 바로 앞까지 끌려온 세나에게서 부드럽고 상큼한 냄새가 났다. 그는 세나의 턱을 움켜쥐고 들어 올렸다. 지난번에 만졌던 그때처럼 작고 가냘팠다. 조금만 힘을 준다면 으스러질 것이다.

제윤은 조금씩 꿈틀거리는 흥분을 느꼈다. 서훈과 바람을 피우고 있던 세나를 본 분노에, 바짝 맞닿은 그녀의 여성적인 몸에서 피어나는 유혹적인 향기까지 덧붙여져서 몸에서 점점 열이 오르고 있었다.

그의 가슴을 짚고 지탱하고 있는 세나의 손이 떨렸다. 제윤은 손안에 완전히 사로잡혀 있는 세나를 만족스럽게 내려다보았다. 그는 엄지로 그녀의 입술을 슬쩍 쓸었다. 계속 만지고 있다가는 붓지나 않을지 걱정스러울 정도로 보드라웠다. 하지만 여전히 만지는 것만으로는 부족했다. 제윤은 망설임을 내던져 버렸다. 세나는 그의 아내였다. 그녀의 아버지가 팔아넘긴 그의 소유물이었다. 그가 원하기만 하면 언제든지 만질 수도 있고, 맛볼 수도 있는 것이다. 그는 세나의 턱을 붙잡고 입술을 겹쳤다.

세나는 아플 정도로 거칠게 입술을 탐하는 제윤 밑에서 허우적거렸다. 그녀는 제윤의 가슴을 힘껏 밀어댔다. 하지만 벽을 밀기라도 하는 듯 그는 꿈쩍도 하지 않았다. 마침내 그가 고개를 들자 세나는 그를 밀치고 도망치려고 했다. 하지만 제윤은 쉽게 그녀를 붙잡아 가까이로 끌어당겼다.

"내가 분명히 김서훈이랑 같이 다니지 말라고 했지. 여태까지 속였던 것에 모자라 또 새로운 짓을 벌이려고?"

제윤은 더욱 새카맣게 커다래진 눈을 들여다보며 소리없이 욕설을 내뱉었다. 몸에 불이 붙은 것 같았다. 몸은 조금이라도 더 그녀를 느끼기 위해 최대한 달라붙고 있었다. 당장 세나를 가지지 못하면 미쳐 버릴 것 같았다.

제윤은 이 느낌이 싫었다. 이 여자에게서 이런 느낌 따위를 받고 싶지 않았다. 그녀는 민학의 딸이었다. 그를 장난감 병졸로 써먹었던 그 인간의 딸이고, 그를 철저히 속인 여자이기도 했다. 감정적으로든 육체적으로든 어떠한 느낌도 가져서는 안 되는 여자였다.

제윤은 이를 악물었다. 그는 세나의 머리를 붙잡고 다시 한 번 거칠게 입술을 겹쳤다. 이따위 욕망은 그녀를 한 번 갖고 나면 사라질 것이다. 머리가 휙 돌아버릴 정도로 질펀하게 섹스를 하고 나면 이런 느낌 따위는 사라질 것이다. 그리고 모든 것이 원래대로 돌아갈 것이다. 세나에 대해서는 아무 느낌도 없어지고 세나 따위는 기억도 나지 않을 것이다. 서류를 읽다 말고 문득 세나를 떠올리지 않을 것이다. 식사를 할 때마다 그녀는 어떤 음식을 좋아하는지 궁금해하지도 않을 것이고, 음악을 들을 때마다 그녀는 무슨 노래를 좋아하는지 추측하지도 않을 것이다. 모든 것이 정상으로 돌아간다.

제윤은 저도 모르게 세나의 가슴을 움켜쥐었다. 얇은 실크 블라우스 아래에서 가슴의 부드러운 탄력이 느껴졌다. 그는 세나가 뭐라고 외치는 소리도 무시했다. 다만 부드러운 목덜미의 곡선을 따라 키스를 남기며 아래로 내려갔다.

세나는 힘껏 발버둥을 쳤다. 그에게서 벗어나야만 했다. 그가 이런 짓을 하도록 내버려 둘 수는 없었다. 이것은 때리거나 욕하는 것보다 훨씬 더 무서운 짓이었다. 마침내 한쪽 팔을 빼낸 순간 그녀는 제윤의 뺨을 세게 때렸다. 짝 하는 선명한 소리가 방을 가득 채웠다.

헐떡이는 숨소리마저 완전히 가라앉아 버렸다. 세나는 잠시 동안 숨도 못 쉬고 얼어붙어 있었다. 그가 놀랍다는 듯이 한숨을 내뱉는 순간 그녀는 자신이 저지른 짓을 깨달았다. 세나는 작게 비명을 지르며 그에게서 도망치려고 했다. 하지만 제윤은 그녀를 또다시 쉽게 붙잡았다.

"왜, 그렇게나 싫어? 남편이 해주는 건 마음에 안 든다 이건가? 그럼 김서훈이라 생각하라고."

제윤의 뜨거운 체온이 느껴졌다. 그가 뿜어내는 열기에 불타 버릴 것만 같았다. 그녀는 헐떡거리며 소리를 질렀다.

"그, 그 사람이랑 비교하지 마세요! 서훈 씨라면 이렇게 안 해요."

제윤은 그 말이 재미있다는 듯이 피식 웃더니 그녀의 허리를 아프게 조였다. 세나는 그에게서 도망치려고 허우적거렸지만 더욱 억세게 조여들 뿐이었다.

"그래? 그럼 그 자식은 어떻게 해주지? 그렇게 잘해주나?"

세나가 그의 의도를 알아차리기도 전에 제윤은 세나를 침대로 밀어 넘어뜨리고 재킷을 벗기 시작했다.

"넌 내 아내야. 잊어버린 모양인데 오늘 확실히 가르쳐 주지."

세나는 공포에 찬 눈으로 그를 바라보았다. 이럴 리가 없다. 이건 말도 안 된다. 세나는 잠시 그 자리에서 굳었다. 다음 순간 그녀는 맹수한테 쫓기는 짐승처럼 알 수 없는 비명을 지르며 침대에서 도망치려고 했다. 하지만 제윤이 순식간에 그녀의 발목을 잡아 누르며 몸 위로 올라왔다. 근육이 잘 붙은 넓은 어깨가 전등을 완전히 가렸다. 올려다본 그는 보통 때보다 2배는 더 크게 보였다. 몸이 부들부들 떨렸다. 기절하고 싶었다. 정신을 잃어서 무슨 일이 벌어지는지 모르고 싶었다.

제윤은 급하게 그녀의 옷을 벗기기 시작했다. 얇은 실크 블라우스의 단추가 쉽게 빠지지 않자 제윤은 마침내 옷을 찢어버리고는 그녀를 침대에 내리눌렀다. 그가 쳐다보는 시선에 소름이 끼쳤다. 마치 그녀를 전부 빨아들이겠다는 듯이 뚫어져라 바라보고 있었다. 그녀는 저도 모르게 가슴을 가리면서 몸을 웅크리려고 했다. 하지만 제윤은 그녀의 손목을 잡아 팔을 벌리며 고개를 숙였다. 차갑게 식은 피부에 뜨거운 숨결이 닿는 순간 몸이 저절로 튕겨 올라가듯 꿈틀거렸다. 그는 아이스크림을 핥듯이 가슴의 도톰한 둔덕을 조금씩 핥으며 속옷의 라인을 따라 움직였다. 세나는 그 이상한 느낌에 신음을 내뱉었다. 다른 사람이 그녀의 몸을 이렇게 만진 적은 없었다. 이 정도로 가까이 있어본 적도 없었다. 그녀는 그에게서 벗어나기 위해 몸을 비틀었다.

제윤은 그녀의 손목을 한 손으로 잡아 누르고 다른 손으로는 그녀의 몸을 그의 몸 아래에 고정시켰다. 엉덩이를 붙잡고 있던 손이 아래로 내려와 허벅지를 쓰다듬으며 그의 몸 옆으로 끌어냈다. 세나는 다리 사이를 불편하게 누르는 그의 몸에 다시 한 번 몸을 비틀며 빠져나가려고 했다. 그 순간 제윤이 낮게 신음 소리를 냈다. 세나는 깜짝 놀라서 움직임을 멈췄다.

제윤은 한껏 흐트러진 세나의 머리카락을 쓸어 넘기며 그녀를 내려다보았다. 상기된 그의 얼굴은 팽팽히 긴장되어 있었다. 여느 때보다 더 굳어 있었지만 더 부드러워 보이기도 했다. 세나는 묘한 부조화에 홀린 듯 그의 얼굴을 쳐다보았다. 그녀의 놀란 얼굴을 가만히 쳐다보던 제윤은 희미하게 웃더니 고개를 숙였다. 입술을 거침없이 탐하던 제윤은 커다란 손으로 그녀의 가슴을 감쌌다. 그는 손가락 사이로 드러난 부드러운 피부에 키스를 하더니 그녀의 가슴을 덥석 물었다. 잔뜩 긴장하고 있던 세나는 비명을 지르며 버둥거렸다. 섬뜩할 정도로 짜릿한 느낌이 등 뒤에 확 퍼지며 온몸이 뻣뻣해졌다. 그의 혀가 얇은 브래지어 위에서 가슴의 정점을 핥으며 빨아대더니 마침내는 속옷을 젖히고 연약한 피부를 희롱하기 시작했다. 세나는 머리가 멍해지면서 귀에서 북 치는 소리가 들렸다. 무엇인가가 그의 입을 통해 몸 안으로 들어와 피부 밑을 헤집고 다녔다.

온몸을 간지럽히듯이 피부 위에서 빠작거리던 느낌이 갈수록 몸속으로 파고들었다. 그 느낌은 무서울 정도로 강하고 빠르게 온몸을 헤집고 다녔다. 이것을 완전히 태워 버리지 않는다면 그녀는 산산조각날지도 모른다. 세나는 저도 모르게 신음 소리를 냈다. 제윤은 그 소리를 들었는지 고개를 들고는 브래지어를 벗겼다. 그녀가 편해졌다는 느낌을 받기도 전에, 그는 조약돌처럼 단단해진 젖꼭지를 만지작거리며 다른 쪽 가슴으로 관심을 옮겼다. 그리고 그녀가 신음 소리를 멈추지 못할 때까지 끊임없이 지분거렸다.

"그만…… 제발, 그만 하세요."

목소리가 갈라졌다. 제윤은 고개를 들더니 그녀를 내려다보았다. 그의 눈은 밤하늘처럼 어둡고 끝도 없이 깊어 보였다. 불빛을 등지고 얼굴 윤곽이 더 강하게 보였다. 세나는 저도 모르게 그 얼굴 선을 어루만져 보았다. 강인하고 매서운 눈과 코를 쓰다듬다가 마침내는 입술에까지 손가락이 내려갔다. 제윤은 그 손을 붙잡아 내리고는 입술을 겹쳤다.

세나는 그 뜨거운 침입에 취해 몸이 점점 더 달아오르는 것 같았다. 입 안 구석구석을 핥고 지나가는 그를 붙잡기 위해 따라서 혀를 움직이고 있는데 문득 다리 사이에서 무엇인가가 움직이고 있다는 것이 느껴졌다. 제윤의 손가락이 속옷을 젖히고 안쪽의 부드러움을 시험해 보고 있었다. 그녀는 깜짝 놀라 그에게서 입술을 떼어내려고 했다. 제윤은 부드럽지만 완고하게 그녀를 누르며 계속해서 입 안을 탐험했다. 그의 키스와 어우러진 손의 움직임에 세나는 견딜 수가 없게 숨이 막혔다. 몸 안에서 무엇인가가 뭉쳐서 뚫고 나갈 구석만 찾고 있었다. 그녀가 신음 소리를 내며 몸을 흔드는 순간 뜨겁고 단단한 무엇인가가 연약한 피부를 달구며 와 닿았다. 그리고 마음의 준비를 할 사이도 없이 몸 안 깊숙이로 파고들었다.

세나는 갑작스러운 고통에 비명을 질렀지만 그 소리는 제윤에게로 빨려들어 가버렸다. 그녀는 제윤에게서 벗어나기 위해 미친 듯이 고개를 저으며 그의 어깨를 밀었다. 하지만 제윤은 전혀 밀려나는 기색이 없었다. 그는 오히려 세나의 몸을 더 가까이 끌어당기며 더욱더 깊숙이 침입해 들어왔다. 몸이 반으로 찢어지는 것 같은 아픔에 저절로 눈물이 날 지경이었다. 결코 그를 떼어낼 수 없다는 것을 깨달은 세나는 그를 꽉 움켜잡았다. 그가 조금씩 움직일 때마다 숨이 턱턱 막히도록 고통스러웠다. 그녀는 제윤을 못 움직이게라도 할 듯이 그의 등에 손톱을 박고는 힘껏 매달렸다. 하지만 제윤은 그런 것쯤은 느끼지도 못하는 듯 조금씩 조금씩 몸을 움직이기 시작했다.

마침내 숨을 내뱉는 소리를 셀 수 없을 정도로 숨이 가빠지기 시작하자 제윤은 그녀의 엉덩이를 움켜쥐고 위로 들어 올렸다. 그리고는 점점 더 깊고 더 빠르게 세나의 몸속을 파고들었다. 그가 거칠게 움직일수록 쓰라림과 뻐근함이 더해졌지만, 세나는 입술을 앙물고 더 이상 소리 내지 않았다. 아픔이 점점 익숙해지면서 너무나 가까우면서도 한없이 멀게 느껴졌다. 그녀는 제윤의 목에 힘껏 매달려 눈을 감았다. 헐떡거리는 숨소리 사이로 점점 거친 신음 소리가 섞여 나오더니 마침내 제윤이 낮게 으르렁거리는 소리를 내며 그녀의 몸속으로 힘껏 밀려들어 왔다. 세나는 목 뒤로 밀려 올라오는 비명을 억눌러 참고는 고개를 돌렸다.

그녀의 몸 위에서 부들부들 떨던 제윤이 몸에서 천천히 빠져나갔지만 여전히 그가 몸 안을 가득 채우고 있는 듯 얼얼한 느낌이 사라지지 않았다. 그녀는 잠시 가만히 있다가 제윤이 옆으로 비키자 옆으로 몸을 굴렸다. 온몸이 찐득찐득하고 더러워진 기분이었지만 당장 일어나기에는 너무나 힘들었다. 가만히 있어도 다리 사이가 쓰라리고 몸에서는 기운이 전부 빠져나간 듯 늘어지기만 했다. 아주 조금만 쉬었다가 일어나야겠다. 그의 자취를 박박 문질러 없앨 것이다. 세나는 눈을 꼭 감고 기절하듯이 잠이 들었다.

그녀가 눈을 떴을 때는 날이 훤하게 밝은 후였다. 세나는 햇살이 눈이 아프도록 쏟아지자 자리에서 일어났다. 몸을 일으키는 순간 다리 사이에서부터 뱃속까지 찌르는 듯이 아팠다. 그녀는 침대에서 간신히 일어나 앉았다. 가만히 숨을 죽이고 귀를 기울여 봤지만 이층이나 일층이나 아무 소리도 들리지 않았다. 그녀는 엉망으로 흩어진 침대를 내려다보다가 황급히 시선을 돌렸다.

빈속에 욕지기가 올라왔다. 세나는 휘청거리며 화장실까지 갔다. 다리 사이에서 느껴지는 아픔과 뻣뻣한 허벅지의 느낌 때문에 다시 한 번 구역질이 났다. 세나는 욕조에 물을 받고 양치질을 하면서 역한 느낌을 지우려고 애썼다. 뜨거운 물속에 들어가 있으니 더러워진 느낌이 조금은 가셨다. 몸에 묻어 있는 오물들이 물에 풀려 나가는 기분이었다.

아무리 그녀가 바보인 척하고 있어도, 섹스라는 것까지 모르지는 않았다. TV나 책에서도 그 이야기들이 넘쳐 났고, 집안 사람들도 그녀가 듣고 있으리라고 생각하지 못한 채 쑥덕거렸다. 하지만 그 일이 그녀에게 벌어질 줄은 몰랐다. 그녀에겐 평생 이런 격렬한 일이 생기지 않을 줄 알았다. 누군가 그녀와 그렇게 가깝게 있었다는 사실이 놀라웠다. 소름 끼치게 구역질이 났지만 너무나 신기했다. 그녀는 언제나 무시당하고 있는지 없는지 알 수 없는 사람이어야 정상이다. 그녀의 아버지도 그랬고, 오빠도 그랬고 몇 주 전까지만 해도 제윤 역시 그랬다.

제윤이 그녀의 몸을 만지고 맛보고 안쪽 깊이까지 들어왔다는 것이 싫었다. 그가 그녀에게 너무 가까이 다가왔다. 너무 깊이까지 들어왔다. 그의 숨소리가 떠올랐다. 체취도 생각났다. 그의 몸이 너무 생생하게 되살아났다. 세나는 몸을 떨었다. 그녀는 무릎을 끌어안고 주체할 수 없이 떨리는 몸을 달랬다. 무서웠다. 차라리 맞거나 갇히는 것이 나을 것 같았다.

어째서 이런 일이 벌어졌는지 알 수가 없었다. 그가 왜 이랬는지도 알 수 없었다. 제윤은 그녀에게 관심이 없었다. 그녀가 있는지 없는지조차 모르는 사람이었다. 그런데 어째서, 왜 갑자기 이러는 것인지 이해가 안 됐다.

갑자기 눈물이 치솟아올랐다. 20년 동안 한 번도 제대로 울어본 적이 없었다. 어렸을 때는 눈물이 멈추는 날이 없었다. 하지만 세준이 그녀가 우는 것을 즐긴다는 것을 깨달은 다음부터 더 이상 울지 않았다. 아무리 눈물을 흘려도 슬픔도, 두려움도, 고통도 사라지지 않았다. 만약 서훈을 만나지 않았다면 이런 일도 없었을 텐데. 눈물의 의미도, 웃음의 의미도 다시 느끼지 못했을 것이다.

세나는 얼른 얼굴에 물을 끼얹었다. 만약 그랬다면 제윤과 섹스를 한 것이 이렇게 가슴 아프지 않았을지도 모른다. 사랑받는다는 것, 보살핌받는다는 것, 다정하다는 것이 어떤 것인지 서훈이 가르쳐 주지 않았다면, 그렇지 않다는 것이 슬픈 일이라는 것도 몰랐을 것이다. 이제 다시 어떻게 서훈을 봐야 할지 모르겠다. 그녀의 몸에 제윤의 낙인이라도 찍힌 기분이었다. 세상 사람들 모두가 그녀가 어제 무슨 일을 당했는지 알 것 같았다. 세나는 비누를 잔뜩 풀어 몸을 박박 닦아냈다.

목욕을 마치고 좋은 냄새가 나는 로션을 바르고 옷까지 싹 갈아입자 조금 개운한 기분이 들었다. 다리 사이의 고통이나 기분 나쁜 찜찜함도 사라지고 마음속까지 씻긴 기분이었다. 세나는 전부 다 잊어버리기로 했다. 언제나처럼 아무 일 없었던 것처럼, 아무것도 못 느낀 것처럼 지나가는 것이다.

그녀는 침대 시트를 전부 벗겨내어 이불과 함께 세탁기에 집어넣고 세제를 잔뜩 풀었다. 희경이 오면 매트리스도 바꿔달라고 말해야겠다. 그렇게 세탁기를 작동시키고, 방을 환기시킨 후 청소를 하고 있는데 누군가 벨을 눌렀다. 세나는 화들짝 놀라 들고 있던 걸레를 떨어뜨렸다. 그녀는 창문 밖으로 대문 앞에 서 있는 사람을 확인했다. 제윤은 아닌 것 같았다. 무엇보다도 그가 일을 마치려면 아직 3시간은 있어야 했다. 세나는 간신히 경직 상태를 풀어내고 대문을 열었다. 그녀가 별채의 문을 열자 배달부가 커다란 꽃다발을 들고 들어왔다.

"류세나 씨세요? 여기 사인해 주세요."

들고 있기 벅찰 정도로 커다란 꽃다발은 색색가지의 장미로 가득 차 있었다. 세나는 꽃다발을 간신히 받아 들고는 고맙다는 말을 웅얼거렸다.

배달부가 돌아간 뒤 세나는 꽃다발을 식탁 위에 내려놓고 카드를 펴보았다. 그녀에게 꽃다발을 보낼 사람은 아무도 없었다. 세나는 카드에 쓰여 있는 '제윤'이라는 이름에 뜨거운 것이라도 만진 듯 카드를 떨어뜨렸다. 갑자기 장미들이 벌떡 일어나 그녀에게 덤벼들 것만 같았다. 작은 부엌 안에는 숨 쉬기도 힘들 정도로 장미향이 가득 찬 듯했다. 세나는 그 울렁거리는 냄새에 입을 막고 집 밖으로 뛰쳐나갔다.

이유를 알 수 없는 눈물이 솟구쳐 올랐다. 생전 처음 받는 꽃다발이 그녀를 강간한 남편에게서일 줄은 상상도 못했다. 이제 와서 저런 것을 보내다니. 자신이 무슨 짓을 저질렀는지 알고나 있을까. 얼마나 잔인한 짓을 했는지, 그녀가 얼마나 괴로웠는지 알고 있을까.

세나는 인테리어 공사가 덜 끝난 집으로 향했다. 쌀쌀한 바람과 냉랭한 공기가 섬뜩해지도록 그녀를 감쌌지만 아랑곳하지 않았다. 오히려 뉘엿거리는 속이 가라앉는 것 같았다. 결혼식장에서 꿈꿨던 행복한 결혼이라는 망상이 떠올라 더욱 비참해졌다. 어차피 그녀가 원하는 것은 절대로 이루어지지 않을 것인데 그런 헛된 희망을 품다니.

세나는 멍하니 건물 안을 왔다 갔다 하면서 도배가 끝난 방을 하나씩 돌아보았다. 가구 하나 없이 넓은 방들이 더 휑하게 보였다. 이 집은 가구가 가득 차 있을 때도 이렇게 느껴졌다. 이층이나 되는 넓은 집에 사는 사람은 그녀 혼자뿐이었다. 그렇게 그녀에게 관심이 없던 제윤이었다. 그는 그녀를 의식하지도 않았다. 그런데 어제는 왜 그랬는지 이해할 수가 없었다. 그저 서훈 때문에 화가 난 것이었을지도 모른다. 그녀가 자신의 말에 복종하지 않았기 때문에 벌을 준 것일 수도 있다. 하지만 제윤에게 뭔가 피해를 준 것은 아니었다. 사실 제윤은 상관조차 하지 않았을 것이다. 제윤은 그녀가 어디서 뭘 하든 알지도 못했고 관심도 없었다. 세나는 갑작스러운 한기에 몸을 감싸 안았다. 아니면 단지 그녀가 즐거워한다는 것이 싫은 것일지도 모른다.

세나가 걱정했던 것과는 달리 제윤은 일주일이 넘도록 전화도 하지 않았다. 지난 며칠을 그가 찾아올까 봐, 전화할까 봐 노심초사했던 것이 전부 기우였다. 세나는 그제야 안정감을 찾았다. 역시 그는 그녀를 잊어버렸다. 한 번 그렇게 화를 냈지만 이제는 싹 잊어버린 것이었다. 그녀는 일주일 전 일을 전부 기억 저편으로 밀어 넣어버렸다. 더 이상 걱정할 필요 없었다. 제윤이 다시 그녀를 생각할 때까지 전부 잊어버리면 된다. 그리고 다음에 제윤이 왔을 때는 아무 일도 없었다는 듯이 행동하면 된다. 그러면 제윤도 무슨 일이 있었는지 생각나지 않을 것이다.

세나는 아르장이 발치에서 하품하는 것을 보면서 싱긋 웃고 부지런히 손을 놀렸다. 짜투리 실로 강아지 옷을 계속 만들다 보니 아르장은 벌써 옷을 몇 벌이나 더 얻었다. 그녀의 니트도 거의 완성되었다. 서훈의 것을 만들고 있었는데, 잘하려고 생각하니까 쉽지가 않았다. 세나는 길게 한숨을 내쉬며 창밖을 내다보았다. 서훈에게 선물할 것을 만들고 있자니 가슴이 두근거렸다. 행복한 느낌이 들었다. 서훈이 크리스마스 때 별 계획이 없다면 그와 함께 지냈으면 좋겠다. 그녀는 한 번도 크리스마스를 크리스마스처럼 보낸 적이 없었다. 책이나 TV에서 항상 말하는 들뜬 기분과 즐거운 활기를 느껴보지도 못했다. 거리마다 화려하게 장식되고 기분이 좋아지는 캐롤이 울려 퍼졌지만 집은 언제나와 마찬가지로 우중충하게 느껴지기만 했었다. 하지만 올해는 다를 것이다. 서훈이 있으니까.

"사모님? 사장님께서 오신대요."

세나가 벌떡 일어나는 바람에 무릎 위에 있던 털실 뭉치들이 굴러 떨어졌다. 커다란 털실 뭉치에 맞은 아르장이 깜짝 놀라 깨어났다.

"지, 지금요? 어, 언제……."

"황 차장이 한 30분쯤 뒤에 도착할 거라며 식사 준비를 하라고 하는데요."

"네? 네, 네……."

당황한 그녀의 목소리가 오르락내리락하다가 사그라졌다. 희경은 어쩔 줄 모르는 세나를 보며 조용히 한숨을 내쉬고 일층으로 내려갔다. 어떻게 알았는지 세나의 상태에 대해 즉각적으로 보고하지 않은 것 때문에 제윤은 불같이 화를 냈었다. 그가 내뱉는 말 한 마디 한 마디에 소름이 돋았다. 이렇게 제윤의 분노를 사다가는 해외에 있는 남편이나 학교에 다니는 아이들에게도 큰일 나겠다는 생각이 들 정도였다.

제윤은 세나에 대해 자세한 이야기를 요구했다. 그녀는 서훈에 대해서도 숨길 수가 없었다. 희경은 제윤의 무서운 표정과 동시에 전화벨만 울려도 경기라도 일으킬 듯한 세나를 떠올렸다. 하지만 더 이상 어떻게 해줄 수가 없었다. 제윤은 세나가 어떻게 지내는지에 대해서 매일 물어보겠다고 했다. 서훈이 계속 세나와 만난다면 그것에 대해 아무 말도 안 할 수 없을 것 같았다. 희경은 길게 한숨을 내쉬었다.

그녀는 두 사람이 같이 있는 것이 보기 좋았다. 세나는 언제나 조심스럽게 말했고, 이런저런 일을 시키는 것을 미안해하고는 했다. 강아지가 생기면서 좀 건강해진 것 같지만, 세나는 언제라도 다시 몸이 안 좋아질 수 있을 듯 보였다. 하지만 서훈이 있을 때는 조금 달랐다. 좀 더 명랑했고 좀 더 활기가 있었다.

희경은 부엌으로 향했다. 여태까지 전혀 관심을 보이지 않던 제윤에게도 문제가 있었다. 대화는커녕 집에 자주 들르지도 않았다. 희경은 식사를 준비하면서 마음먹었다. 최소한 세 번에 한 번쯤은 세나와 서훈의 만남에 대해 입을 다물 것이다.

세나는 초조하게 식당을 맴돌았다. 무심하게 1초, 1초 가는 시계를 던져 버리고 싶었다. 그녀는 식탁 위에 차려진 반찬과 식기들을 돌아보다가 다시 거실로 가서 바깥을 내다보고 다시 들어왔다. 제윤이 내일 온다면 본채에서 식사를 했을 텐데. 그러면 놀랄 정도로 길고 커다란 식탁의 끝과 끝에 앉아서 말 한마디 안 하고 시간을 보낼 수 있을 것이다.

세나는 식기들을 조금씩 바깥쪽으로 밀어보았다. 이렇게 좁은 곳에서 제윤과 함께 몇 시간을 보낸다는 것이 끔찍했다. 그가 왜 오는지 알 수 없었다. 지난번에 온 뒤로 일주일밖에 되지 않았다. 그가 지난 일을 기억하고 있을까 봐 두려웠다. 그녀에게 또 화를 내려는 것인지 무서웠다. 지난번처럼 할까 봐 다리가 후들거릴 정도였다. 제윤과는 벌써 5년도 전에 결혼했고, 일주일 전에는 세상에서 가장 친밀한 남녀 관계를 맺었다. 하지만 그녀에게 있어서 제윤은 공사장에 일하러 오는 사람만큼이나 낯선 사람이었다. 그녀가 아는 제윤은 한두 달에 한 번 한 시간 정도 식사를 하고 가는 사람이었다. 하지만 짜다 달다 말한 적도 없었고, 뭘 먹고 싶다고 말한 적도 없어서 식성이 어떤지조차도 몰랐다. 그게 좋았다. 그냥 서로 모르는 사이로, 그냥 서로가 없는 것처럼 하고 사는 편이 더 나았다. 적어도 그녀에게는 그런 것이 더 익숙했다. 차라리 그녀를 잊어버렸으면 좋겠다. 그녀라는 사람이 있다는 것조차도.

제윤은 차에서 내리면서 한숨을 내쉬었다. 자신이 무슨 짓을 저질렀는지 되새기고 싶지 않았다. 그는 짐승이었다. 아내의 부드러움과 향기에 취해서 그것을 강탈하기 위해 그녀를 짓밟

앉다. 세나가 고통스러워한다는 것을 느낄 수 있었다. 하지만 그때는 이미 자신을 제어할 수가 없었다. 그녀가 아파할수록, 그의 침입에 저항할수록 더욱더 자극이 되는 것을 막을 수가 없었다. 제윤은 거칠게 머리를 긁으며 욕설을 내뱉었다. 지난 주 내내 그 생각이 머리에서 떠나지 않았다. 말 한마디 하지 않던 그녀가 비명을 질렀다. 여자를 그런 식으로 괴롭혔다는 사실이 가슴에 가시처럼 박혀서 죄책감을 떨쳐 낼 수가 없었다.

자신에게 그런 폭력적인 성향이 있는 줄 몰랐다. 성생활에 있어서도 마찬가지였다. 여태까지 한 번도 그렇게 격렬하게 흥분한 적이 없었다. 그는 열정적이라기보다는 기교적인 애인이었다. 언제나 여자의 반응을 미리 계산해서 움직였다. 그런 그가 자신의 정열에 굴복해서 원시인이라도 되듯이 여자를 탐한 것이었다. 이건 그 자신에게조차 경악스러운 일이었다.

제윤은 세나와 희경의 마중을 받으며 집 안으로 들어갔다. 그가 이층 세나의 방으로 올라가자 희경은 부엌으로 들어갔고 세나는 머뭇거리며 그를 따라왔다. 제윤은 길게 한숨을 내쉬었다. 그런 짓을 했으니 세나가 그를 두려워하는 것도 어쩔 수 없는 일이다. 그는 가방을 내려놓고 양복 윗도리를 벗었다. 세나가 흠칫 놀라는 것이 느껴졌다. 그는 넥타이를 풀다 말고 그녀를 바라보았다. 세나는 그를 보고 싶지 않다는 듯이 시선을 내리깔고 있었다. 어쩐지 화가 났다. 자신이 잘한 것이 없다는 것은 알지만 그녀가 저렇게 겁먹는 모습을 보이는 것이 싫었다.

차라리 미친 듯이 화를 내고 그의 얼굴을 긁어놓았으면 좋겠다. 뺨이라도 때렸으면 좋겠다. 그는 넥타이를 내던지며 비웃듯이 말했다.

"그런 짓은 일 년에 한 번이면 충분해. 지금 당장 내가 덮치기라도 할 것처럼 발발거리지 말라고."

세나는 그야말로 바르르 떨었다. 자신이 두려워하고 있다는 것을 알아차렸다는 것이 더 무서웠다. 언제나 감정을 잘 숨기고 있었다고 생각했다. 제윤도 아무것도 알아차리지 못했다. 서훈이 늘 웃으라고 하고 말을 하라고 해서 저도 모르게 기분이 얼굴로 드러난 모양이었다. 아니면 그런 관계를 맺고 나면 좀 더 잘 알게 되는 것이 당연한 것일지도 모른다.

제윤은 자신이 한 말을 도로 주워담고 싶었다. 어쩌자고 그런 험악한 말을 했는지 모르겠다. 오늘 온 것은 사과를 하기 위해서였다. 세나가 그의 명령을 따르지 않기는 했지만, 그 짓은 정말 용서할 수 없는 것이었다. 그는 세나를 쳐다보았다. 그를 똑바로 보기도 힘든지 고개를 푹 숙이고 있었다.

"세나야?"

그녀는 움찔거리더니 천천히 고개를 들었다. 그녀의 얼굴은 예전 같은 무표정이었지만, 벌어진 눈에서만큼은 공포심을 읽을 수 있었다. 제윤은 이를 악물었다. 이것은 세나의 원래 표정이었다. 하지만 그가 만들어낸 표정이기도 했다. 그는 조심스럽게 그녀의 얼굴로 손을 뻗었다. 세나가 깜짝 놀란 듯했지만 움직이지는 않았다. 제윤은 그녀의 얼굴을 감싸 들어 올렸다. 세나는 눈길을 피하려는 듯 아래를 내려다보다가 그가 가볍게 힘을 주자 그를 쳐다보았다.

"내가 그렇게 무섭니?"

순간 곤란한 기색이 스치고 지나갔다. 제윤은 저도 모르게 웃음이 났다. 항상 표정도 없고 멍청해 보이기만 한다고 생각했다. 하기야 한 번도 이렇게 유심히 그녀의 안색을 살핀 적도 없었다.

"대답하기 좀 곤란하겠군."

그가 대답을 채근하지 않고 손을 놓자 세나는 안심한 것 같았다. 하지만 그가 다시 돌아본 순간 흠칫 놀라 뒤로 물러섰다. 제윤은 셔츠를 반쯤 풀다 말고 침대에 앉아 옆 자리를 두드렸다. 이번엔 그녀가 망설이는 것을 확실히 알 수 있었다. 하지만 곧 체념한 듯 시키는 대로 따랐다. 그는 그녀를 바라보다가 더 이상 말을 잇지 못했다. 그녀는 너무나 두려워하고 있었다. 두려워하다 못해 이제 포기한 것처럼 보였다.

제윤은 말을 하지 않았다. 세나도 그 침묵을 깨고 싶지 않았다. 차라리 이 상태 그대로 영영 가는 편이 나을 것 같았다. 그녀는 제윤이 가져온 가방을 흘낏 쳐다보았다. 윗옷도 반쯤 벗은 것이 옷을 갈아입으려는 것 같았다. 혹시 자고 갈 생각이 아닌지 덜컥 겁이 났다. 그는 여태까지 한 번도 집에서 자고 간 적이 없었다. 그녀를 덮친 날도 다음날 아침이 되기 전에 떠났다.

"미안해."

그의 잠자리를 생각하고 있던 세나는 잠시 제윤의 말을 놓쳤다. 그녀가 멍한 눈으로 올려다보자 제윤은 성마르게 머리를 쓸어 올렸다.

"지난번에 내가⋯⋯ 너무 거칠었다. 사과할게."

저도 모르게 눈이 커졌다. 세나는 입을 벌리고 그를 빤히 바라보았다. 그녀에게 사과를 했다. 그녀의 남편이 그녀에게 사과를 했다! 세나는 너무 충격을 받아 말도 못하고 그를 바라보고만 있었다. 지금 제대로 들은 것인지 의심스러웠다. 혹시 다른 말을 한 건데 그녀가 착각한 것은 아닐까. 아니면 환청은 아닐까.

"처, 처음인 걸 알았으면 좀 더⋯⋯ 조심했을 거야."

제윤은 몇 마디를 덧붙이다가 고개를 저었다.

"아니, 처음이든 아니든 내가 잘못한 거다. 미안해."

그가 너무나 진지하게 쳐다보았다, 진심으로 사과하는 것처럼. 세나는 얼른 시선을 돌렸다. 놀란 가슴이 진정되지가 않았다. 그리고 무서웠다. 그의 말 뒤에 숨어 있는 뜻이 무엇인지 걱정스러웠다. 한 번도 누군가 이렇게 진지하게 사과한 적이 없었다. 세나는 떨리는 몸을 끌어안았다. 눈물이 나오려고 했다. 그녀에게 가장 크게 상처 입힌 사람의 사과를 들으니 오래전부터 가슴에 쌓여 있던 상처마저도 재발하는 것 같았다.

"미안하다는 말만 가지고 안 되는 건 나도 알아. 하지만 난 그럴…… 어쨌거나 미안하다."

 제윤은 뭔가 덧붙이려고 하다가 말았다. 세나는 멍한 눈으로 그를 쳐다보았다. 감각이 마비된 것 같았다. 머리도 텅 비었다. 그동안 그렇게 연기해 온 정신 지체가 지금 생겨 버린 것 같았다. 그가 얼굴을 만지는 것도 느낄 수 없었다. 세나는 그의 얼굴을 들여다보며 진의를 파악하려고 애썼다. 그가 민학처럼 잘 조각된 가면을 쓰고 있는지, 아니면 서훈처럼 솔직한 모습인지 알아야만 했다.

"대답이 없군. 김서훈이에게는 그렇게 재잘거렸는데 말이야."

 그가 작게 속삭이는 소리에 세나는 화들짝 놀라 정신을 차렸다. 제윤은 그녀의 입술을 쓰다듬었다. 세나는 얼른 고개를 돌리려고 했지만 제윤이 먼저 손을 떼었다.

"가서 밥부터 먹자, 이야기는 나중에 하고."

 세나는 멍청히 그를 따라갔다.

 식사 시간도 공중에 뜬 듯 멍하게 느껴졌다. 제윤은 정말로 알 수 없는 사람이었다. 미안하다고 말한 것도 그렇다. 제윤 같은 사람들, 민학이나 세준은 절대로 사과하지 않았다. 미안해하지도 않았지만 그런 말을 한다는 것 자체가 이미 위신이 깎이는 일이라고 생각했다. 그녀는 밥알을 깨작거리며 제윤을 쳐다보았다. 그도 별로 입맛이 없는지 그릇만 내려다보고 있었다. 그녀의 시선을 느낀 듯 제윤이 고개를 들었다. 세나는 얼른 시선을 돌렸지만 그는 이미 알아차린 것 같았다.

"나도 밥 생각이 없다. 그만 올라가자."

세나는 눈이 휘둥그레졌다. 그녀의 얼굴에 생각이 쓰여 있기라도 한 듯이 제윤이 가볍게 비웃는 표정을 지었다.

"걱정 마, 덮치지는 않을 테니까. 그 정도는 아니라고."

제윤은 자신의 매력을 과대평가하지 말라는 듯이 그녀를 쓱 훑어보았다. 세나는 입술을 깨물며 자리에서 일어났다. 맞는 말이다. 제윤은 훨씬 더 많은 사람을 보았고, 훨씬 더 많은 것을 가지고 있었다. 그의 관심을 끌 만한 여자들도 아주 많을 것이다. 굳이 그녀에게 대한 관심을 지속할 필요가 없었다.

세나는 갑자기 초라해진 기분이었다. 한 번도 다른 사람들과 그녀를 비교해 본 적이 없었다. 비교 대상도 없었을 뿐만 아니라 비교할 필요도 없었다. 그녀는 서훈 역시 그렇게 생각하는지 궁금해졌다. 그녀와 함께 있는 것보다 다른 여자와 있는 것이 더 즐겁고 재미있을까. 그녀와 있으면서 지겹고 빨리 끝내고 싶다고 생각할까. 그녀는 고개를 저었다. 서훈이 그렇게 생각하지는 않을 것이다. 그는 언제나 솔직했다. 만약 그가 그렇게 생각했다면 거짓말하거나 핑계 대지 않고 그대로 말했을 것이다. 세나는 희경에게 과일과 커피를 받아 들고는 이층으로 올라갔다.

제윤은 다시 한 번 한숨을 내쉬었다. 왜 자꾸 이런 소리를 해 대는지 알 수 없었다. 이것의 반쯤은 습관이었다. 세나를 빈정거리고 비웃고 욕하는 것은 5년 전부터 생긴 버릇이었다. 세나가 너무 겁을 먹고 있는 것도 화가 났다. 그가 무슨 괴물이라서 당장이라도 그녀를 잡아먹을 듯이 굴었다. 제윤은 세나가 들고 들어온 커피를 받았다. 그녀는 테이블 앞에 서서 야단맞는 학생처럼 우물쭈물거렸다.

"좀 앉지?"

세나는 그에게서 멀찍이 떨어져 앉으려는 듯 침대에 걸터앉아서 바닥만 내려다보았다. 제윤은 잔을 내려놓고 그녀를 똑바로 바라보았다.

"이제 네 얘기를 해봐라. 그동안 내가 들었어야 하는데 못 들었다."

세나의 얼굴에 다시 한 번 두려움의 빛이 떠올랐다. 제윤은 숨을 깊이 들이마셨다가 내뱉었다.

"언제부터 이런 연극을 한 거지?"

그녀가 대답을 할지 말지 망설이는 것이 느껴졌다. 세나는 그를 흘낏 올려다보았다가 다른 곳을 봤다가 다시 쳐다보았다. 제윤은 참을성있게 그녀가 말하기를 기다렸다.

"한…… 10년…… 정도……?"

제윤은 마침내 그녀가 대답을 하자 소리없이 한숨을 내뱉었다. 그녀가 대답을 했다는 사실에 안도감이 들었다. 동시에 그녀의 대답에 화가 치밀었다.

"10년? 아무도 모른 거야?"

그의 목소리가 올라가자 세나는 흠칫 놀랐다. 하지만 그녀에게 화가 난 것은 아닌 모양이었다. 그의 시선은 그녀에게 맞춰져 있지 않았다. 그는 무엇인가를 생각하는 듯 눈을 가늘게 뜨고 있었다.

"왜 그런 거지?"

제윤의 목소리는 부드러웠다. 세나는 놀란 눈으로 그를 쳐다보았다. 이런 목소리는 서훈에게서밖에 들어본 적이 없었다. 정말 알고 싶다는 듯이 물었다. 정말 그녀가 걱정스러워서 묻는 듯했다. 세나는 대답하고 싶다는 생각이 들었다. 그에게 이야기를 하고 싶었다. 제윤이라면 위협받거나 상처 입을 걱정을 할 필요가 없었다. 그는 그들 중 하나였으니까.

세나는 무심코 대답할 뻔했다. 하지만 마지막 생각이 입을 막아버렸다. 제윤은 민학과 같았다. 그는 민학처럼 생각할 것이다. 그 생각이 어떤 것인지 그녀는 영원히 이해할 수 없을 것이다. 어째서 그녀를 싫어하는지, 어떻게 해서 그렇게 지속적이고 계획적으로 그녀를 괴롭힐 수 있는지. 그가 아버지가 맞을까 하는 생각도 하곤 했다. 하지만 민학은 세준에게도 특별히 관심을 보인 적이 없었다. 다만 그녀의 경우에는 좀 더 적극적으로 미워했을 뿐이다. 세나는 말없이 입술을 깨물었다. 제윤은 특별히 답을 기대하지 않았는지 채근하지 않았다.

"지금 당장 말하라고 하면 무리겠지. 넌 나를 사람 잡아먹는 괴물쯤으로 생각할 테니까."

세나는 제윤이 가까이 다가오자 자리에서 일어나려고 했다. 하지만 제윤은 옆 자리에 앉아 그녀를 붙잡았다.

"김 사장하고는 그렇게 말을 잘했으면서. 나한테도 아무 말이나 해봐. 날 용서하겠다는 거면 더 좋고."

그에게서 열기가 느껴졌다. 세나는 반쯤 공포에 사로잡혀 고개를 들었다. 하지만 제윤은 조심스럽게 그녀의 입술을 만지작거릴 뿐이었다. 느낌이 이상했다. 그냥 온화한 모습이 아니었다. 그의 움직임은 여태까지와는 다르게 부드러웠다. 그녀의 의사를 묻는 듯 조심스럽기도 했다. 하지만 그 이면에는 더 강렬한 것이 있었다. 세나는 그의 눈을 들여다보았다. 가벼운 손길과는 다르게 얼굴은 단단히 굳어 있었고 검은 눈이 깊어졌다. 이상하게도 그것이 예전만큼 무섭지 않았다.

세나는 그 사실에 놀라 숨을 들이켰다. 순간 제윤이 벌어진 입술 사이로 살며시 손가락을 집어넣었다. 그녀는 깜짝 놀라 고개를 돌리려고 했지만, 검지손가락은 부드럽게 그녀의 혀를 건드리고 있었다. 너무 야릇한 기분이었다. 세나는 혀끝을 만지고 잇몸을 살짝 문지르는 그의 손가락 때문에 기분이 이상했다. 이건 너무 지난밤 일을 떠올리는 행위였다. 그의 거대한 남성이 그녀를 파고들었듯이 지금은 그의 손가락이 입 안에 있었다. 하지만 세나는 마사지라도 하듯 조심스럽게 움직이는 그의 손을 뿌리칠 수가 없었다.

세나는 그 움직임에 점점 취해가는 듯한 자신에게 놀라 고개를 조금 젖혔다. 그의 손은 집요하게 그녀를 따라 움직였고 세나가 침대에 완전히 누울 때까지 입 안을 탐험하고 다녔다. 마침내 제윤은 천천히 손을 빼내며 촉촉이 젖은 입술을 쓰다듬었다.

"정말 조심스럽군. 벌써 부은 것 같아."

제윤이 낮게 속삭이며 입술에 짧게 키스를 했다. 세나는 헉 하고 숨을 들이마시고는 그를 밀어내려고 했다. 지난밤 일이 확 떠올랐다. 그날의 고통과 아픔이 다시 한 번 살아나는 것 같았다.

"괜찮아, 괜찮아. 이번엔 지난번이랑 다를 거야. 부드럽게, 천천히 하자. 응?"

"하, 하지만……."

제윤은 그녀의 목소리에 조금 더 흥분한 듯 뜨거운 한숨을 내쉬었다. 세나는 그 열기가 목덜미를 스치고 지나가자 저도 모르게 작게 헐떡였다. 제윤은 천천히 고개를 숙이고 세나의 입술을 벌렸다. 그의 입술이 너무나도 부드럽게 그녀 입술에 와 닿았다. 그리고 깨지지나 않을지, 찢어지지나 않을지 걱정스럽다는 듯이 조심스럽게 입 안으로 미끄러져 들어왔다. 그의 촉촉하고 매끄러운 혀가 입 안과 입술을 핥고 들락거렸다. 세나는 목 뒤로 몰려드는 열기를 억누를 수 없었다. 제윤이 잇몸을 쓸고 입술을 잘근거릴 때마다 등뼈를 따라 전기가 흘러내려 갔다.

그녀는 신음 소리를 내며 제윤의 얼굴에 손을 얹었다. 제윤은 세나의 손을 잡아 손가락 하나하나에 입을 맞췄다. 그리고 하나씩 입에 물고 빨기 시작했다. 세나는 손끝에 느껴지는 미끈거리는 유연한 느낌에 저도 모르게 숨을 들이마셨다. 부드러우면서도 강인하고 폭신하면서도 탄력적이었다. 그녀는 그 느낌에 취해 제윤이 다리를 벌리고 허벅지 안쪽을 쓰다듬고 있다는 것도 의식하지 못했다.

"그런 느낌이야. 네가 핥으면 말이야."

제윤의 목소리가 탁하고 굵어졌다. 제윤이 다시 한 번 손가락을 입 안으로 집어넣자 세나도 이번엔 거부감없이 빨아들였다. 그도 자신이 느꼈던 그 짜릿하고 야릇한 느낌을 받는지 궁금했다. 그녀는 제윤을 올려다보면서 그의 손가락에 혀를 감았다. 제윤이 숨을 들이마시는 소리가 나더니 금세 손가락이 빠져나가고 입술이 내려왔다. 세나는 조금은 거칠게 침입해 오는 그의 혀를 조심스럽게 맞이했다.

세나는 어느새 그에게 몸을 비비고 있었지만 사실을 의식하지 못했다. 그녀는 간지러움처럼 다리 안쪽에 쌓이는 자잘한 느낌을 없애려고 제윤에게 다리를 비비적거렸다. 그의 손이 허벅지 안쪽을 붙잡아 쓰다듬자 안도감이 나올 정도였다. 제윤은 세나의 속옷을 대충 치우고 안쪽의 연약한 살갗을 촉촉이 젖은 손으로 어루만졌다. 그녀의 여성도 살풋 젖어 있었다. 그는 그 매끄러움을 음미하며 세나가 비명을 지를 때까지 어루만지기 시작했다.

"그만…… 그만…… 아……."

세나는 자신이 뭘 원하는지도 모른 채 몸을 들썩였다. 그에게서 도망가고 싶기도 하고, 더 다가가고 싶기도 했다. 그녀는 제윤이 주는 감미로운 고통에서 벗어나지도 못한 채 그에게 더욱더 매달리며 헐떡거렸다.

제윤은 그녀의 목소리가 달콤하게 울리자 낮게 으르렁거렸다. 이미 남성은 흥분할 대로 흥분해서 바지를 불편하게 누르고 있었고, 그녀를 덮치려는 자신을 억누리기 위해 온몸의 근육들이 팽팽하게 일어났다. 제윤은 세나가 다시 한 번 그에게 매달리며 몸을 밀어붙이자 큰 소리로 신음하며 몸을 일으켰다.

"아…… 안 돼요!"

그의 손이 떨어지는 순간 세나는 비명을 내질렀다. 그리고 자신이 무슨 소리를 했는지 깨닫고는 얼른 입을 가렸다. 하지만 제윤은 그녀를 비웃기는커녕 황급히 입을 맞추며 그녀의 옷을 벗기기 시작했다.

세나는 답답하게 몸을 옥죄이던 옷에서 벗어나 제윤에게 더 가까이 밀착할 수 있었다. 그에게서 뿜어져 나오는 열기가 그녀의 가려운 곳을 뚫고 지나가듯 시원하게 느껴졌다. 세나는 자신의 옷을 황급히 내던지고 있는 제윤의 허리에 다리를 감으면서 그의 가슴을 쓰다듬었다. 손 아래서 팽팽하게 느껴지는 근육들이 신기하면서도 자극적이었다. 그 미묘한 느낌은 끝없이 쓰다듬어도 지치지 않을 것 같았다.

그녀의 가벼운 손길은 믿어지지 않을 정도로 자극적이었다. 그리고 저도 모르게 고함이 터질 정도로 감칠맛이 났다. 좀 더, 조금만 더…… 제윤은 낮게 신음 소리를 내면서 그녀에게 몸을 밀착시켰다. 촉촉하고 매끌거리는 여성이 그를 환영하듯이 열렸다. 그는 최대한 조심스럽게 세나의 몸속으로 들어갔다. 그녀가 짧게 숨을 들이마시는 것 같았지만, 거부하지는 않았다. 제윤은 좁은 통로를 조금씩 열어가며 천천히 전진했다. 당장이라도 그 안으로 뛰쳐 들어가고 싶었지만, 이번에는 그녀를 배려하고 싶었다. 드디어 세나에게 몸을 완전히 묻은 제윤은 길게 한숨을 내쉬며 그녀를 내려다보았다. 불편한 듯 살짝 얼굴을 찌푸리고 있었지만 그래도 아프지는 않은 것 같았다.

그의 남성이 닿는 순간 세나는 이를 악물었다. 다시 한 번 그 고통이 습격할 것 때문에 흥분했던 몸이 싸늘하게 식는 것 같았다. 하지만 이번에는 아프지 않았다. 대신 몸을 뻐근하게 채우는 것 같은 느낌이 가득 밀려왔다. 그녀는 살짝 얼굴을 찌푸리고 그 이상한 느낌에 적응하려고 애썼다. 그 순간 제윤이 몸을 빼기 시작했다. 세나는 조금 아쉬운 생각이 들었다. 이제 그 느낌이 어떤 것인지 알 만하게 되었는데……. 다음 순간 그가 다시 안으로 밀려들었다. 세나는 짧게 숨을 내뱉었다. 그의 움직임이 반복되고 점차 격렬해지면서 그녀도 알 수 없는 열기가 점점 머리끝까지 밀려 올라왔다. 마침내 세나는 짧게 비명을 지르며 제윤에게 힘껏 매달렸다. 몸 안에서 무엇인가가 폭발하면서 머리가 새하얗게 비었다. 그녀는 둔해진 감각 너머에서 제윤이 고함 지른 것을 들었다.

잠시 기절한 듯 잠이 들었던 세나는 뭔가에 흠칫 놀라 깨어났다. 누군가가 등 뒤에서 그녀를 끌어안고 부드러운 배를 만지작거리고 있었다. 세나는 깜짝 놀라서 몸을 일으키려고 했다. 하지만 제윤은 그런 그녀를 꾹 누르며 토닥였다.
"더 자라고."
세나는 방 안을 둘러보았다. 이미 불도 꺼지고 새까만 어둠에 잠겨 있는 방에서 라디오의 디지털 시계가 2시를 가리키고 있었다. 오늘은 자고 가는 건가. 그녀는 몸을 움츠리다가 다리 사이에서 느껴지는 둔탁한 통증에 가볍게 인상을 찌푸렸다. 지난번처럼 찌르는 듯이 아프지는 않았다. 오히려 기분 좋은 얼얼함이었다. 세나는 이불을 끌어당겨 얼굴을 가렸다. 조금 전에 미친 듯이 그에게 매달리며 비명을 질렀던 것이 떠올랐다. 무슨 짓을 한 걸까. 제윤은 그녀를 어떻게 만든 걸까. 비록 언제나 무시당하고 구박받기는 했지만, 한 번도 다른 사람에게 매달린 적은 없었다. 사랑해 달라고, 관심을 보여달라고 구걸한 적은 없었다. 그런데 오늘은, 제윤에게는……. 세나는 가슴이 저릿거려서 몸을 최대한 웅크렸다.
"내가 있어서 불편해?"
제윤은 동그랗게 말린 세나의 등을 쓰다듬으며 물었다. 세나가 대답이 없자 그는 길게 한숨을 내쉬었다.
 "빨리 본채로 옮겨야지 좀 편하게 잘 텐데. 여기서는 아줌마도 신경 쓰이고……."
 설마 들어와서 살겠다는 건가! 세나는 저도 모르게 벌떡 일어나 앉았다. 제윤은 왜 그러냐는 듯이 그녀를 바라보았다.
 "여, 여기서…… 지내실 거예요?"
 "당연하지. 여긴 내 집이라고."
 잠시 가만히 있던 제윤이 웃음기 섞인 목소리로 말했다. 다시 그녀를 끌어당기려는 제윤을 조금 밀쳐 내며 세나는 이불을 끌어당겼다.
 "그, 그럼 저는요?"
 제윤이 들어와 살면 그녀는 어디로 가게 될까. 혹시 미국이나 유럽으로 보내지는 건가. 세나는 입술을 깨물었다. 물론 그렇다고 해서 지금과 크게 달라질 것은 없었다. 어차피 그녀는 혼자 있을 것이고, 아무도 찾아오지 않을 것이다. 하지만 서훈이 떠오르는 순간 가슴이 덜컥 내려앉았다. 앞으로 그를 다시 못 본다는 생각만으로도 가슴이 떨렸다. 제윤의 명령 때문에 그를 만나지 못한다 하더라도 서훈이 전화하면 올 수 있는 거리에 있다는 것만으로도 안심이 되었다. 하긴 그녀에게 서훈 같은 친구가 있었다는 사실 자체가 놀라운 일이었다. 잠시나마 그와 즐겁게 지냈으니 그 추억을 간직한다면 영원히 혼자 지낼 수 있을지도 모른다.

"당연히 나랑 같이 살아야지. 넌 내 아내잖아."

5년 동안 버려진 아내였지요. 세나는 저도 모르게 입이 떨어졌지만 얼른 다물었다. 왜 갑자기 이제 와서 남편인 척하려는 건지 이해할 수가 없었다. 그동안 아무렇지도 않게 그녀를 유기했으면서 지금은 관심있는 척하는 것이 말이 되지 않았다. 이건 뭔가 부자연스러웠다. 무엇인가 말이 안 되는 일이었다. 세나는 반박하거나 설명을 하려고 애썼다.

"하지만……."

"오늘은 이미 늦었으니 내일 아침에 이야기하자. 아니, 오늘 아침인가."

제윤은 그녀를 다시 눕히면서 차갑게 식은 세나의 어깨를 가슴 쪽으로 끌어당겼다. 그녀는 부르르 떠는 것 같더니 어깨에서 힘을 뺐다. 그는 부드러운 어깨에 가벼운 키스들을 남기며 목까지 올라갔다.

"지난 5년 동안 한 말보다 지금 한 말이 더 많은 거 알아?"

세나의 몸이 굳었다. 기분이 나빠졌을지도 모른다. 그녀는 제윤의 통고에 토를 달려고 한 것이었다. 그냥 가만히 있을 걸 어째서 따지듯이 말했던 것일까. 세나가 스스로를 질책하고 있을 때 제윤은 그녀의 가슴을 감싸 쥐면서 좀 더 가까이 끌어당겼다.

"앞으로는 지금보다 더 많은 말들을 기대하겠어. 알았지?"

다리 사이로 그의 한쪽 다리가 파고들었다. 세나는 근육이 단단한 허벅지가 여성을 압박하는 것을 느끼며 숨을 들이마셨다. 제윤이 희롱하고 있는 젖꼭지에서부터 전류가 퍼지듯이 온몸이 짜릿거렸다.

"그리고 내 이름을 불러줘."

그의 손과 다리, 입술이 끊임없이 움직였다. 세나는 그의 품안에 갇혀 달콤한 고문을 견딜 수밖에 없었다. 그녀는 달뜬 신음 소리를 내며 제윤의 뜨거운 몸에 몸을 비볐다. 마침내 제윤이 견딜 수 없다는 듯 으르렁거리더니 그녀를 내리누르며 몸을 겹쳐 왔다. 이번엔 세나도 기쁘게 그를 맞이하며 그와 똑같은 열정으로 함께 움직였다.

열기가 잦아들고 나서도 제윤은 그녀를 놓지 않았다. 세나는 피곤한지 고른 숨소리를 내며 잠들어 버렸다. 제윤은 음미하듯 그녀를 어루만졌다. 한 번도 생각해 보지 않은 세나의 몸은 부드러웠다. 연약하게 느껴질 정도로 섬세하고 폭신했다. 그는 어둠 속에서 그녀의 얼굴을 내려다보았다. 기억 속에서 점점 멍청해지기만 하던 세나의 얼굴이 아니었다. 처음 봤을 때보다 좀 더 갸름해지고 우아해졌다. 언제나 연상하곤 했던 백치기도 없었다. 그동안 세나에게서 이런 점을 발견하지 못했던 것은 오직 민학에 대한 미움이 눈을 가리고 있었기 때문이다.

사실 세나가 여기에서 지낼 거냐고 묻기 전까지만 해도, 이 집에서 살 생각이 없었다. 그저 본채로 가면 좀 더 사랑을 나누기 편할 것이라는 뜻이었다. 하지만 세나가 깜짝 놀라며 그렇게 묻는 순간, 그러는 것도 좋겠다는 생각이 들었다. 무엇보다도 매일같이 그녀를 이렇게 안을 수 있다는 것이 제일 매력적이었다.

제윤은 세나의 부드러운 피부를 천천히 쓰다듬었다. 그녀는 암사슴 같았다. 가녀린 몸에 커다란 눈만 닮은 것이 아니었다. 조금만 바스락거리는 소리가 나도 도망칠 준비가 되어 있는 사슴처럼 세나는 그의 얼굴 표정 하나하나에까지 민감하게 반응했다.

세나가 지난 10년 동안 완벽하게 연극을 했다는 것이 놀라웠다. 기쁨도 슬픔도 모든 감정을 억누르고, 하고 싶은 것이나 하기 싫은 것이나 모든 것을 참아낸 것이었다. 제윤은 그것이 괘씸하면서 동시에 감탄스러웠다. 어디에서 그런 의지력이 나왔을까. 도대체 무슨 일을 겪었길래 그런 것일까.

제윤은 세나의 얼굴을 쓰다듬었다. 그녀는 피곤한지 미동도 하지 않았다. 제윤은 저도 모르게 미소가 떠올랐다. 분명히 그는 세나에게 속았다. 하지만 그것은 민학도 마찬가지였다. 더구나 민학은 아직까지도 이 사실을 모른다. 그는 박장대소를 하고 싶었다. 세상 모든 것을 다 조종하려는 듯 굴던 민학이 작은 암사슴 같은 자기 딸에게 당한 것이다. 그는 애써 웃음소리를 낮췄다. 세나와 같이 사는 것이 나쁘지 않을 것 같았다. 어쨌거나 그는 이 여자와 결혼한 남자가 아닌가.

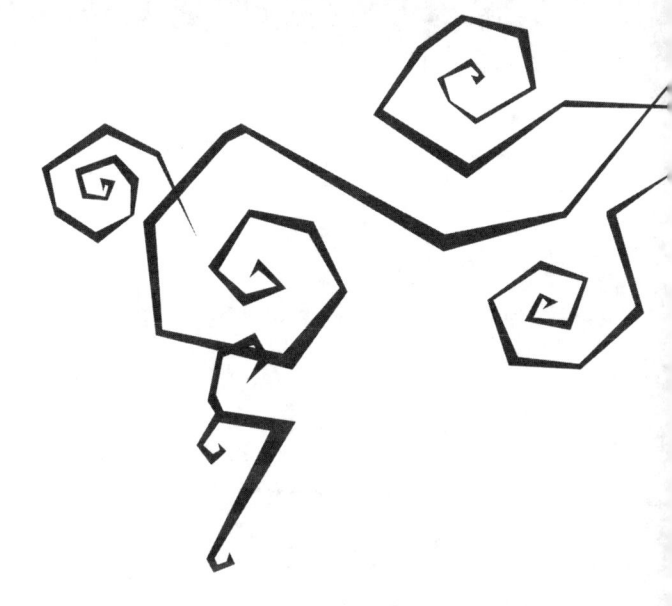

7

"사장님께서 핸드폰도 사주셨어요."

세나는 자그마한 휴대폰을 신기하다는 듯이 만지작거렸다. 전세계적으로 휴대폰이 보편화되었다고 하지만, 그녀는 휴대폰을 가져본 적이 없었다. 만져 본 적도 없었다. 사실 전화라는 것을 쓰는 일도 많지 않았다.

[그래요? 번호가 뭐예요? 왜 핸드폰으로 안 걸고요?]

"그냥…… 이상해서요."

세나는 입술을 깨물었다. 제윤이 그녀에게 뭔가를 사주었다는 것이 이상했다. 그래서 그것을 자연스럽게 사용하기가 어려웠다. 그녀는 휴대폰의 여러 기능들을 시험해 보다가 전화번호

부를 열었다. 0번에는 제윤의 휴대폰 번호가, 1번에는 그의 회사 전화가 입력되어 있었다. 이것은 제윤이 건네줄 때부터 세팅되어 있었다.

[그래요? 잘 쓸 줄 알아요?]

"메뉴얼 열심히 봤어요. 게임도 있어요."

놀리는 듯한 말에 세나는 입을 쏙 내밀었다. 수화기 너머로 서훈의 싱긋 웃는 소리가 들렸다. 세나도 따라서 웃었다.

"사실 아무것도 안 써요. 전화도 안 거는걸요. 오는 전화도 없고."

[제가 부지런히 걸어드릴게요.]

"그래 주실래요?"

세나는 이번에 집에 컴퓨터를 들여오고 인터넷도 설치했다는 이야기를 했다. 서훈이 인터넷용이라고 케이블을 뽑아주기는 했었다. 하지만 그것을 사용하게 될 줄은 몰랐다. 제윤이 매일같이 집으로 퇴근하면서 집에서도 일을 해야 하는 경우가 생겼다. 그는 컴퓨터도 가지고 왔고, 인터넷도 설치했다.

"사장님께서 요즘 매일 집에 오세요. 언제까지 그러실까요?"

[당연히 평생이죠. 지금 이게 정상이에요. 여태까지 그렇게 집에 안 오신 게 이상한 거였어요.]

세나는 고개를 갸웃거렸다. 제윤은 평생 이 집에서 살았던 것처럼 매일 집에 들어왔다. 그리고 그녀와 같이 저녁을 먹고 잠시 일하다가 자연스럽게 잠자리에 들었다. 세나는 지난밤의 일을 되새기며 얼굴을 확 붉혔다. 서훈이 그녀의 생각을 읽지나 않을지 걱정스러웠다.

[어쨌든 잘됐네요. 드디어 사장님도 정신 차리신 모양이죠.]

세나는 살짝 입술을 깨물었다. 결혼식장에서 그를 본 순간부터 품어왔던 비밀스러운 환상이 실현되고 있었다. 그녀를 지극히 사랑하는 남편과 행복하게 사는 것. 결코 이룰 수 없는 망상이라고 생각했던 것이 눈앞에 펼쳐지고 있었다.

몸이 파르르 떨렸다. 이 모든 일이 꿈 같았다. 어느 날 그녀는 서훈도 만나지 못한 상태에서 깨어날지도 모른다는 생각이 들곤 했다. 제윤이 지금은 그녀에게 잘해주고 있었다. 하지만 그는 한 달 전만 해도 이렇지 않았다. 앞으로 한 달 뒤에는 또 어떻게 변할지 몰랐다. 그는 한제윤이었다. 민학이나 세준과 같은 부류의 인간이었다. 마음을 놓고 있다가는 언제 다시 차가운 현실에 짓눌릴지 알 수가 없었다.

"사장님은…… 무서워요."

세나가 작게 속삭였다.

수화기 너머로 그녀의 목소리가 저만치 멀리서 들리는 것 같았다. 서훈은 서류를 뒤적이다 말고 내려놓았다. 일주일여 동안 만나지는 못했지만 그녀와 가끔 통화를 하기는 했다. 통화 때마다 세나의 목소리는 점점 밝아졌지만 점점 혼란스러워지기도 했다. 한제윤 사장이 집에 매일 온다는 것이 이상하고 어색한 모양이었다.

그는 가볍게 인상을 썼다. 제윤이 꽤나 무시무시한 사람인 것은 사실이었다. 신문에서 피의 전쟁을 치렀다는 말을 할 정도로 격렬하게 후계자 싸움을 했고, 이복형제의 절반을 반쯤 파산시켰고 나머지의 반은 외국으로 도피하게 만들 정도로 냉혹했다. 실질적인 그룹 경영권을 손에 넣은 뒤에는, 공격적인 경영이나 엄격한 인사 평가로 경제계의 관심이 되었다. 하지만 그렇다고 해서 비이성적이라던가 포악한 사람은 아니었다. 폭력적이기는커녕 술이나 여자 같은 것에 연루되어 구설수에 오른 적도 없었다. 그런데 세나가 제윤을 언급할 때마다 말하는 투는 느낌이 달랐다. 그저 엄격하고 기준이 높은 사람에 대한 두려움이 아니었다. 마치 제윤에게 곧이라도 살해당하지나 않을지 걱정하는 사람 같았다.

[누구나 한 사장님을 무서워해요. 그렇지만 사장님이 나쁜 분이라는 건 아니에요.]

세나는 말이 없었다. 서훈도 잠시 말을 잇지 못했다. 혹시 제윤이 세나를 폭행하고 있는 것이 아닌가 하는 의심이 자꾸 들었다. 현성캐피탈 정도의 재벌가라면 집안에서 무슨 일이 벌어지든 새어 나가지 않게 할 수 있었다. 그는 세나의 아버지와 오빠에 대한 이야기를 떠올리며 인상을 찌푸렸다. 하지만 제윤이 그런 인간들과 비슷한 부류라고 생각되지 않았다. 제윤이 세나에게 폭력을 행사하기에는 시간도 절대적으로 부족했다. 희경의 말에 따르면 가끔씩 와서 밥만 먹고 갔던 모양이다.

[세나 씨, 무슨 일 있어요?]

세나는 수화기를 꼭 움켜잡았다. 결혼식 날, 두근거리는 가슴을 누르며 올려다봤을 때 제윤이 그녀를 내려다보던 시선이 떠오른다. 증오와 환멸이 가득한 시선. 너 따위는 없어져 버렸으면 좋겠어. 널 보고 있다는 것이 짜증나 미칠 것 같아. 그런 시선이었다. 그녀가 익히 잘 알고 있는 시선이었다. 이미 아버지나 오빠는 포기해 버렸다. 하지만 새롭게 생긴 남편조차도 그렇게 생각한다는 것이 괴로웠다. 앞으로 그녀는 영원히 이런 식으로만 살아야 한다는 계시 같았다.

그 남편이 지금은 그녀를 아낀다는 듯이 굴고 있었다. 그녀와 함께 있고 싶고, 그래서 기쁘다는 듯이 그녀를 쳐다보았다. 그것이 두려웠다. 그것이 기쁘다는 것은 더 두려웠다. 그녀는 아무런 경계심 없이 행복하게만 받아들이고 있었는데, 제윤이 지금처럼 변한 것과 같은 식으로 또 예전처럼 변해 버린다면, 예전과 같은 눈으로 그녀를 쳐다본다면 그때는 정말로 수습할 수 없을 것이다.

[세나 씨?]

그녀는 흠칫 놀라 상념에서 깨어났다. 서훈이 걱정스럽다는 듯이 그녀를 부르고 있었다. 그 목소리가 불안하게 살얼음이 덮인 가슴을 따뜻하게 녹여주었다. 서훈은 그녀를 걱정해 주고 돌봐주고 싶어하는 유일한 사람이었다. 그녀를 어딘가 치워 버리고 싶어하지 않았다. 그녀도 서훈을 좋아했다. 진심으로 사랑했다.

[무슨 일 있으면 저한테 말씀하세요. 제가 도와드릴게요.]

세나는 서훈의 진심 어린 목소리에 가슴이 따뜻해졌다. 그를 만나고 몇 번이나 생각한 것이지만, 서훈이 남편이었으면 정말로 행복했을 것이다. 서훈이 남편이었다면 어땠을까를 상상하던 세나는 지난밤 일이 떠올랐다. 제윤은 그녀가 비명을 지를 때까지 탐하고 또 탐했다. 어쩐지 서훈과 그렇게 한다는 것은 상상이 가지 않았다. 그에게는 그러고 싶은 기분이 안 들었다. 서훈은 그저 옆에 있는 것만으로도 마음이 편해지고 의지가 되었다.

"괜찮아요. 별일없어요. 너무 뜻밖의 일이라서 그래요."

서훈은 안심이 안 되는지 몇 번이나 되물었다. 하지만 세나는 웃으면서 괜찮다고 말해 주었다.

제윤은 천국과 지옥 사이에 애매하게 걸쳐진 상태였다. 밤마다 그녀를 품고 지칠 때까지 탐할 수 있다는 것은 바로 천국을 의미하는 것이었다. 하지만 저녁때마다 당황하고 어쩔 줄 몰라 하는 세나를 본다는 것은 견딜 수가 없게 가슴이 아팠다. 어쩌면 그래서 그녀를 더 빨리 침대로 끌고 들어가는 것일지도 몰랐다. 그녀는 적어도 그곳에서만큼은 그를 두려워하거나 멀리하지 않았다.

제윤은 길게 한숨을 내쉬며 황 차장을 퇴근시켰다. 오늘은 일이 늦어질 것이라고 연락을 해서인지 문 앞에서 기다리고 있는 사람은 없었다. 그는 희경이 문을 열어주자 가볍게 인사를 하고 안으로 들어왔다.

"사모님께서는 정원에 계세요. 가서 말씀드릴게요."

"아닙니다. 내가 가겠습니다."

제윤은 식사도 거절하고 희경을 별채로 보냈다. 인테리어 공사까지 끝나고 세나가 본채로 옮긴 지 일주일이 넘었다. 그도 매일 분당 집으로 퇴근했다. 그의 흔적이라고는 전혀 없던 분당 집에도 하나둘씩 그의 물건이 늘어갔다. 업무 때문에 우선 컴퓨터부터 가져다 두었다. 매일 아침 개포동에 들렀다 갈 수도 없었기 때문에 옷도 한 무더기 가져다 두었다. 책이며 잡지들도 이쪽으로 하나씩 가지고 오다 보니 상당량이 쌓였다.

제윤은 이제 조금 익숙해진 거실을 가로질러 정원을 내다보았다. 세나는 두툼한 솔을 걸치고 공을 던져 주며 강아지와 놀고 있었다. 그를 볼 때와는 전혀 다르게 편안하고 자연스러운 미소를 지으며 강아지에게 뭐라고 말까지 해주었다. 그는 한동안 아내의 밝은 모습을 지켜보다가 이층으로 올라갔다. 빌어먹게도 강아지에게 질투가 날 지경이었다. 남편도 받지 못하는 미소에 명랑한 대화까지 저 강아지가 채어간 것이다.

제윤은 씻고 옷도 갈아입고 나와 다시 일층으로 향했다. 그는 브랜디를 조금 따라 들고는 세나를 내다보았다. 민학이 어떻게 손을 써두었는지 오늘에서야 세나에 대한 조사를 마칠 수 있었다. 보고서를 읽는 순간 민학이 옆에 있었다면 정말로 그를 죽여 버렸을 것이다. 그는 어린 소녀가 겪어야만 했던 고통과 두려움을 상상하며 몸을 떨었다. 만약 그가 그때 세나 옆에 있었다면, 그가 어린 세나를 보호해 줄 수 있었다면⋯⋯.

 육체적으로 세나를 학대한 것은 세준이었다. 차고 때리는 일은 예사였다. 어린 소녀를 창고에 가두거나 침대에 참혹하게 죽은 짐승들을 집어넣는 일도 다반사였다고 옛날 가정부들이 말했다. 하지만 그 모든 것을 쳐다만 보고 있었던 사람은 민학이었다. 폭언과 냉대, 그리고 교묘한 위협이 민학의 스타일이었다.

 제윤은 새하얗게 질려 있는 세나를 찍은 사진을 떠올렸다. 7살 때부터 10살 사이에 찍은 사진은 그것 하나뿐이었다. 눈만 커다랗고 비쩍 마른 소녀는 곧이라도 울음을 터뜨릴 것 같은 표정이었다. 그는 그 표정이 떠오르자 눈을 감아버렸다. 숨 막히게 조여오는 공포와 그것을 절대로 드러낼 수 없는 절망감이었다. 언제나 그를 보면 짓는 표정과 비슷했다.

 제윤은 이를 악물었다. 그가 저지른 짓은 그들 못지 않았다. 아니, 오히려 두 사람을 합친 것보다 더 심했다. 명목상의 결혼으로 그녀를 낯선 한국으로 데리고 와서 민학이 했던 그대로 5년이나 그녀를 완전히 무시하고 민혜가 그녀를 괴롭히도록 조종했다. 그리고 폭력적으로 그녀를 짓밟았다. 그녀가 그들에게서 괴롭힘당하지 않았던 단 한 가지 것을 그가 짓밟아 버린 것이다.

　제윤이 물끄러미 세나를 바라보았다. 그녀는 누군가 쳐다보고 있다는 것을 알아차린 모양이었다. 그녀는 서둘러 집으로 들어왔다. 원피스 자락이 흔들거리고 긴 검은 머리카락이 찰랑거렸다. 세나는 지금 봐도 처녀처럼 순수하고 깨끗해 보였다. 쉽게 상처받고 다칠 것만 같았다.

　그녀가 어떻게 어린 시절을 살아남았는지 놀라웠다. 그 집에서 생존할 방법을 찾아냈다는 것만으로도 존경스러웠다. 제윤은 그러기 위해서 세나가 어떤 것을 희생했는지 생각해 냈다. 그녀는 기쁨도, 슬픔도 포기했다. 감정 같은 것은 가지고 있지 않은 것처럼 행동해야만 했다. 자신을 죽이고 아예 없는 것처럼 살았다. 그렇게 해낸 의지와 오기가 감탄스러웠다. 그렇게 살면서 제정신을 유지했다는 것이, 마음이 비틀어지지 않았다는 것이 존경스러웠다. 제윤은 입술을 깨물었다. 그는 민학을 철저하게 파괴시켜 버리기로 다시 한 번 결심했다. 이것은 단지 회사를 위해서만이 아니었다. 어린 세나가 받았어야 마땅한 보호를, 어린 세나가 당한 일에 대한 복수를 이제 와서라도 해주고 싶었다. 세나가 기뻐하든 말든 민학은 죗값을 치러야 했다.

　거실로 들어오면서 세나는 꾸벅 고개를 숙였다. 제윤은 오래 기다렸는지 이미 술잔을 비우고 있었다. 그는 그녀를 위아래로 훑어보고는 찬장에서 술잔을 하나 더 꺼냈다. 그리고 황금빛

브랜디로 잔 두 개를 채우고 그녀에게 하나를 건넸다.
"같이 마시자."
세나는 제윤이 술잔을 내밀자 깜짝 놀랐다. 찬장에 술병을 두면 예쁠 것 같았다. 그래서 채워둔 것이지 그 술들을 마실 거라고 생각하지는 못했다. 그녀는 주춤거리며 술잔을 받아 들고 제윤이 두드리는 자리에 앉았다.
"그냥 이야기나 하자고."
스탠드만 켜놓은 거실은 정원 등이 밝혀진 정원보다도 어두웠다. 세나는 제윤과 말없이 가만히 앉아만 있다는 것이 불편했다. 그동안은 무엇을 해도 두 사람 다 무엇인가를 했다. 식사를 한다거나 아니면 사랑을 나누거나. 이렇게 아무 일도 하지 않은 적이 없었다. 세나는 술 냄새를 살짝 맡아보고는 인상을 찡그렸다. 톡 쏘는 냄새가 코를 찔렀다. 제윤은 그 냄새가 싫지도 않은지 홀짝거리며 마시고 있었다.
"그래, 집은 어때? 마음에 들어?"
세나는 잠시 짙은 액체를 들여다보고만 있다가 흘낏 제윤을 올려다보곤 다시 시선을 내리깔았다. 그는 이제 그녀의 반응에 익숙한 듯 참을성있게 기다렸다. 세나는 다시 조심스럽게 그를 바라보고 작게 헛기침을 했다. 제윤은 그녀가 말을 시작할 거라고 생각하는지 조금 더 주의를 기울이는 것 같았다. 세나는 어둠 속에서 더 뚜렷하게 보이는 얼굴 선과 강인한 입매를 잠시 정신없이 바라보았다.

"네…… 좋아요. 지난번보다…… 더 좋아요."

세나는 한 단어 한 단어 그의 눈치를 보면서 대답했다. 제윤은 채근하지도 않고 느릿느릿한 대답을 전부 듣더니 고개를 끄덕였다.

"이런 분위기를 좋아하는 거 같군."

제윤이 거실을 한번 휘둘러보았다. 영국 시골풍으로 편안하면서도 아기자기하게 꾸민 거실은 장중한 맛은 없었지만 편하고 안락했다. 불이 나기 전 집은 전위적일 정도로 현대적이었다. 공사가 끝나기가 무섭게 다시 공사를 해대는 민혜였지만 집의 분위기는 바뀌지 않았다.

그녀는 조심스럽게 그를 올려다보았다. 혹시 그가 이런 분위기를 싫어하는 것은 아닐지 걱정이 되었다. 제윤처럼 강하고 냉철한 사람에게는 이런 시골풍보다는 도시적인 초현대식 장식이 더 어울릴지도 모른다.

"저기…… 마음에, 마음에 안 드세요? 그러니까……."

제윤은 그녀가 질문을 했다는 것에 일단 놀란 모양이었다. 하지만 그녀가 어깨를 움츠리자 괜찮다는 듯 손을 흔들었다.

"괜찮아. 난 별로 상관없어. 이것도 좋아."

"이층 서재 너무 좁지요? 사장님께서 오실 줄 알았으면 좀 더 넓게 만드는 건데."

제윤이 이 집에서 살 리라고는 상상도 못했다. 그래서 처음 설계에 들어 있던 서재도 작게 바꾸고 안방에 달린 거실을 더 넓혔다. 제윤이 집으로 들어오면서 책이며 기계들이 많이 들어와 서재가 비좁아졌다. 제윤의 옷이나 다른 짐들은 이층 객실에 가져다 두었다.

"방은 불편하거나 그렇지 않으세요?"

"글쎄, 그 방은 제대로 본 적이 없어서……."

제윤이 씩 웃는 바람에 세나의 얼굴이 새빨개졌다.

"얼굴이 빨개지는 게 여기서도 보이는군."

그의 긴 손가락이 얼굴에 와 닿았다. 세나는 더욱 얼굴을 붉히며 뺨을 감쌌다. 제윤은 기분 좋게 웃음을 터뜨리고는 그녀에게 조금 더 가까이 다가왔다.

"더듬지도 않고 주저하지도 않고 말을 했어, 알아?"

세나는 그제야 그것을 깨닫고 입술을 깨물었다. 집 이야기는 서훈과 너무 많이 해서인지 자연스럽게 입에서 나왔다. 제윤을 의식하지도 않고 이야기를 해버렸다. 제윤은 그녀의 입술을 살짝 건드렸다.

"개포동의 집도 너한테 맡겨야겠군. 집 꾸미는 걸 좋아하는 거 같은데?"

"전……."

그녀는 약간 더듬거리다가 제윤이 놀리듯 쳐다보자 얼굴을 붉혔다. 왜 자꾸만 얼굴빛이 변하는지 모르겠다. 언제나 무표정할 수 있었는데. 하지만 그때는 제윤이 저런 식으로 쳐다보지 않았다.

"한 번도 이런 거 해본 적이 없어서 재미있었어요. 서훈 씨도 친절하고……."

잠시 침묵이 흘렀다. 세나는 약간 겁이 나서 숨을 죽였다. 민학이나 세준이 그녀의 대답이 마음에 안 들 때, 혹은 대답했다는 사실 자체가 못마땅할 때 만들던 그런 침묵이었다. 그녀는 손끝에서부터 어깨를 향해 전류가 흐르면서 긴장이 빠작빠작 튀는 것을 느꼈다. 가슴이 욱죄어들면서 숨 쉬기가 힘들 정도로 격렬하게 뛰었다. 목덜미가 화끈거리면서도 동시에 싸늘하게 식어내리는 초조함 속에서 세나는 마음을 진정시키지 못했다.

"그 녀석과 너무 친하게 지내지 마. 나, 질투난다고."

불만이 잔뜩 묻어 있는 목소리였다. 세나는 눈을 동그랗게 떴다. 어린아이처럼 볼멘소리에 장난기까지 묻어 있었다. 그녀는 눈을 깜빡거렸다. 이건 제윤과 전혀 어울리지 않는 말이었다. 그는 냉정하고 엄격하게 설교해야만 했다. 아니면 불같이 화를 내며 다그치던가. 세나는 새삼스럽게 신기한 눈으로 제윤을 쳐다보았다. 정원 등에 선명하게 비친 강인하면서도 준수한 얼굴과 넓은 어깨, 근육이 잘 붙은 가슴은 여전히 독재적이고 오만한 그녀의 남편, 한제윤이었다. 하지만 그 엄격한 얼굴에 떠오른 심통난 표정은 그녀가 알고 있는 남편이 지을 만한 것이 아니었다.

"저기, 그냥 친한 거예요. 항상 잘해주시거든요, 서훈 씨는."

"어쨌든 간에. 누가 내 예쁜 아내를 채갈까 봐 걱정된다고."

제윤이 빙긋 웃으며 그녀의 뺨에 살짝 입을 맞췄다. 세나는 뜻밖의 말에 눈이 더 커졌다. 지금 그 말이 제윤의 입에서 나온 것인지 의심스러웠다. 세나는 그를 홀린 듯이 쳐다보았다. 이 사람이 제윤이 맞는지까지 의심스러웠다. 똑같이 생긴 사람을 고용해서 보냈다고 생각하는 것이 더 타당하게 느껴질 정도였다.

"언제 개포동에 가보자. 말 나온 김에 주말에 갈까? 무슨 일 있어?"

제윤은 혀를 깨물었다. 자신의 입에서 나온 말이 믿어지지가 않았다. 아내라는 말이 나오는 순간 세나가 깜짝 놀라는 것이 보였다. 하지만 그 말에 더 놀란 사람은 그 자신이었다. 너무나 자연스럽게, 그리고 너무나 소유욕에 가득 차서 그 말을 내뱉었다. 얼마나 놀랐는지 개포동에 가자는 말까지 횡설수설 내뱉고야 말았다. 세나에게 일이 있을 리가 없다는 것을 뻔히 알면서도 한 말 하며…….

제윤은 자신이 당황했다는 사실에 놀랐다. 아버지가 돌아가시고 후계자 싸움에 돌입한 순간부터 앞으로는 영원히 당황하거나 놀라거나 허둥거리지 않겠다고 맹세했었다. 그리고 그 뒤로 한 번도 그래 본 적이 없었다. 그는 조용히 숨을 들이마시며 스스로를 진정시켰다. 다행히 세나도 당황해서 그의 기분까지 살필 여력이 없어 보였다.

아내라는 것에 익숙해지고 있었다. 그리고 그것을 즐기고 있었다. 제윤은 보이지 않게 인상을 찌푸렸다. 세나가 마음에 들긴 했다. 강하고 자신만만한 민혜와는 전혀 다른 느낌이었다. 세나는 함부로 건드리기가 걱정스러울 정도로 부드럽고 연약했다. 조심스럽게 다가가서 살며시 만져야만 했다. 그것은 정말로 새로운 기분이었다. 그는 수동적인 여자를 좋아하는 편이 아니었다. 민혜처럼 적극적이고 활동적이어야 같이 뭔가를 하는 기분이 났다. 세나 같은 여자는 기분 전환용이었다. 가끔 가다가 한 번씩 맛볼 뿐이지 계속 같이 있기에는 피곤했다.

그런데 이번에는 달랐다. 세나와 있는 것은 지루하지도, 피곤하지도 않았다. 오히려 조용조용한 그녀의 목소리를 듣는 것이 편안했다. 어쩌면 세나가 그렇게 약하지만은 않다는 것을 알기 때문일지도 모른다. 그녀는 한없이 약하면서도 가늠할 수 없이 강인했다. 10년 이상을 침묵 속에서 보냈다는 것을 보면 알 수 있었다. 그 이유가 두려움 때문이었든 공포 때문이었든 그것을 유지할 수 있었던 것은 그녀의 꺾이지 않는 의지였다.

제윤은 계속해서 세나를 칭찬하는 자신을 비웃었다. 민학의 딸을 이렇게까지 높이 평가해 주다니. 그 정도로 그녀의 몸에 빠진 걸까. 제윤은 세나의 입술을 어루만졌다. 그녀는 여전히 혼란스러운 눈빛으로 그를 쳐다보았다. 어쩌면 단지 민혜에게 지쳐서 그럴지도 모른다. 한동안 이 여자를 즐기고 나면 이 느낌은 사라질 것이다. 그때까지는 세나를 마음껏 즐기면 됐다.

분당과는 다르게 개포동의 집은 아파트였다. 아파트에 와보는 것은 처음이었다. 세나는 발소리가 계단을 따라 울리는 것에 귀를 기울였다. 그가 문을 열고 안으로 안내하자 그녀는 조심스럽게 집 안으로 들어갔다. 집은 별로 크지 않았다. 분당 집의 한 층보다도 작은 것 같았다. 하지만 잘 정리되어 있어서 꽤 넓어 보였다. 제윤이 옷을 챙기고 편지들을 살피는 동안, 세나는 방들을 둘러보았다. 방도 많지 않았다. 자주 안 쓰는 물건들을 넣어두는 것 같은 작은 방 하나와 넓은 서재, 그리고 침실 하나가 전부였다.

그녀는 책으로 가득 찬 서재를 둘러보았다. 지금 그녀도 부지런히 모으고 있었지만 이 정도까지 되려면 한참 걸릴 것 같았다. 제윤은 이 책들을 전부 다 읽어본 것일까. 세나는 제목을 읽기도 어려운 책들을 하나씩 손으로 짚어보았다. 그러다가 책장 한 칸에 가득 차도록 정신 심리학 책이 빼곡이 꽂혀 있다는 것을 발견했다. 전부 자폐증이나 실어증 등에 관련된 것이었다. 세나는 놀라서 책을 한 권 뽑았다. 꽤 여러 번 봤는지 책이 스르르 펼쳐졌다.

제윤은 그녀를 잊어버리고 있는 줄 알았다. 민학이나 세준처럼 괴롭힐 때 외에는 생각하지도 않을 거라고 생각했다. 실제로 그는 자주 찾아오지도 않았고, 와서도 그녀에게 관심을 보이지 않았다. 하지만 이 책들을 보면…… 그리고 그는 의사를 붙여주기까지 했다.

"좀 알아봤지. 사실 다 필요없는 거였지만."

세나는 깜짝 놀라서 책을 떨어뜨렸다. 제윤이 문간에 기대어 그녀를 쳐다보고 있었다. 세나는 몰래 훔쳐봤다는 생각에 얼굴을 붉혔다.

"그냥, 저……."

"나도 내 아내가 어떤 상태인지 정도는 알아야겠다고 생각했어."

제윤은 책상에 기대앉아 그녀를 불렀다. 그는 세나가 가까이 다가오자 그녀의 머리카락을 어루만졌다.

"아픈 사람하고 결혼하게 될 줄 몰랐거든."

세나는 그를 가만히 쳐다보기만 했다. 움직여서 그를 자극하고 싶지 않은 모양이었다. 제윤은 그녀의 얼굴을 감싸고 그 작고 연약함을 음미했다. 조금만 세게 눌러도 완전히 박살 낼 수 있을 것 같았다.

"내가 이렇게 결혼할 줄은 상상도 못했지. 그것도 이런 식으로 이런 여자와 말이야."

제윤은 지난 일을 되새겨 보았다. 아버지가 돌아가시자마자 벌어진 이권 다툼은 놀라울 정도였다. 문상 온 모든 사람이 한 번씩 그에게 언질을 주고 갔었다. 이복형제들은 나란히 빈소를 지키면서도 서로를 경계하며 서로에게 누가 다가가는지 확인하고 있었다. 그의 입지는 확고한 편이 아니었다. 경험이 풍부한 숙부들이 각각 지지하고 있는 형제가 많이 있었다. 그가 유리한 점이라고는 그를 키워준 사람이 홍국의 진짜 부인인 영인이라는 것이었다.

"난 그때 맹세했지, 앞으로는 무슨 일이 있어도 남에게 부탁하는 입장이 되지 않겠다고."

그룹의 총수 자리까지 노린 것은 아니었다. 하지만 그때 그 자리에 오르지 못했다면 영원히 매장당해 버릴 것이 확실했다. 그래서 막강한 지지자를 물색할 수밖에 없었다. 그때 접근해 온 것이 민학이었다. 전세계에 걸친 투자회사를 가진 민학은 그에게 조금 의외의 인물이었다. 그는 도움을 약속하면서 절반 이상의 계열사의 주식뿐만 아니라 경영권의 일부마저도 요구했다. 마지막에 가서는 결혼마저도 제안해 왔다. 하지만 민학의 지원이 아쉬웠던 그는 거절할 수가 없었다. 그는 무력하게 민학에게 무릎을 꿇었다. 그런 자신이 싫었다. 무력하게 민학 앞에 고개를 숙일 수밖에 없었던 그 자신이, 그런 무력함이 증오스러웠다.

"그러고 보니 우린 비슷한 점이 있군. 둘 다 류 회장에게 찍소리도 못하고 당했잖아?"

제윤이 피식 웃었다. 세나는 살짝 인상을 찌푸렸다. 제윤이 스스로가 그녀와 비슷하다고 말한 것이 놀라웠다. 그녀는 한 번도 제윤이 그녀와 비슷한 쪽이라고 생각하지 못했다. 그녀에게 있어 제윤은 언제나 민학과 비슷한 사람이었다.

세나는 뭔가 목에 걸린 것 같았다. 다급한 부정의 말이 입까지 올라왔다. 그녀가 뭐라고 말할 듯 움찔거리자 제윤이 왜 그러냐는 듯 쳐다보았다.

"아, 아니에요."

"뭐가?"

"사장님은, 저하고 달라요. 아니, 저, 저하고 같으면 아, 안 돼요."

세나는 너무 가까이에서 보이는 제윤의 눈에 당황했다. 그가 자신의 머리 속까지 들여다보는 듯했다.

"그러니까, 저기, 사장님은 그런 사람이 아니시라는 거예요. 제 말씀은, 아버지만큼 하는…… 그러니까, 아버지 못지 않은 사람이시니까……."

자신이 무슨 말을 하려는 것인지도 알 수 없었다. 그녀가 하고 싶은 말은 제윤은 강하다는 것이었다. 그녀와 비슷해져서 민학에게 당하기만 한다는 것은 생각하고 싶지 않았다. 세상에 누구 한 사람쯤은 민학을 꺾을 수 있었으면 좋겠다. 그것이 비록 그녀가 아니라도 상관없었다. 민학과 맞서 싸울 수 있는 사람이 있다는 것만으로도 만족스러웠다.

"사장님은 아버지와 비슷해요. 저하고는 달라요."

"그건 내가 류 회장만큼 나쁜 놈이라는 뜻이야?"

"아뇨! 아, 아뇨."

세나의 목소리가 점점 작아지자 제윤은 또 피식 웃었다. 세나는 열심히 고개를 흔들었다. 그녀는 제윤이 오해할까 봐 빨리 말을 이으려고 했다. 하지만 한국어는 목 뒤에서 막혀 버렸다. 그녀는 다급하게 프랑스어를 쏟아냈다. 제윤이 무슨 소리냐듯 쳐다보았다. 세나는 숨을 들이마시고 천천히 입을 열었다.

"사장님은 아버지에게 당할 분이 아니라고요. 잘하실 거예요."

세나는 진지하게 말하다가 얼굴을 확 붉혔다. 제윤이 처음 본다는 듯이 그녀를 바라보고 있었다. 세나는 저도 모르게 그의 가슴에 올린 손을 얼른 치우고 그에게서 벗어나려고 했다. 하지만 제윤이 빠르게 그녀의 손목을 붙잡았다.

"고마워."

그는 세나에게서 눈을 떼지 않고 천천히 손가락에 입을 맞췄다. 그녀는 깜짝 놀란 듯 손을 오므렸다. 세나는 조목조목 따져 가며 어째서 그가 유리한지 설명하지 않았다. 전혀 논리적이지도 않고 두리뭉실한 말이었지만 세나가 그렇게 말해 주니까 마음이 놓였다. 정말 잘돼서 민학의 위험을 물리칠 수 있을 것만 같았다. 아마 세나야말로 민학의 손아귀에서 살아남은 사람이라 그럴 것이다. 그녀가 인정해 준다면 그 역시 민학에게서 벗어날 수 있을 것 같았다. 제윤은 묘한 동질감은 느꼈다. 두 사람 모두 민학의 막강한 영향력 아래에서 괴로워하고 있었다.

제윤은 불쑥 떠오른 생각을 지웠다. 그래 봤자 세나는 민학의 딸이었다. 그녀 덕분에 민학은 처음에 계약했던 것보다 그

많은 특권과 영향력을 갖게 되었다. 많은 사람들이 민학이 그의 장인이라는 이유만으로 그를 우선시했다. 그와 민학의 진정한 관계에 대해서는 모른 채. 제윤은 입을 꾹 다물었다. 세나가 잘못했다는 것은 아니었다. 그저 세나가 없는 편이 훨씬 나았을 것이라는 뜻이다. 제윤은 손목을 쥔 손에 힘을 더 했다. 그녀가 아픈지 살짝 손을 빼내려고 했다. 그는 어림없다는 듯이 좀 더 가까이 끌어당겼다.

세나는 그의 기분이 달라졌다는 것을 느꼈다. 시선이 그녀에게 맞춰진 상태에서 노기로 번뜩였다. 그녀는 그와 거리를 두려고 했지만 제윤은 그녀를 놓아주지 않았다. 그는 다시 한 번 손바닥에 입을 맞췄다. 하지만 이번엔 아까와 전혀 다른 느낌이었다. 똑같이 부드러웠지만 이번엔 훨씬 계획적으로 느껴졌다.

"다른 데서 하는 것도 새로운 기분일 거야."

세나는 잠시 무슨 뜻인지 못 알아들었다. 다음 순간 제윤은 그녀에게 입을 맞추며 스웨터 안으로 손을 밀어 넣었다. 세나는 깜짝 놀라서 그를 밀어내려고 했다. 침대도 아니고, 그렇다고 누울 만한 공간이 있어 보이지도 않았다. 하지만 제윤은 쉽게 그녀의 팔을 잡고 속옷 위를 더듬었다.

"사, 사장님?"

제윤이 얼핏 미소를 지은 것 같았다. 그는 책상 위에 있던 물건을 쓸어 버렸다. 펜이며 서류철, 책들이 떨어지면서 시끄러운 소리를 냈다. 제윤은 흠칫 놀라는 그녀를 책상 위에 앉히고 그녀의 스웨터를 벗겼다.

세나는 화끈거리는 몸에 갑자기 드러나는 바람에 의해 파르르 떨었다. 제윤은 그녀의 팔을 가볍게 쓸었다. 간지러우면서도 짜릿한 느낌에 세나는 낮게 한숨을 터뜨렸다. 그는 그녀의 왼팔을 어깨에 걸치고는 팔 안쪽의 부드러운 부분에 입을 맞췄다. 그리고 얇고 연약한 피부를 살짝 자근거렸다. 세나는 거칠게 숨을 들이마시고 그의 목깃을 움켜쥐었다. 그는 멈추지 않고 가슴과 팔 사이의 섬세한 피부에 입술을 가져다 댔다. 세나는 작게 헐떡거렸다. 이런 느낌일지는 상상도 하지 못했다. 자신이 의식하지도 못했던 부분을 제윤이 알고 있었다는 것이 부끄러웠다. 그녀가 자극받았다는 사실을 알리기가 창피했다. 하지만 제윤이 부드럽게 핥으며 빨아들이는 순간 저도 모르게 신음 소리가 났다. 제윤 역시 만족스럽다는 듯이 길게 한숨을 내뱉었다.

"저, 저기, 여기서는……."

그녀는 말을 마치지도 못했다. 제윤이 얇은 브래지어 위로 가슴을 핥으며 다른 쪽 가슴을 움켜쥐고 부드럽게 어루만졌다. 그에게서 흘러나오는 전류가 온몸을 관통해 지나가는 것 같았다. 세나는 헐떡거리느라 말을 이을 수가 없었다. 그녀는 그를 말리기라도 하려는 듯 목깃을 힘껏 움켜쥐었다.

"이 자세도 좋군. 키가 딱 맞아."

그의 목소리가 보통 때보다 낮고 굵게 흘러나왔다. 제윤의 숨결도 거칠었다. 빠르고 불규칙적인 소리에 가슴이 뛰었다. 제윤의 몸도 그녀만큼 뜨거웠다. 세나는 조심스럽게 그의 얼굴을 쓰다듬었다. 딱딱한 얼굴 선 위로 근육들이 미세하게 움직이는 것이 느껴졌다. 그녀는 제윤의 얼굴을 계속 만져 보았다. 다른 사람을 이렇게 만져 본 적은 한 번도 없었다. 제윤이 집으로 들어온 뒤부터 계속 잠자리를 같이 하고 있기는 했지만, 그를 똑바로 쳐다보면서 그의 얼굴이 어떤 느낌인지 느껴본 적은 없었다. 세나는 강인하면서도 부드러운 느낌에 홀려 손을 뗄 수 없었다. 제윤은 한동안 가만히만 있더니 마침내 길게 한숨을 내뱉었다.

"이제 그만. 이제 그만······."

제윤의 목소리가 더 이어지지 못했다. 그는 세나를 책상 위에 눕혔다. 그리고 목마른 사람이 물을 들이키듯 그녀의 입술을 찾았다. 세나는 비단실 같은 그의 머리카락 속으로 손을 집어넣었다. 책상이 뜨겁게 달군 철판처럼 느껴졌다. 몸 위를 누르는 제윤 역시 뜨거웠다. 세나는 그의 목을 따라 가슴까지 쓸어 내렸다. 어느새 옷이 헤쳐졌는지 근육이 단단한 가슴이 드러나 있었다.

"그래, 그렇게 해······."

그의 목소리가 사그라졌다. 제윤은 헐떡이면서 치마 속으로 손을 집어넣었다. 세나는 저도 모르게 다리가 벌어졌다. 그의 손길이 뜨겁게 다리를 어루만지다가 속옷 안으로 미끄러졌다. 그녀는 저도 모르게 숨을 멈췄다. 제윤은 촉촉하게 젖은 연약한 속살을 끊임없이 쓰다듬었다. 세나는 그의 목을 끌어안고 낮게 헐떡거렸다. 불길 속에 사로잡힌 것 같았다. 몸속 깊은 곳에서부터 열기가 솟아오르고 있었다. 그녀는 제윤의 허리를 무릎으로 조였다. 지금 당장 그가 멈추든지, 아니면 더욱 깊이 파고들지 않는다면 산산이 부서질 것만 같았다.

"제발……"

그녀가 어렵게 말을 내뱉는 순간, 제윤의 손가락이 더 깊숙이 밀려들어 왔다. 세나는 날카롭게 소리를 질렀다. 그녀는 얼른 입을 막으려고 했지만 제윤이 그녀의 손을 잡고 입술을 겹쳤다. 제윤의 손이 몸속에서 일으키는 쾌감은 그의 입속으로 사라졌다. 세나는 몸을 태우는 듯한 환희를 이기지 못하고 몸을 뒤틀었다. 더 이상은 견디지 못할 것만 같았다. 하지만 제윤은 그녀를 놓지 않고 벼랑 끝까지 밀고 올라갔다.

마침내 세나는 비명을 질렀다. 그러나 또다시 그 소리는 제윤의 뜨거운 키스에 눌려 사라졌다. 눈앞이 새하얗게 변하는 절정의 여운으로 꿈틀거리던 세나는 그가 조금 몸을 떼는 것을 느꼈다. 하지만 곧 그의 몸이 다시 다가왔다. 세나는 당연히 품어야 하는 것처럼 그를 끌어안았다.

그녀는 제윤의 머리카락을 쓸어 넘겼다. 머리카락이 땀에 젖어 있었다. 그의 몸은 여전히 뜨겁고 숨결도 거칠었다. 세나는 제윤의 허리에 다리를 감았다. 제윤은 길게 신음 소리를 내뱉고는 그녀를 좀 더 당겨 내렸다. 그리고 속옷을 옆으로 젖힌 채로 그녀에게로 깊숙이 파고들었다. 세나는 격렬한 침입에 짧게 숨을 내뱉었다. 하지만 그 짧은 숨결도 금세 제윤에게 빼앗겼다.

그의 움직임이 점차 빨라졌다. 가라앉은 줄 알았던 열기와 흥분이 다시 쌓이기 시작했다. 세나는 그에게 힘껏 매달렸다. 좀 더 그에게 바짝 붙고 싶었지만 발을 받치고 몸을 들어 올릴 곳이 없었다. 그녀는 절망적인 기분까지 들었다. 그녀는 할딱거리며 그의 몸에 다리를 감아 꼭 조였다. 제윤은 점점 거세게 밀어붙였다. 그가 내뱉는 숨소리도 점점 거칠어졌고 그녀의 가슴을 움켜쥐고 쓰다듬는 손에 힘이 들어갔다. 세나는 셔츠 밑으로 그의 등을 움켜잡았다. 몸속에 차곡차곡 쌓이는 열정을 더 이상 견뎌낼 수가 없었다. 세나는 날카로운 비명을 지르며 고개를 젖혔다. 온몸이 수축되면서 그의 강건한 몸이 선명하게 느껴졌다. 제윤도 낮게 고함을 지르고는 그녀를 힘껏 끌어안았다.

제윤은 그녀에게서 일어나지도 않고 숨을 골랐다. 세나는 책상 밑으로 불편하게 늘어진 다리를 끌어 올리지도 못했다. 마침내 열기가 잦아들고 나서야 제윤이 몸을 들었다. 세나도 일어나 앉으려고 했지만 몸이 아슬아슬하게 책상 끝에 걸쳐져서 힘들었다. 제윤은 그녀를 책상 위에 앉도록 도와주었다.

세나는 얼굴이 확 붉어졌다. 그의 몸이 들어오지도 않고 그녀에게 쾌감을 줬다는 사실이 떠올랐다. 그의 손길에 다리 사이가 여전히 민감하게 부은 것 같았다. 제윤은 그녀를 보면서 낮게 쿡쿡거렸다. 그리고 그녀의 무릎 아래를 팔로 받치고 번쩍 안아 들었다. 세나는 깜짝 놀라 그에게 매달렸다. 제윤은 무게도 못 느끼는지 성큼성큼 침실로 향했다.

세나는 제윤의 침대에 누워 천장을 바라보았다. 밤이 깊었는지 창밖은 완전히 어두워져 있었다. 아파트 주차장에서 비치는 하얀색 가로등이 천장을 하얀색으로 비췄다. 집의 불빛은 흐릿한 주황색이었는데. 낯설었다. 집에서처럼 같이 침대에 누워 있어도 기분이 어색했다. 오면 안 될 곳에 몰래 온 것만 같았다. 그녀는 딱딱하고 따뜻한 베개가 되어주고 있는 제윤을 흘낏 올려다보았다. 그 역시 피곤한지 잠들어 있었다. 세나는 여전히 짜릿한 감각이 남아 있는 몸을 조금 더 움츠렸다. 가서 씻고 싶었다. 하지만 제윤의 집에서 씻는다는 것은 사생활을 침해하는 짓 같았다.

세나는 그에게서 돌아누웠다. 제윤은 사회생활이 있고 사생활이 있었다. 그녀는 어떤 부분에 속하는 것일까. 여기는 그녀가 있어야 할 곳이 아니었다. 집으로 돌아가고 싶었다. 제윤의 침대는 베개의 느낌도, 이불의 느낌도 달랐다.

"뭐 해?"

제윤이 허리에 손을 얹었다. 세나는 깜짝 놀라서 그를 돌아보았다. 잠에서 언제 깼는지 그가 옆으로 누워서 쳐다보고 있었다. 세나는 조금 더 몸을 웅크렸다.
"아, 아뇨."
 제윤은 조그맣게 움츠러든 세나의 어깨를 어루만졌다. 기분이 묘했다. 세나가 이 집에 있다는 것이 어색하기도 했다. 이걸로 드디어 그의 삶 속에 민학의 손길이 닿지 않는 곳이 없어졌다. 제윤은 냉소적인 생각에 흠칫 놀랐다. 세나가 여기에 오겠다고 우긴 것도 아니었다. 그녀에게 잘못을 떠넘기는 것은 옳은 일이 아니었다.
"저, 집에 안 가나요?"
 세나는 이불로 가슴을 가리며 반쯤 일어났다. 제윤은 그녀의 몸을 감상하듯 쳐다보았다.
"이렇게 어두워졌는데?"
"아."
 세나는 다시 누울까 말까 망설였다. 다시 눕는 것도 어색했지만 일어난다고 해서 딱히 할 수 있는 일도 없었다. 자기는 해야 할 텐데 그녀의 침대는 이 집에 없었다.
"무슨 바쁜 일이라도 있어?"
 제윤은 그녀를 끌어당겼다. 세나는 침대에 누우며 고개를 저었다.
"넌 집에서 심심하지 않아? 문화센터라도 다니지?"

"괜찮아요."

세나는 말을 끊고 다시 돌아누우려고 했다. 제윤은 대화를 계속하자는 듯이 그녀를 눌렀다. 세나는 그가 말하기를 기다렸다. 하지만 그는 말없이 그녀를 쳐다보기만 했다. 세나는 그녀가 이야기를 계속하길 기다리고 있다는 것을 깨닫고는 깜짝 놀랐다. 그녀는 그의 시선에 더듬거리며 말을 이었다.

"별로, 별로 심심하지 않아요. 자수도 하고, 뜨개질도 하고, 요즘은 책도 많이 읽어요."

그녀는 제윤의 눈치를 흘낏 봤다. 그는 그녀의 말을 열심히 듣는 듯 쳐다보고 있었다. 세나는 조심스럽게 말을 이었다.

"인터넷으로 책을 주문할 수 있대요. 서훈 씨가 가르쳐 줬어요."

제윤은 그녀가 말을 계속하도록 가만히 있으면서도 속으로는 이를 악물었다. 세나는 한마디 할 때마다 그의 눈치를 보고 있었다. 말 한마디 하는 것조차 이렇게 경계해야 한다는 것이 안쓰러웠다. 그녀에게 자신감을 북돋아주고 싶었다.

"그리고 아르장하고도 놀아줘야 해요, 산책도 시키고. 어제는 둘이서 저 앞에 있는 화원까지 갔다 왔어요."

대단한 일이라도 한 듯한 말투였다. 제윤은 애써 웃으며 그녀의 머리를 쓰다듬었다. 가슴이 서늘해졌다. 그리고 민학과 뭐가 다른지 알 수가 없었다. 비록 그가 적극적으로 세나를 괴롭히지는 않았지만 그의 마음은 민학과 다를 바가 없었다. 세나를 괴롭히고 싶었고 그녀가 괴로워하기를 바랬다.

"서훈 씨가 그 집이 일을 잘한대요. 화분이랑 꽃이랑 그 집에서 사기로 했어요."

제윤은 계속해서 나오는 서훈의 이야기가 마음에 걸렸다. 그의 품 안에 있으면서도 세나가 하는 말끝마다 서훈의 이름이 나왔다.

"김 사장은 요즘도 만나?"

"아, 아뇨. 그냥 집에 문제가 있거나 그럼 불러요."

"그래?"

그의 목소리가 조금 차가워졌다. 세나는 숨을 죽였다. 하지만 제윤은 가볍게 한숨만 내뱉었다.

"내가 전에도 말했지? 넌 내 아내야, 알지?"

세나의 입이 저절로 벌어졌다. 그가 그 말을 했다는 것이 우스웠다. 그녀는 5년 전 그와 결혼했다. 그리고 5년 동안 제윤은 그녀를 모른 척했다. 이제 와서 그가 새삼스럽게 아내를 강조하는 것은 당황스러웠다.

"예전에는 어떻게 지냈지?"

제윤은 조심스럽게 물었다. 다른 사람들이 관찰한 세나에 대해서는 이미 알고 있었다. 자폐증이나 정신 분열에 걸려 하루종일 TV만 보거나 책만 읽거나 멍하니 앉아 있었던 여자 아이. 어떤 때는 아무 말도 하지 않았고, 어떤 때는 벽을 보면서 이야기를 하기도 했다고 했다. 하지만 그런 것 말고 실제로 그녀가 어떻게 지냈는지 알고 싶었다.

"뭐, 그냥……."

"뭐, 그냥?"

제윤은 그녀가 말을 돌리도록 내버려 두지 않았다. 그녀는 어깨를 움츠렸다.

"TV 보거나 뜨개질하거나 그랬어요."

세나는 입술을 자근거렸다. 연극을 계속하려면 할 수 있는 일이 얼마 없었다. 설령 있다고 해도 세준이 내버려 두질 않았다. 그녀는 그저 가만히 앉아서 만약 이랬다면 어땠을까, 저랬다면 어땠을까 상상이나 할 수밖에 없었다.

"집안 사람들 중에 눈치 챈 사람은 없었어?"

"모르겠어요."

세나는 말을 끊으려다가 제윤이 좀 더 말해 보라는 듯이 고개를 치켜들자 말을 이었다.

"일하던 사람들은 자꾸 바뀌었어요. 그러면서 다들 자세히 알아볼 생각을 안 했나 봐요."

일하던 사람이 다음 사람에게 인계하면서, 그녀의 병세는 점점 더 심하게 부풀려졌다. 결국에는 심각한 자폐증 환자가 되어버렸다. 처음에는 특별히 그렇게까지 하고 싶지는 않았지만, 그녀의 병세가 심하다고 생각될수록 민학이나 세준은 그녀에게 관심을 보이지 않았다.

"어디 다니지도 않았나 보지?"

병원이나 의사에 대한 이야기인 모양이었다. 세나는 고개를 끄덕였다. 제윤은 잠시 생각하는 듯하더니 말을 이었다.

"기사하고 차 한 대 내줄게. 보통 때 가고 싶은 곳 있으면 그거 써."

"괜찮아요. 전 별로 가고 싶은 데가······."

세나는 말끝을 흐렸다. 얼마 전부터 동물원에 가보고 싶었다. 그동안은 동물원이 어디에 있는지, 어떻게 하면 갈 수 있는지 몰랐다. 차가 생긴다면 기사에게 부탁할 수 있었다. 이제 동물원이 어디 있는지만 알아보면 된다. 동물원 갈 생각으로 마음이 들떴다. 어디로 갈지도 그녀가 정하고, 도시락도 그녀가 준비하고, 차까지 그녀가 마련할 수 있다. 이번엔 서훈이 몸만 오면 됐다. 저절로 미소가 떠올랐다. 서훈과 코엑스몰에서 함께 놀았던 생각이 났다. 날이 많이 춥지 않았으면 좋겠는데······.

"어디 가고 싶은 데가 있나 보지?"

제윤이 웃음기 섞인 목소리로 물었다. 세나는 그제야 자신이 다시 반쯤 일어났다는 사실을 깨달았다. 그녀는 제윤이 빤히 쳐다보자 다시 누웠다.

"어디 가고 싶은데?"

"동물원이요."

"동물원? 지금 너 나이가 몇인데 동물원이야."

"하지만 동물원은 제대로 가본 적도 없고······."

그녀는 반박을 하려다가 다시 얼른 입을 다물었다. 하지만 제윤은 아무렇지도 않은 듯이 어깨를 으쓱였다.

"시간을 낼 수 있을까 모르겠네."

"네?"

세나는 깜짝 놀라서 물었다. 제윤은 그녀를 흘낏 쳐다보았다.

"그럼 혼자 갈 생각이었어?"

"아니, 저……."

그녀의 짧은 대답에서 더 깊은 의미를 찾았는지 제윤은 얼굴 표정을 바꿨다.

"김서훈이랑 둘이 가는 건 안 돼."

세나는 얼굴을 붉혔다. 제윤은 역시나 그랬냐는 듯이 한숨을 내쉬었다.

"같이 가줘야겠군. 이번 주말에 한번 시간을 내보지."

세나는 눈을 동그랗게 떴다. 제윤과 함께 간다? 그것이 어떤 기분일지 상상이 가지 않았다. 서훈과 같이 간다면 분명히 즐거울 것이다. 하지만 제윤과 함께라면? 그녀는 믿어지지 않는다는 듯이 제윤을 쳐다보았다. 제윤은 피식 웃으며 그녀를 끌어당겼다.

"데이트로군, 결혼한 지 5년 만에 첫 데이트."

제윤은 귀에 대고 작게 속삭였다. 그리고 그녀의 가슴을 쓰다듬으며 귓불에 입을 맞추기 시작했다.

동물원에서 보낸 하루는 세나에게는 너무나 만족스러웠다. 아침 9시도 되기 전에 버스를 타고 에버랜드로 향했다. 제윤이 자유이용권을 가지고 와서 놀이기구를 타자고 권했다. 카키 색 면바지에 캐주얼한 티셔츠를 입은 제윤은 보통 때와는 정말로 다른 분위기였다. 훨씬 편안하면서 친근해 보였다. 세나도 생전 처음 청바지와 티셔츠를 입어보았다. 두 사람은 하루 종일 에버랜드를 돌아다니며 놀이 기구들을 전부 다 타보고 페이스 페인팅도 하고 오락실에서 컴퓨터 게임도 했다. 세나가 제일 좋았던 것은 작은 동물들을 풀어놓은 우리에서 양이나 염소들을 만져 본 것이었다. 집에 있는 양털 깔개가 정말로 양에게 붙어 있는 것이 너무 신기했다. 제윤은 간신히 그녀를 그곳에서 꺼내 다른 동물 우리로 이끌 수 있었다. 두 사람은 원숭이에게 먹이를 주기도 하고, 물개에게 생선을 던져 주기도 했다. 마지막에는 사파리를 구경하면서 진짜로 움직이는 사자와 호랑이들에게 감탄했다.

"다음에는 짚차를 예약하자."

세나가 유리창에서 떨어지려고 하지 않자 제윤이 낮게 웃으며 말했다. '다음에는'. 세나는 그 말에 가슴이 옥죄는 듯하더니 금세 두근거렸다. 그와 보낸 하루가 너무나 즐거웠다. 이렇게 재미있었던 것은 정말로 오랜만이었다. 그리고 제윤과 함께 그 즐거운 하루를 보냈다는 것이 기뻤다.

서훈과 함께 왔어도 이렇게 재미있었을까. 세나는 분당으로 돌아가는 버스를 기다리며 제윤을 올려다보았다. 이만큼 재미있고 이만큼 즐거웠겠지만 분명히 다른 점도 있을 것이다. 서훈과 함께 놀러 다니면 서훈이 모든 것을 알아서 해주었다. 언제나 서훈이 그녀를 안내하는 쪽이었기 때문에 어쩔 수가 없었다. 하지만 제윤과 함께 오니까 무엇을 해도 그와 함께 다녔다. 아이스크림이나 음료수를 살 때도 같이 가서 샀고, 사진을 찍을 때도 함께 찍었다. 서훈처럼 그녀를 돌봐주는 사람이 있다는 것도 너무나 신기하고 새로운 기분이었지만, 이렇게 누군가와 함께 다니는 것도 이상할 정도로 낯선 기분이었다.
"재미있었어?"
"네."
　세나는 열심히 고개를 끄덕였다. 하지만 피곤했던지 버스에 오르자마자 제윤에게 기대어 잠에 빠졌다. 제윤은 세나를 내려다보면서 이상한 느낌에 길게 한숨을 내쉬었다. 그들이 오늘 한 짓은 결혼 5년차 부부가 할 만한 것이 아니었다. 신혼부부, 아니, 만난 지 백 일 될까 말까한 연인들이나 할 일이었다.
　정말 빌어먹을 일이었다. 어째서 세나에게 자꾸만 이런 감정을 느끼는지 이해할 수가 없었다. 그녀가 어떤 사람이든, 얼마나 근사한 몸을 가졌든 세나는 민학의 딸이었다. 제윤은 그녀를 노려보았다. 노려보려고 노력했다. 세나의 웃는 모습이 떠올랐다. 비린내 나는 생선의 꼬리를 잡으며 얼굴을 찌푸리던 것도 생각났다. 언제나 인형처럼 표정없이 가만히만 있었는데 오늘은 큰 소리로 웃으며 그에게 망설이지 않고 말을 건넸다.

그는 세나의 얼굴을 부드럽게 어루만졌다. 그것이 귀찮은지 세나가 뭐라고 중얼거리더니 고개를 좀 더 숙였다. 세나가 즐거워하면 그도 기뻤다. 세나의 웃는 모습을 보는 것이 좋았고, 그녀를 계속 웃게 하고 싶다는 생각도 들었다. 혹시 김서훈도 이런 것을 느끼는 걸까. 서훈을 떠올리는 순간 목덜미에서 열이 확 오르면서 가슴속에서 으르렁거리는 소리가 올라왔다.

세나는 서훈을 좋아하고 있는 걸까. 제윤은 이를 악물었다. 그는 자신이 느끼는 감정에 놀랐다. 이것은 거의 질투에 가까웠다. 어째서 이런 느낌을 받는지 이해할 수가 없었다. 옛날 같았으면, 소문 내고 다니지 않는 범위에서라면 세나가 바람을 피우든 새 살림을 차리든 상관하지 않았을 것이다. 아니, 그 따위 소문, 그의 아내가 얽힌 소문 따위에는 관심도 기울이지 않았을 것이다. 하지만 지금은 그럴 수가 없었다. 세나가 서훈의 품에 안길 수도 있다는 가정만으로도 서훈을 갈기갈기 찢어버리고 싶은 충동이 들었다. 제윤은 주먹을 쥐었다 폈다 하며 분노를 억눌렀다. 서훈이 세나 근처에 얼쩡거린다는 생각만으로도 민학을 떠올릴 때만큼 짜증이 났다. 그가 세나에게 갖는 감정이 뭐든 간에 세나는 그의 아내였다. 그것만으로도 서훈은 세나 근처에 얼씬해서는 안 되는 것이다.

다음날 세나는 거울을 들여다보았다. 뭔가 달라지지나 않았는지 궁금했다. 어제는 정말 재미있게 놀았다. 제윤도 전혀 무섭지 않았다. 그녀가 뭘 하자고 해도 화내지 않고 같이 해주었다. 그녀는 제윤이 솜사탕을 사주던 것이 생각났다. 그 나이가 되도록 솜사탕이냐며 한심해했지만 그래도 두 개나 사주었다. 세나는 그에게 한 조각 떼어 먹여줬던 것도 생각났다. 그때는 그럴 생각이 아니었다. 그녀가 조금씩 아껴 먹는 것을 쳐다보는 모습이 너무 다정해서 저도 모르게 그에게도 한입 건넸다.

그때를 회상하는 세나의 얼굴이 새빨갛게 물들었다. 그때 도대체 무슨 용기로 그렇게 했는지 알 수가 없었다. 그녀는 거울 속에 비친 자신의 얼굴을 뚫어져라 바라보았다. 붉게 달아오른 얼굴은 언제나 시무룩하고 기운없던 그 여자의 얼굴이 아닌 것 같았다. 남편에게 관심을 받으면 이렇게 얼굴까지도 달라지는 걸까. 이 차이를 다른 사람도 알아볼지 궁금했다. 서훈을 만나서 물어보고 싶었다. 하지만 제윤이 너무 엄하게 말해 두었기 때문에 서훈을 만난다고 나갈 수가 없었다.

크게 마음먹고 기사에게 서훈의 회사로 가자고 한 적도 있었지만, 기사는 매우 곤란한 표정을 지으며 제윤이 그곳으로 데려다 주지 말라고 했다고 말했다. 어쩔 수 없이 그녀는 서훈에게 전화밖에 몇 번 하지 못했다. 전화 통화만이라도 할 수 있어서 기뻤다. 요즘 희경은 조심스러워진 것 같아서 마음 편히 이야기할 수가 없었다. 제윤의 개포동 집에도 가보고, 함께 동물원에 놀러갈 것이라는 이야기를 해줬더니 서훈은 정말 기뻐했다. 제윤이 드디어 정신이 든 것이라는 말도 했다.

세나는 갑자기 등골이 서늘해졌다. 그녀는 자리에서 일어나 창밖을 내다보았다. 아르장이 울타리가 쳐진 잔디밭에서 공을 가지고 놀고 있었다. 제윤이 정신이 든 것인지, 아니면 정신이 없어진 것인지 모르겠다. 그가 갑자기 왜 그녀에게 관심을 보였는지 알 수 없는 것처럼 그 관심이 얼마나 오래갈지도 알 수 없었다. 5년의 무관심이 갑자기 관심으로 돌아선 것처럼 그의 관심도 어느 순간 갑자기 없어져 버리지 않을까 싶었다.

세나는 아르장이 한참 가지고 놀던 공을 놓고 다른 장난감으로 옮겨가는 것을 쳐다보았다. 혹시 서훈 때문은 아닐까. 서훈이 그녀에게 잘 대해줬기 때문에, 그녀가 서훈에게 의지했기 때문에, 그것이 싫어서 심통을 부리는 것에 지나지 않는 것은 아닌지 의심이 들었다. 자기는 갖고 놀지 않는 장난감이면서 남이 갖고 노는 것도 싫어하는 어린아이처럼 단순히 심술을 부리는 것일지도 모른다. 그녀는 바르르 떨고는 커튼을 닫았다.

그녀는 일층 베란다로 나가 아르장을 불렀다. 강아지가 쪼르르 달려와 그녀에게 매달렸다. 아르장을 사랑하는 것은 별로 어려운 일이 아니었다. 강아지는 그녀를 진심으로 좋아했다. 이유도 없고 기간도 없이, 있는 그대로의 그녀를 좋아했다. 하지만 제윤을 사랑한다는 것은 너무나 큰 위험이 따른다. 세나는 자신의 생각에 깜짝 놀라 수틀 앞에 잠시 멍하니 앉아 있었다.

물론 그녀도 제윤 때문에 가슴이 두근거린 적이 있었다. 채플에 앉아서 그를 기다리는 한 시간여 동안. 제윤이 그녀를 원망 어린 눈으로 보기 전까지. 그 순간 제윤이 민학과 같은 사람이라는 것을 깨달았다. 결혼 초 제윤은 몇 달이고 집에 들어오지 않았을 때 제윤은 절대로 그녀를 좋아하지 않을 것이라는 사실을 알았다. 그다지 놀랍지 않았다. 그다지 상처받지도 않았다. 누군가 그녀를 좋아해 줄지도 모른다고 기대하는 것에도 지쳤고 포기해 버렸다.

세나는 떨리는 손을 움켜잡았다. 이건 그를 사랑하는 것이 아니다. 여태까지 그녀를 아는 척도 안 하던 사람이 갑자기 관심을 보여서 놀란 것뿐이었다. 마치 민학에게 사랑을 받는 것처럼. 그녀는 저도 모르게 고개를 돌렸다. 제윤은 민학 같은 사람이었다. 그는 처음부터 지배자였다. 지배하는 것에 익숙하고 복종시키는 것이 자연스러운 사람이었다. 그가 좋아해 준다는 것은 그녀가 조금이라도 민학의 마음에 들 만하게 되었다는 뜻이었다.

세나는 소름 끼치는 생각에 몸을 떨었다. 갑자기 추워졌다. 세나는 숄을 목까지 끌어당겼다. 오래전에 아버지에 대해서는 포기해 버린 줄 알았는데, 아직까지도 마음속에 그런 감정이 남아 있다는 것이 무서웠다. 그녀가 감정을 지워 버리고 말문을 닫아도 영원히 민학이 그녀를 지배할 것만 같았다. 세나는 아르장을 꼭 안았다. 한 번도 받지 못한 관심을 받아서 생기는 기분이라면 어째서 서훈에게 이런 느낌이 들지 않는 것인지 원망스러웠다.

서훈이 정말로 좋았다. 그를 위해서라면 세준이나 민학에게 대들지도 모른다는 생각을 할 정도였다. 하지만 그에게는 이런 짜릿함을 느낄 수 없었다. 그는 마치 아르장 같았다. 이 기분은 단지 제윤과 살을 부비며 살기 때문일 것이다. 민학과 같은 사람, 세준과 같은 부류의 사람과 계속 몸을 섞는다는 것에 히스테리를 일으키지 않기 위한 자기 방어인 것이다. 육체적 욕망일 뿐이다. 사랑이란 서훈에게 느끼는 감정 같은 것이다. 편안하고 행복하고 기쁜 감정이야말로 그녀가 한 번도 느껴보지 못했던 사랑이다.

세나는 길게 한숨을 내쉬었다. 그녀는 아르장을 다시 한 번 꼭 끌어안아 주고는 바닥에 내려놓았다. 욕망이 사랑은 아니다. 제윤도 한때의 광풍이 지나고 나면 그녀를 잊어버릴 것이다. 그녀 역시 욕망이라는 감정이 가라앉으면 아무런 상처도 받지 않고 이 말도 안 되는 혼란에서 벗어날 수 있을 것이다. 세나는 전기가 퍼지는 것처럼 짜르르한 느낌이 가슴 깊숙한 곳에서부터 올라오는 것을 무시해 버렸다.

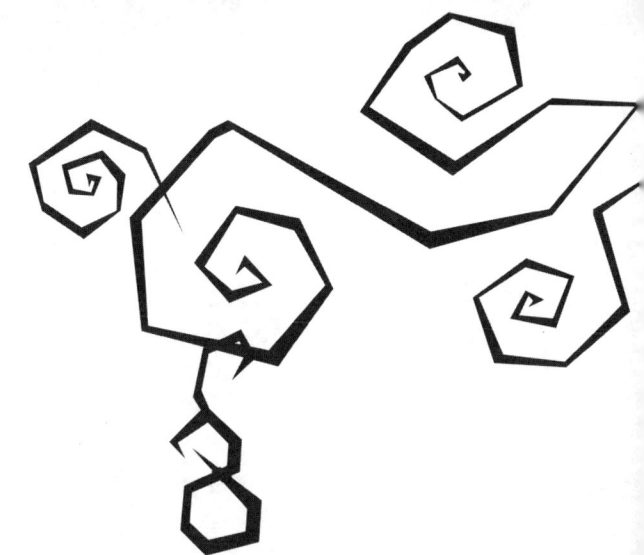

[사장님께서는 안녕하세요?]

"네. 그런데 이제 좀 뜸하세요."

[네? 또 집에 안 들어오세요?]

서훈과 통화를 하던 세나는 혼잣말처럼 중얼거리다가 서훈이 되묻자 깜짝 놀랐다. 그녀는 얼굴을 확 붉혔다.

"아뇨, 그런 게 아니라. 뭐랄까, 다시 관심이 없어지신 거 같아서요."

서훈은 잠시 말이 없었다. 하지만 곧 짧게 웃더니 다시 말을 꺼냈다.

[여하튼 집에는 들어오시잖아요.]

세나도 희미하게 웃었다. 제윤은 지난 몇 주처럼 집에는 들어오기는 했다. 하지만 어쩐지 조금 거리감있게 느껴졌다. 예전처럼 그녀에게 거칠게 말하지도 않고 모른 척하지도 않았지만, 얼마 전과는 또 달랐다. 이제 드디어 그의 관심이 식은 게 아닐까. 가슴 한구석이 서늘해졌다. 그녀는 한숨을 폭 내쉬었다. 예상했던 일이 벌어진 것이다. 이제 제윤이 집에 오는 일도 점점 줄어들 것이다. 그러다 보면 다시 한 달에 한 번쯤 오겠지. 세나는 가슴이 저릿거렸다. 눈물이 핑 돌려고 했다. 왜 그런지 알 수 없었다. 이런 것은 이미 익숙한 일인데.

[그렇게 혼자 마음 졸이지 말고 사장님하고 이야기해 보세요.]

"하지만……."

[부부 생활에서는 대화가 제일 중요하다고요.]

서훈이 모든 것을 안다는 듯이 말하자 세나가 떨리는 웃음을 지었다.

"아직 결혼도 안 하신 분이 어떻게 그렇게 잘 아세요?"

[기본이죠.]

서훈과 이야기를 하고 나면 언제나 기분이 좋아졌다. 서훈은 달래듯이 이야기를 나눠보라고 하고는 전화를 끊었다. 연말이라 회사들이 전부 바쁘다는 말도 곁들였다. 세나는 의심스럽게 고개를 저었다.

제윤이 바쁘지 않다는 것은 아니었다. 집에서도 밤늦게까지 일할 때가 많았고, 전화와 팩스가 끊임없이 울렸다. 서류를 들고 집으로 찾아오는 사람도 있었다. 하지만 그런 문제가 아니었다. 제윤은 친절한 타인이 되어버린 것 같았다. 그녀에게 잘 대해주기는 했지만 모르는 사람을 대하듯 무성의했다.

세나는 고개를 저으며 자리에서 일어났다. 제윤은 타인이었다. 그는 잠자리만 같이하는 모르는 사람이었다. 그는 언제고 예전처럼 그녀에게서 고개를 돌릴 것이다. 그에게 뭔가 기대를 한다거나 의미를 부여하려고 하면 안 되는 일이다. 그러니까 이게 잘된 일이었다. 그녀도 제윤에게 거리를 둬야겠다고 생각하고 있던 참이니까.

그녀는 페치카 앞의 안락의자에 앉아 뜨개질감들을 챙겼다. 서훈에게 줄 크리스마스 선물은 이미 완성했다. 보고 있으면 폭 끌어안고만 싶어지는 부드러운 흰색 스웨터였다. 그녀는 최고급 캐멀사(camel絲)과 캐시미어사(絲)를 섞어서 만들고 있는 진회색 스웨터를 내려다보았다. 그런데 이렇게 구하기도 힘든 고급실로 또 남자용 스웨터를 만들고 있는 이유는 무엇일까. 세나는 답을 생각하지 않으려고 노력했다. 미리 만들어두면 언제 어느 때 누구에게라도 선물할 수 있으니까 만들어두는 것이었다. 별다른 의미는 없었다.

제윤은 점심 시간에 잠시 짬을 내서 개포동 집에 들렀다. 저녁때 만찬회가 있어서 옷을 갈아입는 것이 좋을 듯했다. 그는 양복을 갈아입고 소파에 푹 기대앉았다. 연말이라 제대로 읽기도 힘들 정도로 서류들이 밀려 올라왔다. 게다가 비밀스럽게 진행시키고 있는 민학의 일도 세나의 과거 덕분에 가속도가 붙어 일이 두 배로 많아졌다.

그는 한숨을 내쉬었다. 빨리 일들이 마무리되어서 좀 쉬었으면 좋겠다. 벌써 며칠은 집에서 식사를 하지 못했다. 세나가 자고 있는 침대로 들어가도 그냥 잠들어 버리는 일이 많았다. 크리스마스 전에 일이 대충이라도 정리가 되어야지 세나와 크리스마스 파티라도 할 텐데. 그는 문득 자신이 세나를 염두에 두고 일정을 짜고 있다는 사실을 깨달았다. 그새 얼마나 지났다고 벌써 세나에게 이 정도까지 익숙해지다니.

그는 입을 꾹 다물고 창밖을 내다보았다. 보이는 거라고는 건너편 아파트밖에 없었다. 분당 집에서는 세나가 애지중지 가꾸는 나무들이 꽤나 많은데. 제윤은 생각이 다시 세나에게로 흐르자 거칠게 머리를 흔들었다. 이제 개포동의 아파트조차도 남의 집처럼 어색하고 불편했다. 호텔이라도 와 있는 기분이었다.

세나에게 이렇게 익숙해진 것이 별로 기분 좋지 않았다. 민학의 손아귀에 놀아나는 기분이었다. 세나를 좋아하는 것은 바로 민학의 뜻대로 되는 것이었다. 그런 생각만 해도 피가 끓고 화가 치밀어 올랐다. 그래서 세나를 더 이상 가까이 하고 싶지 않았다. 그녀가 즐거워하는 모습을 보며 기뻐하고 싶지 않았다. 그럴수록 민학에게 완전히 패배하는 기분이 들었다.

제윤은 자리에서 벌떡 일어났다. 민학의 손바닥 위에서 춤추고 있다는 생각만으로도 가슴이 답답할 정도로 짜증스러웠다. 제윤은 거실을 천천히 거닐며 분을 삭이려고 애썼다. 민학은 단지 그의 장인이라는 이유만으로 많은 것을 차지했다. 만약 그가 세나를 마음에 들어한다는 것이 알려진다면 얼마나 더 많은 것이 그에게 돌아갈지 상상도 하고 싶지 않았다.

제윤은 문득 이상하다는 생각이 들었다. 그가 세나를 좋아할 수 없는 것은 당연한 일이었다. 좋아하지도 않았다. 분명히 민학도 그것을 알고 있었을 것이다. 민학은 세나를 통해 그에게 영향력을 발휘할 수 없었다. 그럼에도 불구하고 민학은 결혼을 진행시켰다. 단지 그의 장인이라는 타이틀을 차지하려고? 자폐증 걸린 여자라면 잘 알지도 못하는 사람과 살면서 정드는 일도 불가능할 것이다. 제윤은 등골이 서늘해졌다. 그동안 한 번도 세나에 대해 깊게 생각해 본 적이 없었기 때문에 알아차리지 못했다. 민학은 세나가 잘 지내기를 바라지 않은 모양이었다. 그녀가 사랑을 받는다거나 도움받기를 원하지도 않았다. 민학은 세나가 괴로워하기를 바랬던 것이다.

제윤은 머리를 흔들었다. 설마 자기 자식을 그렇게까지 하리라고. 그는 말도 안 되는 추측을 털어버리려고 했다. 하지만 생각할수록 그 가정이 맞는 것처럼 느껴졌다. 민학이 세나에 대해 물을 때마다 짓는 묘한 미소가 생각났다. 제윤은 이를 악물었다. 민학이 꾸며놓은 대로 세나를 좋아하게 되는 것도 싫었지만, 그가 조종하는 대로 세나를 괴롭혔다는 것은 상상만으로도 끔찍했다. 정말 스스로의 목을 졸라 버리고 싶을 정도였다.

 그는 서류 가방과 코트를 챙겼다. 갑자기 집이 감옥처럼 좁게 느껴졌다. 얼른 회사로 돌아가서 일에 파묻히고 싶었다. 제윤이 현관까지 거의 다 갔을 때 현관문이 찰칵거리며 열렸다. 그는 순간 세나가 온 것인지 반쯤 기대를 했지만, 안으로 들어온 사람은 민혜였다. 그녀는 깜짝 놀란 듯했다.

 "제윤 씨, 계신 줄 몰랐어요."

 그는 고개를 끄덕였다. 민혜는 생긋 웃으며 집 안으로 들어왔다.

 "이 시간에 웬일이세요? 식사는 하셨어요?"

 "응, 먹었어. 너는 여기 웬일이야? 자주 와?"

 "일주일에 한두 번 와요. 요 근래는 집에서 안 주무셨나 봐요?"

 제윤은 말없이 고개만 끄덕였다. 민혜가 그의 애인이었던 지난 2년 동안, 그녀는 분당 집만 돌본 것이 아니라 개포동 집 역시 관리했다. 청소나 빨래, 반찬 마련하는 것이나 각종 세금 관련된 것도 그녀가 맡아주었다. 제윤은 민혜가 고지서들을 살피는 것을 지켜보았다. 그녀는 자기 집에 온 듯 편하게 코트를 벗었다. 검은 정장 원피스가 멋지게 어울렸다. 키가 크고 늘씬한 몸매를 강조할 뿐만 아니라 아주 똑똑하고 유능해 보였다.

"그동안 어디서 주무셨어요? 불편하지 않으셨어요?"

"괜찮아."

제윤은 짧게 말을 끊었다. 민혜와 잠자리를 같이 하지 않은 지 벌써 몇 달은 되었다. 민혜가 점점 극성스러워졌기 때문이다. 조만간 그에게 결혼을 요구할 것만 같았다. 하지만 절대 그럴 생각은 없다. 동화그룹도 스벤슨 못지않게 그를 채근할 것이고, 세나와는 달리 민혜는 자기 집안 사람들에게 특혜를 주는 것을 주저하지 않을 것이다.

"이 집 팔려고 내놓으려고 해. 나중에 열쇠 보내라."

그동안 어디에 있었는지 조심스럽게 캐물을 생각이었던 민혜는 깜짝 놀랐다. 지난 한 달여간 제윤은 개포동 집에 거의 머물지 않았다. 매일 아침 가정부에게 물었지만 자고 간 흔적이 없다고 했다. 그녀에겐 연락조차 하지 않았다. 민혜는 그가 관계를 정리하려는 것은 아닌지 조바심이 났다. 어디 새로운 여자를 만난 것은 아닌지 의심이 들기도 했다.

"회사 근처로 이사하시게요?"

"아냐."

"그럼요? 어머님 댁으로 들어가세요?"

제윤은 대답하지 않으려는 듯하다가 천천히 입을 열었다.

"분당 집으로 가."

민혜는 입을 딱 벌렸다. 분당 집이라면 생각하기도 싫어서 모든 일을 그녀에게 떠넘긴 제윤이었다. 그런 그가 분당 집으로 이사한다고?

"혹시 스벤슨 때문에 그런 건가요? 제가 아빠한테 말씀드려 볼까요?"

"그런 거 아냐. 넌 신경 쓸 거 없어."

"지금 신경 안 쓰게 됐어요? 어떻게 해요, 이제."

그녀는 집에 이야기를 해서 제윤을 밀어달라고 부탁해야겠다고 생각했다. 만약 현성캐피탈에서 스벤슨을 쫓아낸다면 세나와도 이혼할 수 있고, 그녀 집안에 신세도 졌고 하니 결혼 이야기도 쉽게 나올 것이다.

"정말 류 회장 짜증나게 구네요. 자기 딸 백치인 거 뻔히 알면서 왜 그러냐 몰라. 제윤 씨는 그 백치하고 같이 한 시간만 보내도 속 터져 죽을 거예요, 아마."

제윤은 그녀의 말에 기분이 상했다. 함부로 말하지 말라고 하고 싶었다. 하지만 차마 그런 말은 할 수 없었다. 그것은 바로 그가 했던 말이었다. 그것을 다시 듣자니 자신이 그런 말을 했다는 자체가 역겨웠다.

"자폐야, 백치가 아니라."

"뭐든 간예요, 덜 떨어진 거잖아요."

화가 치밀어 올랐다. 그랬기 때문에 세나가 그에게 말하지 않은 것이다. 그는 세나를 볼 때 민학의 눈으로 보고 있었다. 말도 못하고 감정도 없고 생각할 능력조차 없는 인형으로. 세나는 도대체 지난 5년을 어떻게 버텼을까. 그녀는 어떻게 그런 식으로 살 수 있었을까. 제윤은 자신이 한 짓을 떠올리며 몸을 부르르 떨었다. 당장 세나에게 달려가고 싶었다. 괜찮냐고 물어보고 미안하다고 하고 싶었다.

"정말 스벤슨 빨리 어떻게 해야지, 이렇게 해가지고 어떻게 마음 편히 살겠어요."

그는 아무 말도 하지 않았다. 민혜는 그를 흘깃거리며 한시라도 빨리 집에 부탁해야겠다고 생각했다. 제윤이 혼자 힘으로 스벤슨을 해결하거나 다른 사람의 도움을 받는다면 그녀의 입지가 약해질 수도 있었다.

"그나저나 어머님 생신은 어떻게 하실 거예요?"

"연말에 친구 분들과 호주로 여행 가신대. 그냥 간단하게 하기로 했어."

"그럼 잠시 찾아 뵙기라도 해야겠네요. 언제 시간 되세요?"

제윤은 스케줄을 생각하는 듯했다. 민혜는 초조함을 감추고 그의 대답을 기다렸다. 그나마 그녀가 갖고 있는 제일 큰 이점은 영인이 그녀를 예뻐한다는 것이었다. 오래전부터 어머니들끼리 친분이 있어서 왕래가 있기는 했었다. 그렇지만 특히 지난 2년 동안은 그녀가 부쩍 자주 영인에게 찾아가곤 했다. 영인도 그녀를 꽤 반겼고 제윤을 빨리 이 결혼에서 구해내야 한다는 말을 자주 했었다.

"요즘은 좀 바빠서 확실히 말할 수가 없어. 내가 나중에 연락할게."

그는 시계를 보면서 자리에서 일어났다. 민혜도 그를 따라 일어섰다.

"열쇠는 나중에 보내."

"네, 그럴게요. 짐은 어떻게 할까요? 내일이라도 포장이사 부를까요?"

"내가 알아서 할게."

제윤은 민혜를 내버려 두고 집에서 나왔다. 그는 회사로 가는 차 안에서 영인에게 세나를 소개해야 하는지 생각해 보았다. 결혼한 지 5년이나 되었지만 세나는 시댁 식구들을 한 번도 만난 적이 없었다. 그녀에 대해서 말하는 것은 그의 치부나 약점을 드러내는 것이었다. 이복여동생인 지예도 세나 얘기는 전혀 꺼내지 않았다. 영인이나 지예는 언제나 그가 아직도 미혼인 것처럼 이야기했다.

그는 입술을 깨물었다. 갑자기 이 모든 상황이 싫어졌다. 다른 상황에서 다른 식으로 세나를 만났으면 좋았을 텐데. 제윤은 크게 심호흡을 했다. 어쨌든 스벤슨을 몰아내는 것이 제일 중요한 일이었다. 회사뿐만 아니라 세나와의 관계를 위해서도.

세나는 뜨개질을 하다가 손을 놓고 또다시 하다가 또 그만두기를 몇 번 반복했다. 도대체 왜 이렇게 불안한지 알 수 없었다. 그녀는 평생 어떤 때보다 행복했다. 누구도 그녀를 냉대하거나 괴롭히지 않았다. 친구도 있었고, 책도 많이 있었고, 강아지도 있었다. 그런데도 자꾸 가슴이 서늘하고 초조했다.

세나는 소파 근처를 돌아다니며 장난치고 있는 아르장을 안아 들었다. 강아지는 기쁜 듯 그녀의 턱을 핥았다. 세나는 방 안을 서성거렸다. 괜스레 이것저것 만져 보다가 다시 앉았다. 아르장은 그새 참지 못하고 그녀의 품에서 빠져나갔다. 세나는 그것마저도 섭섭했다. 뭔가 중요한 것이 빠진 기분이었다. 가슴이 아릴 정도로 쓸쓸했다. 빨리 제윤이 퇴근했으면 좋겠다. 그가 비록 냉담해졌어도 제윤이 있으면 집 안이 꽉 차고 활기가 생기는 느낌이었다.

세나는 비록 하지는 못하지만 제윤에게 하고 싶은 이야기들을 생각하다 말고 깜짝 놀랐다. 그녀는 한 번도 집 안이 꽉 차고 활기있게 되길 바란 적이 없었다. 하지만 요즘은 자꾸 이야기가 하고 싶었고 무슨 일이든 즐거운 것을 하고 싶었다.

세나는 초조하게 손을 마주 잡았다. 이래서는 안 되는데. 이런 감정을 가져서는 나중에 더 크게 실망하고, 더 크게 상처받을 것이다. 만약 제윤이 옛날처럼 완전히 돌아서 버린다면 그녀가 그것을 막을 수 있을까. 세나는 문득 떠오른 생각에 깜짝 놀랐다. 다른 사람의 마음을 바꾸려고 해본 적은 없었다. 그것이 불가능이라는 것을 일찌감치 알았기 때문이다. 세나는 초조하게 손을 비볐다. 서훈이 했던 말이 떠올랐다. 그는 대화를 하라고 했다. 세나는 제윤에게 말을 걸었다가 묵살당하거나 조롱당하는 상상을 해보았다. 그것은 생각만으로도 아찔했다. 그녀는 가빠지는 숨결을 가다듬었다. 요즘 제윤의 태도로 봐서 그럴 리는 없었다. 제윤의 말에는 악의가 없었다. 그녀에게 상처 주려고 말을 내뱉지는 않았다. 그리고 그녀도 제윤의 말을 듣는 것이 좋았다. 차분하고 힘이 있어서 뭐든지 가능할 것만 같은 말투였다. 생각해 보면 그녀가 말을 걸었던 적은 거의 없었다. 제윤이 말을 해도 그녀는 최소한의 대답만 하고 싶었다. 세나는 앞으로 제윤이 말을 걸면 용기 내서 길게 대답을 해야겠다고 생각했다. 그러면 조금씩이라도 더 중요한 대화를 할 수 있을 것이다.

하지만 제윤은 여전히 바빴다. 집에 돌아와서도 서류를 뒤적이면서 정신없이 일을 하고 있었다. 이런 상황이면 제윤과 이야기하는 것은 내년이나 되어야 할 것 같았다. 세나는 정말 망설여졌다. 다른 사람에게 말을 걸어야겠다고 생각한 적은 없었다. 그렇게 친한 척 귀찮게 굴었다가는 몇 배로 괴롭힘당하기 십상이었다.

세나는 과일과 차를 쟁반에 올리고 잠시 내려다보았다. 제윤에게 말을 걸었다가 험한 소리만 듣는 게 아닐까 싶었다. 그녀가 어렸을 때 무심코 민학의 서재에 들어간 적이 있었다. 그때 민학이 얼마나 화를 냈는지는 되새기고 싶지도 않았다. 그 뒤로 며칠 동안 악몽에 시달릴 정도였다. 세나는 옛 기억에 바르르 떨다가 크게 숨을 들이마시고 쟁반을 집어 들었다.

"좀 쉬어가면서 하세요."

"아, 고마워."

제윤은 펜을 내려놓고 고개를 이리저리 움직이며 어깨를 풀었다. 연말정산 일도 있고 민학의 세력을 제거하는 문제도 아직 깨끗하게 끝나지 않았다. 그는 길게 한숨을 내쉬며 세나가 가지고 온 녹차를 한 모금 마셨다.

"좋다."

세나는 제윤이 길게 한숨을 내쉬자 희미하게 웃었다. 적어도 일하는 데 방해했다고 화내지는 않았다.

"이리 와."

제윤은 세나를 가까이로 불렀다. 세나가 미적거리면서 다가가자 제윤은 그녀를 끌어당겨 무릎 위에 앉혔다.

"좀 무심했나? 연말이라 내가 좀 바쁘다."

"괘, 괜찮아요."

그녀가 얼른 내려가려고 했지만 제윤은 그녀를 봉제인형이라도 된 듯 끌어안고 토닥였다.

"차도 있는데 서울 가서 쇼핑이라도 하지 그래? 매일 집에서 바느질만 했잖아."

"괜찮아요. 언제나 그랬는데요 뭐."

아무 생각 없이 지껄이던 제윤은 뜨끔해졌다. 세나가 어디를 나가지 못하게 여기에 가둬둔 것이 바로 그 자신이었다. 그는 애써 웃음 지으며 말을 이었다.

"너 학교 다닐 때는 어땠어? 서양 학교는 이것저것 활동이 많지 않아?"

"별로……."

세나는 말끝을 흐렸다. 수녀원 부설이었던 고등학교는 영국에서도 알아주는 사립 고등학교였다. 하지만 이미 민학이 단단히 주의를 줬는지 그녀에게는 아무것도 시키지 않았다. 어떤 클럽이나 활동에도 참여할 수 없도록 수업이 끝나면 기사가 데리러 왔다. 세나는 밋밋한 자신의 생활을 돌아보다가 그에게 물었다.

"사장님은 어떠셨어요?"

"한국 고등학교는 그렇게 자유롭지 않다고. 나야 뭐, 모범생이었지."

세나의 얼굴에 의심스럽다는 기색이 완연했다. 제윤은 큰 소리로 웃으면서 손을 저었다.

"거짓말이 아니야. 나처럼 얹혀사는 아이는 다들 그렇게 될 수밖에 없지."

세나가 눈을 동그랗게 떴다. 제윤은 가볍게 얼굴을 찌푸렸다. 그의 출생에 얽힌 이야기를 모르는 한국인은 세나밖에 없을 것이다. 그는 잠시 이야기를 할지 망설였다. 어차피 조만간 알게 될 테니 그가 말해 주는 편이 나을 듯했다.

"내 친어머니는 아버지의 둘째부인이셨어. 내가 어려서 돌아가시고 큰어머니께서 날 키우셨지. 큰어머니는 자녀가 없으셔서 많이 예뻐해 주셨어. 내게 친어머니나 마찬가지야."

제윤은 세나의 눈치를 살폈다. 그녀는 신기하다는 듯이 그를 쳐다보고 있었다. 어머니가 소위 말하는 '첩'이라는 것은 어렸을 때 알았다. 하지만 그렇다고 세상으로부터 멸시를 받았다거나 어머니가 정신 이상이 된 것은 아니었다. 한홍국 역시 그를 아들로 인정했고 생활비를 일정 수준 이상 보내주었다. 친어머니가 돌아가신 뒤에는 본가로 보내져 영인의 보살핌을 받으며 자랐다. 지예 역시 영인이 키운 아이였다.

그가 본가로 들어간 것은 중학교도 들어가기 전의 일이었다. 하지만 사람들이 수군거리는 것쯤은 충분히 알아들을 수 있었다. 집에서 일하는 사람들까지 영인이 그와 지예에 대해 어떻게 생각하고 있을지 자기들끼리 쑥덕거리고는 했다.

"큰어머니께서는 내게 남부럽지 않게 잘해주셨지. 친어머니가 아니라는 것 때문에 더 그러셨을지도 몰라."

제윤은 언제나 자상한 영인을 떠올리며 길게 한숨을 내쉬었다. 영인은 정말로 그와 지예에게 잘해주었다. 어렸을 때는 그것이 오히려 두려웠다. 속으로 어떻게 생각하고 있을지 걱정할 때도 있었다. 하지만 영인은 언제나 한결같았고 그를 친아들처럼 대해주었다.

"아버지가 인정한 아들이 몇 더 있기는 했는데, 큰어머니가 키운 사람은 지예하고 나 둘밖에 없어."

그런 점이 민학이 그를 밀게 된 배경이 되었을 것이다. 제윤은 살짝 얼굴을 찡그리다가 세나가 멍해져 있다는 것을 깨닫고는 얼른 웃음을 지어냈다. 하지만 그녀는 여전히 표정없는 얼굴로 그를 바라보고 있었다.

"제 어머니도 돌아가셨어요. 저 어렸을 때요."

세나는 자기 입에서 나온 말에 흠칫 놀라서 정신을 차렸다. 무슨 말을 하려고 했던 거지. 세나는 고개를 돌렸다. 제윤은 그녀의 다음 말을 기다리는 듯 잠시 말이 없다가 낮게 웃었다.

"네가 네 이야기를 먼저 꺼낸 건 이번이 처음인 거 알아?"

그녀는 말없이 제윤을 쳐다보았다. 갑자기 가슴속에서 무엇인가가 올라왔다. 수없이 많은 말들이 자기가 먼저 나가겠다고 아우성치고 있었다. 하지만 세나는 그 말들을 꿀꺽 삼키고는 고개를 끄덕이기만 했다.

"하긴 나도 내 얘기 하는 건 처음이었지. 그러고 보니 우리, 대화가 좀 필요한가 봐."

세나는 여전히 침묵을 지켰다. 뭐라고 할 말이 없었다. 5년 동안 얼굴도 제대로 못 본 남편이니 무슨 대화가 있었겠는가. 제윤은 언제까지 그녀에게 관심을 보일까. 언제까지 그녀와 함께 살려고 할까. 그녀는 정작 제일 묻고 싶은 것을 묻지 못했다.

그 뒤로 제윤은 다른 사람이 된 것처럼 그녀에게 잘해주었다. 그동안도 나쁘게 대한 것은 아니지만 약간 냉담하게 대했던 것에 비하면 정말 그의 아내가 된 느낌이었다. 세나는 매일 저녁 식사를 하고 과일을 먹으며 그와 여러 가지 이야기를 했다. 그녀는 제윤과 취향이 비슷한 점이 많다는 것을 알고는 깜짝 놀랐다. 그동안 제윤에게도 취향 같은 것이 있으리라고는 생각도 못할 때가 더 많았다.

"나도 좋아하는 게 있고 싫어하는 게 있다고. 도대체 날 뭘로 본 거야?"

세나가 그 비슷한 이야기를 하자 제윤이 투덜거렸다. 그녀는 애매하게 웃었지만 제윤이 장난스럽게 그녀를 흘겨보자 작게 웃음을 터뜨렸다.

"사장님은 너무, 너무…… 그러시잖아요."
"그렇다니? 어떤데?"
"그러니까…… 저, 그게…….'

제윤은 그녀가 얼굴이 빨갛게 변할 때까지 짓궂게 쳐다보았다. 세나는 제윤과 그런 시간을 갖는다는 것이 기쁘면서도 놀라웠다. 그와 가볍게 장난을 치며 그를 두려워하지 않고 이야기할 수 있다니. 그녀는 이것저것 잡다한 것들에 대해 이야기를 하면서도 종종 제윤의 눈치를 살폈다. 그가 내색은 안 하지만 사실은 지겨워하고 있지는 않은지, 짜증 내고 있는 것은 아닌지 걱정스러웠다.

하지만 다행히도 그렇지 않은 것 같았다. 그는 언제나 그녀의 말에 솔직하게 반응했지만 악의는 없었다. 그녀가 달팽이 요리를 좋아한다고 할 때도 질색하기는 했지만 짜증을 내지는 않았다. 제윤도 에릭 클립튼과 사라 브라이트만을 좋아한다고 말했을 때는 가슴까지 두근거렸다. 그와 뭔가를 공유하고 나누는 느낌이었다.

세나는 수틀을 내려놓고 자리에서 일어났다. 창문을 열었더니 바깥 공기가 차가웠다. 그녀는 가슴 깊이 차가운 공기를 들이마셨다. 제윤은 이제 더 이상 그녀에게 예전처럼 대하지 않을까. 언제 화를 낼지 몰라 전전긍긍하고 말 한마디 할 때마다 조심스러웠던 것은 이제 과거 일일까. 세나는 자신이 그런 두려움에서 한 번도 자유로운 적이 없었다는 사실을 깨달았다. 그녀가 자폐증 시늉을 할 때조차 민학이나 세준이 기분 나쁜 날은 화풀이의 대상이 되곤 했다.

"사모님, 택배 왔는데요."

세나는 방 안으로 들어온 희경을 이상하다는 듯이 돌아보았다. 보통 택배가 왔다고 그녀에게 일일이 이야기하지는 않았다. 그리고 서점에서 온 것이었다면 책이라고 말했을 것이다.

"외국에서 온 거예요."

세나는 더 이해할 수가 없었다. 그녀는 희경이 가져온 상자를 보고는 눈을 둥그렇게 떴다. 큼지막한 상자 안에는 모직 정장 몇 벌과 손으로 만지기에도 부담스럽게 부드러운 드레스 몇 벌이 들어 있었다. 그녀는 동봉되어 있는 서류를 읽고는 눈을 더 크게 떴다.

"무슨 디자이너가 주문받아 만든 거래요. 잘못 왔나 봐요."

"아닌데요. 여기 주소도 맞고 사모님 성함도 맞잖아요."

희경은 이미 옷들을 상자에서 꺼내 빈약한 옷장에 걸었다. 서훈과 함께 옷을 좀 사 오기는 했지만 여전히 옷장은 반도 차지 않았다. 세나에게는 지금보다 세 배 정도는 옷이 더 필요했다. 세나는 난감한 듯 그녀를 말리려고 했지만 희경은 단호하게 고개를 저었다.

"사장님 선물인가 보죠."

"하지만 난 별로 필요도 없는데……."

"필요있든 없든 저런 거 몇 벌쯤 가지셔도 돼요."

희경이 박스를 가지고 나가 버리자 세나는 옷장에 걸린 드레스를 만져 보았다. 하늘거리는 부드러운 천이 손가락 사이로 매끄럽게 빠져나갔다. 그녀는 문득 입어보고 싶은 생각이 들었지만 얼른 허영심을 억눌렀다. 제윤이 무슨 생각이 있는지 알 수 없는데 그녀가 함부로 건드려서는 안 된다.

세나는 가슴이 철렁했다. 여태까지 한 번도 제윤의 삶을 진지하게 생각해 본 적이 없었다. 제윤이 알고 있을 더 멋진 여자들에 대해서도 막연히만 생각했을 뿐이라. 제윤은 애인이 따로 있을지도 모른다. 어쩌면 아이들도 있을 수 있다. 뜨끔거리던 가슴이 이제는 숨이 막힐 정도로 아파왔다.

　세나는 얼른 옷장 문을 닫고 돌아섰다. 만약 그랬다면 제윤이 말을 해줬을 것이다. 제윤은 민학이 아니었다. 그녀를 그런 식으로 속이고 괴롭히지 않을 것이다.

"저기, 오늘 소포가 왔거든요."

　저녁 식사가 끝나고 세나는 제윤에게 조심스럽게 말했다. 거실 소파에 누워 있던 제윤은 벌떡 일어나 앉았다.

"프랑스에서? 생각보다 빨리 왔네."

"저, 그런데 상자를 버렸거든요. 필요하면 아줌마한테 부탁할게요."

"상자 필요없어. 가서 입어봐."

"네?"

　제윤은 세나를 끌고 이층으로 올라갔다.

"그 사람한테 주문하려고 얼마나 애쓴지 알아? 뭔 일이 그렇게 많은지. 그래도 생각보다는 빨리 보내줬네."

"저, 저 주시려고요?"

"그럼 내가 입겠어?"

　제윤은 옷장을 활짝 열었다. 걸려 있는 옷이 별로 많지 않아서 새 옷이 금세 눈에 띄었다. 그는 얇은 드레스를 꺼내 이리저리 뒤집어보고는 인상을 찌푸렸다.

"겨우 이따위 것에 그 가격을 받다니."

"네?"

"아냐. 입어봐."

세나는 옷을 들고 그를 멍하니 바라보았다. 그녀에게 입어보라고 하고는 그는 자리에서 떠나지도 않았다. 세나는 얼굴을 붉히며 욕실로 들어갔다. 제윤이 놀리는 듯이 쳐다봤지만 세나는 얼른 문을 닫았다.

그녀에게 주려고 산 옷이었다. 세나는 얇은 비단천을 꼭 끌어안았다. 가슴이 두근거렸다. 그가 정말 그녀를 생각하고 있다는 느낌이 들었다. 그녀를 한쪽 구석에 치워두고 볼 때만 아는 척하는 것이 아니라, 정말로 그녀를 알아주는 것 같았다.

"이, 이렇게 입는 거 맞나요?"

세나는 푹 파인 앞가슴을 누르며 나왔다. 가슴이 너무 많이 드러났다. 등도 깊게 파였기 때문에 속옷을 입을 수가 없었다.

제윤은 침대 옆의 테이블에 앉아 서류를 보다가 그녀에게로 시선을 돌렸다. 그녀를 지그시 바라보는 그의 얼굴은 파악할 수가 없었다.

"좋군."

그가 마침내 한마디 내뱉었다. 한마디밖에 안 되는 말이었지만 낮고 탁하게 가라앉은 목소리에 세나는 온갖 미사여구로 칭찬받은 것보다 더 기뻤다. 그녀는 거울에 자신의 모습을 비춰보다가 거울 속의 제윤이 손짓하는 것을 봤다. 세나는 제윤에게 가까이 다가갔다. 이렇게 얇은 옷 한 장만 걸치고 그와 가까이 서는 느낌이 이상했다. 아무것도 안 입고 있을 때보다 더 야릇한 기분이었다. 목덜미가 화끈거리면서 손발이 저릿거렸다. 그의 시선이 검은 비단 위를 훑으며 지나갔다. 그녀는 최대한 아무렇지도 않은 듯 행동하려고 했다. 하지만 그의 손이 가슴을 덮는 순간 그녀는 저도 모르게 짧게 신음을 내뱉었다.
"나하고 나갈 때만 입어. 알았지?"
세나는 대답도 못하고 고개만 끄덕였다. 제윤은 만족스럽게 웃으며 드레스의 가슴 부위를 살짝 끌어 내렸다. 깊이 파인 부드러운 옷자락이 금세 늘어졌다. 제윤은 수줍게 드러난 가슴에 얼굴을 살짝 문질렀다. 세나는 어찔거리는 느낌에 쓰러질 것만 같았다. 그녀는 저도 모르게 제윤의 머리를 붙잡았다. 제윤은 한동안 얼굴로 가슴을 문지르며 부드러움을 느껴보고 쿡 누르거나 살짝 빨면서 탄력을 시험했다. 세나는 입술을 깨물며 신음을 참았다. 온몸으로 전기가 퍼지는 느낌이었다. 저절로 숨이 가빠지고 다리가 후들거렸다.
마침내 그가 젖꼭지를 무는 순간 그녀는 날카롭게 짧은 비명을 내질렀다. 제윤은 혀끝으로 단단해진 젖꼭지를 희롱하더니 그녀를 마시기라도 하듯 빨기 시작했다. 세나는 황홀하면서도 짜릿한 느낌에 숨마저 멈추고 그에게 매달릴 수밖에 없었다. 그가 고개를 들었을 때 세나는 그 자리에 주저앉을 뻔했다. 제윤은 얼른 자리에서 일어서서 그녀를 안았다. 그는 촉촉하게 젖은 가슴을 움켜쥐면서 훤히 드러난 목덜미에 입을 맞췄다.

"새로운 체험을 해볼까?"

짓궂은 말투에 세나는 눈을 떴다. 긴 거울에 두 사람의 모습이 훤히 비치고 있었다. 거울 속에서 제윤은 두 사람을 쳐다보며 씩 웃었다.

소포는 며칠 동안 계속 도착했다. 모피 코트가 도착한 날 밤, 제윤은 그녀의 나신에 밍크 코트만 입히고 대화 같은 것은 생각하지도 못하게 만들었다. 다시는 그 밍크 코트를 얼굴 붉히지 않고 입을 수 없을 것 같았다. 목걸이 귀고리 세트가 도착한 날도 마찬가지였다. 제윤은 언제 냉담했었냐는 듯이 그녀에게 지분거렸다. 꼼짝할 수 없을 정도로 피곤해지면 그녀를 사랑스럽다는 듯이 꼭 끌어안고 하루 동안 있었던 일을 묻기도 하고, 그녀가 좋아하는 것에 대해 물어보기도 했다. 때로는 오래전 일에 대해 물어서 기분 나쁜 기억을 되살릴 때도 있었다. 하지만 그때마다 제윤은 세나를 달래듯 꼭 안아주었고 그녀의 공포스러운 기억은 조금씩 옅어지는 것 같았다.

스무 켤레는 될 것 같은 신발들이 도착한 날 밤, 세나는 높은 하이힐 샌들만 신고 제윤의 품에 안겨 있었다. 제윤의 팔이 단단히 허리를 감고 몸에 바짝 붙이고 있었다. 그녀는 피곤하게 한숨을 내쉬고 신발을 벗어 던졌다.

"저, 사실 이런 거 별로 필요없어요."

"왜, 마음에 안 들어?"

"아뇨, 그런 건 아니고⋯⋯."

세나는 얼른 고개를 저었다. 제윤은 그럼 됐다는 듯이 손을 내저었다.

"하지만 별로 쓸 데도 없고."

그녀가 말을 꺼낸 순간 제윤은 씩 웃어 보였다. 세나도 그와 같은 생각에 얼굴을 확 붉혔다.

"내가 해주고 싶어서 한 거야. 크리스마스 선물이야."

제윤은 그녀의 코에 살짝 입을 맞췄다. 세나는 깜짝 놀라 그를 바라보았다.

"크리스마스 선물요?"

그녀는 한 번도 크리스마스 선물을 받아본 적이 없었다. 그녀에게 크리스마스 선물이 필요할 거라고는 아무도 생각하지 않은 듯했다. 세나는 바닥에 떨어진 신발을 다시 얼른 주웠다. 세나는 신발을 사이드 테이블에 올려놓고는 가만히 바라보았다. 제윤이 주는 선물. 제윤이 선물을 줄 것이라고는 상상도 못 했다. 제윤이 그녀에게 선물을 준다는 것은 너무 낯설게 느껴졌다. 선물은 그냥 뭔가를 주는 것과는 달랐다. 선물에는 너무 깊은 의미가 담겨 있었다. 그가 그녀를 생각하고 있다든지, 아낀다든지, 좋아해 준다든지. 서훈이 그녀에게 선물을 주는 것은 자연스러웠다. 서훈은 그녀에게 선물을 줄 만큼 다정한 사람이었으니까. 하지만 제윤은⋯⋯.

그녀는 제윤의 품에 좀 더 가까이 파고들었다. 제윤이 변한 느낌이었다. 여전히 서훈과는 전혀 다른 느낌이었지만, 예전보다 훨씬 더 부드러워졌다. 강인하면서도 동시에 부드럽다는 것은 부조화스러우면서도 그에게 너무나 어울렸다.

"넌 어렸을 때 크리스마스 선물 주로 뭘 받았어? 외국에 살았으니 크리스마스가 성대했을 거 같은데."

"별로⋯⋯ 크리스마스 선물 같은 거 안 받았어요."

제윤은 미안한 듯 짧게 한숨을 내쉬었다. 그가 드러난 어깨에 살짝 입을 맞췄다. 그의 입술이 닿는 따뜻한 느낌에 갑자기 눈물이 날 것 같았다.

"사장님께서는요?"

"그냥 남자애들이 받는 것들. 너희 오빠는 어때?"

세나의 어깨가 갑자기 굳었다. 그녀는 애써 긴장을 풀고는 아무렇지 않은 듯이 말했다.

"마찬가지죠 뭐."

"류 과장하고 가깝지 않았나 봐? 몇 년 차이지? 그렇게 많지 않잖아?"

"3년이요."

"많이 싸울 터울이네. 많이 괴롭혔어?"

"그냥 좀⋯⋯."

세나는 말이 없어졌다. 제윤은 그녀의 어깨를 가만히 쓰다듬었다. 그녀가 말하지 않아도 세준이 세나를 얼마나 괴롭혔는지 알고 있었다. 하지만 그녀가 말하게 하고 싶었다. 가슴속에 파묻고만 있으면 옛 기억들이 점점 더 공포스럽고 괴기하게 변할 듯했다.

"어렸을 때 오빠가 제 인형에 불을 붙인 적이 있어요. 전 나쁜 아이라서 언젠간 그렇게 될 거라고 했어요."

세나는 갑자기 떠올랐다는 듯이 불쑥 이야기했다. 그녀를 토닥이던 제윤의 손이 갑자기 굳었지만 세나는 아무렇지도 않게 말을 이었다.

"바비 인형 팔다리를 잘라서 흩뜨려 놓기도 했어요. 그건 정말 징그러워요. 고칠 수도 없고."

세나는 이야기를 멈출 수가 없었다. 그런 기억들을 전부 꺼내서 내버리기라도 할 듯, 가슴속 깊숙이 담아두기만 했던 수많은 사건들이 입에서 계속 튀어나왔다. 지하실에 가둔 일이나 길가에 내버려 두고 온 일, 침대 위에 죽은 닭을 매달아놓은 것이나 고양이 시체를 침대에 집어넣은 것, 완전히 잊어버린 줄 알았던 일들이 계속 생각났다.

"미국으로 가기 전날은, 밤에 제 방에 오더니 미국에 가 있어도 밤에 비행기 타고 와서 잭 더 리퍼(Jack the ripper)처럼 하고 돌아갈 수 있다고 하고 갔어요."

그때의 공포가 다시 떠오른다. 정말로 세준이 당장이라도 목을 자를 것만 같았다. 그가 얼굴에 들이밀었던 얇은 칼날의 느낌이 아직도 얼굴에 남아 있는 것 같았다. 세나는 뺨에 손을 얹었다. 그때 생겼던 작은 상처는 금세 없어졌다. 세준이 그러지 못했을 것이라는 사실을 이제는 안다. 그가 원했던 것은 그녀의 공포였을 뿐이다. 하지만 머리로 아무리 되뇌어도 몸이 따르지 않았다. 세준을 생각하면 반사적으로 떠오르는 두려움을 완전히 누를 수 없었다. 세나는 파르르 떨었다. 제윤의 가슴을 집고 있는 손도 가늘게 떨렸다. 그녀는 그에게서 돌아누우며 몸을 움츠리려고 했다. 하지만 제윤은 그녀를 놔주지 않았다. 세나는 가만히 그의 품에 안겼다.

"아무 말도 안 하고 없는 척하면 오빠도 그러지 않아요. 절 생각도 못하는 거 같아요."

제윤은 계속해서 그녀의 등을 쓰다듬었다. 아무리 부드럽게 하려고 해도 저도 모르게 힘이 들어갔다. 당장 세준을 찾아가고 싶었다. 세준이 말한 것을 세준 자신에게 해주고 싶었다. 그는 이를 악물고 마음을 가라앉힌 후 천천히 입을 열었다.

"네 아버지는 뭐라고 하셨지?"

"네?"

세나는 조심스럽게 제윤을 올려다보았다. 그의 목소리는 침착했다. 하지만 그는 생각에 잠긴 듯 인상을 찌푸리고 있었다. 어두운 조명 때문에 그가 화난 것인지, 걱정스러워하는 것인지 알 수 없었다. 하지만 적어도 그녀에게 화난 것이 아니라는 것은 알 수 있었다.

"아버님은 너네 오빠가 그런다는 것을 모르셨니?"

세나가 대답하지 않았다. 하지만 그녀의 멍한 시선에 이미 대답이 적혀 있었다. 그녀는 기억하기 싫은 옛날 일이 생각났는지 입을 꾹 다물고 시선을 내리깔았다.

"나한테 그런 연극 하지 마. 네가 얼마나 재잘거릴 줄 아는지 다 아니까."

제윤은 세나를 조금 더 가까이 끌어당기고 머리를 쓰다듬었다. 세나는 넓고 강인한 제윤의 가슴에 파묻혀 그 온기에 몸을 떨었다. 언제나 어깨를 덮고 있던 차가운 두려움이 녹아 없어지는 것 같았다.

"아버지는 모르는 게 없는 분이시니까."

세나는 작게 중얼거렸다. 세준이 그녀를 괴롭히던 일들은 여러 가지가 생각이 났다. 하지만 민학에 대해서는 그다지 생각나는 일이 없었다. 민학은 멀리서 모든 것을 조종하며 위협적으로 쳐다보았다. 그에게 그녀는 없는 아이나 마찬가지였다. 민학은 언제나 그녀의 머리 위를 스쳐 지나가듯 바라볼 뿐이었다. 그녀가 아무리 크게 다쳐도, 아무리 큰 소리로 도움을 청해도 민학은 쳐다보지도 않았다. 민학이 그녀를 똑바로 바라볼 때는 오직 그녀를 나무랄 때뿐이었다. 그때에도 민학은 언성을 높이지도 않고, 거친 언사를 사용하지도 않았다. 다만 차분한 목소리에 약간의 경멸과 빈정거림을 실을 뿐이었다. 그의 모든 이야기는 어째서 그녀 따위가 태어났는지 알 수 없다는 것으로 끝났다.

"아버지는 절 때린 적이 없……."

세나는 인상을 찌푸렸다. 제윤은 그녀가 말을 잇기를 조용히 기다렸다.

"없는 거 같아요."

그녀는 갑자기 머리가 아팠다. 뭔가 굉장히 기분 나쁘고 안 좋은 일이 생각나려고 했다. 세나는 생각을 돌려 버렸다. 지금만 해도 충분히 안 좋은 기분이었다. 이것보다 더 나쁜 사실을 기억해 내서 스스로를 괴롭히고 싶지 않았다.

"너네 오빠는 뭔가 치료를 받았어야 했어."

그녀가 입을 다물자 제윤은 조용히 말했다. 세나는 더 이상 생각해 낼 의사가 없는 듯했다. 그는 무리하게 채근하지 않기로 했다. 그는 정신과 의사도 아니었고, 세나가 더 이상 괴로워하게 둘 수도 없었다.

"네 아버지가 그걸 방관했다는 것도 문제였어. 만약 내가……."

세나는 말없이 제윤을 올려다보았다. 그는 말을 잇지 못했다. 하고 싶은 말이 수없이 많은 듯했지만 그는 속으로 삭이기만 했다. 세나는 그 목소리에 희미하게 분노가 묻어 있다는 것을 느꼈다. 마치 그녀를 보호해 주지 못해서 화가 난 것처럼 들렸다. 그녀를 괴롭힌 세준에게 화가 난 것 같았다. 그녀는 제윤의 온기가 온몸으로 번지는 것을 느꼈다. 머리에서 발끝까지 짜릿한 전류와 함께 열기가 번졌다.

그녀는 제윤의 얼굴에 살짝 손가락 끝을 댔다. 그가 못 느끼게 할 듯 가볍게 그의 얼굴을 쓰다듬었다. 제윤은 길게 한숨을 내쉬었다. 그가 그녀의 손을 잡고 입을 맞췄다. 제윤을 정말로 사랑하는구나. 세나는 갑자기 깨달은 사실에 바르르 떨었다. 그동안 인정하지 않으려고 했지만 그를 너무나 사랑했다. 제윤은 그녀를 아껴줬고 보호하려고 했다. 그것은 서훈도 마찬가지였지만 제윤은 서훈보다 훨씬 더 적극적이었다. 서훈이 그녀를 아끼는 것과는 전혀 다른 느낌이었다.

"세나야?"

"네?"

그녀의 목소리가 가볍게 떨렸다. 세나는 자신의 비밀을 들키지 않으려고 몸을 움츠렸다. 제윤도 그녀를 사랑하는지 궁금했다. 그래서 그녀에게 잘해주는 것일 수도 있었다. 하지만 굳이 그에게 확인하고 싶지 않았다. 제윤은 서훈 같은 기분일 수도 있었다. 단지 두 사람의 성격 차이 때문에 그녀를 대하는 것이 좀 다른 것일지도 모른다. 그녀가 그를 사랑한다는 사실을 알면 부담스러워하거나 귀찮아할 수도 있었다.

"이제부터 널 괴롭히는 녀석이 있으면 언제든지 내게 말해. 누구든 상관없어, 누구든. 알았지?"

그는 '누구든'이라는 말을 몇 번이고 강조했다. 세나는 그를 물끄러미 쳐다보다가 고개를 끄덕였다. 그냥 이것에 만족할 수 있었다. 그녀가 제윤을 사랑하듯 제윤이 그녀를 사랑하는지 아닌지는 별로 상관없었다. 그는 그녀를 아끼고 있었고, 다정하게 대해주고, 그녀를 위해서 많은 것을 해주었다. 그것만으로도 충분했다.

　세나는 가만히 그의 입술에 입을 맞췄다. 제윤이 깜짝 놀라는 것 같았다. 그녀는 숨을 죽이고 다시 한 번 입술을 가져다 댔다. 이번에는 제윤도 놓치지 않고 그녀의 입술을 벌렸다.

　그날 밤 이후로 제윤이 더 가깝게 느껴졌다. 제윤을 사랑한다는 새로운 사실이 가만히 있어도 가슴을 저릿하게 만들었다. 어째서 더 일찍 깨닫지 못했는지 의심스러울 정도였다. 서훈을 생각할 때에는 가슴에 온기가 확 번지면서 행복하고 편안한 기분이 들었다. 하지만 제윤을 생각하면 그런 느낌만 드는 것은 아니었다. 두려울 정도로 가슴이 두근거리면서 초조할 정도로 제윤이 보고 싶었다. 그의 목소리를 듣고 싶고, 그의 체취를 맡고 싶었다. 어쩌면 처음부터 그를 사랑했기 때문에 그를 더 무서워했던 것일지도 모르겠다. 제윤이 얼마나 완벽하게 그녀를 부서뜨릴 수 있는지 알았기 때문에. 하지만 그래도 상관없을 것 같았다. 한 번도 이렇게 충만한 느낌을 받아본 적이 없었다.

　제윤에게 해줄 수 있는 일이 있었으면 좋겠지만 그녀가 할 수 있는 일은 많지 않았다. 세나는 희경에게 부탁해서 요리하는 법을 조금 배웠다. 처음으로 만든 감자조림을 내놓으면서 세나는 숨을 죽이고 제윤의 반응을 기다렸다.

　"괜찮아요?"

"어, 좋은데."

"정말요?"

"응."

"별로면 안 드셔도 돼요."

"아, 맛있다니까!"

그녀가 몇 번이고 되묻자 마침내 제윤은 버럭 고함을 질렀다. 세나는 멋쩍게 웃으면서 얼굴을 붉혔다.

"그냥요. 맛없는데 미안하니까 드실 필요 없어요."

"정말 맛있어. 요리도 잘하네."

"아직 이거밖에 못해요. 이것도 아줌마가 도와줬어요."

세나는 안도의 한숨을 내쉬었다. 제윤은 정말 맛있다는 듯이 감자조림을 다 먹어주었다. 그것이 정말이든 그저 예의이든 그가 다 먹어줬다는 것만으로도 고마웠다.

"요리는 처음이야?"

세나는 고개를 끄덕였다. 수놓는 것과는 다르게 요리는 많은 활동이 필요한 일이었다. 여러 가지 재료도 있어야 했고, 부엌이라는 공간도 필요했고, 제일 중요한 것은 먹어줄 사람이 있어야만 했다.

"넌 달팽이 말고 어떤 음식을 좋아해?"

세나가 더듬거리며 설명하는 것을 듣더니 제윤이 불쑥 물었다. 그녀는 가볍게 인상을 찌푸렸다. 특별히 싫어하는 음식이 없는 것처럼 좋아하는 음식은 없었다. 그녀는 언제나 요리사가 해주는 대로 먹었다.

"다 좋아해요. 네, 그냥 다 좋아요."

"영국에서 오래 살았으니까 한국 음식은 입에 잘 안 맞지? 김치는 괜찮아?"

"좀 매워요. 좀 짜고."

"아줌마한테 말했어? 좀 달게 만들어달라고 하지."

"괜찮아요. 안 먹으면 돼요."

세나는 아무렇지도 않게 말했다. 그런 세나를 보면서 제윤은 입을 굳게 다물었다. 가슴이 뜨끔거리며 아팠다. 그녀는 너무나 당연하다는 듯이 말했다. 아무 의견도 못 내고 아무런 느낌도 없는 것처럼 구는 것이 자연스럽게 몸에 배어 있었다. 그녀를 돌봐주었던 모든 사람들에게 화가 났다. 그녀가 좋아하는 것을 찾아주려고도 하지 않고, 발견하려고도 하지 않았던 사람들에게. 그들이 조금만 더 신경을 썼더라면, 조금만 더……. 그는 마음을 가라앉히고 부드럽게 웃었다.

"에스카르고 좋아한다며. 아줌마한테 해달라고 해."

"하지만……."

"괜찮아. 정 뭐하면 정원에서 잡아오지."

세나는 쿡쿡거리며 웃었다. 제윤도 씩 웃으며 식탁 의자에 편하게 기댔다.

"나도 맵고 짠 거 별로 안 좋아해. 어려선 백김치만 먹었대."

"아, 하얀 거 말이죠? 아줌마가 해준 적 있어요. 맛있었어요.

그런데 동치미하고는 뭐가 달라요?"

"동치미는 무 만 있는 거고 백김치는 하얀 김치야."

"그럼 동치미였나."

세나는 고개를 갸웃거렸다. 백김치는 어떻게 만드는 것인지 희경에게 물어봐야겠다. 백김치를 맛있게 만들어서 제윤을 놀라게 해주고 싶었다.

"아참, 다음주 토요일에 어머니 뵈러 갈까?"

"네?"

"어머니 생신이 다음 다음 주인데, 일요일에 호주 가시거든. 그전에 가서 뵈려고."

"아, 저…… 그러니까……."

세나는 한숨을 폭 내쉬었다.

그가 그렇게 말하고 난 뒤 세나는 부지런히 숄을 만들기 시작했다. 결혼하고 나서 처음으로 시댁에 가는 것이었다. 가만히만 있어도 가슴이 떨리고 초조해졌다. 제윤이 그녀를 정말 아내로 생각해 주는 것 같아서 기쁘다가도 금세 불안해졌다. 그녀는 발치에 앉아 있던 아르장을 꼭 안았다. 제윤의 어머니가 그녀를 미워하지 않았으면 좋겠다. 그런 생각이 불쑥불쑥 들었다. 가족들마저도 그녀를 싫어하는 것에는 익숙하기는 했지만 제윤의 어머니에게서 당하고 싶지는 않았다. 영인에게 미움받으면 제윤까지도 그녀를 싫어하게 될 것 같았다.

친어머니가 아니어도 제윤은 영인을 좋아하는 것 같았다. 그가 영인에 대해 해준 여러 가지 이야기 중 나쁜 거라고는 하나도 없었다. 제윤은 영인과 함께 있을 때는 어떨까. 갑자기 집 밖에서의 제윤이 상상되었다. 제윤 같은 사람이라면 따르는 여자가 많이 있을 것이다. 그녀보다 더 매력적이고 유혹적인 여자들이.

세나는 자리에서 일어나 방 안을 빙글빙글 돌았다. 문득 민혜가 생각이 났다. 민혜는 그저 예쁘기만 한 것이 아니었다. 일도 잘하는 것 같았고, 사람들을 부리는 것도 야무졌고, 자심감도 있어 보였다. 제윤은 그런 사람이 더 좋을까. 제윤이 어떤 사람을 좋아할지 궁금했다. 그런 여자들보다 그녀가 더 나은 점이 있을지 의심스러웠다. 제윤은 민혜 같은 사람을 많이 만날 것이다. 그런 제윤에게 그녀는 너무 지루하지 않을까 싶었다. 곧 그녀에게 싫증을 낼지도 모른다. 세나는 점점 더 불안해져서 아르장을 꼭 끌어안았다.

크리스마스 전 토요일, 압구정동으로 가는 길은 차로 가득 차 있었다. 제윤은 초조하게 바깥을 내다보다가 세나를 돌아보았다. 그녀는 인형처럼 뻣뻣하게 굳어 있었다.

"그렇게 긴장하지 않아도 돼."

"네? 네."

세나는 완전히 얼어붙어서 말도 제대로 알아듣지 못하는 것 같았다. 단정한 아이보리 색 원피스에 까만 밍크 코트를 걸친 세나는 결혼한 지 5년이나 된 여자라기보다는 갓 시집에 인사 가는 새댁 같았다. 제윤은 씁쓸하게 미소를 지었다. 하긴 결혼한 지 5년은 되었지만 세나가 그의 집에 인사 가는 것은 오늘이 처음이었다. 한국에 돌아오자마자 세나는 분당으로 보내졌다. 그리고 일가 친척을 만나기는커녕 어떠한 종류의 외부 사람과도 만남이 차단된 채 유폐되었다.

제윤은 짧게 한숨을 내뱉고 시선을 돌렸다. 민학과 세준에게 세나 대신에 복수하고 싶을 정도로 분노하고 있지만, 사실 그 자신도 세나의 괴로움에 한몫을 단단히 했다. 민학이 괴롭힘당하는 세나를 철저히 무시했던 것처럼 제윤 역시 세나를 완벽하게 세상에서 지워 버렸던 것이다. 그것만 생각하면 가슴이 아팠다. 그녀가 느꼈을, 아니, 느끼지 못했을 고통을 생각하니 가슴이 욱죄이는 것 같았다.

제윤은 문득 서훈에게 감사하다는 마음이 떠올랐다. 서훈이 아니었다면 세나는 영영 그 상태 그대로였을지도 모른다. 그는 얼굴을 일그러뜨렸다. 아니다. 감사까지는 필요없었다. 남의 아내에게 추파를 던지는 놈에게 감사라니 말이 안 되는 일이다. 김서훈은 그가 파멸시키지 않은 것만으로도 감지덕지해야 한다.

"차가 많이 막히는군. 이 시간대에 여기 오는 게 아니었어."

세나는 대답할 수가 없었다. 제윤의 어머니를 만난다는 생각에 등골이 빠작거렸다. 가만히 앉아 있기가 힘들 정도였다. 가만히만 있어도 부들부들 떨리고 심장이 미친 듯이 뛰어서 입 밖으로 튀어나올 것만 같았다. 그녀는 간신히 심호흡을 하면서 핸드백 끈을 쥔 손을 쥐었다 폈다 했다.

영인은 어떤 사람일지 너무나 걱정이 되었다. 만약 민학 같은 사람이라면, 예전의 제윤 같은 사람이라면. 그녀는 냉정하고 경멸 어린 시선으로 그녀를 쓱 훑어보고 내쫓을지도 모른다. 아니면 섬뜩한 독설을 내뱉을 수도 있다. 세나는 제윤을 슬쩍 올려보다가 얼른 시선을 내리깔았다. 차라리 시어머니를 만나지 않았으면 좋겠다. 그냥 집에 있으면서 제윤하고만 만나고 가끔 서훈과 통화하는 것만으로도 충분했다.

"너무 긴장하지 마."

제윤이 차가운 손을 감쌌다. 발작적으로 떨리던 손에서 긴장이 조금 풀렸다. 세나는 문득 그를 붙잡고 애원하고 싶었다. 그녀는 혀를 꼭 깨물고 눈을 감았다. 다른 사람이 그녀를 싫어하고 무시하는 것을 항상 당연하게 생각했다. 그것에 대해 이런 불안감이나 절망감을 갖는 것은 너무나 오래전 일이었다. 그런데 이제 그 두려움이 다시 살아났다. 오직 제윤 때문에. 그가 그녀를 다시 싫어하게 될까 봐 무서웠다.

"잠깐 인사만 하고 나오자. 오늘 안 가면 뵐 시간이 없어."

세나는 기계적으로 고개를 끄덕이고는 그녀의 손을 감싼 커다란 손을 물끄러미 바라보았다. 그녀는 잠시 망설이다가 그 손을 잡았다. 제윤은 그녀를 위로하듯 손등을 토닥거렸다.

마침내 차가 아파트 앞에서 멈춰 섰다. 기사가 문을 열어주자 제윤은 자연스럽게 세나의 팔을 잡아 아파트 안으로 이끌었다. 그가 벨을 누르자마자 안쪽에서 부산스러운 소리가 나더니 문이 활짝 열렸다. 나이가 지긋한 여자가 앞치마를 두르고 사람 좋게 웃고 있었다.

"에구, 한 사장님 오셨구만. 어여 들어와요."

"잘 지내셨어요? 어머님은요?"

"안에 계셔요. 짐 싸는 걸 방금 끝내셨어요."

여자는 밝게 웃다가 세나를 발견하고는 약간 놀란 표정을 지었다. 그녀는 누구냐는 듯이 제윤을 쳐다보았다. 하지만 제윤이 아무 말도 안 하고 커다란 선물 상자를 건네자 살짝 인상을 찌푸렸다. 그 순간 그녀는 세나가 누군지 깨달았는지 얼굴색이 약간 변했다. 조금 화가 났다거나, 아니면 어색해하는 것 같았다. 세나는 어깨를 움츠리고 살짝 고개를 숙였다. 여자는 뭐라 뭐라 낮게 중얼거리더니 부엌으로 들어가 버렸다.

"집안일을 돌봐주시는 분이야. 들어가자."

세나는 그를 따라 들어가면서 한숨을 내쉬었다. 가정부조차도 그녀를 못마땅하게 생각하는 것 같다. 처음 만난 사람이 저렇게 구는 것이 영인 때문인지, 아니면 가정부 자신이 그녀가 마음에 안 든 것인지 궁금했다. 세나는 제윤이 안방으로 들어가자 크게 숨을 들이쉬었다. 조금은 까다로워 보였지만, 조금은 약해 보이는 노부인이 자리에 앉아서 그들을 올려다보고 있었다. 희끗희끗한 머리를 연한 갈색으로 염색하고 희미하게 화장한 기색이 있었다. 그녀는 제윤에게 밝게 미소를 짓다가 세나를 보고는 조금 멈칫거렸다.

"어머니, 생신 축하드립니다."

세나는 그를 따라 노부인에게 절을 했다. 생전 처음 해보는 것이기는 하지만 그런대로 제대로 했다는 생각이 들었다. 하지만 그녀의 시어머니는 불만스럽게 그녀를 물끄러미 바라보기만 했다.

"그래, 잘 왔다. 저녁은 먹었고?"

"네. 차가 막힐 것 같아서 조금 늦게 왔는데 여전히 막히네요."

"연말이니까."

말이 끊겼다. 영인은 못마땅하게 그녀를 계속 쳐다보았다. 세나는 가슴이 덜컹거렸다. 영인은 그녀를 싫어했다. 민학처럼 가학적이거나 엄청나게 악의적이지는 않았지만 그래도 그녀는 세나가 없어지기를 바라는 것 같았다.

"저, 세나 처음 보시죠?"

"그래, 그렇구나."

그녀는 짧게 대꾸하고는 다시 세나를 훑어보았다.

"류 회장을 많이 닮았네. 아주 똑 닮았어."

날카로운 가시가 숨어 있는 말이었다. 세나는 제윤을 흘낏 쳐다보았다. 제윤도 난감하게 웃었다.

"에, 갈비 좀 사가지고 왔어요. 아줌마한테 줬으니까 재서 드세요."

"뭘 그런 걸 사 와. 이도 안 좋은데."

세나는 빈정거리는 듯한 말에 가슴이 내려앉는 것 같았다. 제윤이 영인의 말에 맞장구를 치며 그녀를 나무란다면 어떻게 해야 할지 알 수 없었다.

"세나야, 네가 만든 거 드려. 며칠째 만들었잖아."

제윤은 화제를 돌리려는 듯 말했다. 세나는 우물쭈물거리며 잘 포장한 숄을 내밀었다. 영인은 포근한 양모 숄을 보더니 한쪽 눈썹을 치켜들었다.

"지금 호주에서는 이런 게 필요없을 것 같은데 괜한 짓을 했구나."

세나는 말없이 눈을 감았다. 머리가 어지러웠다. 그동안 서훈도, 제윤도 그녀에게 너무 잘해줘서 자만했다. 사실 그들이 잘해준 것이 이상한 일이었다. 영인과 같은 반응이 더 당연한 것이었다.

"그래도 세나 정성을 봐주세요. 자꾸 사양하시면 저희가 섭섭하잖아요."

제윤의 말에 영인은 약간 놀란 듯 말을 멈췄다. 그러더니 가볍게 인상을 찌푸리며 천천히 말을 이었다.

"그래, 그렇구나. 며칠 전에 민혜가 왔던데 왜 같이 오지 않고."

"세나하고 같이 오려고요."

"그래? 민혜가 섭섭해하더라. 요즘 연락이 뜸하다면서?"

민혜? 집을 봐주던 이민혜를 말하는 것일까. 영인이 민혜를 어떻게 알고 있는 것일까. 민혜와 제윤이 같이 오는 것이 그녀와 함께 오는 것보다 영인에게는 더 자연스러운 일이었을까. 여러 가지 의문이 생겼다.

하지만 세나는 제윤을 쳐다볼 수가 없었다. 고개를 드는 것이 두려웠다. 세나는 두 사람의 대화를 흘려들었다. 가정부가 다과상을 가지고 들어왔다 나갔다. 그녀는 멍하니 다과상만 쳐다보았다. 익숙한 상태로 돌아왔다. 그녀는 언제나 잊혀진 채 한쪽으로 치워져 있었다. 하지만 제윤이 그런다는 것이 유달리 가슴 아팠다. 그라면 조금 더 열심히 그녀를 챙겨줄 것이라고 믿었었다.

"세나야?"

세나는 제윤의 목소리에 화들짝 놀라 고개를 들었다. 제윤은 염려스럽게, 영인은 불만스럽게 그녀를 쳐다보고 있었다.

"세나야, 괜찮아?"

"어디 안사람 이름을 함부로 부르는 거니?"

"아, 네. 그냥 그게 익숙해서요."

제윤이 씩 웃었다. 세나는 그가 원망스러웠다. 차라리 데리고 나오지 않았다면 더 좋았을 것이다. 몇 안 되는 사람들이 그녀를 좋아해 준다는 착각에 빠져 있도록 그냥 내버려 두었다면 더 좋았을 것이다. 세나는 커피 잔을 들었다가 내려놓았다.

"왜, 입에 안 맞니? 하긴 좀 익숙지 않기도 할 게다."

그녀를 괴롭히고 싶다는 악의가 묻어 있었다. 그녀를 상처 내고 싶어했다. 세나는 낯익으면서도 낯선 그 어조에 가슴이 쿡 찔리는 것 같았다. 세나는 자신도 모를 말을 몇 마디 중얼거리며 커피를 몇 모금 마셨다. 달콤씁쓸한 액체가 목 뒤로 넘어갔다.

"커피가 입에 안 맞으면 다른 차라도 달라고 할까?"

제윤이 부드럽게 물었지만 세나는 고개를 저었다. 도저히 말이 나오지 않았다. 그녀는 목재 바닥의 무늬라도 세듯 바닥에서 시선을 떼지 않았다. 영인이 작게 혀를 차는 소리가 들렸지만 고개를 들 수 없었다. 미친 듯이 쿵쾅거리는 심장 소리밖에 들리지 않았다. 머리가 핑 돌더니 숨 쉬기가 힘들어졌다. 빈맥이 일어난 것 같았다. 세나는 조용히 헐떡이며 제윤에게 눈짓을 보냈다. 그는 세나가 불편한 기색을 금세 깨닫고는 그녀가 일어나도록 허락해 주었다.

세나는 화장실로 가서 차가운 물로 손을 씻고 시원해진 손으로 얼굴을 눌렀다. 조금 가라앉은 기분이 들었다. 세나는 변기에 앉아서 차가운 손으로 얼굴을 계속 누르고 있었다. 심장이 가슴에서 튀어나올 정도로 빠르게 뛰는 것이 느껴졌다. 커피를 마시면 빈맥이 생기는 것은 알고 있었지만, 이렇게 즉각적인 것은 처음이었다. 아마 긴장감 때문에 더 심해진 것 같았다. 그녀는 벽에 기대어 멍하니 천장을 올려다보았다. 샤워 부스가 따로 있고 그 외 부분은 예쁜 벽지와 따뜻한 색상의 타일로 깔끔하게 마감되어 있어서 얼마든지 오래 있어도 불편하지 않을 것 같았다.

갑자기 서훈이 보고 싶어졌다. 서훈의 어머니는 어떨지 궁금했다. 그의 어머니라면 이렇지 않았을 것이다. 서훈처럼 다정하고 서훈이 그렇게 했듯 그녀를 좋게 봐줄 것이다. 영인이 처음 만나는 그녀를 이렇게까지 싫어하는 것은 제윤이 그녀를 싫어하기 때문인지 궁금했다. 지금은 그녀에게 잘해주는 제윤도 영인 때문에 다시 생각할지 걱정스러웠다.

세나는 주섬주섬 자리에서 일어났다. 계속 이렇게 앉아 있을 수만은 없었다. 민학에게 했듯이 영인에게도 신경을 끊을 수 있었으면 좋겠다. 하지만 그건 민학에게 할 때보다 더 어려웠다. 영인은 제윤이 사랑하는 어머니였다. 마음을 다잡아먹고 안방으로 향하던 세나는 살짝 열린 방문 앞에 멈춰 섰다.

"백치는 아닌가 보구나."

"어머니."

너무나도 익숙한 말투였다. 세나는 저도 모르게 쓴웃음이 나왔다. 어쩌면 저렇게 평범한 문장에 저렇게 다양한 의미를 실을 수 있는지 궁금할 정도였다. 그녀는 영인의 말속에 담긴 수없이 많은 뜻을 읽고는 길게 한숨을 내쉬었다.

"여태까지 너를 속이고 있었던 거냐? 세상에나, 아비나 자식이나 어쩜 그리도 똑같을까. 아주 판박이야, 판박이."

"됐어요, 어머니."

"왜, 이제 네가 회사에서 자리 잡을 만하니까 너한테 붙는 거니? 여태까지 뭘 하다가. 너 어려울 땐 뭘 했대니?"

"그만 하세요."

"류 회장네를 처리하고 나면 빨리 헤어져라. 처음부터 그럴 생각이었잖니? 자꾸 질질 끌면 너한테 안 좋아. 민혜한테도 미안하고."

세나는 숨도 쉴 수 없었다. 등골이 오싹했다. 그녀는 잔뜩 긴장해서 제윤의 대답을 기다리다가 뒤에서 다가온 가정부 때문에 깜짝 놀랐다.

"안 들어가세요?"

"아, 아…… 차에 두고 온 게 있어서……."

세나는 우물거리고는 얼른 집에서 나왔다. 그녀는 정신없이 엘리베이터를 타고 아파트 밖으로 나왔다. 몸을 에일 듯한 차가운 바람에 세나는 정신을 차렸다. 급하게 나오느라고 코트도 가지고 오지 않았다. 그녀는 기사의 눈에 뜨이지 않게 아파트 옆을 천천히 걸었다.

민학이 결혼을 빌미로 제윤의 일에 깊숙이 끼어든 모양이었다. 버림받은 아내라는 것이 뭐 그리 대단한 타이틀이라고 그렇게 할 수 있었을까. 세나는 씁쓸하게 미소를 지었다. 그런 거창한 사업 같은 것은 모른다. 다만 스스로가 너무나 바보 같았다. 제윤은 조만간 그녀와 헤어질 생각이었는데 혼자서 열을 내며 그의 관심이 식는지 아닌지 가슴 졸이고 있었다니. 그는 단지 버리기 직전에 장난감을 몇 번 가지고 노는 것처럼 그녀를 가지고 놀았던 것뿐이다. 그런데 그녀는 그 한 줌의 관심에 목을 매고 고기를 구걸하는 강아지처럼 그에게 매달렸다.

　세나는 눈물이 뚝 떨어질 것만 같았다. 그녀는 떨리는 한숨을 내뱉으며 손에 얼굴을 묻었다. 어쩐지 일이 너무 잘 돌아간다고 생각했다. 친구, 남편, 강아지, 여태까지 한 번도 가진 적 없었던 많은 것들을 갖게 되었다. 그 모든 것이 너무 행복해서 제윤까지도 그녀를 사랑할지 모른다고 착각했다. 그녀는 빨리 집으로 돌아가고 싶었다. 혹시 집을 새로 짓고 아르장이 생긴 것이 다 꿈은 아닌지 확인하고 싶었다. 세나는 가슴 깊숙이까지 찌르는 절망감에 눈을 뜰 수 없었다. 허리를 펼 수 없는 추위와 합쳐져서 몸이 오그라드는 것 같았다.

　그녀는 깊이 숨을 들이마셨다. 차가운 공기가 몸속까지 얼리는 것 같았다. 세나는 천천히 집으로 돌아갔다. 추위 때문에 뼛속까지 시렸지만 제대로 느껴지지도 않았다. 그녀는 추위로 굳은 손을 문지르며 안방으로 들어갔다. 제윤이 어디 갔다 왔냐고 물었지만 세나는 약하게 고개만 저었다. 영인은 어두운 얼굴로 그녀에게 떨리는 미소를 지었다. 세나는 말없이 앉으며 제윤과 영인이 이야기하는 것을 멍하니 듣기만 했다.

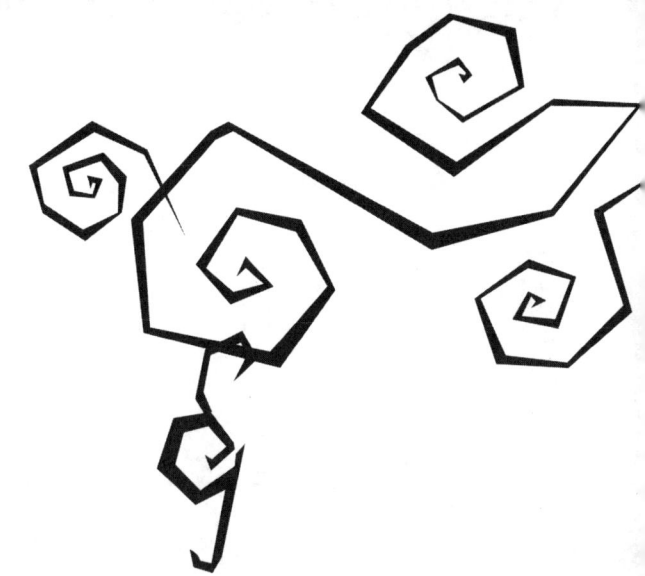

세나는 담요를 두르고 앉아서 멍하니 창밖을 내다보았다. 보통 때 같으면 뜨개질이나 수놓기라도 하겠지만 지금은 어떤 것에도 의욕이 생기지 않았다. 그녀는 담요를 바짝 끌어당기고 한숨을 내쉬었다. 울음 비슷한 것이 올라왔다. 절망감으로 꽉 차버린 가슴이 폭발할 것 같았다. 제윤에게 있어 그녀는 도대체 뭘까. 곧 내다버릴 장난감이었다면 어째서 그렇게 잘해줬던 걸까. 그냥 5년 전처럼 구석에 처박아두기만 했다면 이런 절망감도 느끼지 않았을 것이다. 그런데 마치 그녀에게 관심이 있는 것처럼, 애정이 있는 것처럼 굴면서 희망을 준 것은 무엇 때문이었을까. 그녀는 울기라도 하듯 어깨를 움츠리고 얼굴을 가렸다.

"사모님, 차라도 드릴까요?"

세나는 희경의 목소리에 깜짝 놀라 옆을 돌아보았다. 청소를 마쳤는지 희경이 방 앞에 서서 그녀를 걱정스럽게 바라보고 있었다.

"괜찮아요. 좀 피곤하네요."

"아, 그럼 좀 주무세요. 사장님께서 오늘 식사하고 오신다고 했잖아요."

"그럼 그럴까요."

세나는 침실로 자리를 옮기려고 했다. 그때 그녀의 핸드폰이 새소리를 내며 울렸다. 흠칫 놀라던 그녀는 화면에 서훈의 이름이 뜬 것을 보고 얼굴에 화색이 돌았다.

"여보세요."

[세나 씨, 잘 지내셨어요?]

"그냥 그래요. 감기 걸린 거 같아요."

[어, 많이 아프세요? 못 나올 정도로?]

"네? 어딜요?"

세나는 다시 안락의자에 앉았다. 서훈은 즐겁게 웃으며 오후에 잠시 볼 수 있겠냐고 물었다. 기대감을 불러일으키는 장난기 어린 비밀스러운 목소리였다. 덕분에 세나는 어제부터 이어져 온 침울한 기분을 떨쳐 낼 수 있었다.

"바쁘시죠? 제가 그쪽으로 갈까요?"

[그래 주시면 저야 좋죠. 하지만 힘드시면 제가 가도 돼요.]

"초대받은 사람이 가야죠. 한 다섯 시까지는 갈게요."

세나는 전화를 끊으며 입술을 자근거렸다. 제윤에게 말해야 하는지 결정할 수가 없었다. 제윤이 서훈을 만나지 말라고 엄명을 내리긴 했다. 하지만 그에게 말해서 허락받고 싶지 않았다. 지금은, 이번에는 그러고 싶지 않았다. 세나는 제윤에게 말하지 않기로 결심했다. 어차피 오늘은 9시나 되어야 올 테니까 그전에 돌아오면 된다.

세나는 얼른 옷을 갈아입고 준비를 했다. 비뚤어진 만족감이 느껴졌다. 그녀도 제윤 몰래 꾸미는 일이 생겼다. 이 일이 몇 배가 되어서 돌아올지도 모르겠지만 지금은 일단 기분이 들떴다. 몇 시간 안 되지만 그녀를 속이지도 않고 상처 주지도 않는 사람과 지내고 싶었다. 서훈과 함께 있으면 마음이 편했다. 그에게는 애정을 구걸하며 매달리지 않아도 되었다. 제윤에게처럼 절망적인 느낌이 들지 않았다. 세나는 두툼한 코트를 입으며 서훈의 선물도 챙겼다. 그에게 크리스마스 선물을 직접 줄 수 있다는 것도 기뻤다. 우체국에 가서 소포를 부치는 것도 새로운 경험이겠지만 너무 늦기도 했고, 그가 받으며 기뻐하는 모습도 보고 싶었다.

"저 잠깐 나갔다 올게요."

"어디 가세요? 피곤하시다면서."

"서훈 씨 만나러 가요."

"김 기사 부를게요."

"아뇨!"

세나는 황급히 그녀를 만류했다. 기사가 모는 차를 타고 가면 제윤에게 보고할 것이 분명했다. 희경이 이상하다는 듯이 쳐다보았다. 세나는 다시 차분하게 말을 이었다.

"괜찮아요. 지하철 탈래요."

"날도 추운데 차 타고 가세요. 길도 잘 모르시잖아요."

"하지만……."

희경 말이 맞기는 했다. 그녀는 한 번도 혼자 서울에 가본 적이 없었다. 그녀는 잠시 망설이다가 차를 타기로 했다. 그 근처에 내려달라고 하면 서훈을 만나는 것인지 기사는 모를 것이다.

간신히 세나를 설득해서 차를 태워 보낸 뒤 희경은 고민에 빠졌다. 예전에 제윤은 세나에게 어떠한 종류든 특별한 일이 생기면 반드시 알리라고 했다. 세나의 병세나 서훈과 외출했던 것을 숨겼듯 말을 하지 않는다면 분명히 문제의 소지가 될 것이라고 말했다. 희경은 그때 제윤의 말투를 생각하면 저절로 몸이 떨렸다. 젊은 사람이 어떻게 그렇게까지 냉정하고 단호하게 말할 수 있는지 놀라울 정도였다.

그 뒤로 그녀는 싫든 좋든 어쩔 수 없는 세나의 감시자가 되어버렸다. 하지만 세나가 너무나 외롭게 지냈기 때문에 서훈과 전화 통화하는 것은 제윤에게 말하지 않았다. 전화야 별로 특별한 일이 아니지 않은가. 하지만 서울까지 외출하는 것은 다른 문제였다. 그녀가 말하지 않더라도 기사가 제윤에게 보고를 한다면, 아무 말도 하지 않은 그녀에게 무슨 일이 생길지 몰랐다. 희경은 대학에 다니는 아이들을 떠올리며 입술을 깨물었다.

그냥 나갔다고만 하면 별일없이 지나갈지도 모른다. 제윤도 그렇게까지 아내를 구속하는 사람이 아니었다. 희경은 결국 제윤의 회사로 전화를 걸어 비서에게 메시지를 남겼다. 사모님께서 서울로 외출하셨다는 간단한 말만 했다. 그리고 제발 아무일이 없기를 빌었다.

세나는 생전 처음으로 호텔에서 식사를 해보았다. 그녀는 서훈만큼 멋지게 차려입은 지배인이며 단정하고 깔끔하면서도 세련된 종업원들을 보느라고 정신이 없었다. 식사가 끝나갈 무렵에는 종업원들이 벽에 빙 둘러서서 근사한 아리아까지 불렀다.

"식사 괜찮았어요?"
"네, 맛있었어요. 그리고 노래도 하고. 원래 다 그런가요?"
세나는 로비로 나오면서 물었다. 서훈은 웃으면서 고개를 저었다.
"여기만 그래요. 서울에서 유일하대요. 좀 정신없죠?"
"아뇨, 좋았어요. 근사해요. 정말 오페라 보고 싶어졌어요."

"표를 한번 구해볼까요?"

세나는 열심히 고개를 끄덕였다. 서훈은 빙긋 웃으며 경고하듯이 말했다.

"진짜로 가서 보면 지루할 거예요."

"재미있기만 한데요."

"하긴 세나 씨처럼 영어에 불어에 이태리어, 독어까지 하는 사람은 재미있을지도 모르죠."

이번에는 세나가 미소를 지었다. 세나는 서훈이 준 비스크 인형을 꼭 끌어안았다. 눈을 동그랗게 뜨고 진한 갈색 머리카락이 곱슬거리는 인형은 살아 있는 것 같았다. 하지만 볼도 고운 핑크 색이고 입술도 살짝 미소 짓고 있어서, 비스크 인형 특유의 섬뜩한 느낌보다는 귀여운 활기가 느껴졌다.

"저기, 선물 고마워요. 이런 거 처음이에요."

"그 인형들 여러 종류 있어요. 옷도 여러 가지고. 음, 이건 좀 드문 거긴 하지만……."

세나는 말없이 미소를 지었다. 비스크 인형이 얼마나 비쌀 수 있는지는 그녀도 알고 있었다. 그녀도 어머니가 주었던 비스크 인형이 몇 개 있었다. 세준이 인형의 얼굴을 박살 냈을 때는 민학도 가만히 있지 못했다. 그는 비스크 인형의 가격을 들먹이며 세준을 엄청나게 야단쳤었다.

"저야말로 스웨터 감사드려요."

"그냥 만든 건데요 뭐."

"그래서 더 고마운 거죠."

서훈이 미소 지으며 따뜻하게 말했다. 그 미소는 정말로 햇살 같았다. 세나는 눈물이 울컥 치밀어 올랐다. 그냥 이렇기만 했으면 좋겠다. 서훈 정도만 되었다면 그녀도 이렇게 아프지 않았을 것이다. 하지만 제윤은 달랐다. 그는 그녀 마음속 깊숙이 들어와 마음을 들뜨게 하고 하늘 저 높이로 끌어올렸다. 그가 내팽개치는 순간 그녀는 다시 모을 수 없도록 산산조각날 것이다.

"집에 가고 싶지 않아요."

세나는 그 자리에 서서 작게 중얼거렸다. 집에 있는 또 하나의 스웨터가 떠올랐다. 제윤에게 주려고 몇 번이고 고쳐 가며 정성을 다해 만들었다. 하지만 그에게 줄 수가 없었다. 그를 보고 있는 것조차 힘들었다. 그의 따뜻한 미소와 눈길이 곧 끝날 것이라는 사실을 알고 있다는 것이 괴로웠다. 차라리 그런 것을 몰랐다면. 아무것도 모른 채 절벽을 향해 걸어가는 것이 더 나을지도 모른다.

"세나 씨……."

서훈은 한숨을 내쉬었다. 밝은 표정을 짓고 있었지만 세나 얼굴의 한쪽 구석에는 그림자가 덮여 있었다. 즐거운 듯 웃었지만 마음 깊숙한 곳에서 나오지는 않는 듯했다. 서훈은 걱정스럽게 그녀를 쳐다보았다. 세나는 애써 미소 지으며 그를 올려다보았다.

"정말 서훈 씨 고마워요. 저한테는 서훈 씨밖에 없는 것 같아요."
"사장님도 세나 씨한테 신경 쓰고 있어요."
"아뇨, 전…… 사장님은 별로…… 전…… 서훈 씨가 좋아요. 많이 좋아요."

세나는 마지막 말을 강조라도 하듯 또박또박 말했다. 서훈은 그녀가 정말로 많이 고마워하고 있다는 것을 깨달았다. 세나가 그렇게 생각해 준다는 것이 고마웠다. 그는 세나에게 잘해준 것이 별로 없었다. 그저 흔한 친절 몇 번뿐이었다. 그것에 이렇게 진심으로 고마워한다는 것이 그를 겸허하게 만들었다.

"저도 세나 씨가 좋아요."

그의 부드러운 말에 세나의 어깨에서 긴장이 풀렸다. 그녀는 안도한 듯 한숨을 내쉬었다. 서훈은 다시 로비로 발길을 옮겼다. 세나도 그를 따라가며 인형을 들어 보였다.

그녀는 침대에 앉아서 인형을 계속 쓰다듬었다. 엄마가 준 인형이 돌아온 기분이었다. 보고 있으면 그때로 돌아간 기분이었다. 세나는 옛날에 가지고 있던 비스크 인형들을 생각해 내려고 애쓰고 있을 때 방문이 벌컥 열렸다. 넥타이를 느슨하게 내려뜨린 제윤이 어두운 얼굴로 그녀를 내려다보고 있었다.

"죄송해요. 오신 것도 모르고……."
"인형에 푹 빠진 모양인데 끌어안고 평생 살지 그래?"

세나는 깜짝 놀랐다. 제윤의 말이 너무 거칠었다. 그의 눈빛은 냉기로 가득 차 있었다. 그녀는 영문을 모른 채 더듬거리며 침대에서 일어나려고 했다.

"언제 산 거야?"

"아, 아뇨. 서, 선물받았어요."

제윤은 넥타이를 풀어 의자에 대충 던지고 그녀를 차갑게 바라보았다. 세나는 침을 꿀꺽 삼켰다. 보통 때의 제윤이 아니었다. 분명히 요 근래 그녀가 함께 지냈던 제윤은 아니었다.

"누가?"

"서, 서훈 씨가요."

제윤의 몸이 굳으면서 말할 필요 없는 분노가 흘러나왔다. 세나는 저도 모르게 몸을 떨었다. 어쩌면 이것이 보통 때의 제윤일지도 모른다. 원래 제윤은 이랬었다. 그동안 그녀에게 잘해줬던 것이 정상이 아니었던 것이다. 그녀는 눈을 크게 뜨고 그를 쳐다보기만 했다.

"내가 그놈 만나지 말라고 그랬지."

제윤은 셔츠 단추를 풀면서 침대에 앉아 그녀의 얼굴을 들어 올렸다.

"그동안 계속 만난 거야? 나한테 거짓말하면서?"

세나는 고개를 저으려고 했다. 하지만 그의 억센 손이 턱을 단단히 쥐고 있었다.

"정말 깜찍하군 그래. 얼마 전까지만 해도 아무것도 모른다는 얼굴로 새침 떨던 네가 이제는 양손에 남자를 하나씩 쥐고 저울질이라니."

"그런 거 아니에요. 서훈 씨는 그냥……."

세나는 제윤의 손을 밀어내려고 애썼다. 하지만 딱딱하게 굳은 얼굴에서는 일말의 타협도 찾을 수가 없었다. 그는 비웃듯이 입술을 일그러뜨렸다.

"그냥 뭐? 친구? 차라리 배다른 오빠라고 하지 그래?"

그의 목소리가 너무나 냉혹하게 들렸다. 예전으로 돌아가 버렸다. 제윤은 다시 강압적으로 그녀의 얼굴을 움켜쥐고 거친 말을 내뱉고 있었다. 그녀는 다시 숨도 못 쉰 채 그의 분노에 얼어붙어 버렸다.

"거짓말이 생활인 모양이지? 처음에 그냥 넘어가 줬더니 내가 아주 호구로 보였나?"

제윤은 그녀의 얼굴을 가까이 끌어당겼다. 제윤이 가늘게 내뱉는 숨결이 느껴질 정도로 얼굴이 그에게 다가갔다. 그의 어조에 묻은 경멸감이 얼굴에 와 닿는 것 같았다. 세나는 꼼짝도 못하고 숨만 헐떡거렸다.

"부녀가 아주 똑같군 그래. 아주 똑같아. 날 병신 취급하는 것까지."

제윤은 이를 갈듯 말하더니 씩 미소를 지었다. 세나는 그 섬뜩한 느낌에 저절로 몸이 떨렸다. 무서웠다. 제윤이 이렇게 무서운 적이 없을 정도로 무서웠다. 예전에도 항상 제윤을 두려워했지만 그는 멀리 있었다. 한 번도 직접적으로 그녀를 괴롭힌 적은 없었다. 그녀의 턱을 움켜쥔 손에 더 힘이 들어갔다. 가만히 있어도 아플 정도였다.

"네가 내 눈앞에서 바람을 피운다고? 웃기고 있네. 지금 네 사정을 잘 이해하지 못한 모양인데, 넌 나 아니면 아무것도 아니야. 알아? 나 없이 네가 무슨 소용이나 있는 줄 알아? 한동안 잘 데리고 놀아줬더니 이제 막 나가? 네 까짓게 어떻게 그런 생각을 했지?"

세나는 숨 막히는 신음 소리를 냈다. 정신을 잃을 것 같았다. 아니, 잃고 싶었다. 이건 제윤이 아니었다. 그녀가 사랑하고 있는 그 사람이 아니었다. 온몸이 와들와들 떨렸다. 머리가 핑 돌면서 가슴이 욱죄었다. 몸이 산산조각나서 바닥에 흩어지는 것 같았다.

"밥값은 해야지, 안 그래?"

제윤이 갑자기 입을 맞추는 순간 정신이 들었다. 제윤은 움직일 수도 없이 그녀의 턱을 치켜들고 강제로 입을 열려고 했다. 세나는 거세게 몸부림치며 그를 간신히 밀어냈다. 제윤은 거칠게 그녀를 붙잡아 침대로 짓눌렀다. 그녀는 소리없이 비명을 지르며 그에게서 빠져나가려고 했다. 그 순간 세나는 손끝에 무엇인가가 긁혀 지나가는 것을 느꼈다. 제윤은 짧게 신음 소리를 내더니 침대에서 몸을 떼었다.

"완전히 기가 살았군. 그동안 내가 너무 잘 키워준 모양이야. 발톱을 날카롭게 갈아놨는걸."

세나는 그의 얼굴에 선명하게 남은 손톱 자국을 보고는 눈을 커다랗게 떴다. 공포감에 숨이 막히고 심장이 미친 듯이 뛰었다. 그가 일어서자 그림자가 불빛을 완전히 가렸다. 세나는 도망가지도 못하고 침대에서 오들오들 떨기만 했다. 만약에 그가, 만약에 제윤이…… 마침내 제윤이 움직이는 순간 세나는 눈을 감았다. 그리고 다음 순간을 기다렸다.

하지만 문이 열렸다 닫히는 소리만 들렸다. 세나는 간신히 눈을 떴다. 그녀는 그 자리에서 움직일 수가 없었다. 그에게 상처를 냈다는 두려움 때문에 손이 부들부들 떨렸다. 지금 그녀가 살아 있다는 것이 믿을 수 없을 정도였다. 세나는 손을 움켜쥐고는 이불 속으로 기어들어 갔다. 그가 했던 말들이 하나씩 떠올랐다 사라졌다. 그녀는 꼭 움켜쥔 주먹으로 입을 막고는 잠을 청하려고 애썼다.

"사모님, 많이 편찮으시면 병원이라도 가시겠어요?"
"아뇨, 괜찮아요."
희경이 걱정스럽게 묻자 세나는 고개를 저었다. 어젯밤 제대로 잔 것 같지가 않았다. 자는 것처럼 멍한 상태이기는 했지만 제윤이 했던 가슴 아픈 말들과 영인이 했던 이야기들이 두서없이 떠올라 머리 속을 가득 채웠다. 그녀는 생각만 해도 가슴이 저미는 말들을 다시 떠올리고는 입술을 깨물었다. 저절로 눈물이 뚝 떨어질 것 같았다. 그녀는 아르장을 안고는 의자에서 움직이지 않고 바깥을 내다보았다.
"사모님?"
세나는 희경이 다시 한 번 부르자 멍하니 그녀에게로 시선을 돌렸다. 희경은 시선의 초점이 맞지 않는 듯한 그녀를 흘낏 보고는 가볍게 한숨을 내쉬었다.
"사장님께선 어제 서재에서 주무신 모양이세요."
세나는 대답하지 않고 다시 바깥을 내다보았다. 희경은 목청을 가다듬고는 차를 테이블 위에 내려놓았다.
"크리스마스이브인데 사장님과 외식이라도 하러 나가세요."
이번엔 그녀를 돌아보지도 않았다. 희경은 너무나도 후회가 되었다. 분명히 무슨 일이 생겼다. 제윤은 거실에 있던 술의 절반은 마셔 버렸고 세나는 예전처럼 표정없는 얼굴로 멍하니 앉아 있기만 했다. 모든 것이 그녀 잘못이었다. 세나의 외출에 대해 말하지 말 걸 하는 생각이 계속 들었다.
"사장님과 다투셨죠? 그럴 땐 그저 애교로 나가는 게 최고예요. 남자들은 단순해서 조금만 잘 못해줘도 금방 삐치고 조금만 잘해줘도 붕 뜬다고요."
세나는 천천히 그녀를 돌아보았다. 살짝 인상을 찌푸린 것이 뭔가 생각하는 것 같았다.
"사장님께서 서훈 씨 때문에 화가 나셨어요. 제가 사장님 말씀을 안 들었거든요."
"그런 게 아니에요. 서훈 씨에게 조금 잘해준 게 질투나서 그런 거니까, 사장님한테도 조금만 더 잘해주면 금세 잊어버리실 거예요."

"그러실까요?"

"맞다니까요. 어제 사장님이 뭐라고 하셨든 눈 딱 감고 한 번만 용서해 주세요. 아마 지금쯤 사장님도 미안해하고 계실 거예요. 이럴 때 사모님께서 가셔서 딱 한 마디만 해주시면 사장님도 다행이라고 생각하실 거예요."

희경은 틀림없다는 듯이 고개를 끄덕였다. 세나는 여전히 의심스럽다는 듯이 인상을 찌푸렸다.

희경이 방에서 나간 뒤에도 그녀는 가만히 앉아서 희경의 제안에 대해 생각해 보았다. 여태까지 그녀가 다른 사람의 마음에 들려고 노력했던 것은 모두 실패로 끝났다. 그녀를 향한 아버지나 오빠의 마음은 아무리 노력해도 바꿀 수가 없었다. 제윤에게도…… 엊그제까지만 해도 성공했다고 생각했었지만 지금은 확신할 수 없었다.

어제의 제윤은 민학과 세준을 합친 것보다 더 심했다. 그는 가슴을 후벼 파는 날카로운 말들을 내던지며 그녀를 위협했다. 만약 제윤이 그녀를 때렸다면 정말 죽었을지도 모른다. 그녀는 아르장을 꼭 끌어안았다. 강아지의 따뜻한 체온만이 몸이 저절로 떨리게 하는 한기를 막아주었다.

꼭 제윤의 마음을 돌릴 필요가 있을까. 세나는 그냥 도망가고 싶었다. 어차피 제윤은 그녀를 버릴 생각이었다. 이번 기회에 아예 예전처럼 아무것도 아닌 그 상태로 돌아가는 것이 제일 안전할 것 같았다. 세나는 그 생각만으로도 몸이 움츠러들었다. 제윤은 더 이상 집으로 퇴근하지 않을 것이다. 더 이상 그녀를 안고 하루 동안 일들을 이야기해 주거나 듣지 않을 것이다. 세나는 입술을 깨물었다. 상상만으로도 목이 메었다.

그녀를 좋아하는 사람은 아무도 없는 그 상태, 텅 빈 방에 덩그러니 있는 그 느낌. 세나는 눈을 꼭 감았다. 눈물이 흘러나오려고 했다. 어째서 제윤은 그녀에게 행복이라는 것을 가르쳐 준 것일까. 어째서 제윤은 그녀에게 연인이란 것을 가르쳐 준 것일까. 그리고 왜…….

세나는 결심을 했다. 그녀 생애 최초로 다른 사람에게 매달려 보기로 했다. 제윤에게 화를 풀고 제발 그녀를 버리지 말라고 애원이라도 할 것이다. 제윤은 민학이나 세준과 달랐다. 그는 언제나 그녀의 말에 귀를 기울여 줬다. 그녀를 학대했던 사람들에게 분노했고 그녀의 외로움에 안타까워했었다. 제윤이라면 가능할 것이다. 그녀가 진심으로 사과하고 부탁한다면 그녀의 말을 들어줄 것이다.

세나는 아르장을 바닥에 내려놓고 드레스룸을 향했다. 먼저 제윤을 깜짝 놀라게 해서 기선을 잡을 것이다. 그리고 서훈에 대해서 자세히 이야기할 것이다. 친구는커녕 말을 할 사람조차 없던 그녀에게 서훈이 얼마나 소중한지 이야기해 주고 서훈 덕분에 그와의 사이도 좋아진 것이라고 말하면 제윤도 충분히 이

해해 줄 것이다. 그리고 나서는 그녀가 얼마나 제윤을 사랑하는지, 그래서 얼마나 두려운지, 모든 것을 말할 것이다. 세나는 프랑스에서 보내온 검은 드레스를 꺼냈다. 볼 때마다 다시 얼굴이 붉어지지만 이것이라면 오늘 저녁 그녀의 든든한 갑옷이 되어줄 것이다. 그녀는 옷장을 뒤적여 제윤의 선물도 꺼냈다. 언제라도 줄 수 있게 포장까지 다 해두었다. 세나는 그것을 건네줄 때 두 사람은 어떨까 상상하며 떨리는 미소를 지었다. 제발 이것을 행복하게 건넬 수 있도록 모든 것이 잘되었으면 좋겠다.

6시가 조금 넘어서, 세나는 현성캐피탈 본사 건물에 도착했다. 직원 대부분이 퇴근했는지 사무실의 불들은 전부 꺼져 있었고 일층 경비원만 한쪽에 앉아 있었다. 세나는 크게 숨을 들이마시며 안으로 들어갔다.

"사장실로 가려면 어떻게 하죠?"

일층 경비를 맡은 수한은 책을 보고 있다가 고개를 들었다. 삭막한 회사 건물과는 전혀 어울리지 않을 듯한 우아한 여자가 데스크 너머로 그를 바라보고 있었다. 까만 이브닝드레스에 짙은 갈색 밍크 숄을 두르고 머리를 우아하게 올려 깃털 핀으로 장식한 여자는 동그랗고 부드러운 눈매를 하고 있었지만 어딘지 모르게 가까이하기 어려워 보였다. 그는 자리에서 벌떡 일어났다.

"누구시라고 전할까요?"

"사장님 안사람입니다."

수한은 저도 모르게 입을 벌렸다. 사장의 부인을 본 것은 이번이 처음이었다. 사장이 그룹을 차지하려고 백치 아내를 얻었다는 소문이 암암리에 돌았다. 하지만 이 여자는 백치는커녕 너무나 정상적으로 보였다. 수한은 자신이 무례할 정도로 여자를 쳐다봤다는 것을 깨닫고는 화급히 시선을 내렸다. 갑작스러운 여자의 등장에 머리 속이 복잡했다. 정말 사장의 부인이 맞는지 의심스러웠다. 하지만 만약 이 추위에 그녀를 그냥 내보내 버렸다가 정말로 사장의 부인이라면…… 그가 이러지도 못하고, 저러지도 못하고 있을 때 뒤에서 사장 직속 비서실의 기사가 나타났다. 수한은 안도의 한숨까지 내쉬며 얼른 사장실로 전화를 걸었다. 사장실 비서도 깜짝 놀라서 얼른 그녀를 올려 보내라고 했다.

"이쪽으로 오시죠."

마침내 수한이 그녀를 엘리베이터로 안내하자 세나는 기사를 돌려보냈다. 이제 돌아가려면 제윤의 차를 탈 수밖에 없었다. 그녀는 배수의 진을 친 기분으로 엘리베이터에 들어갔다. 엘리베이터가 꼭대기 층에서 멈추자 비서가 그 앞에서 기다리고 있었다. 그녀는 세나에게 꾸벅 인사를 하고는 비서실로 안내를 했다.

"사장실 비서인 김윤정입니다. 처음 뵙겠습니다."

"류세나라고 합니다."

윤정은 그녀에게 커피를 내주고는 다시 자리에 앉았다. 저도 모르게 시선이 세나에게 가는 것은 어쩔 수가 없었다. 제윤이 5년 전에 결혼했다는 이야기는 들었다. 그녀도 축하 인사를 했고 선물까지 마련했었다. 하지만 부인을 본 적은 없었다. 자주는 아니더라도 회사의 중요한 행사 때는 얼굴을 비칠 만도 한데 한 번도 나타나지 않았다. 그래서인지 제윤이 결혼한 지 얼마 되지도 않아서 부인이 정신 질환을 앓고 있다는 소문이 돌았다. 윤정은 그 소문에 대해 어떤 말도 더하거나 빼지 않았지만, 제윤의 집이 두 군데라는 것은 알고 있었다. 이민혜라는 동화그룹의 고명딸이 집을 관리하고 있다는 것도 알았다.

윤정은 저도 모르게 앞에 앉은 여자를 관찰하게 되었다. 그녀는 너무나 정상적으로 보였다. 깨끗한 얼굴이나 우아한 옷차림이나 민혜에게 빠지는 것이 없었다. 그녀는 냉정하고 무관심한 시선으로 주위를 둘러보더니 지루하게 시계를 쳐다보았다. 윤정은 자기도 모르게 시계를 바라보았.

정신 질환 소문은 역시 헛소문이었던 모양이다. 하지만 적어도 한 가지 확실한 사실은 있었다. 윤정은 사장실로 통하는 문을 쳐다보았다. 여자 손님이 들어간 지 한참이 지났는데 아직도 나올 생각을 안 하고 있었다. 이 늦은 밤 무엇을 하고 있는지 궁금했다. 윤정은 다시 세나를 쳐다보았다. 차라리 알고 싶지 않았다. 그냥 이 자리를 피했으면 좋겠다.

윤정은 초조하게 몸을 들썩였다. 문 하나를 사이에 두고 있는 두 여자와 한 남자도 그녀를 불편하게 만들었지만, 윤정 역시 크리스마스이브에 애인과 저녁 식사 약속이 있었다. 종로 한가운데서 압구정동까지 가려면 족히 한 시간을 걸릴 텐데 사장은 나올 생각을 안 했다. 그녀는 세나에게 가볍게 고개를 끄덕여 양해를 구하고 자리를 떴다. 애인에게 조금 늦을 것 같다고 전화를 할 생각이었다.

비서가 나가자마자 세나는 크게 한숨을 쉬고 꼿꼿한 자세를 무너뜨렸다. 얼마나 긴장을 했는지 허리가 다 아플 정도였다. 사람들은 그녀가 얼마나 긴장했고 두려움에 떨고 있는지 알아차렸을지도 모르겠다. 아래층에서 경비원이 쳐다봤을 때도, 비서가 훑어봤을 때도 머리가 어찔거렸다. 다행히 그들은 호기심에 가득 차 있을 뿐, 적대적이거나 무례하지는 않았다.

세나는 긴장 때문에 차가워진 손을 주물렀다. 커다란 건물과 정복을 입은 경비, 세련된 비서를 보고 나니까 자신감이 사라졌다. 이런 곳에서 지내는 제윤을 그녀가 설득할 수 있을지 모르겠다. 이 높은 건물을 소유하고 이 안을 가득 채우는 사람들을 운영하는 제윤이 그녀 따위의 말을 듣기나 할까. 그녀의 어떤 점이 제윤을 만족시킬 수 있을까. 그렇지 않아도 화가 나 있는 제윤을 더 화나게 만드는 게 아닐까 걱정스러웠다. 세나는 밍크 숄을 끌어당기며 어깨를 움츠렸다. 어제 같은 말을 다시 듣고 싶지 않았다. 민학이나 할 법한 말이 제윤의 입으로, 그녀에게 다정하게 말해 줬던 제윤의 목소리로 듣는다는 것을 견딜 수 없었다. 그런 말을 하느니 차라리 세준처럼 때렸으면 좋겠다는 생각이 들었다.

세나는 자꾸 약해지는 마음을 다잡았다. 제윤이 그녀를 때릴리는 절대로 없었다. 그것만은 확신했다. 제윤은 민학이나 세준과는 전혀 다른 사람이었다. 그보다 약한 사람을 악질적으로 괴롭히면서 즐거워하지 않았다. 세나는 크게 숨을 들이마시고 자리에서 벌떡 일어났다. 일단 긍정적으로 생각하기로 했다. 어차피 잃을 것이 없었다. 그녀는 굳게 닫힌 사장실 문을 바라보고는 방 안을 서성거렸다.

[내가 그럴 줄 알았지.]

세나는 어디선가 들려온 여자 목소리에 깜짝 놀랐다. 윤정은 아직 돌아오지 않았고 방문이 열린 기색도 없는데 갑자기 여자 목소리가 났다. 그녀는 놀란 가슴을 진정시키며 방 안을 둘러보았다. 교태 어린 목소리가 비서의 책상 위에서 들려왔다. 책상 가까이 다가가자 인터폰의 불이 켜져 있고 두 사람의 대화가 흘러나오고 있었다.

[그래서 오늘 계획은 잡혀 있는 거예요?]

[하얏트에서 근사한 식사.]

[정말? 그리고 나서는 위층 객실로?]

[물론이지.]

세나의 몸이 굳었다. 민혜의 목소리였다. 머리 속에서 망치질이라도 하듯 쿵쾅거리는 소리가 울려 퍼졌다. 마음속 깊은 곳에서는 당장 이곳을 뜨라고 소리를 지르고 있었지만, 세나는 손끝부터 번져 가는 한기 때문에 그 자리에서 얼어붙어 있었다.

[자기 백치 마나님은 어쩌고?]

[그 이야기는 하지 말자.]

[애처가 흉내가 오래간다 싶었어요.]

[한번 해볼까 했는데 그것도 아무나 하는 게 아니더라고. 이제 그만둬야지, 힘들어.]

[하여간 오늘은 다 잊고 예전처럼 같이 지내는 거예요.]

[그거 좋지.]

의자가 굴러가는 소리가 났다. 부스럭거리는 소리와 덜컥거리는 소리가 나더니 금세 작게 헐떡이는 소리만 들렸다. 세나는 눈만 커다랗게 뜨고 인터폰을 쳐다봤다. 뭔가 잘못되었다. 뭔가 이상하다!

"사모님?"

윤정의 목소리가 들리자마자 세나는 인터폰을 껐다. 갑작스러운 움직임에 머리가 어지러웠다. 그녀는 흘러내린 숄을 다시 걸치고는 표나지 않게 숨을 들이마셨다. 그녀는 천천히 윤정을 돌아보았다. 그녀의 얼굴에 초점이 맞지 않았다. 눈을 깜빡여 봤지만 아무것도 보이지 않았다.

"너무 오래 걸리시는군요. 난 먼저 갈게요."

윤정이 뭐라고 말하는 것 같았지만 들리지도 않았다. 세나는 말없이 엘리베이터를 탔다. 윤정이 뒤따라오는 듯도 했지만 알 수 없었다. 그녀는 일층에서 수한의 도움으로 택시를 잡아탔다.

"어디로 갈까요?"

차가 출발하고 나서도 세나는 한동안 목적지를 말하지 못했다. 하지만 교통 체증이 너무 심해서 십 분이 지나도 한 블록을 가지 못했다. 크리스마스이브라서인지 거리에는 차가 빽빽이 들어차 있었고 조금씩 흩날리는 짓눈깨비 때문에 차들의 속도는 더욱 더뎠다. 세나는 여전히 갈 곳을 정하지 못한 채 그저 차가 가득한 거리를 내다보았다. 가로수들이 두르고 있는 빛나는 전구가 환하게 있었다. 똑바로 바라보고 있으면 눈물이 날 정도로 반짝거렸다. 세나는 눈을 감고 시트에 기댔다. 환한 전구를 너무 뚫어져라 바라봤는지 망막 안쪽에서 밝은 빛들이 번쩍거렸다.

"코엑스요. 코엑스로 가주세요."

세나는 중얼거리듯 말하다가 기사가 흘끗 백미러를 보자 좀 더 크게 말했다. 그곳으로 가는 거다. 거기서 그녀는 즐거웠다. 젊고 활기 찬 사람들이 가득 있었고 재미있는 행사도 많았다. 서훈과 함께 물고기들을 구경하면서 시간 가는 줄 모르고 웃고 떠들었다. 그 근처 식당에서 처음으로 외식도 해보았다. 그녀는 그냥 즐거웠다. 제윤의 관심 같은 것은 받지 못했지만 그래도 그럭저럭 행복했다.

세나는 손으로 입을 가렸다. 신음이나 비명이 터질 것만 같았다. 그런데 그때 제윤이 갑자기 그녀의 삶에 끼어들었다. 아무렇지도 않고 그저 평온하기만 했던 그녀의 삶에 비집고 들어와 이리저리 휘젓더니 이제 쓰레기처럼 내던졌다. 속이 울렁거리면서 심장이 터질 듯이 뛰기 시작했다. 그녀는 눈을 감고 애써 속을 진정시키려고 했다.

민혜와 제윤은 연인이었다. 세나는 눈을 뜰 수가 없었다. 두 사람은 함께 그녀를 백치라고 부르며 뒤에서 비웃고 있었다. 세나는 그제야 자신이 며칠 동안 스스로를 속이고 있었다는 것을 깨달았다. 영인의 집에서 민혜의 이야기를 엿듣는 순간부터 이런 일이 생길 것을 예상하고 있었다. 그것이 조만간 찾아올 줄도 알고 있었다. 하지만 그녀는 뻔히 보이는 절벽이 안 보이는 것처럼 굴었다. 그녀는 그저 제윤이 화났다고 스스로를 세뇌시키고 그것만 해결하면 모든 것이 괜찮을 듯이 자기 자신에게 거짓말을 했다.

세나는 속이 울렁거렸다. 제윤이 애인이 있을지도 모른다고 생각한 적이 있었다. 사실 제윤 같은 사람이 여자가 없다는 것이 더 말이 안 될지도 모른다. 세준에게조차 애인이 쉴 새 없이 있었다. 하지만 그녀에게 관심을 기울이면서 애인을 둘 것이라고는 생각하지 못했다. 왜인지 이유도 없이 그냥 막연히 그렇게 생각했다. 그런데 아니었다. 그것도 바로 그녀가 아는 사람, 그녀를 싫어하고 비웃고 경멸했던 그 여자가 바로 제윤의 애인이었다. 구토감이 격하게 올라왔다. 당장이라도 토할 것 같은 느낌에 세나는 창문을 내렸다. 눈발이 섞인 차가운 바람에 뉘엿뉘엿한 속을 조금 가라앉혔다.

가슴이 찢어질 것 같다. 지금 당장이라도 쩍 소리를 내며 갈라져 피가 철철 흐를 것만 같았다. 숨을 쉴 때마다 상처가 찢어지는 기분이었다. 차라리 안 쉬고 눈물을 참는 편이 더 쉬울 것 같았다. 세나는 자꾸만 멈춰지는 숨을 조금이라도 규칙적으로 쉬려고 애썼다. 세상에, 이렇게 제윤을 사랑하는 줄 몰랐다.

제윤이 그녀에게 잘해주는 것만으로도 감사한 일이고 만족한다고 생각했었다. 그것으로 충분하다고. 하지만 그가 애인이 있다는 것을 아는 순간 말 그대로 몸과 마음이 조각나 버렸다. 그가 화났다고 생각할 때조차 남아 있던 일말의 믿음조차 완전히 박살나 버렸다. 민혜가 제윤의 애인이라는 것을 아는 순간, 도망치고 싶었다. 하지만 그것보다도 제윤이 그녀를 진심으로 미워하고, 무시하고, 모욕했다는 것을 깨달았을 때에는 죽어버리고 싶었다. 그냥 망각의 강 저 너머로 가서 다시는 돌아오고 싶지 않았다.

세나는 천천히 변하는 창문 밖의 풍경을 멍하니 바라보았다. 제윤이 그녀를 품에 꼭 끌어안고 누워 있을 때면 몸 위에 얇게 덮인 서리들이 전부 녹아 없어지는 기분이었다. 제윤이 그녀를 돌봐주고, 사랑해 주는 것 같았다. 하지만 그것은 모두 그녀의 희망 사항이었다. 어린 시절 어느 날 갑자기 아버지가 돌변해서 그녀를 따뜻하게 안아줄 것이라고 기대했던 것처럼, 절대로 이루어지지 않을 헛된 바람이었을 뿐이다. 세나는 눈을 깜빡이며 눈물을 안으로 삭였다.

코엑스에 도착해서 세나는 얼른 아쿠아리움으로 향했지만 금세 수족관이 문을 닫을 시간이 되었다. 잠시 망설이던 그녀는 아쿠아리움에 붙어 있는 식당으로 들어갔다. 크리스마스이브라서 그런지 사람들이 넘칠 만큼 많았다. 다행히 구석 자리를 하나 얻을 수 있었다. 그녀는 테이블마다 차지하고 앉은 연인들과 가족들을 멍하니 바라보았다. 크리스마스 특선 메뉴를 시키기는 했지만 손이 가지도 않았다. 머리 속이 텅 빈 기분이었다. 그녀를 지겨워하는 제윤에게 그렇게 매달렸던 것을 생각하면 모욕감이 들어야 했다. 하지만 모욕감이니 배신감 따위를 느끼기에는 절망감이 숨 막히도록 강했다. 그 느낌이 그녀를 힘껏 쥐고 짜부라뜨릴 것만 같았다.

세나가 음식을 뒤적거리고만 있을 때 핸드폰이 울렸다. 그녀는 순간 깜짝 놀랐다. 핸드폰에 찍힌 번호는 제윤이었다. 세나는 핸드폰이 떨리는 것을 지켜보기만 했다. 한참을 울리던 전화가 마침내 잠잠해졌다. 그녀는 문득 떠오른 생각에 서훈에게로 전화를 걸었다. 수화음이 조금 길었지만 서훈은 여느 때와 마찬가지로 밝은 목소리로 전화를 받았다. 멀리서 시끌벅적한 웃음소리와 음악 소리가 멀리서 들리는 것을 보니 어디선가 즐기고 있는 모양이었다.

"서훈 씨, 저예요."

[아, 네. 메리 크리스마스예요.]

"네, 서훈 씨도요. 지금…… 어디세요?"

[친구들이랑 솔로들의 크리스마스 파티죠. 한풀이라고나 해야 할까.]

"그러세요."

그녀가 쓸쓸하게 웃는 것이 느껴졌는지 서훈의 목소리에서 웃음기가 사라졌다.

[세나 씨, 무슨 일이 있어요?]

"아뇨. 그냥 크리스마스 인사하려고요. 서훈 씨, Joyeux Noel."

[세나 씨?]

그가 무슨 말을 더 하기 전에 전화를 끊었다. 전화기를 내려놓자마자 다시 전화가 왔다. 세나는 누군지 확인도 하지 않고 전화기를 꺼버렸다. 그녀는 아무 생각 없이 레스토랑이 끝날 때까지 그곳에 앉아서 수족관 너머에서 헤엄치는 물고기들을 쳐다보고 있었다.

11시가 넘어서 레스토랑이 문을 닫고 나니 딱히 갈 곳이 없었다. 세나는 그때까지 하고 있는 가게들을 기웃거리며 시간을 보냈다. 크리스마스이브라 꽤 늦게까지 하는 가게들이 많았다. 하지만 어느덧 주변은 완전히 잠잠해지고 세나도 코엑스몰에서 나왔다. 눈은 이제 그쳤지만 날씨는 너무나 추웠다. 저도 모르게 움찔거릴 정도였다.

세나는 주위를 둘러보았다. 지나다니는 사람은 아무도 없었다. 그녀는 길가에 있는 돌 벤치에 앉아서 넓은 영동대로를 바라보았다. 아무리 늦어도 차는 끊기지 않는지 띄엄띄엄 차들이 지나갔다. 노란색 가로등도 꺼지지 않고 눈이 얇게 쌓인 차도를 밝혔다. 세나는 멍하니 그 모습을 바라보았다. 뭔가 쓸쓸하고 불안정해 보였지만 아름다웠다. 그녀는 가로등 불빛이 닿는 하늘을 올려다보다가 그 빛을 잡기라도 할 듯 손을 뻗었다. 하지만 훤히 드러난 팔에는 섬뜩한 냉기만 닿을 뿐이었다. 그녀는 밍크 숄을 고쳐 입고는 시계를 흘낏 보았다. 12시가 넘었다. 올해 크리스마스이브도 지난 20년과 다를 바가 없이 보냈다. 몇 주 전부터 크리스마스를 기대하고 이브의 저녁 식사에 대해 이것저것 상상했다는 것이 우스웠다. 일주일 전만 해도 그녀는 더 이상 행복할 수 없다고 생각했다.

그녀는 품에 안고 있는 선물을 낯설게 쳐다보았다. 그동안 내내 이것을 끌어안고 있었다는 것조차 모르게 있었다. 세나는 포장을 뜯고 큼직한 스웨터를 꺼냈다. 진한 회색에 군데군데 짜임이 다른 패턴이 있었다. 이걸 짤 때는 행복했는데. 세나는 스웨터를 잘 접어서 다시 꼭 끌어안았다. 그 속에 남아 있는 행복한 기분이 조금이라도 전해졌으면 좋겠다는 생각이 들었다. 하지만 스웨터는 온기조차 없었다. 오히려 한기를 뿜어내는 듯 가슴을 따갑게 찔러댔다. 살을 에일 듯 차가운 바람이 쉴 새 없이 불었다. 밍크 숄을 걸치긴 했지만 얇은 이브닝드레스는 추위를 막는 데 전혀 소용이 없었다.

세나는 스웨터를 꼭 끌어안으며 어두운 밤거리를 향해 하얀 입김을 만들었다. 그녀는 아무것도 아니었다. 이 매서운 추위에 밍크 숄처럼 그녀는 아무 쓸모도 없는 것이었다. 아버지에게, 오빠에게 그녀는 몇 번 괴롭히고 구석에 처박아두었다가 생각나면 다시 꺼내서 괴롭히는 장난감에 지나지 않았다. 그건 제윤에게도 마찬가지였다.

세나는 뜨거워지는 눈가를 스웨터로 꾹 눌렀다. 제윤이 예전에 그녀에게 다정하게 대해줬던 것이 이제는 두배로 그녀를 괴롭혔다. 차라리 그런 기억조차 없었으면 좋겠다. 그랬다면 지금의 제윤 때문에 이렇게 가슴 아프지는 않았을 것이다. 그냥 이런 기쁨도 모르고 그 당시 알고 있던 즐거움이 즐거움인가 보다 하고 살았다면 이렇게 절망감을 느끼지 않았을 것이다. 세나는 작게 헉헉거렸다. 아무리 참아도 눈물이 흘러나오려고 했다. 한 번 흘리면 멈출 수 없을 눈물이 가슴 깊은 곳에서 폭발하려고 했다. 세나는 자신이 언젠간 행복해질 수 있는지 알고 싶었다. 정말로 언젠가는 그녀를 사랑해 주는 사람을 만날 수 있는 건지 궁금해졌다. 그녀는 영원히 외롭고 쓸쓸할 것인지, 이런 것은 운명인지 알고 싶었다.

그녀는 더 이상 움츠리지도 않았다. 점점 더 추워지는 것 같은데 추위가 느껴지지 않았다. 그냥 자고 싶기만 했다. 자고 일어나면 예전으로 돌아가 있을지도 모른다. 제윤이 그녀에게 관심도 보이지 않던 때로. 서훈을 만나기 훨씬 이전으로. 세나는 돌 벤치를 발뒤꿈치로 톡톡 두드렸다. 발이 얼어붙었는지 딱딱한 돌에 부딪혔더니 얼얼했다. 여기서 자면 죽을지도 몰랐다. 그러면 모든 사람이 기뻐할 것이고 편안해질 것이다. 누구보다도 그녀가 더 이상 힘들거나 고통스럽지 않을 것이다. 더 이상 두려워하지도 않을 것이고 공포심도 없어질 것이다. 민학이나 세준은 물론 즐거워할 것이다. 아니면 재미있어할지도 모른다. 그리고 제윤은······.

제윤은 알 수 없었다. 그는 그렇게까지 나쁜 사람은 아니니 조금 미안해하거나 슬퍼해 줄지도 몰랐다. 하지만 곧 잊어버릴 것이다. 그녀를 5년 동안이나 버려뒀다가 잠시 아는 척했던 것처럼, 그녀를 잠시 기억하다가 다시 잊어버릴 것이다. 그녀가 죽는다면 정말 슬퍼할 사람은 서훈밖에 없었다. 서훈이라면 그녀를 오랫동안 기억하고 슬퍼해 줄 것이다. 그녀는 눈물이 묻어나는 한숨을 내뱉었다. 사실 서훈이 원망스럽기도 했다. 그는 어째서 그녀에게 말을 걸고 손을 내밀었을까. 그녀를 그냥 내버려 두지 않고. 외롭고 쓸쓸하기는 했지만 그래도 그때는 안전했다. 이렇게 피를 토할 듯 가슴이 아프거나 슬프지 않았다.

세나는 스웨터를 무릎 위에 펼쳐 보았다. 제윤은 그녀에게 선물을 많이 줬는데 그녀는 준 것이 아무것도 없었다. 그래서 이런 거라도 해주면 그가 기뻐할지도 모른다고 생각했다. 그녀의 선물을 받아줄 거라고 생각했는데. 세나는 다시 스웨터를 돌돌 말았다. 그냥 일주일 전에 줄 걸 그랬다. 이렇게 산산조각 날 줄 알았으면 그때라도 더 많이 즐겼을 것이다. 더 많이 기뻐하고 더 많이 착각했을 것이다.

"세나 씨!"

그녀는 천천히 고개를 돌렸다. 누군가 저 멀리서부터 그녀의 이름을 부르며 다가오고 있었다. 세나는 멍하니 그를 쳐다보았다.

"세나 씨! 여기서 뭘 하는 거예요!"

서훈은 황급히 코트를 벗어 세나에게 입혔다. 두르고 있던 목도리도 그녀의 목과 머리에 친친 감고 장갑도 그녀에게 끼워주었다. 그녀는 여기에 얼마나 오래 있었는지 벤치만큼이나 차갑게 얼어 있었다. 그는 얼른 세나를 일으켜 세웠다. 그녀는 일어나기 힘든지 작게 신음 소리를 냈다. 서훈은 세나가 떨어뜨린 스웨터를 집어 들고 그녀를 차로 데리고 갔다.

"이 추위에 그렇게 입고 뭘 하고 있던 거예요? 시간을 보내고 싶으면 다른 따뜻한 데도 많잖아요!"

서훈은 히터를 최대로 틀고 스웨터도 그녀의 목에 둘렀다. 세나는 온몸이 떨리는 것을 막을 수가 없었다. 꽁꽁 얼어붙었던 몸이 히터의 열기에 녹으면서 마비되는 것처럼 둔해졌다. 온몸의 근육과 감각들을 제어할 수 없었다. 세나는 짜릿짜릿 아파오는 팔다리를 만져 보았다. 남의 몸인 것처럼 아무런 느낌도 없었다. 서훈이 하는 이야기도 저 멀리 창문 너머에서 들리는 것 같았다.

"네, 찾았습니다. 코엑스에 계셨어요. 삼성역에서 봉은사 쪽으로 올라오시다 보면……."

갑자기 그의 목소리가 선명하게 들렸다. 세나는 깜짝 놀라 서훈의 말이 끝나기도 전에 전화기를 빼앗았다. 그리고 배터리를 빼고 뒷좌석으로 던져 버렸다.

"세나 씨!"

"사장님한테 말하지 마세요. 사장님한테 말하지 마세요."

"세나 씨?"

기어이 눈물이 흘렀다. 울려고 한 것이 아니었다. 하지만 세나는 눈물을 멈출 수가 없었다. 몸속이 얼었다 녹아서 흘러넘치는 것 같았다. 화끈거리는 볼 위로 눈물이 지나가는 것이 아팠다.

"사장님한테 말하지 말아요. 아무 말도 하지 말아요."

세나는 알아들을 수 없는 말을 중얼거리며 눈물을 뚝뚝 떨어뜨렸다. 그에게 열심히 뭐라고 말하는 것 같았지만 영어와 프랑스어가 뒤섞여서 전혀 알아들을 수 없었다. 그녀의 눈이 커다래지면서 동시에 멍해졌다. 그를 보는 것 같으면서도 초점이 흩어져 있었다. 서훈은 너무 놀랐다. 덜컥 겁이 날 정도였다. 그는 차마 달래는 말도 못하고 그저 그녀의 어깨를 어루만질 뿐이었다. 몇 시간 전 전화할 때만 해도 이 정도이라고는 생각하지 못했다. 그녀가 침울한 것까지는 알 수 있었지만, 별일 아니라고 생각하려 했다. 하지만 한 시간도 되기 전에 제윤에게서 전화가 왔다. 세나를 찾는다는 그의 퉁명스러운 말에 얼마나 놀랐는지 모른다. 세나에게 그와 연락하지 말라고 명령했다는 말을 들었다. 그런 제윤이 세나 일로 그에게까지 전화를 했다면 상당히 심각한 일이란 뜻이었다.

"세나 씨."

세나는 어린아이처럼 눈을 부비며 눈물을 닦다가 손에 얼굴을 묻었다. 울음소리를 애써 감추려는 것 같았다. 흐느끼는 소리가 점점 작아지면서 헐떡이는 소리만 들렸다. 서훈은 그 소리에 더 불안해졌다. 차라리 통곡을 하는 편이 나을 것 같았다. 서훈은 그녀를 건드리기도 걱정스러웠다. 손만 대도 부서질 것 같았다.

"괜찮아요, 괜찮아요."

서훈은 밍크 숄 위로 그녀의 어깨를 쓰다듬었다. 소리를 죽이느라고 어깨가 바들바들 떨렸다. 서훈은 그녀를 꼭 안아주고 싶었다. 도대체 제윤은 무슨 짓을 한 것일까. 세나가 이렇게 될 정도라면 분명히 제윤 때문이었다. 세나는 제윤을 사랑했다. 그녀가 제윤에 대해 하는 이야기만 들어도 알 수 있었다. 언제나 제윤이 뭐라고 했고 뭘 해줬다라는 이야기가 빠지지 않았다. 듣고 있으면 미소가 나올 정도였다. 만약 제윤에게 무슨 일을 당했다면 이렇게 슬퍼할 만도 했다. 사실 그 외에 세나에게 상처 줄 수 있는 사람은 없었다. 서훈이 인상을 찌푸리며 생각에 잠겨 있을 때 창문을 똑똑 두드리는 소리가 났다. 제윤이 차 옆에 서 있었다.

"사장님 오셨어요."

"싫어요! 싫어요! 하지 말아요. 가지 말아요!"

그가 차에서 내리려고 하자 세나는 다급하게 그의 옷자락을 붙잡았다. 마치 그가 떠나 영영 돌아오지 않을 거라고 생각하는 것 같았다. 서훈은 그녀의 필사적인 말투에 너무 놀랐다. 무슨 일이 있어도 크게 있었다. 세나가 이렇게 필사적으로 말하는 것은 처음이었다.

"괜찮아요. 아무 일 없을 거예요."

그는 침착하고 다정하게 말했다. 세나는 공포에 사로잡힌 듯 눈을 커다랗게 뜨고 그를 바라보았다. 대여섯 살 어린아이를 보는 기분이었다. 서훈은 불안감을 애써 삼키며 미소를 지었다.

"괜찮데도요."

세나는 알아들을 수 없는 프랑스어를 중얼거렸다. 서훈은 옷자락을 꼭 움켜쥔 세나의 손을 토닥거렸다. 그제야 세나는 손을 놓았다. 서훈은 차에서 내렸다. 제윤은 눈을 가늘게 뜨고 그를 노려보고 있었다.

"데리고 가겠습니다."

"힘들 것 같은데요."

"김 사장이 보내기만 하면 됩니다."

"세나 씨 상태를 보시지 않았습니까."

"저 여자는 내 아내입니다!"

제윤은 서훈을 젖히고 조수석으로 성큼성큼 걸어가 문을 벌컥 열었다. 세나는 공포심에 사로잡혀 쇳소리를 내며 뒤로 물러앉았다. 제윤은 그녀를 거칠게 끌어내리려고 했다. 서훈이 걸쳐 준 스웨터가 바닥에 떨어져 짓밟혔다. 세나는 그에게서 도망치려고 했지만 피할 수가 없었다.

"하지 말아요. 하지 마세요!"

세나는 제윤의 힘에 질질 끌려 나갔다. 머리 속이 터질 것 같았다. 미친 듯한 절망감이 공포심과 함께 차가운 바람처럼 몰아쳤다. 그녀는 비명을 애써 삼켰다. 무서웠다. 더 큰 소리로 비명을 지르며 발버둥 치고 싶었지만 그럴수록 더 죄어들 것만 같았다.

그녀는 할딱거리며 제윤을 올려다보았다. 제윤이 붙잡은 팔이 불타는 것 같은 기분이 들었다. 그가 왜 이러는지 알 수 없었다. 그냥 내버려 두는 편이 좋았다. 차라리 가까이 다가오지 않는 것이 나았다.

"날 놔두세요. 날 버려요."

세나는 마침내 차가운 아스팔트에 주저앉았다. 제윤은 어두운 눈으로 그녀를 내려다보다가 내뱉듯이 말했다.

"넌 내 아내야. 나하고 가야 해."

"그냥 날 내버려 두세요. 난…… 서훈 씨랑 있을래요. 서훈 씨하고 있고 싶어요."

다시 한 번 눈물이 뚝뚝 떨어졌다. 차가운 바람과 추위에 뺨 위의 눈물 자국이 얼어붙어 얼굴이 뻣뻣했다. 하지만 세나는 눈물을 닦을 생각도 못하고 얼어붙은 바닥에 앉아 있었다.

"세나야, 난……."

"그냥 가세요. 죄송해요. 제가…… 제 잘못이에요. Juste…… Laisse moi, allez a elle……, allez! allez a votre amie(그냥…… 그냥 절 내버려 두세요. 그녀에게 가세요)……."

"세나야!"

주위가 빙글 돌았다. 아스팔트 바닥이 위로 휙 솟구쳐 올랐다. 제윤이 말하는 것을 채 듣지도 못하고 세나는 그렇게 원했던 어둠 속으로 빨려들어 갔다.

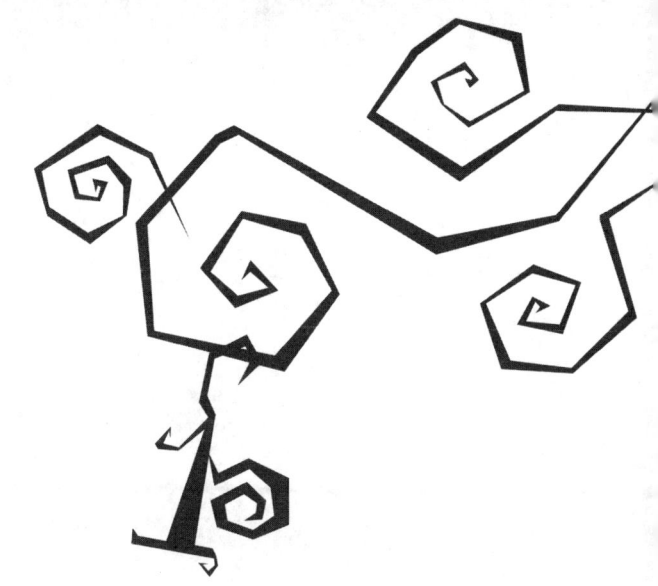

세나가 정신을 차렸을 때는 따뜻한 방 안이었다. 그녀는 잠시 폭신한 이불을 음미하며 누워 있었다. 하지만 침대에서 나는 냄새와 베개의 느낌이 보통 때와 다르다는 것을 깨닫고 가볍게 인상을 찌푸리며 눈을 떴다. 여기가 어딘지 생각나지 않았다. 혹시 개포동 집인가. 분명히 그녀의 방은 아니었다. 세나는 두툼한 이불을 젖히다가 여전히 까만 드레스를 입고 있다는 것을 깨닫고는 깜짝 놀랐다. 순간 따뜻하게 녹은 몸이 확 얼어버릴 기억들이 다시 떠올랐다.

"일어나셨네요."

서훈이 안을 들여다보고는 밝게 웃었다. 잠시 사라졌던 그는 차를 가지고 들어와 침대 옆 탁자에 놓고 스탠드를 켰다. 세나는 멍한 눈으로 그를 올려다보고 있었다. 가슴이 깊이 파인 드레스와 높이 올린 머리 모양은 세련된 어른으로 보였지만, 표정이 사라진 얼굴은 혼란스러운 어린아이 같았다. 서훈은 미소를 지우고 길게 한숨을 내쉬었다.

"이게 도대체 무슨 일이에요."

"죄송해요. 제가 너무 폐를 끼쳤죠."

세나는 고개를 숙였다. 그녀는 침대에 고쳐 앉더니 추운 듯 몸을 웅크렸다. 서훈은 얇은 담요를 건넸다. 그녀는 담요를 두르고는 그가 건네준 찻잔도 받았다.

"전 괜찮아요. 세나 씨는요? 아직도 춥거나 머리 아프고 그렇지 않아요? 거기서 도대체 얼마나 오래 있었던 거예요?"

세나는 고개를 흔들었다. 찻잔의 따뜻한 온기가 손바닥을 가득 채웠다. 하지만 얼어붙은 가슴까지 녹일 수는 없었다. 오히려 더 뜨끔뜨끔 아프기만 했다. 그녀는 찻잔을 내려다보면서 작게 중얼거렸다.

"사장님께서…… 애, 애인이 있어요."

찻잔을 들던 서훈의 손이 멈췄다. 그는 순간적으로 민혜가 떠올랐지만 고개를 저었다. 제윤이 비록 공격적이고 거친 사업 스타일로 악명이 있었지만 맺고 끊음만큼은 확실했다. 그가 집으로 들어오기 전에는 민혜를 사귀었을지도 모른다. 하지만 그가 세나를 선택한 순간 전부 깨끗이 정리했을 것이다. 제윤은 그렇게 악질적인 사람은 아니었다.

"이, 이민혜 씨예요."

서훈의 얼굴이 움찔거렸다. 세나는 그가 감추려고 한 그 느낌을 찾아내고는 입을 벌렸다 다물었다.

"알고 계셨군요."

세나는 입술을 깨물었다. 혹시 그녀를 제외한 모든 사람들이 다 알고 있는 사실이었던 것은 아닌가 싶었다. 어쩌면 다른 사람들은 민혜가 제윤의 아내라고 생각했을지도 모른다. 다시 몸이 떨리기 시작했다. 찻잔이 받침에 부딪히는 소리가 날 정도로 손이 부들부들 떨렸다. 혹시 제윤도 그녀가 알고 있으리라고 생각하지는 않았을까. 그런 것을 알면서도 자기를 좋아한다고 생각한 걸까. 세나는 그제야 모욕감을 느꼈다. 자신이 정말로 굶주린 강아지처럼 느껴졌다. 제윤이 손짓만 해도 좋아라 달려가 매달리는 강아지.

"이 실장은 계속 왔어요. 처음부터요. 이것저것 마음에 안 드는 거 다 고치고, 나한테 이렇게 저렇게 하라고 하면서…… 사장님의 애인이, 집에 와서…… 난 거기서 살았어요. 거기서, 시키는 대로 다 하고. 화낼까 봐…… 사장님이……."

눈두덩이 뜨거워졌다. 눈물이 핑 돌았다. 차라리 불이 난 것이 잘된 일이었다. 민혜가 만진 물건들 사이에 휩싸여 살았다는 사실을 깨닫자마자 구역질이 올라왔다. 세나는 눈을 감았다. 이렇게 비참했던 적이 없었다. 언제나 공포심에 사로잡혀 있기는 했지만, 이런 식으로 비참하지는 않았다.

"이제 다 끝난 일일 거예요. 사장님이 얼마나 세나 씨한테 잘해주는 지 세나 씨 자신도 알잖아요."

세나는 고개를 저었다. 눈물이 주르륵 흘렀다. 깜짝 놀란 서훈은 얼른 휴지를 뽑아 그녀에게 건넸다.

"어, 어제 사장, 사장님께 갔었는데 이 실장이 와 있었어요. 내가 기다리는데…… 밖에서……."

흐느끼는 소리 때문에 말이 이어지지 않았다. 서훈은 그녀가 띄엄띄엄하는 이야기를 이어 마침내 모든 상황을 파악할 수 있었다. 그는 저도 모르게 자리에서 벌떡 일어났다. 당장 제윤을 찾아가서 흠씬 두들겨 패줘야겠다는 생각만 들었다. 세나의 기억 속에 있는 민학이나 세준까지는 그가 어떻게 해줄 수 없지만, 바로 손 가까이에 있는 제윤이라면 그가 기꺼이 손봐줄 수 있었다.

"세나 씨, 괜찮아요. 이제 괜찮아요."

서훈은 세나의 어깨를 꼭 끌어안고 토닥거렸다. 그녀는 영원히 그치지 않을 것처럼 소리없이 눈물만 흘렸다. 몸도 자꾸만 떨리고 호흡도 고르지 않았다. 서훈은 한동안 그녀를 가만히 안고만 있었다.

"죄송해요. 저, 갈게요."

세나는 어린아이처럼 담요로 얼굴을 닦았다. 서훈이 말릴 틈도 없이 그녀는 자리에서 일어났다. 하지만 힘이 없는지 금세 휘청거렸다. 서훈은 얼른 그녀를 부축해서 다시 앉혔다. 세나는 노출이 심한 옷이 부끄러운지 몸을 감싸고 팔을 문질렀다. 서훈은 그녀에게 다시 담요를 덮어주었다.

"집에 가실 거예요?"

"아뇨. 별로…… 사장님께서 계실지도 몰라서……. 집에 가고 싶지는 않아요."

"그럼 어디로 가려고요?"

세나는 고개를 흔들었다. 갈 곳이 아무 데도 없다는 사실이 떠올랐다. 그녀는 서울에서 서훈 외에 아는 사람이 아무도 없었다. 갑자기 공포심이 울컥 치밀어 오르더니 숨도 쉴 수 없이 온몸을 감쌌다. 여태까지 한 번도 그런 생각을 해본 적이 없었다. 그녀가 아버지에게 버림받았고 남편에게 유기당했다고는 하지만, 결국 그녀는 어느 것 하나 혼자 해결한 것이 없었다. 집도, 음식도, 옷도 전부 그들이 해준 것이었다. 전부 제윤이 돌봐주고 있던 것이었다. 그녀가 할 수 있는 일은 아무것도 없었다. 그가 버리면 버리는 대로, 데리고 있으면 데리고 있는 대로 그녀는 그렇게 살 수밖에 없었다.

"난 갈 곳이 없어요."

세나는 멍하니 서훈을 올려다보았다. 민학이나 세준에게 돌아갈 수는 없었다. 그녀를 절대로 용서하지 않을 것이다. 그들은 그녀를 죽일 것이다. 아니면 자살할 때까지 그녀를 미치게 만들던가. 세나는 갑작스러운 한기에 몸을 더 움츠렸다. 어떻게 해야 할지 알 수 없었다. 그녀는 정말 쓸모없는 존재였다. 어쩌면 처음부터 남의 장난감이나 되도록 정해진 것일 수도 있다.

"여기 있어도 돼요."

"하지만 영영 그럴 수는 없어요. 저도, 저도 뭔가…… 어떻게……."

세나는 말을 잇지 못하고 시선을 내렸다. 누군가 예전의 제윤처럼, 그녀가 착각했던 제윤처럼 그녀를 사랑해 주는 곳에 있고 싶었다. 있어도 된다는 느낌이 드는 곳에, 그녀가 소중한 존재라는 느낌이 드는 곳에 있고 싶었다.

"그런 건 천천히 생각하죠."

서훈은 다정하게 그녀의 머리를 쓰다듬었다. 세나는 서훈을 눈물에 젖은 눈으로 쳐다보았다. 어째서 서훈을 사랑하지 못하는 것일까. 이렇게 다정하고 착하게 그녀를 보살펴 주는데. 제윤과 달리 그녀를 파괴하지도 않는데. 세나는 눈물을 삼켰다.

"고마워요, 정말로……. 난 서훈 씨가 좋은데…… 왜, 난……."

또 눈물이 흘렀다. 그를 사랑했다면 이런 절망감도 비참함도 들지 않았을 것이다. 그를 사랑할 수만 있었다면…….

"나도 세나 씨 좋아해요. 하지만 그런 게 다는 아니죠."

세나는 그를 올려다보다가 고개를 끄덕였다. 서훈은 한동안 그녀를 토닥이다가 일어났다.

"조금 더 자요. 내일 아침에 이야기하죠."

세나는 착한 어린아이처럼 그의 말에 따랐다. 서훈은 이불을 끌어당겨 덮어주고는 조용히 방에서 나왔다.

세나가 정성껏 장식했던 거실은 아수라장이 되었다. 커다란 두 남자는 여전히 씩씩거리며 서로를 잡아먹을 듯 노려보았다. 두 사람이 잠시 조용해진 틈을 타서 진회색 강아지가 구석에서 기어나왔다. 강아지는 열심히 꼬리를 흔들며 두 사람을 번갈아가며 쳐다보았다. 그러더니 서훈에게 다가가 앞발을 대고 일어섰다.
"젠장, 마누라에 이젠 개새끼까지 데려가는구만."
제윤은 포기라도 하듯 어깨를 으쓱이고는 찬장에서 양주병을 꺼냈다. 찬장을 장식하고 있던 양주병들은 대부분 텅 비어 있었다.
"도대체 무슨 짓을 하신 겁니까?"
"다짜고짜 주먹부터 날린 놈이 이제 와서 묻는 건가?"
제윤은 욱신거리는 가슴과 배를 문질렀다. 현관문을 열자마자 서훈은 주먹부터 날렸다. 제윤은 피할 틈도 없이 강한 주먹에 맞아 바닥에 쓰러졌다. 그리고 거실이 엉망이 될 때까지 소년들처럼 맞붙어 싸웠다.
"이런 짓도 오랜만이군."
그는 작게 중얼거리며 서훈에게 잔을 건넸다. 서훈은 한 번에 잔을 비우고는 내려놓았다. 제윤은 다시 한 잔 가득히 채우고 자신은 병째 들이켰다.

"세나는 괜찮나?"

몇 번을 망설인 끝에 제윤이 물었다. 서훈은 그를 흘낏 보더니 고개를 끄덕였다.

"날 밝으면 차를 보낼 테니 세나를 보내주게."

"사장님이 그런 짓을 했는데 세나 씨가 오고 싶어할 것 같습니까?"

"그러는 자네들이야말로 도대체 무슨……."

제윤은 버럭 고함을 지르다가 입을 다물었다. 세나가 서울에 갔다고 하길래 그에게 오려고 하는 것인 줄 알았다. 그녀는 한 번도 그런 적이 없었다. 은근히 기대를 했건만 그녀는 인터컨티넨탈 호텔로 간다고 했다. 조금 실망하기도 했지만 그 역시 같은 곳에서 민학과 만나기로 했기 때문에 걱정이 더 컸다. 회사 일을 대충 정리하고 부랴부랴 호텔로 갔다. 칸막이가 쳐진 소파에서 그녀에게 전화를 하려고 할 때 등 뒤로 세나와 서훈의 목소리가 들렸다.

제윤은 그때의 느낌이 되살아났다. 벼락을 맞는 느낌이었다. 속이 뒤집어지는 것 같았다. 세나는 머뭇거리지도 않고 조용한 목소리로 말했다. 그에게는 한 번도 한 적이 없는 말을 서훈에게 했다. 제윤은 이를 악물고 앞에 앉은 서훈을 노려보았다. 훤칠한 키에 체격이 좋으면서도 친절하고 온화했다. 세나는 그에게는 겁을 먹지 않고 거리낌없이 친근하게 굴었다. 제윤은 서훈의 발치에서 맴도는 강아지까지 노려보았다.

"저희가 뭘 어떻게 했다는 겁니까?"

서훈은 입가의 피를 훔치며 인상을 찌푸렸다. 얼굴을 찌푸렸더니 멍이 든 눈가가 더 아팠다. 제윤은 말을 말자는 듯이 술을 한 모금 더 마셨다.

"세나는 자네가 좋다더군."

서훈은 입을 벌리고 그를 쳐다보았다. 마치 짓씹어 내뱉듯이 하는 말이었다. 서훈은 그 말 속에 담긴 수많은 뜻을 알아차렸다. 그의 표정이 묘하게 바뀌어서인지 제윤이 눈을 가늘게 떴다.

"질투하시는 겁니까?"

"세나는 내 아내야. 질투하고 말고 할 것도 없지."

버럭 소리를 지르려던 제윤은 차분하게 대답했다. 질투 따위가 아니었다. 단지 그녀가 그의 말을 따르지 않고, 서훈을 더 중요하게 생각하는 것 같아서 화가 난 것뿐이었다. 그저 그런 것뿐이다.

"질투하시는 것이군요."

서훈의 말투가 재밌다는 듯이 바뀌었다. 제윤은 얼굴색을 바꾸고 그를 쳐다보았다. 수많은 사업가들을 위협하던 제윤의 위압감이 되살아났다. 하지만 서훈은 지지 않고 그를 마주보았다.

"그런데 왜 그런 짓을 하신 겁니까?"

제윤은 무슨 소리냐는 듯 한쪽 눈썹을 치켜들었다. 서훈은 세나가 해준 이야기를 찬찬히 다 해주었다. 제윤의 표정은 별 변화가 없었다. 하지만 그가 말을 마치자 제윤은 길게 한숨을 내쉬며 새 술병을 가지러 찬장으로 다가갔다.

"하루 종일 마셔도 부족하겠군."

서훈이 한 이야기들이 비수처럼 그의 가슴에 박혔다. 아니, 몸을 꿰뚫고 지나가는 것만 같았다. 세나가 영인의 말을 들었으리라고는 생각하지 못했다. 세나가 민혜와의 이야기를 들었으리라고는 꿈에도 생각하지 못했다. 그때 민혜가 책상에 앉는 바람에 인터폰이 켜진 모양이었다. 그는 거칠게 한숨을 내뱉었다. 자신이 무슨 짓을 저질렀는지, 세나가 무엇을 듣고 보았는지 생각을 하면 미칠 것 같았다. 스스로를 목매달고 싶을 정도였다. 제윤은 고함을 지르지 않기 위해 이를 악물었다. 미친 듯이 소리를 지르며 자기 자신을 벌주고 싶었다. 제윤은 술의 절반을 한 번에 들이켰다. 속이 뒤집어지고 불타오르는 것 같았지만 상관하지 않았다. 차라리 그렇게 되기를 바라고 있었다.

크리스마스이브에 민혜를 부른 것은 명백히 고의였다. 그렇게라도 상처난 자존심을 달래고 싶었다. 그가 내버렸던 아내에게서 좋아한다는 말을 듣지 못했다고 해서 그가 모자란 것은 아니었다. 그에게도 좋다며 매달리는 여자가 있었다. 하지만 민혜는 세나가 아니었다. 그녀가 아무리 예쁘고 매력적이라 해도 세나를 대신할 수는 없었다. 사장실에서 나오기 전부터 이미 어떻게 해야 그녀를 무리없이 떼어낼 수 있는지 고민하고 있었다. 다행히 비서가 그에게 중요한 연락이 왔다며 쪽지를 건네주었다. 쪽지에는 세나가 왔다 갔다는 말만 짧게 쓰여 있었다. 제윤은 그 일을 핑계로 민혜를 보내고 얼른 세나에게 전화를 했다. 하지만 대답없이 계속 울리기만 하던 그녀의 핸드폰은 어느 순간 전원이 꺼져 있다는 말이 나오기 시작했다.

처음에는 짜증이 났다. 이럴 거면 뭐 하러 찾아온 건지 화도 났다. 하지만 한 시간이 지나고 계속 연락이 되지 않자 이제는 걱정이 되기 시작했다. 그녀에게 일어날 수 있는 수많은 일들이 생각났다. 그는 세나가 갈 만한 곳에는 전부 연락을 하려고 했다. 하지만 서울에는, 아니, 한국에는 그녀가 아는 사람도, 갈 곳도 전혀 없었다. 마침내 두시간이 지나자 제윤은 서훈에게 연락할 수밖에 없었다. 서훈은 깜짝 놀라더니 자기도 찾아보겠다고 말했다. 제윤은 비참하다는 생각이 들었다. 무력한 기분이 다시 한 번 찾아왔다. 서훈이 세나를 찾았다고 했을 때는 뛸 듯 기쁘면서도 동시에 절망감이 들었다. 도대체 그는 무엇인지 알 수가 없었다. 도대체 그가 세나에 대해서 아는 게 뭐가 있고 서훈에 비해 뭐가 다른지 알 수가 없었다.

그래서 세나를 달랠 수가 없었다. 그녀를 질질 끌고라도 집에 가야겠다는 생각만 들었다. 하지만 그녀는 전에 없이 저항했다. 그녀가 우는 것은 처음 보았다. 너무나 놀란 나머지 서훈이 세나를 데리고 가는 것도 막을 수가 없었다. 그녀가 울었다. 그 모든 일들을 겪으면서도 전혀 울지 않던 세나가 차가운 바닥에 주저앉아 심장을 토해내듯 울었다. 그리고 그렇게 만든 것은 바로 그 자신이었다.

제윤은 이를 악물었다. 지금 비난받아야 하는 사람은 바로 그 자신이었다. 그는 간신히 자라난 세나의 마음을 짓밟고 뿌리째 뽑아버렸다. 마치 그녀를 보호하는 척 온갖 수작은 다 부리며 민학과 세준을 비난했지만, 결국 최악의 상처를 입힌 사람은 어느 누구도 아닌 그 자신이었다. 제윤은 눈을 꼭 감았다. 자신이 세나에게 했던 말들이 되살아났다. 어떻게 그런 말들을 할 수 있었는지 알 수 없었다. 그런 끔찍한 말들을 내뱉었다는 것이 믿기지가 않았다. 하지만 그때는 자신이 무슨 말을 하는지도 몰랐다. 세나가 움찔거리는 순간에서야 그는 정신이 들었다. 그때 세나는 맞을 준비라도 하듯 잔뜩 긴장한 채 눈까지 감고 있었다.

그는 떨리는 손을 한동안 내려다보다가 술병을 마저 비웠다. 도대체 무슨 짓을 한 것일까. 그는 세나에게 무슨 짓을 한 것일까.

"사장님?"

부드러운 목소리가 들리더니 어깨 위로 손이 올라왔다. 제윤은 걱정스러운 서훈의 얼굴을 올려다보았다. 문득 어딘지 모르게 세나와 닮았다는 생각이 들었다.

"세나 씨를 사랑하십니까?"
"그런 건 알아서 뭘 하려고."
"세나 씨는 사장님을 많이 사랑합니다. 정말로 많이요."
"그렇겠지. 자네가 세나에 대해 나보다 더 잘 알 테니까."
그 자신이 듣기에도 심통난 아이 같은 목소리였다. 제윤은 씁쓸하게 웃으며 몸을 일으켰다. 서훈도 살짝 웃더니 그에게 잔을 내밀었다.
"직접 오셔서 세나 씨에게 사과하세요."
"생각해 보도록 하지."
제윤은 서훈의 잔에 술이 넘치도록 부었다.

세나는 울적하게 앉아서 창밖을 멍하니 내다보았다. 나무도 있고 풀도 있었던 분당 집에 비해서 이 집에서 볼 수 있는 것이라고는 저 멀리까지 뻗어 있는 도로와 높은 빌딩들뿐이었다.
"사모님, 차 좀 드세요."
희경이 생강차를 내려놓았다. 세나는 희경을 쳐다보지도 않고 고개를 끄덕였다. 희경은 길게 한숨을 내쉬었다.
"언제까지 남의 집에 계실 거예요? 이제 집에 가셔야죠."
"그래야겠죠."
"전부 제 탓인 것 같다는 생각이 드네요."
희경은 무겁게 말했다. 세나가 서훈을 만나러 갔다는 말을 하지 않았다면 이 모든 일이 벌어지지 않았을 것이다. 세나에게 제윤을 찾아가라고 말하지 않았다면 아무 일도 없었을 것이다.
"그렇지 않아요. 그냥…… 운이 없었던 거죠."
세나는 담요를 좀 더 가까이 잡아당기며 몸을 움츠렸다. 정말 그랬다. 그냥 그 정도에서만 만족했으면 됐을 것이다. 제윤이 주는 것만 감사히 받았으면 될 것을 더 많은 것을 바라며 밖으로 발을 내민 것이 문제였다. 그냥 집에 가만히 있었다면 아무런 일도 없었을 텐데.

세나는 희경의 뒷모습을 물끄러미 쳐다보았다. 서훈의 집에 온 다음날 아침, 눈을 뜨니 희경이 부지런히 요리를 하고 있었다. 순간 세나는 어지러워져서 자리에 주저앉을 수밖에 없었다. 더 이상 가슴 철렁할 일은 없을 것이라고 생각했는데 희경이 여기 왔다는 사실을 깨닫는 순간 너무나 놀랐다. 제윤이 왜 희경을 보냈는지 알 수가 없었다. 그녀에게 영영 돌아오지 말고 여기서 살라는 소리 같았다. 마침 버리게 되어 잘됐다는 것처럼 느껴졌다.

그녀가 한동안 바닥에 주저앉아 있는데 희경이 나오다가 그녀를 발견했다. 희경은 얼른 그녀를 거실의 소파로 부축해 주고는 차가운 물도 가져다 주었다. 제윤이 잠시 이쪽으로 출근하라고 시켰다고 했다. 그리고 원한다면 개포동 집으로 옮겨도 된다고 했다고 전했다. 하지만 세나는 희경이 보여준 열쇠도 받지 않았다. 민혜가 만졌던 물건을 만진다는 생각만으로도 소름이 끼쳤다. 분당 집을 돌봤듯이 그 집도 분명히 민혜가 꾸미고 치우고 관리했을 것이다. 어쩌면 그 침대에서 제윤과 함께 잤을지도 모른다. 세나는 자신이 민혜와 제윤이 사랑을 나눴을지도 모르는 침대에서 제윤과 함께 잤다는 사실에 구역질이 났다.

세나는 눈을 감고 소파에 기댔다. 지금까지 잤지만 또 자고 싶었다. 자고 일어나면 아무 일도 없었던 것처럼 될지도 모른다. 세나는 폭신폭신한 소파에 얼굴을 부비다가 눈을 떴다. 하지만 한 번도 그렇게 된 적이 없었다. 자고 또 자고, 아무리 오랫동안 자도 현실은 바뀌지 않았다.

그녀는 희경이 가져다 준 생강차를 한 모금 마셨다. 뜨겁고 매워서 눈물이 핑 돌았다. 이제 어떻게 해야 할지 알 수가 없었다. 어떻게 될지도 몰랐다. 그녀에게는 선택의 여지가 없었다. 다시 집으로 돌아가는 수밖에. 제윤이 다시 그녀를 버리든, 민혜를 데리고 살든 그녀가 어떻게 할 수 있는 일이 아니었다. 집을 나가서는 어떻게 살아야 하는지도 몰랐다. 비참했다. 제윤이 말한 대로 그녀는 정말로 쓸모없는 존재였다. 왜 여태까지 살아 있었는지도 알 수 없었다. 도대체 무엇 때문에 아무것도 못 느끼는 척, 아무 생각도 없는 척까지 해가며 살아왔던 것일까.

세나는 자리에서 벌떡 일어났다. 26층에서 내려다보는 도로는 이 세상에 속한 것 같지 않았다. 그녀는 앞에 유리가 있는지 없는지 확인이라도 하듯 손을 가져다 댔다.

"사모님?"

세나는 깜짝 놀라 뒤를 돌아보았다. 희경이 그녀를 걱정스럽게 쳐다보고 있었다.

"김 사장님 전화예요."

희경은 계속 그녀를 흘끔거렸다. 세나는 말없이 전화를 받았다.

[세나 씨, 좀 어떠세요?]

너무나 따뜻한 목소리에 세나는 목이 메었다. 누군가 그녀를 걱정해 주고 있다는 사실에 가슴이 미어질 것 같았다. 세나는 그저 고개를 끄덕이다가 애써 목소리를 냈다.

"괜찮아요."

[주무시고 계셨어요?]

"아니에요. 거실에서 밖을 보고 있어요."

[춥지 않아요? 추우면 히터 더 트세요. 화장실 옆에 방 중에 하나 뒤져 보면 전기매트도 있을 텐데.]

세나는 쿡 웃음이 나왔다. 서훈의 아파트는 남자 혼자 사는 것치고는 너무 넓었다. 거실도 커다랗고 큼직한 침실도 다섯개는 되었다. 하지만 정작 쓰는 것은 몇 개 안 되는 듯 대부분의 방들은 창고 같았다.

[음, 그건 그렇고 오늘 저녁에 한 사장님이 오신대요.]

기분이 훨씬 나아졌던 세나는 서훈의 말에 화들짝 놀랐다. 그녀가 놀라는 기색을 눈치 챘는지 서훈의 숨소리도 조심스럽게 잦아들었다. 세나는 그에게 걱정을 끼친 것 같아서 미안했다. 그렇지 않아도 이렇게 그의 집에 얹혀 있어서 미안한데, 서훈은 싫은 내색도 안 하고 그녀를 돌봐주었다. 세나는 그의 얼굴에 멍이 들었던 것이 떠올랐다. 세나가 놀라서 이유를 물었지만 그는 대답하지 않았다. 그녀는 그것이 제윤 때문이라는 것을 알아차렸다. 그래서 너무나 고마웠다. 누군가 그녀의 아픔을 동정해 주고 대신해서 싸워주려는 것이 눈물이 나올 정도로 행복했다. 한때 제윤이 그랬다고 생각했다. 그녀를 위해 분노해 주고 그녀를 보호해 주려 한다고 생각했다.

"괜찮으시겠어요?"

[저야 괜찮죠. 세나 씨는 어때요?]

"저도 괜찮아요. 괜찮을 것 같아요."

그녀의 목소리가 작아졌다. 서훈은 한숨을 내쉬었다.

[사장님 계실 때 같이 있어드릴까요?]

"아뇨, 괜찮아요. 진짜 괜찮아요."

세나는 목이 막혀 고개만 젓다가 다시 대답했다. 서훈은 안심이 안 되는지 정말이냐고 재차 물었다. 그녀는 고개를 끄덕여 가며 괜찮다고 말했다.

[그러면 저는 오늘 저녁을 나가서 먹고 올게요. 10시나 11시쯤 돌아올 거예요.]

"죄송해요."

[괜찮아요. 신경 쓰지 마세요.]

서훈은 쾌활하게 말했다. 세나는 눈물이 왈칵 쏟아질 것 같았다. 서훈이 좋았다. 그에게 너무나 고마웠다. 그녀는 전화를 끊으려는 서훈을 황급히 불렀다.
[네?]
"저…… 고마워요."
서훈은 대답하지 않았지만 싱긋 웃는 소리가 들렸다.

저녁 7시가 되자 희경도 퇴근하고 세나는 불안하게 집 안을 맴돌았다. 그렇지 않아도 낯설고 넓은 집이 더 넓게만 느껴졌다. 마침내 현관 벨소리가 울리는 순간에는 긴장감이 폭발해서 머리가 하얗게 비었다. 세나는 쓰러질 듯한 것을 간신히 참고는 문을 열었다. 제윤을 보는 순간 그녀는 저도 모르게 숨을 들이마셨다. 거의 일주일 만에 보는 제윤은 눈에 띄게 초췌해졌다. 며칠 동안 잠도 못 자고 격무에 시달린 사람처럼 눈도 퀭하고 얼굴도 거칠었다.
"잘 지냈어? 이제 몸은 좀 괜찮아?"
제윤은 그 한마디만 하고는 집 안으로 들어왔다. 그는 거실에 앉아서 방을 휘 둘러보고는 어깨를 주물렀다. 세나는 조금 떨어진 소파에 앉았다. 제윤은 언제나처럼 강인해 보였다. 조금 마르기는 했지만 그가 있다는 것만으로도 거실이 꽉 차고, 텅 빈 느낌이 사라졌다. 세나는 입술을 깨물고는 시선을 돌렸다. 제윤을 보기만 해도 가슴이 뛰면서 들뜬 기분이 들었다. 하지만 그와 동시에 숨이 막힐 정도로 아프게 욱조이기도 했다.

"세나야, 집에 가자."

그가 마침내 입을 열었다. 세나는 대답하지 않고 무릎 위에 포갠 손만 내려다보았다.

"이거 웃기지 않아? 남의 집에서 뭐 하는 짓이야. 이제 집으로 가자."

"저, 전 집이 없어요."

제윤은 뭐라고 입을 열려다가 다시 다물었다. 세나도 못할 말을 한 것처럼 고개를 숙였다.

"미안해."

억눌린 소리가 새어 나왔다. 제윤은 무릎에 팔꿈치를 괴고 마주 잡은 손을 쳐다보다가 그녀에게로 고개를 돌렸다. 제윤을 쳐다보던 세나는 황급히 시선을 피했다. 부스럭거리는 소리가 나더니 제윤이 벌떡 일어나 그녀 앞에 와서 바닥에 한쪽 무릎을 꿇고 앉았다.

"정말 미안하다. 난 그때…… 제정신이 아니었어. 네가, 네가 김 사장을 좋아한다고 생각했어. 그래서……."

"아니에요. 난……."

"그래, 나도 알아. 이제 나도 알아."

제윤은 세나의 손을 꼭 잡았다. 그녀는 너무 말랐다. 너무 약하고 힘이 없어 보였다. 그리고 그렇게 만든 것은 바로 제윤 자신이었다. 몇 달 전 그녀를 다시 보게 된 그 이전으로 돌아간 것 같았다. 세나는 표정을 지우고 무감각한 눈으로 그를 쳐다보고 있었다.

"미안해. 정말로……."

세나는 제윤이 그녀의 손에 입을 맞추려는 순간 얼른 뺐다. 민혜에게 닿았던 입술이 그녀에게 또 닿는다는 생각을 하니 참을 수가 없었다. 그녀는 눈물이 떨어질 것 같은 눈을 가리면서 손을 저었다.

"괜찮아요. 됐어요. 저, 전 아무것도 안 바래요. 그냥…… 사장님은 그냥 이 실장한테 가세요. 전, 전 그냥……."

세나는 고개를 돌렸다. 그가 왜 왔는지 모르겠다. 그녀는 집에 갈 수밖에 없었다. 제윤은 이렇게 부탁할 필요도 없었다. 그녀에게 사과하고 설득하려는 시늉을 할 필요도 없었다.

"세나야, 그게 아냐. 난…… 그래, 그것도 내가 잘못했어. 너한테 화가 나서 민혜를 부르기는 했지만 그냥 보내려고 했어, 너한테 가려고. 내가…… 그런데 미스 김이 네가 왔었다고 하더라. 얼마나 기뻤는지 몰라. 네가 나한테 온 거니까. 김서훈이 같은 놈은 다 잊고 나하고……."

그래도 세나는 그와의 접촉을 피하겠다는 듯이 계속 몸을 웅크리고 있었다. 제윤은 자리에서 벌떡 일어나서 거실을 서성거렸다.

"그래, 인정해. 너하고 결혼하고 나서도 민혜와 계속 만났어. 하지만 난 그때 너를 아내라고 생각하지도 않았어. 어떻게든 잊어버리려고 했지. 널 다시 알게 되고 나서부터는 민혜하고 한 번도 만난 적이 없어."

"그때를 제외하고는요?"

세나는 저도 모르게 빈정거리고 싶어졌다. 난생처음 느껴보는 감정에 그녀는 저도 모르게 몸을 떨었다. 역겨운 감정이었다. 그에게 반박해서 상처 주고 싶다는 기분이었다. 세나는 속이 울렁거렸다. 이런 느낌이 드는 것이 싫었다. 그냥 아무 생각도 못했으면 좋겠다. 그러면 이렇게 상처받지도 않고 상처 주고 싶지도 않을 것이다. 그녀는 입술을 깨물며 몸을 끌어안았다.

"그때는…… 네가 김 사장을 사랑한다고 생각했어. 그래서 결심했지. 나도 너한테 끌리는 거 아니라고. 날 좋아하지도 않는 아내를 사랑하는 것이 아니라고. 그래서 그걸 확인하려고 했어. 결국 못했지만."

"날 사랑해요?"

제윤은 못 견디겠다는 듯이 손을 휘저었다. 그는 이를 악물고 으르렁거리는 듯한 소리를 냈다.

"그럼 내가 왜 이러고 있겠어? 생판 모르는 남의 집에까지 와서 이러고 있는 이유가 뭔데?"

"날 사랑하면서도 그래요? 날 사랑하면서도 나 같은 건 필요도 없고 소용도 없다고 말해요? 나 같은 건 아무것도 아니라고? 사장님은 사랑하는 사람을 그렇게 막 가지고 놀다 버릴 장난감처럼 쓰다가 버리나요? 사장님은 사랑한다면서 그렇게 사람을 가슴 아프게……."

세나는 마침내 울음을 터뜨렸다. 가슴속 깊숙한 곳에서부터 올라오는 흐느낌이 폭발해 버렸다. 제윤은 깜짝 놀라서 세나 곁에 주저앉았다. 그는 흐느끼는 세나를 끌어안고는 토닥거렸다.

"미안해. 미안해……."
"그건 사랑하는 게 아니에요. 그런 건……."

사랑받고 싶었다. 그녀를 아껴주는 누군가를 원했다. 가족들에게 사랑받고 싶었다. 하지만 민학과 세준의 마음을 어떻게 바꿀 수가 없었다. 어떻게든 그들의 마음에 들어보려고 애를 쓰는 것은 더 더욱 그들을 화나게 만들었다. 그녀는 어쩔 수가 없었다. 그것은 천재지변처럼 불가항력의 일이었다. 그동안 침묵과 무표정 아래 억눌러 왔던 외로움이 커다란 소리를 내며 급부상했다. 세나는 제윤의 가슴에 얼굴을 묻고 계속 눈물을 흘렸다.

"왜 날 이렇게 괴롭히시는 거예요. 내가 슬퍼하니까 기쁜가요? 내가 아파하니까 좋아요?"

그녀는 피를 토하듯이 말을 뱉어냈다. 제윤이 이를 악물고 그녀를 힘껏 끌어안는 것이 느껴졌다. 세나는 저항하지 않고 그의 품에 안겨서 눈물만을 연신 훔쳤다. 몸에서 물기를 전부 빨아내기라도 할 듯 눈물이 멈추지 않고 흘렀다.

"옛날에, 나, 저가, 제가, 사장님 처음 봤을 때는 기대했어요. 날 조금이라도 아주 조금이라도, 좋아해 주시지 않을까. 하지만 아니었어요. 그래도 괜찮아요. 난 언제나 그랬으니까. 아버지도 그랬고, 오빠도 그랬고, 다들 그랬어요. 그러니까 아무렇지도 않았어요. 하지만 이번엔…… 이건 아니에요. 이건 괜찮지가 않다고요."

세나는 이를 악물었다. 가슴속에서 울컥 핏덩이가 올라오는 것 같았다. 정말로 이건 괜찮지 않았다. 그를 그렇게 사랑하게 만들어놓고, 그렇게 기대하게 만들어놓고 그녀를 절벽에서 밀어버렸다. 다시는 기어올라 오지도 못하게, 살아남지도 못하게 완벽하게 그녀를 부숴 버렸다.

"미안해. 정말로…… 정말로 미안해."

그의 목소리에도 처절함이 배어 있었다. 세나는 떨리는 한숨을 내쉬었다. 머리가 멍해지고 몸에서 열이 났다. 그녀는 마지막으로 눈물을 닦고 크게 숨을 들이마셨다. 제윤의 향기가 가슴 가득히 밀려들었다. 다시 한 번 가슴이 덜컹거렸다. 세나는 제윤을 밀어냈다.

"저, 집에 갈 거예요. 다른 데 갈 데도 없는걸요. 아주 조금만 있다가 집에 갈게요. 그냥, 지금 조금만 절 내버려 두세요. 그냥…… 내버려 두세요."

"세나야, 나는…… 그러니까……."

마르고 거칠어진 그의 얼굴에는 이제 핏기마저 사라졌다. 제윤은 고개를 저으며 그녀를 끌어안았다.

"내가 전부 잘못했어. 미안하다. 정말로…… 내가, 내가 전부 보상해 줄게, 이제부터 정말로 잘할게."

세나는 고개를 저었다. 그의 말에 다시 눈물이 나려고 했다. 제윤은 간절한 시선으로 그녀를 올려다보다가 어깨를 늘어뜨렸다. 10년은 늙은 것처럼 보인 그는 기운없이 일어나 코트를 들었다.

"한 가지만 이야기해 줘. 너도 날 사랑하니?"

세나는 대답하지 못했다. 그가 찌른 상처가 너무나 커서 말을 하지 못할 정도로 그를 사랑했다. 세나는 욱조이는 가슴을 꾹 눌렀다. 더 이상 제윤에게 마음을 주다가는 까맣게 타서 재가 되어 없어질 것이다. 그러니까 더 이상 아무런 기쁨도 없고 슬픔도 없었던 예전으로, 아주 기쁘지도 않고 아주 슬프지도 않은 그 상태로 돌아가고 싶었다.

"김 사장은 다정하게 서훈 씨라고 부르면서 나는 여전히 사장님이구나."

제윤은 그녀를 내려다보며 씁쓸하게 웃었다. 세나는 말없이 그의 시선을 피했다. 제윤은 그녀의 모습을 머리 속에 새겨 넣기라도 할 듯 뚫어져라 바라보았다.

"나중에 날 용서해 줄 마음이 생기면…… 내 이름을 불러줘. 아니, 말을 놔도 돼."

그는 조용히 자리를 떠났다. 세나는 현관문이 닫히는 소리를 들고는 다시 한 번 손에 얼굴을 묻고 조용히 흐느꼈다.

"얼굴이 말이 아니신데요."
"누구 때문인데."
제윤은 옆에 앉는 남자를 보면서 씁쓸하게 웃었다. 그는 위스키를 두 잔 더 주문하고는 서훈을 돌아보았다.
"잘 지내지?"
"그래도 집만 못하겠죠. 아무것도 안 하고 매일 창밖만 내다봐요. 식사도 별로 안 하고. 아줌마가 걱정이 대단하던데."
서훈은 제윤이 건네는 술잔을 받아 들며 의자에 조금 편하게 앉았다. 조용하고 어둠침침한 술집은 혼자 술기운을 즐기고 싶어하는 젊은 실업가들이 종종 들리는 곳이었다. 회원이 아니면 들어오지도 못하는 클럽이라서 귀찮게 구는 사람은 아무도 없었다.
"요즘도 분당 집으로 가세요?"
제윤은 말없이 고개를 끄덕였다. 그래도 그곳이 세나의 느낌이 가장 많이 남아 있는 곳이었다. 거실, 식당, 침실. 모든 곳에 그녀의 모습이 배어 있었다. 그는 그 침실에서 세나에게 했던 말을 떠올리고는 혀를 깨물었다. 그때는 그야말로 질투로 눈이 뒤집혔던 것이다. 이제는 스스로에게 부인하는 것도 지쳤다. 뭐라고 변명을 하든 그때는 질투심만이 그를 사로잡고 있었다.
"제기랄."

"조금만 기다리세요. 세나 씨도 집에 가고 싶어하세요."
"형수님이라고 불러."

제윤이 퉁명스럽게 말했다. 서훈과 주먹다짐을 하기는 했지만 그 뒤로 세나에 대한 이야기를 계속하면서 오히려 더 가까워졌다. 냉정하고 계산적인 이복형제들보다 더 형제 같다는 느낌마저 들었다.

"세나는 집에 가고 싶은 것이 아니라 그냥 너한테 신세지는 게 싫어서 그런 것뿐이야."
"형님을 그리워하는 거예요."

서훈이 안타깝다는 듯이 말하자 그는 고개를 저었다.

"세나 씨, 아니, 형수님의 마음을 좀 더 믿어보세요. 형수님은 형님을 사랑해요."
"그리고 내가 그 사랑을 짓밟아 버렸지."

제윤은 단숨에 술잔을 비우고, 이번엔 아예 병을 주문했다. 서훈은 가볍게 인상을 찌푸렸다.

"이 실장은 어떻게 됐어요?"
"민혜? 지금쯤 날 죽이는 저주를 걸고 있겠지."

제윤은 피식 웃었다. 민혜에게 더 이상 만나지 않겠다고 말했던 날은 정말 전쟁이라도 난 것 같았다. 처음에는 농담으로 가볍게 넘기더니 그가 진지한 듯하자 버럭 화를 냈다. 마지막에 가서는 할 말 못할 말 다 해가며 엄청나게 성질을 부렸다. 자기에게 더 좋은 사람이 있다는 것은 점잖은 편이었다. 나중에는 스벤슨과 손을 잡고 현성캐피탈을 철저히 망하게 만들겠다는 말까지 했다. 민혜에게 약간 미안하던 처음 감정도 사라졌다. 그녀는 그와 헤어지게 되어 가슴이 아픈 것이 아니라 자존심이 상한 것 같았다. 그것도 자신이 적수라고 여기지도 않았던 세나에게 밀린 것을 깨닫고는 가만히 있지를 못했다. 제윤은 민혜가 내뱉었던 말들을 떠올리며 고개를 저었다. 민혜처럼 좋은 집에서 자라 고등교육을 받은 사람에게서 나오리라고 상상하지도 못한 말들이었다.

"그래, 백치 여편네랑 얼마나 잘사는지 보자. 내가 그 여편네를 아주 뭉개 버릴 테니까!"

물건까지 던져 가며 미친 듯이 욕설을 내뱉던 민혜였지만 그 순간 그의 분위기가 달라졌다는 것을 깨달은 모양이었다. 그녀는 더 이상 말을 잇지 않고 황급히 집에서 나가 버렸다.
"집이 안전하지?"
"저희 집요? 그럭저럭."
"신경 좀 써줘. 젠장, 이제 집에 좀 들어오지."
제윤은 한 잔을 다시 들이켰다. 서훈은 천천히 마시라고 그에게서 잔을 빼앗았다. 제윤은 안주를 몇 점 집어 먹고는 다시 잔을 채웠다.
"넌 왜 세나를 사랑하지 않지?"

"네?"

제윤은 문득 떠오른 생각에 서훈을 빤히 쳐다보았다. 서훈은 이해하지 못한 듯 되물었다.

"너도 세나에 대해 나만큼, 나보다 더 잘 알고 있을 텐데."

"그런다고 사랑하게 되나요."

서훈은 웃어 보이면서도 잠시 생각해 보았다. 세나를 좋아하기는 했다. 그녀가 정상이라는 것을 처음 알았을 때는 정말로 기뻤다. 세상 어느 누구도 발견하지 못한 희귀한 난초를 찾아낸 기분이었다. 세나는 바로 그랬다. 잘 보살펴 줘야만 하는 희귀종 난초나 너무 어린 고양이 같았다. 그것 역시 넓은 의미에서 보면 사랑이었지만, 제윤이 세나를 좋아하는 것과는 전혀 다른 것이었다. 두 사람의 감정은 훨씬 더 독점적이고 강렬했다.

"뭔가 모자른다고나 할까."

"뭐가 모자른다는 거야? 세나 같은 사람이 어디 또 있다고!"

제윤이 버럭 화를 냈다. 서훈은 쿡 웃고야 말았다. 제윤도 자신이 한 말이 쑥스러웠는지 피식 웃었다.

"그러니까 형님하고 제가 다른 거겠죠."

서훈은 생각을 정리하듯 잠시 말이 없었다.

"저도 세나 씨 좋아해요. 하지만 사랑하는 건 아닌 거 같아요. 형님과 손 붙잡고 있어도 질투심에 불타오르지는 않거든요."

서훈에게 놀리는 듯한 미소가 떠올랐다. 제윤은 짧게 신음 소리를 내뱉고는 서훈의 잔을 채웠다.

며칠 뒤 제윤은 오랜만에 마음이 조금 편해진 것을 느꼈다. 온갖 악전고투, 대담한 자금 유통에 정치가 포섭, 반 협박에 가까운 협조 요청까지 하고 나서 드디어 스벤슨을 현성캐피탈에서 밀어낼 수 있었다. 오늘 오전에 사들인 마지막 주식으로 스벤슨은 현성캐피탈에 대한 지배력을 잃었다. 게다가 전날 오후에 보고받은 바에 따르면 반대로 스벤슨을 치고 들어갈 준비도 완료되었다.

세나가 와 있었으면 좋겠다는 생각이 들었다. 지난 2주여 동안 항상 해왔던 생각이지만 오늘은 특히나 강했다. 세나와 함께 축하하고 싶었다. 그들이 완벽하게 살아남았을 뿐만 아니라 민학을 꺾어버릴 수도 있다는 것에 함께 축배를 들고 싶었다.

"사장님, 손님 오셨어요."

그가 채 집 안으로 들어가기도 전에 희경이 밖으로 뛰어나왔다. 상당히 걱정스러워하는 그녀의 표정을 보고 제윤은 눈을 가늘게 떴다. 희경이 손님을 집 안으로 들여서 기다리게 했다는 것도 이상했지만, 그녀의 태도가 더 의아스러웠다.

"누가 오셨습니까?"

"사모님하고 류 회장님께서 오셨습니다."

사모님이라는 말에 황급히 뛰어들어 가려던 제윤은 짧게 숨을 들이마시고는 멈춰 섰다. 무슨 일인지 이해가 안 됐다. 민학은 지난 5년 동안 한 번도 집을 방문한 적이 없었다. 전화 연락은 물론 하지 않았다. 그런 민학이 오늘 갑자기 집에 왔다는 것은 무슨 일인가 있다는 뜻이었다. 제윤은 본채의 현관문을 바라보았다. 주식에 관련된 일을 민학이 알아차린 것일지도 모른다. 제윤은 승리감에 미소가 떠올랐지만 세나가 생각나는 순간 다시 목덜미가 서늘해졌다.

"세나가 먼저 왔나요?"

"아뇨, 저, 음, 김 사장님 집으로 사람들이 찾아왔어요."

제윤이 인상을 찌푸렸다. 희경은 여전히 불안한 듯 계속 몸을 움찔거렸다.

"김 사장님 나가시고 나서 오후 늦게 누가 심부름 왔다고 하길래 문을 열어줬더니, 떡대 같은 사람들이 잔뜩 들어와서 사모님을 모시고 갔어요. 제가 소리소리 지르고 난리치니까 민구스러운지 류 회장님이 찾으신다고 하더라구요. 그래서 제가 같이 가겠다고 했더니만, 그럴 거면 집으로 오자는 거였어요. 그래서……."

"그러길래!"

제윤은 짧게 고함을 지르고는 목청을 가다듬었다. 서훈에게 보안에 신경 좀 쓰라고 했더니만. 민혜가 무슨 짓을 저지를지도 모른다고만 생각했는데 민학에게 한 방 먹을 줄은 생각도 못 했다. 그는 입술을 깨물었다.

"얼마나 됐습니까?"

"한 두 시간 정도……."

"무슨…… 별일없었습니까?"

그가 묻는 투가 유의하게 은근했던지 희경은 그를 흘낏 쳐다보았다. 그리고는 고개를 저었다.

"사모님은 주무시고 류 회장님은 쭉 거실에 계셨어요. 바로 조금 전에 류 회장님이 사장님께서 곧 오실 거라고 사모님을 깨우라고 하셨어요."

"내가 온다고?"

제윤은 다시 한 번 인상을 찌푸렸다. 민학이 그것을 어떻게 알았는지 모르겠다. 주변에 민학의 끄나풀이 있었던 것일까. 제윤은 고개를 끄덕이고는 안으로 들어갔다. 그의 표정은 아무일도 없다는 듯이 평온하고 자연스러워졌다.

"이제야 오는군."

신경질적인 목소리가 날아왔다. 제윤은 신경 쓰지 않고 얼른 세나를 살폈다. 거실 소파에 앉아 있는 세나는 생기없는 인형 같았다. 새파랗게 질린 얼굴로 창밖만 쳐다보고 있었다. 제윤은 이를 악물었다. 다시는 저런 표정을 짓게 하고 싶지 않았는데. 그는 당장이라도 민학에게 달려들고 싶었다. 민학이 머리를 조아리고 세나에게 잘못했다고 빌게 만들고 싶었다.

"남편에게 인사도 안 하는 거냐?"

짧지만 그 말속에 배인 경멸감이 날카롭게 몸을 찔렀다.

세나는 천천히 고개를 돌려 제윤을 바라보았다. 그녀를 빠르게 훑어보는 그의 시선에 순간적으로 염려의 빛이 떠올랐다 사라졌다. 혹시 잘못 본 것일까. 세나는 제윤에게 뛰어가고 싶었다. 그의 뒤로 숨고만 싶었다. 하지만 그녀는 꼼짝도 할 수 없었다. 민학에 대한 공포심 때문만이 아니라 제윤이 어떻게 반응할지도 무서웠다.

"웬일이십니까, 이런 시간에."

그의 목소리는 변함없었다. 민학의 빈정거림 따위에 전혀 영향받지 않는 듯 언제나처럼 자신만만하고 위풍당당했다. 문득 그가 부러웠다. 그녀도 민학에게 저런 식으로 말할 날이 올지 궁금했다. 세나는 멍하니 제윤을 바라보았다. 그는 더 마른 것 같았다. 더 피곤해 보이고 얼굴에 그늘도 짙어졌다. 세나는 문득 안쓰럽다는 생각이 들었다. 힘든 일이 너무 많은 것 같았다. 그를 꼭 끌어안고 좀 쉬라고 말해 주고 싶었다. 세나는 입술을 깨물고 시선을 내렸다.

"내가 못 올 곳을 왔나? 딸아이가 어떤 데 사는지 구경 좀 하러 왔지."

"미리 연락이라도 하시지 그러셨습니까? 식사는 하셨습니까?"

제윤은 자연스럽게 말하며 자리에 앉았다. 민학은 그를 눈빛으로 죽이기라도 할 듯 노려보았다.

"그런 연극은 그만 하지 그러나. 도대체 이것이 어째서 다른 남자 집에 있는 거지?"

"뭐 말씀이십니까?"

"이거!"

민학이 버럭 고함을 지르며 세나를 가리켰다. 세나는 저도 모르게 움찔거렸다. 제윤의 얼굴도 순간 굳었다.

"지금 누구를 망신 주려는 건가? 마누라가 백치라는 것이 소문나면 자네도 좋지 않을 텐데!"

제윤은 저도 모르게 입을 벌렸다. 민학에게는 세나가 외도를 한다거나 가출을 한 것이 문제가 아니었다. 그는 저도 모르게 실소가 나오면서도 울컥 화가 치밀었다.

"별일 아니었습니다."

"별일 아니야? 지금 이것이 제정신이 아니라는 걸 동네방네에서 다 알게 생겼는데 별 게 아냐?"

"그렇게 말씀하지 마시죠."

제윤은 세나에게 손짓을 했다. 너무 당당한 태도에 세나가 그의 옆으로 자리를 옮겨도 민학은 아무 말도 안 했다. 세나는 민학을 흘낏 쳐다보고는 다시 손만 내려다보았다. 제윤이 그녀의 손을 꼭 붙잡고 안심하라는 듯이 토닥였다. 세나는 제윤을 올려다보았다. 그는 아무렇지 않은 듯한 표정을 짓고 있었지만, 턱이 긴장하고 눈매가 날카로워진 것처럼 보였다.

"그 녀석이 세한그룹 막내아들인 거 알고나 있었나? 어쩐지 김 회장이 요즘 날 이상하게 본다 싶더니…… 오죽하면 이혼 이야기가 나돌고 있지 않은가!"

 세나는 깜짝 놀랐다. 이혼이라는 것에 대해서는 한 번도 생각해 본 적이 없었다. 서훈의 집에 있을 때조차 언젠가는 다시 돌아가야 한다고만 생각했다. 그녀는 눈을 감고 주먹을 꼭 움켜쥐었다. 머리가 어지러웠다. 숨이 막힐 정도로 가슴이 아팠다. 제윤은 그녀에게 돌이킬 수 없을 정도로 깊은 상처를 줬다. 그럼에도 불구하고 그녀는 제윤과 영영 모르는 사이가 되고 싶지는 않았다. 제윤이 그녀를 버릴지라도 아주 가느다란 끈만으로라도 그와 연결되고 싶었다. 세나는 자신이 너무나 비참하게 느껴졌다. 하지만 그것이 진심이었다.

 "이혼이라뇨? 누가 그런 말을 하던가요?"

 "오늘 아침에 어느 계집애가 전화를 했더군. 자네가 이혼 준비 중이라며 조용히 넘어가 준다면 지금 이상의 지분을 약속한다는 같잖은 제의를 하더군. 그년이 동화그룹 딸내미만 아니었어도……."

 제윤은 이를 악물었다. 민혜가 이 정도로 머리를 쓸 것이라고는 생각하지 못했다. 그동안 민혜에게 스벤슨에 대한 불평을 너무 많이 한 모양이었다. 그의 최대 약점에 칼날을 힘껏 쑤셔 박았다.

 "자네가 딴 살림을 차리든, 데리고 들어와 살든 내 알 바는 아니지만 이런 소리는 안 나게 해야 하는 거 아닌가? 이런 식이면 곤란해."

"신경 쓰지 마십시오. 알아서 하겠습니다."

"당연히 잘해야지. 내게 신세진 게 있다는 사실을 잊지 말게."

대충 민학을 떼어 보내려던 제윤은 순간 화가 벌컥 치밀었다. 신세진 것이 있다 한들 지난 5년 동안 눈물나게 갚고 있었다. 그것보다 훨씬 더 많이.

"신세진 건 지금쯤 다 갚았을 듯하는데요."

제윤이 단정적으로 말했다. 멍한 상태에 있던 세나도 깜짝 놀랐다. 민학도 상당히 놀란 것 같았다. 세나는 고개를 휙 쳐들었다. 제윤이 어쩌려고 이러는지 모르겠다. 제윤도 민학에게 덜미가 잡혀 있었다. 함부로 하다가는 그녀가 당했듯이 목을 졸릴지도 모른다. 그녀는 저도 모르게 제윤의 손을 움켜잡았다.

"뭐라고?"

"제가 류 회장님께 진 빚은 이제 다 갚은 것 같습니다. 그동안 충분하지 않으셨습니까?"

"자네가 지금……."

제윤은 그녀의 손을 톡톡 두드리더니 일어섰다. 젊고 체격이 큰 제윤은 민학을 압도하는 것 같았다. 세나는 새로운 눈으로 민학을 보게 되었다. 그녀에게는 언제나 거대한 산처럼 위압적이었던 민학이 지금은 초라하고 왜소한 노인네로 보였다.

"이제 저희 집안 것들은 돌려주셔야 하겠습니다."

민학은 눈을 가늘게 뜨고 그를 노려보았다. 세나는 겁이 덜컥 났다. 아무리 왜소해 보인다고 해도 민학은 민학이었다. 무소불위한 절대 권력자. 세나는 제윤의 옷자락을 잡아당기고 싶었다.

"자네 집안에서 자네를 이렇게 무례하게 가르쳤나? 어디 어른 앞에서 말버릇이 그런가! 난 자네 장인이야!"

"그런 얘기는 숙부들에게나 통합니다."

그의 단호한 말이 거슬린 모양이었다. 민학의 표정이 잔인하게 변했다. 세나는 거대한 두 사내의 대결에 숨도 크게 쉬지 못했다. 제윤이 민학을 이기고 있다는 생각은 민학의 표정을 보는 순간 사그라들었다. 감히 주인의 손을 문 개를 어떻게 처단할지 고민하는 듯했다. 세나는 눈을 감았다. 무슨 일이 벌어질지 상상도 하기 싫었다. 제윤이 민학의 손아귀에 떨어지는 것은 어떻게든 막고 싶었다. 제윤이라도 민학에게서 벗어났으면 좋겠다.

"오늘은 하루 종일 세나 뒤를 쫓아다니느라 모르셨겠지만 내일이면 다 아실 테니 미리 말씀드리죠. 더 이상 현성캐피탈 내에서 스벤슨이 제멋대로 굴지 못할 겁니다."

제윤의 승리감 섞인 말투에 세나는 눈을 떴다. 민학의 안색이 변한 것이 보였다. 제윤은 희미한 미소까지 지으며 민학에게 무엇인가를 설명했다. 그의 말이 이어질수록 민학의 얼굴빛이 검게 변했다. 세나는 소리없이 숨을 들이켰다. 제윤이 이겼다. 그는 민학을 뿌리치고, 아니, 짓밟아버리고 그에게서 벗어난 것이다. 그녀는 제윤에게 뛰어가 안기고 싶었다. 그를 칭찬하기도 하고, 감탄하기도 하면서 그의 노고를 위로해 주고 싶었다. 그녀는 입술을 깨물어 충동을 억눌렀다. 하지만 제윤이 그녀의 감정을 깨달았는지 어깨에 손을 얹고 부드럽게 쓰다듬었다.

"자네가, 자네가 어떻게 나한테 이럴 수가 있지! 내가 자넬 구해준 거야! 자네를 선택한 것도 나고 그룹의 지배권을 잡을 수 있게 해준 것도 나야! 그런데 자네가! 이런 배은망덕하게!"

"아까부터 말씀드렸지만 지난 5년간 죽자 사자 보답하지 않았습니까. 그리고 사실 생각해 보면 회장님께서 갚으셔야 할 것도 있고 말입니다."

"무슨 헛소리를……."

민학은 말을 하다 말고 입을 다물었다. 세나는 제윤의 말투에 잠시 어리둥절했다. 하지만 그의 말뜻을 완전히 파악하는 순간, 머리가 어찔거렸다. 제윤이 그녀를 위해 움직인 것이었다. 그녀를 대신해서 복수하려고 민학과 맞선 것이다. 세나는 가슴이 터질 것 같았다. 제윤이 정말로 그녀를 사랑하는 것일지도 모른다는 생각이 들었다.

민학 역시 그의 말뜻을 알아들은 것 같았다. 그의 시선이 세나의 어깨에 얹은 손에 박혔다. 민학의 얼굴빛이 다시 한 번 바뀌었다. 분노를 넘어 경악에 가까웠다. 세나는 민학에게서 시선을 뗄 수 없었다. 민학이 덤벼들어 그녀를 제윤에게서 떼어 내고 갈기갈기 찢어버릴 것 같다는 생각이 들었다. 세나는 도망가지 않기 위해 주먹을 꽉 움켜쥐었다.

"자네가 지금 저것 때문에 나와 척을 지겠다는 건가? 저 백치 때문에?"

"제 아내에게 말조심하십시오."

"말조심? 네가 도대체 뭐라고 생각하는 거냐? 내가 없이 네놈이 뭘 할 수 있을 것 같아? 너는 내 꼭두각시에 지나지 않아! 널 구한 건 그렇게 쓰려는 거였어!"

민학은 고함을 버럭 지르더니 사이드 테이블에 있던 전화기를 집어 들어 제윤을 내려쳤다. 민학이 그렇게까지 폭력적으로 나오리라고 생각하지 못한 제윤은 고스란히 당할 수밖에 없었다.

"Non(하지 말아요)!"

세나는 저도 모르게 벌떡 일어나 민학을 힘껏 밀어냈다. 세나쯤이야 말 못하는 짐승으로 생각하던 민학은 무방비로 그녀에게 밀려서 옆으로 휘청거렸다. 민학이 정신을 차리기 전에 세나는 제윤을 일으키고 보호하기라도 하듯 끌어안았다.

"Ne faites pas comme c~a! Ne lui touchez pas(이이한테 그러지 마! 이 사람한테 손대지 말아요)!!"

그녀가 비명처럼 소리를 지른 뒤 숨 막히는 침묵이 흘렀다. 민학은 눈을 휘둥그렇게 뜨더니 이내 큰 소리로 웃어 젖혔다.

"잘도 고쳐 놨군. 그런데 이게 어디서 감히 큰 소리야! 널 여태까지 먹이고 입힌 게 누군데! 어디 쓸모없는 것이 지 아비한테 눈 똑바로 뜨고 대드는 거냐!"

민학은 그녀를 잡아끌기라도 할 듯 손을 뻗었다. 잠깐 움찔거리던 세나는 그의 손을 휙 뿌리쳤다. 민학은 그녀가 겁먹지 않는다는 것에 놀랐는지 더 이상 움직이지도 못하고 눈만 부릅떴다.

"vous ne tenez rien a votre propre fille! Coment avez vous pourvu cela(당신이야말로 자식이라고는 눈에 보이지도 않잖아! 아버지라면서 나한테 어떻게 그럴 수가, 어떻게)!!"

세나는 비명처럼 소리를 질렀다. 긴 세월 동안 쌓였던 고통과 절망이 함께 폭발했다. 한 번도 받지 못한 아버지의 사랑 때문에 거진 20년을 고통 속에서 살았다. 아무리 애를 써도 민학은 그녀를 사랑해 주지 않았다. 그는 어떻게 해도 절대로 변하지 않았다. 세나는 부들부들 떨면서 민학을 노려보았다. 계속 소리를 지르고 싶기도 했고 주저앉아서 통곡을 하고도 싶었다.

"Qu'est-ce que vous, vous souvenez comment vous avez traite' moi? Comment pouvez vous parler que vous êtes mon pere(나한테 무슨 짓을 했는지 생각이나 나요? 어떻게 그러면서 나한테 아버지라는 말을 할 수 있는 거야! 어떻게)!"

"Speak English! What can you do? I've really wasted my own money to raise something like you! Why don't you die yet(영어로 말하라고 했지! 그동안 키우느라 든 돈이 아깝다. 너 같은 걸 어디다가 써먹겠니! 차라리 죽어버리지)!"

"Do it! Why don't you, do, do……. Comme vous arez fait a maman(그래, 차라리 죽여 버리지 그래요……. 엄마한테도 그랬잖아)!"

온몸에 불이 붙은 것 같았다. 세나는 생전 처음 두려움을 잊고 버럭버럭 소리를 질렀다. 두려움과 공포가 얼어붙고 그 밑에 억눌려 있던 분노만 몸속에 소용돌이쳤다. 그녀는 언제나 지켜만 보았다. 민학이 어머니를 괴롭히는 것을, 그녀 자신을 괴롭히는 것을. 그리고 제윤을 괴롭히는 것을. 더 이상 민학이 그녀에게 소중한 것을 파괴하게 내버려 둘 수 없었다. 더 이상 그녀를 아프게 하고 괴롭히는 것을 참고 있을 수 없다.

"이 망할 것이 어디다 대고 감히!"

민학은 쩌렁쩌렁하게 고함을 지르더니 세나에게 주먹을 휘두르려고 했다. 세나가 짧게 비명을 질렀다. 하지만 그전에 제윤이 그의 팔을 붙잡았다.

"이제 그만 하시죠."

제윤은 거칠게 그를 밀쳐 내면서 팔을 놓았다. 민학은 여전히 씨근덕거리며 세나를 노려보았다.

"자네 이혼한다고 하지 않았나? 내가 허락해 주지. 저것을 이리 내!"

"다시 한 번! 다시 한 번 제 아내를 그렇게 부른다면 회장님이라도 가만히 있지 않겠습니다."

제윤은 순간 목소리를 높이다가 다시 차분하게 말을 이었다. 그는 부들부들 떨고 있는 세나의 어깨를 감쌌다.

"저도 회장님이 세나한테 어떻게 했는지 압니다. 앞으로 회장님이나 류 과장이 세나에게 손을 댔다가는 크게 후회하실 겁니다."

"네 까짓게 뭘 어떻게 하겠다는 거냐! 자기 밥그릇도 못 챙겨 먹어서 손 벌린 주제에."

"그때 크게 배웠죠."

제윤의 목소리에도 잔뜩 억눌린 분노가 묻어 있었다. 미친 듯이 뛰는 심장 소리에 귀가 먹먹한 세나에게도 강렬하게 들릴 정도였다. 그는 이글거리는 시선으로 민학을 노려보고 있었다. 지금 당장이라도 민학을 끌어내 바닥에 내동댕이치고 싶어하는 듯했다.

"회장님이나 류 과장이 더 이상 세나에게 접근하려고 하신다면 세나 어머님 이야기를 터뜨릴 겁니다."

"무, 무슨 헛소리야!"

민학은 그를 잡아먹을 듯 으르렁거렸다. 하지만 순간적으로 민학이 당황한 것이 느껴졌다. 하지만 제윤은 승리감 따위는 느끼지도 못했다. 제윤은 그동안 세나가 느꼈을 고통과 공포를 떠올리며 이를 갈았다.

"장주희 씨의 직접적인 사인은 실족사였지만 사체에는 구타의 흔적이 뚜렷했다더군요. 비록 사인이 너무 확실해서 소리 소문 없이 묻혀 버린 사실이기는 하지만 말입니다. 제가 알아본 바에 따르면 자녀분들 앞에서 부인에게 손찌검하는 일도 잦았다고 하죠? 장 여사가 사고당한 날도 세나가 그걸 보고 있지 않았습니까? 자기 어머니가 구타당하다 못해 도망치다가 사고당하는 것을요!"

"헛소리하지 마! 그년은 우울증이었어. 자기 혼자 난리치다가 차에 치인 거야. 경찰에서 분명히……."

"뭐든 소문이 돌면 요즘 류 과장의 행동과 맞물려서 회장님께 치명적이 되지 않겠습니까?"

민학의 얼굴이 붉으락푸르락거렸다. 분노가 이글거리고 분을 못 견딜 것 같겠지만 소용없었다. 제윤은 마침내 속이 후련해졌다. 그는 세나도 저 모습을 보길 바랬다. 더 이상 민학이 그녀를 괴롭히지 못하고, 가까이 오지도 않을 거라는 사실을 알기를 원했다. 제윤은 세나가 혼자 설 수 있는지 확인하고는 민학을 문 쪽으로 안내했다.

"이만 나가주셨으면 좋겠습니다. 이야기를 더 하고 싶으시다면 회사로 오시지요."

내일부터 민학이 무슨 짓을 꾸밀지 알 수 없었다. 하지만 일단 승기는 그가 잡고 있었다. 제윤은 민학에게 문을 열어주다가 문득 생각난 듯 무심히 말했다.

"아, 혹시 모르실까 봐 드리는 말씀인데, 세나는 원래부터 아프지 않았습니다."

문밖으로 한 발자국 나가던 민학의 얼굴이 잠시 멍하더니 곧 시뻘겋게 달아올랐다. 자신이 10년도 넘게 완벽하게 속아왔다는 것을 깨달은 모양이었다. 그가 낮게 으르렁거리며 몸을 돌리려는 순간 제윤은 문을 탁 닫아버렸다. 민학이 다시 문을 두드리지나 않을까 싶었지만 그냥 가버렸는지 금세 시동 거는 소리가 들렸다. 제윤은 세나를 돌아보았다. 그녀는 힘없이 미소를 지어 보이더니 스르르 무너져 버렸다.

세나가 눈을 떴을 때는 침실에 있었다. 문이 꼭 닫히고 커튼까지 쳐져 있어서 방 안은 완전히 어두웠다. 하지만 거실에는 불이 켜져 있는지 문 밑으로 밝은 빛이 새어들어 왔다.

그녀는 가만히 앉아서 무슨 일이 벌어졌는지 생각해 보았다. 제윤이 민학을 물리쳤다. 그녀가 민학에게 대들었다. 세나는 민학에게 고래고래 소리 질렀던 것을 되새기며 쿵쾅거리는 가슴을 눌렀다. 어떻게 그렇게 할 용기가 났는지 모르겠다. 그저 제윤을 지키고 싶었다. 그녀가 소중하게 여기는 것은 단 한 가지라도 민학에게서 보호하고 싶었다.

세나는 눈물이 핑 돌았다. 오랜만에 주희가 떠올랐다. 그리고 동시에 가슴이 저미도록 아팠다. 너무 오랫동안 공포에 사로잡혀 어머니의 죽음을 진심으로 애도하지 못한 것 같았다. 그녀의 죽음은 언제나 민학을 떠오르게 했기 때문이다. 어깨가 부들부들 떨렸다. 눈도, 귀도, 목도 뜨거웠고, 가슴도 덜컹거렸다. 세나는 입을 막고 작게 흐느꼈다.

"괜찮아, 이제 괜찮아."

단단하면서도 포근한 몸이 그녀를 감싸 안았다. 세나는 다독여 주는 그의 품에서 한동안 울음을 멈추지 못했다. 오래전에 돌아가신 어머니와 그녀가 잃어버린 그 긴 시간이 너무나 가슴 아팠다.

마침내 눈물이 잦아들자 세나는 고개를 들었다. 제윤은 다정하게 그녀의 얼굴을 닦아주었다. 따뜻한 손길에 저절로 한숨이 나왔다.

"죄송해요."

"괜찮아."

세나는 바짝 마른 입술을 축이고 흩어졌을 머리를 좀 정리했다. 제윤이 자리에서 얼른 일어났다.

"목말라? 물이라도 가져다 줄게."

그는 세나가 말릴 틈도 없이 방에서 나갔다. 세나는 눈물을 마저 닦고 자리에서 일어났다. 꽉 막힌 방이 답답하다는 생각이 들었다. 그녀는 이층 거실로 나가 창문을 열고 차가운 바깥 바람을 쐬었다.

제윤이 민학을 꺾었다. 세상 누구도 하지 못할 것 같았는데. 세나는 가슴 가득히 자부심이 차 올랐다. 하지만 동시에 몸이 부들부들 떨릴 정도로 불안했다. 이 결혼이 이루어진 것도, 유지되는 것도 전부 민학 때문이었다. 민학이 없으면 그녀도 있을 필요가 없었다. 민학에게도, 제윤에게도 그녀는 더 이상 쓸모가 없었다.

세나는 떨리는 입술을 깨물었다. 여러 가지 생각들이 두서없이 떠오르고, 제윤이 했던 말이나 민학이 했던 말도 어지럽게 생각났다. 어떻게 될지 알 수가 없었다. 어떻게 해야 할지도 모르겠다. 생각을 정리하기에는 오늘 하루 동안 일어난 일들이 너무나 복잡했다.

"추운데 뭐 해?"

제윤은 물잔을 내려놓고는 창문을 닫았다. 세나는 그가 이끄는 대로 소파에 앉았다. 제윤은 그녀의 머리를 짚으며 걱정스럽게 물었다.

"괜찮아? 아직 아픈 거 아냐?"

"아니에요. 괜찮아요."

그의 손은 너무 따뜻했다. 그녀를 보는 눈이 너무 다정했다. 세나는 목이 메었다. 그를 사랑했다. 상황이 아무리 복잡하고 어수선해도 그것만은 확실했다. 두려움도 못 느끼고 민학에게 대드는 순간 그것을 깨달았다. 제윤에게 그렇게 상처받았음에도 불구하고 그의 옆에 남아서 그를 지키고 싶었다. 그녀에게 무슨 일이 생겨도 제윤만큼은 지키고 싶었다.

"이제 집에 들어올 거지?"

제윤이 그녀의 뺨을 엄지손가락으로 쓰다듬었다. 세나는 그를 올려다보다가 다시 시선을 내렸다.

"저, 제가…… 저, 그래도 되나요?"

"당연하지! 내가 지난번에 말했잖아. 혹시 내가 데리러 가길 기다린 거야?"

제윤의 목소리가 커졌다. 세나는 손을 비틀며 고개를 들지 않았다. 긴장감 때문에 몸이 저절로 움찔거렸다. 팔이며 목이 전기라도 오르는 듯 따끔거렸다.

"아뇨. 저, 그런 게 아니라……."

그녀는 말을 더듬었다. 어떻게 말해야 제윤이 기분 나쁘지 않을지 알 수가 없었다. 당황하거나 화나게 하고 싶지 않았다. 제윤은 채근하는 기색도 없이 조용히 기다렸다. 세나는 용기를 내어 말을 이었다.

"이제 아버지도 상관없고, 사장님께는 제가 별로 쓸모없고, 더 있을 필요가 없을 것 같아서…… 그냥 전……."

"세나야!"

제윤은 다급하게 말을 끊었다. 그는 고개를 숙인 세나의 얼굴을 쓰다듬었다. 전부 그의 잘못이었다. 세나가 지금 하고 있는 생각은 전부 그가 했던 말 때문이었다.

"내가 그땐 정말 제정신이 아니었어. 그럴 생각이 아니었어."

하지만 세나는 고개를 들지 않았다. 제윤은 길게 한숨을 내쉬었다.

"내가, 내가 좀 더 잘할 걸 그랬다."

그의 목소리는 후회로 가득 차 있었다. 세나는 그를 잠시 쳐다보다가 고개를 저었다.

"아뇨, 아뇨. 그건 괜찮아요. 사장님께서 잘해주시는 게 더……더 무서워요."

제윤은 그녀의 말에 깜짝 놀란 것 같았다. 세나는 입술을 깨물었다. 제윤이 그녀에게 잘해주는 것이 너무나 행복했다. 하지만 그것이 언제 사라질지 항상 두려웠다. 제윤과 민혜가 함께 있는 것을 알아차렸을 때 그 순간이 왔다는 것을 깨달았다. 그리고 그녀가 생각했던 것보다 훨씬 더 무섭고 아프게 그녀는 산산조각났다. 제윤이 언제고 그녀에게 싫증이 났을 때, 그녀는 다시 한 번 그렇게 될 것이다.

"지, 지금 절 조, 좋아하신다고 해도 곧 마음이 바뀌면……사장님께서 마음이 바뀌고 나면 전 견디지 못할 거예요. 이번에는 그렇게 못해요. 차라리 저를 싫어하시고 아예 만나지 마세요. 그게 더 나아요. 그게 더 낫다고요."

더듬거리던 말이 점점 더 격해졌다. 세나는 흐느낌을 애써 참았다. 사실 그래도 그의 옆에 있고 싶었다. 아무리 차이고 맞아도 가끔 가다 한 번 머리를 쓰다듬어 주는 주인 곁을 떠나지 못하는 충견처럼, 그가 나눠주는 조그마한 애정이라도 갖고 싶었다. 세나는 숨을 헐떡이며 눈을 비볐다. 하지만 그럴 수 없었다. 만약 한 번 더 그런 일을 겪는다면, 그때는 살아남지 못할 것이다. 지난 10여 년 동안 그랬듯, 아무렇지 않은 듯, 아무런 것도 못 느낀 듯 굴 수는 없을 것이다.

"사장님께서 저한테 화날 때마다 그 여자한테 가면…… 전, 전 그럴 수 없어요. 날 좋아한다고 하고서, 그렇게 행복하게 만들고……."

제윤은 이를 악물었다. 세나는 있는 힘껏 참는 것 같았지만, 흐느낌 소리가 자꾸만 새어 나왔다. 울음을 참느라고 몸이 전부 떨렸다. 제윤은 세나를 품 안에 힘껏 끌어안았다. 그녀가 도망치려는 듯 한참 발버둥을 쳤다. 하지만 제윤은 그녀를 놓지 않았다. 그의 가슴을 때리며 벗어나려던 세나가 마침내 눈물을 흘리며 그에게 안겼다.

"미안해. 내가, 내가 너무 잘못했다."

그의 목소리에도 눈물이 묻어 있는 것 같았다.

간신히 마음이 진정된 세나는 그의 품속에서 멍하니 안겨 있었다.

"민혜하고의 관계를 부인하지는 않겠어. 하지만 이제 민혜는 잊어버려도 돼. 끝낸 지 좀 됐어. 끝도 좋지 못하네. 하지만 이제 관심도 없어. 난, 그러니까……."

그는 어떻게 말해야 할지 생각나지도 않았다. 이렇게 말문이 막히는 것은 태어나서 처음인 것 같았다.

"난 너를 사랑해. 너를, 너를."

제윤은 더 적당한 말을 찾고 싶다는 듯이 더듬거렸다. 세나는 당황한 듯한 그의 얼굴을 올려다보았다. 제윤이 이렇게 두서없이 말하는 것은 처음 보았다. 절대 철저한 통제력을 잃지 않을 것 같았는데…… 세나는 가슴이 저릿거렸다. 거칠고 단조로운 그의 말이 그 어떤 화려한 고백보다 훨씬 더 마음속 깊이 파고들었다. 가슴을 꽁꽁 싸매고 있던 쇠사슬이 탁 끊어지고 애써 붙들어두었던 감정이 홍수처럼 온몸으로 넘쳐 났다. 손가락 끝까지 마비된 듯 저려왔다. 세나는 얼어붙은 몸 구석구석까지 너무나 따뜻하게 퍼지는 느낌에 입술을 깨물고 그에게 기댔다. 하지만 제윤은 그녀가 여전히 불안해하고 있다고 생각한 듯이 길게 한숨을 내쉬었다.

"우리가 그런 식으로 결혼하지 않았다면 좋았을 텐데."

"그렇게 안 했다면…… 저하고는 영영 결혼도 하지 않았을 텐데요."

세나는 물기 어린 눈으로 그를 올려다보았다. 혼잣말처럼 중얼거리던 제윤은 깜짝 놀라서 그녀를 내려다보았다. 세나는 떨리는 미소를 지으며 그의 얼굴에 손을 얹었다. 제윤은 그 손을 붙잡고 얼굴을 묻었다. 딱딱하게 긴장되어 있던 그의 몸이 확 부드러워졌다. 세나는 그도 여태까지 잔뜩 긴장하고 불안해 있었다는 것을 깨닫고는 다시 한 번 물기 어린 미소를 지었다. 그는 정말로 그녀를 사랑하고 있었다. 그녀가 어떻게 생각하는지, 어떻게 느끼는지가 불안하고 초조할 정도로. 세나는 저도 모르게 그의 얼굴을 끌어 내리고 입술에 살짝 입을 맞췄다. 제윤은 안도감 섞인 큰 신음 소리를 내며 키스를 되돌렸다.

"세나야. 사랑해. 정말로 사랑해. 다른 누구하고도 비교할 수 없을 정도로."

세나는 떨리는 손으로 그의 얼굴을 쓰다듬었다. 더할 나위 없이 확신에 차 있으면서도 어딘지 걱정스러워 하는 듯했다. 제윤은 그녀가 어떻게 대답할지 초조하게 기다리고 있었다. 세나는 다시 그에게 키스하고는 그를 꼭 끌어안았다.

"저도 사장님을 사랑해요. 한 번도 이렇게 누구를 좋아해 본 적이 없어요. 서훈 씨보다도, 아르장보다도 사장님을 사랑해요."

제윤은 그녀를 힘껏 안고는 길게 한숨을 내뱉었다. 두려움과 죄책감이 그 한숨을 타고 그에게서 빠져나갔다. 세나는 그를 토닥거리며 미소를 지었다. 이제 고통도, 외로움도 모두 사라져 버렸다. 앞으로는 언제나 제윤과 함께 지낼 수 있을 것이다. 물론 때때로 싸우기도 하고, 화가 나기도 하겠지만 제윤이 그녀를 사랑하고, 그녀가 제윤을 사랑한다는 것은 절대로 의심하거나 부정하지 않을 것이다. 한동안 그녀를 가만히 안고 있던 제윤은 문득 생각난 듯 그녀의 머리에 대고 미소를 지었다.

"그런데 서훈이는 그렇다고 쳐도 강아지하고 비교 대상이라니 너무한걸."

"그래도 제가 세 번째로 좋아하는 남자라고요."

"첫 번째는 분명히 나겠지?"

제윤은 그녀를 안고 소파의 팔걸이에 반쯤 기대어 길게 누웠다. 세나는 그의 단단한 품에 편안히 누워서 쿡쿡 웃었다.

"네, 사장님 맞아요."

"또 그런다."

제윤은 일부러 엄하게 말하고는 그녀를 위로 살짝 끌어당겼다.

"사장님이라고 부르지 마. 나한테 말 높일 필요도 없어. 다시 말해 봐."

"하지만……."

세나는 말을 얼버무리며 시선을 돌리려고 했다. 하지만 제윤은 포기하지 않고 그녀를 다시 한 번 채근했다.

"말해 보라니까."

그는 세나의 귀 끝을 살짝 물고 핥았다. 세나는 목을 움츠리며 그에게서 피하려고 했다.

"사……."

그녀의 말이 끝나기도 전에 제윤이 귓속으로 바람을 훅 불어 넣었다. 세나는 소름 끼치도록 간지러운 느낌과 동시에 짜릿함이 온몸으로 퍼지는 것 같았다.

"어서 말해 봐."

"제, 제, 제윤 씨."

제윤의 손이 등을 감칠나게 어루만지는 느낌에 헐떡이던 세나는 자신의 입에서 처음으로 나온 제윤의 이름에 깜짝 놀랐다. 그녀는 그 이름을 몇 번 되뇌었다. 낯설면서도 기분이 좋아지는 발음이었다.

"이제 좀 낫군. 그럼 처음부터 끝까지 다시 말해 봐."

세나는 미소를 짓고 있는 그의 입술에 살짝 손을 얹었다. 그녀는 손가락 사이로 그에게 살짝 입을 맞추고는 작게 속삭였다.

"제윤 씨, 사랑해."

"좋았어, 아주 좋아."

제윤은 길게 신음 소리를 내뱉고는 세나의 입술을 벌렸다. 세나 역시 그를 기꺼이 맞아들였다. 그녀의 달콤함을 가슴 깊숙이까지 빨아들이고, 제윤은 천천히 고개를 들었다. 세나가 그의 품 안에 있다는 사실이 너무 행복했다. 전혀 불안해하지도 않고, 두려워하지도 않고, 진정으로 그를 사랑하고 그가 자신을 사랑하는 것을 믿으면서.

"피곤해? 잘래?"

"자고 싶지 않아요."

세나는 미소를 지었다. 똑바로 정신을 차리고 그의 온기 속에서 행복함을 즐기고 싶었다. 이제 다시 현실을 잊으려고 잠을 청하지 않아도 되었다. 눈을 크게 뜨고 있어도 더 이상 숨 막히게 괴롭지 않을 것이다.

"그래? 다행이군. 나도 아직 자고 싶지 않은데."

그가 장난스럽게 중얼거리자 세나는 얼굴을 붉혔다. 제윤은 큰 소리로 웃었다.

"아직도 얼굴을 붉히는군. 새색시 같아."

"새색시 맞아요. 나, 저, 그러니까 우리 한 달 정도밖에 안 됐어요."

"뭐가 한 달밖에 안 됐어?"

제윤이 씩 웃으며 짓궂게 물었다. 세나는 목 뒤까지 붉게 물들이며 그의 가슴에 얼굴을 감췄다. 제윤이 크게 웃음을 터뜨려서 넓고 단단한 가슴이 부르르 떨렸다. 제윤은 빨갛게 물든 귀 끝을 살짝 물고 핥았다.

"귀까지 빨갛게 됐군. 귀여워."

제윤이 귓속까지 핥으려고 하자 세나는 작게 비명을 지르며 허우적거렸다. 제윤은 다시 한 번 웃음을 터뜨렸다.

"저, 나, 저, 지금 너무 좋아요. 너무나……."

웃음이 조금 가라앉고 나자 세나가 작게 속삭였다. 제윤은 그녀처럼 목소리를 낮췄다.

"나도 그래."

그는 잠시 생각하는 듯하더니 말을 이었다.

"앞으로 내가 또 무슨 헛소리를 하면 뺨을 철썩 때리는 거야. 정말 그렇게 생각하는 게 아니라 그냥 나오는 대로 지껄이는 거니까. 알았지?"

"네. 하지만 사장, 제윤 씨가 안 그럴 거 알아요."

세나가 얼른 호칭을 바꾸자 제윤은 섭섭한 것처럼 한숨을 내쉬었다.

"서훈이한테는 잘도 부르더만. 정말 서훈이가 두 번째 맞아?"

"당연하죠! 제윤 씨가, 제윤 씨는……."

황급히 설명하려던 세나는 제윤이 빙글빙글 웃기만 하자 조금 놀랐다. 하지만 다음 순간 미소가 떠올랐다. 제윤이 서훈의 이름을 자연스럽게 부르고 있었다. 그녀가 서훈의 집에 머무르는 사이에 둘이 조금 친해진 것 같았다. 그녀는 또 한 번 기뻤다. 그녀가 좋아하는 몇 안 되는 사람들이 서로에게 으르렁거리는 것을 보고 싶지는 않았다.

"저 서훈 씨도 좋아요. 사장님만큼 좋아하는 건 아니지만 그래도 너무 친절하고 저한테 잘해줘요. 사장님도 친하게 지내세요."

제윤은 조금 못마땅한 듯한 얼굴 표정을 지어 보이다가 그녀가 염려스럽게 쳐다보자 쿡쿡거리며 고개를 끄덕였다.

"그래, 좋은 녀석인 건 나도 알아. 네가 날 사랑한다고 매일 열번씩 말해 주면 친하게 지내도록 노력해 보지."

세나가 얼굴을 붉히며 고개를 끄덕이자 제윤은 또 미소를 지었다. 세나는 만족스러운지 생긋 웃으며 그에게 좀 더 파고들었다. 그는 그녀의 매끈한 허벅지를 쓰다듬었다.

"여보, 사랑해 같은 말도 괜찮아."

그녀는 가슴이 터질 듯이 밀려드는 행복감에 열심히 고개를 끄덕였다. 제윤도 가슴 깊숙한 곳에서 우러나오는 행복감에 세나를 꼭 끌어안았다. 그들의 신혼이 오늘 다시 시작된 것이다.

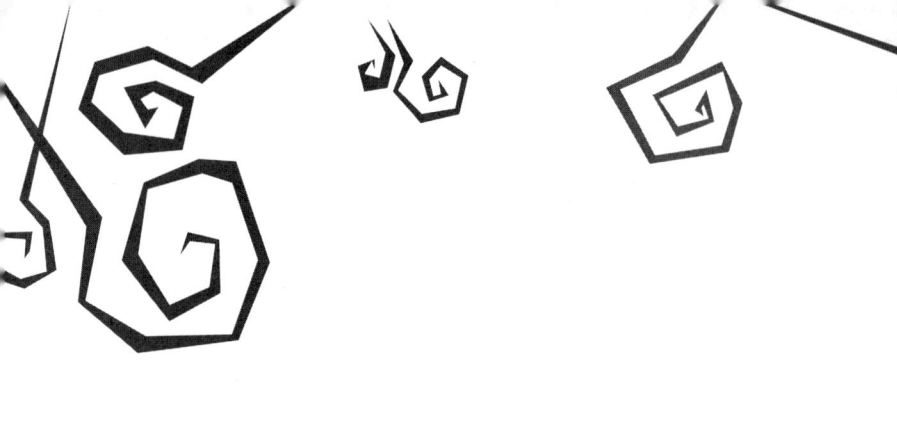

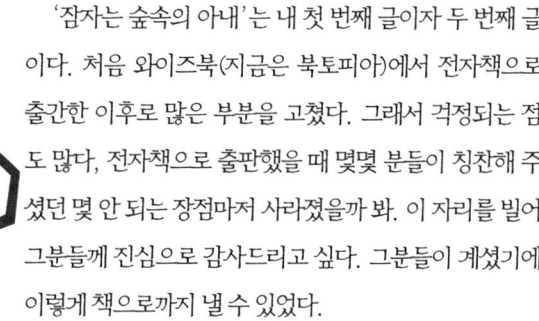

'잠자는 숲속의 아내'는 내 첫 번째 글이자 두 번째 글이다. 처음 와이즈북(지금은 북토피아)에서 전자책으로 출간한 이후로 많은 부분을 고쳤다. 그래서 걱정되는 점도 많다, 전자책으로 출판했을 때 몇몇 분들이 칭찬해 주셨던 몇 안 되는 장점마저 사라졌을까 봐. 이 자리를 빌어 그분들께 진심으로 감사드리고 싶다. 그분들이 계셨기에 이렇게 책으로까지 낼 수 있었다.

불행한 결혼과 남편에게 미움받는 아내의 이야기는 자주 사용되는 소재 중 하나다. 나 역시 이런 소재를 다룬 소설들을 보면서 여주인공의 괴로움에 함께 슬퍼했고, 마침내 행복해졌을 때 함께 기뻐했다. 내가 진부한 소재를 다시 한 번 지루하게 반복한 것은 아닌지 모르겠다. 하지만 이 소재야말로 무감각에서부터 황홀한 기쁨과 카타르시스까지 느끼게 해주지 않을까. 여태까지 나왔던 수

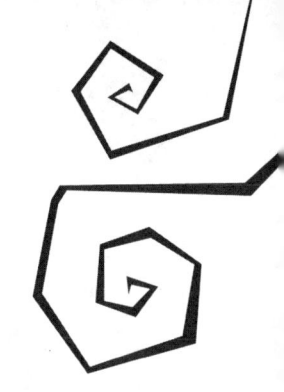
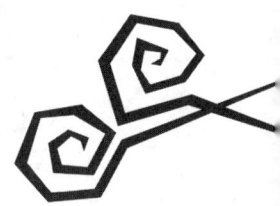

많은 작품들 속에 파묻히지 않도록 열심히 노력했지만, 그 결과는 독자만이 판단할 수 있을 것이다. 부디 독자 여러분들이 이 책을 재밌게 봐주셨으면 한다.

그리고 감사드리고 싶은 분들이 너무나 많다. 우선 첫 번째 글을 발탁해 주신 북토피아의 편집자 라현님께 감사를 드린다. 청어람의 규진님, 그리고 종민님께도 감사를 드린다. 글을 재밌다고 해주신 많은 분들께도 다시 한 번 감사를 드리고, 특히 샌디님께 감사를 드리고 싶다. 그리고 내 글에 깊은 영향을 주신 두 분이 계신데, 따로 이름을 거론하지는 않겠지만 진심으로 감사를 드린다는 것을 분명히 말씀드리고 싶다.

마지막으로, 이 책을 봐주신 모든 분께 감사를 드린다. 마지막에는 모두가 행복해졌으면 좋겠다.

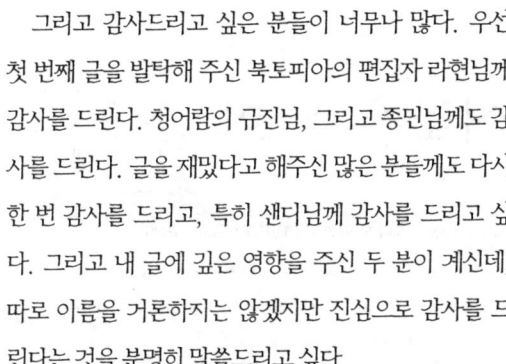

chungeoram romance novel

연두 (신순옥)

1977년 1월 (음력) 물고기자리
2002년 여름부터 〈로맨스월드〉에서 연재하다가
현재 〈연필 깎는 여우〉에서 연재 중
현재 만화 기획자, 만화 콘티 작가로 일하고 있음

〈어둠 속의 연인〉 완결, 〈지하철〉 단편 완결
출간작으로는 와이즈 북토피아에서 전자북
〈그림자의 사랑〉이 있다

현재 전자북 〈얼어죽을 놈의 나무〉,
〈Ja Esta〉, 〈그의 모든 것, 또는 …〉 출간 예정이다

『얼어죽을 놈의 나무』

"제사 때 가서 좆나게 일하고 나면 그 다음은 뭔데?
애새끼를 위해서 담배를 끊으면 그 다음은 도대체 뭐가 있는 건데?
네 뒷바라지 위해서 내 그림을 취미로 하는 거? 그게 그 다음이야.
또 그 다음이 뭔지 알아?
그렇게 살다가 어느 날 뒤돌아보면 난 네 집안 똥구멍 닦아주는 휴지가 되어 있겠지."

사랑이란 이름은 어떤 행동까지 용납되는 걸까?

● 연두 지음 값 9,000원

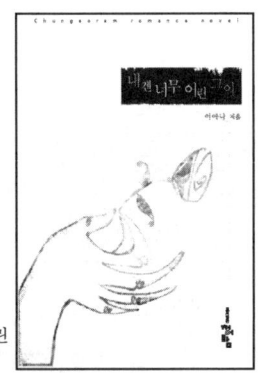

이아나

1978년 서울생.
와이즈 북토피아에서 전자책으로 '내겐 너무 어린 그이'를 내면서 데뷔.
지금은 그 후속편인 친구 정연의 이야기를 쓰고 있다.

『내겐 너무 어린 그이』

그녀의 머리는 미친 듯이 비명을 지르고 있었다.
나의 꿈은, 나의 희망은? 이상적인 남자는?
전문직을 가진, 어른스럽고 혼자 남은 날 거뜬히 돌봐줄 수 있는 남자는?
이 남자는 어린애야. 내가 평생 돌보며 살아야 할 거라구! 그건 싫어, 싫어!
그를 좋아하지 마, 그건 재앙이야!

당신이 좋아, 당신이! 맙소사, 그를 좋아해. 어쩌지?

● 이아나 지음 값 9,000원

도서출판 청어람
부천시 원미구 심곡1동 350-1 남성빌딩 3층 우420-011

E-mail : eoram99@chol.com
☎ 032-656-4452 FAX 032-656-4453

hungeoram romance novel

임미성

197X년 11월(양력) 사수자리
1996년부터 약 3년간 천리안문단에서 시와 수필 연재
2002년부터 〈로맨스월드〉에서 소설 연재를 시작해 현재 〈로망띠끄〉, 〈연필 깎는 여우〉에서 활동 중

〈사랑입니까〉 〈우화(雨花)〉 〈땡잡은 여자〉 장편 완결, 〈메탈이브〉 〈내 마음의 소행성〉 단편 완결, 〈연애유통기한〉 〈앤(Anne)〉 〈白鶴別曲(백학별곡)〉 등 연재 중

출간작으로는 〈사랑입니까〉 〈우화(雨花)〉와 전자북 〈땡잡은 여자〉가 있다.

『땡잡은 여자』

자신의 위치는 여기까지다. 자신은 그에게 있어 한낱 고용인일 뿐이다.
넥타이가 필요하면 불러다가 넥타이를 골라달라 하고,
나갈 때 위신을 세워주기 위한 도구로 돈을 써야 하는 사람일 뿐이다.
여자도 아닌 사람일 뿐이다. 그에게 자신을 여자로 봐달라고 하는 건 역시 무리인 듯했다.
더욱이 그에게 애정을 가져 달라고 하는 건 있을 수도 없는 일이었다.

'그를 사랑하는 거니?'

● 임미성 지음 값 9,000원

도서출판 청어람　　　　　　　　E-mail : eoram99@chol.com
부천시 원미구 심곡1동 350-1 남성빌딩 3층 우420-011　☎ 032-656-4452　FAX 032-656-4453